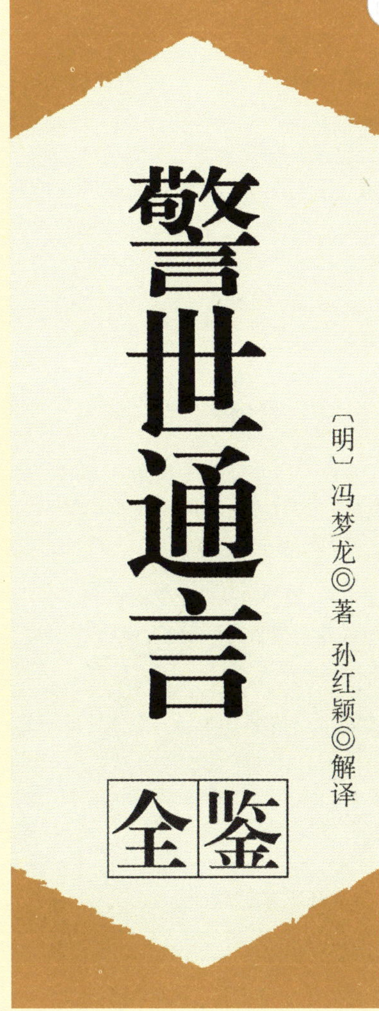

中国纺织出版社

内 容 提 要

《警世通言》，是一部明代刊行的短篇白话小说集，与《喻世明言》《醒世恒言》合称“三言”，是古代白话短篇小说的高峰之一。为明末冯梦龙所编撰，书中不少篇目是根据前代、今世的传说、野史搜集整理而成，内容涉及婚姻爱情与女性命运、功名利禄与人世沧桑、奇事冤案与怪异世界等，描述的大多是市民阶层的思想面貌、情趣爱好、生活景象等，是中国古代小说宝库中一份宝贵的遗产。

图书在版编目（CIP）数据

警世通言全鉴／（明）冯梦龙著；孙红颖解译．—北京：中国纺织出版社，2016.10（2018.5 重印）
ISBN 978－7－5180－2966－2

Ⅰ．①警… Ⅱ．①冯… ②孙… Ⅲ．①话本小说—小说集—中国—明代 ②《警世通言》—译文 ③《警世通言》—注释 Ⅳ．①I242.3

中国版本图书馆 CIP 数据核字（2016）第 224384 号

解译人员：袁世刚 周国华 孙红颖 李向峰 田明辉 魏 冰
陈玉潇 段雪莲 陈雨佳

策划编辑：丁守富　　　责任印制：储志伟

中国纺织出版社出版发行
地址：北京市朝阳区百子湾东里 A407 号楼 邮政编码：100124
销售电话：010—67004422 传真：010—87155801
http://www.c-textilep.com
E-mail：faxing@c-textilep.com
中国纺织出版社天猫旗舰店
官方微博 http://weibo.com/2119887771
北京佳诚信缘彩印有限公司印刷 各地新华书店经销
2016 年 10 月第 1 版 2018 年 5 月第 2 次印刷
开本：710×1000 1/16 印张：20
字数：230 千字 定价：38.00 元

前言

《警世通言》是明末文学家、戏曲家冯梦龙纂辑的白话短篇小说集，与冯梦龙稍后刊行的《喻世明言》《醒世恒言》合称“三言”，是中国短篇白话小说发展史上最重要的里程碑。“三言”通常亦与凌濛初的“二拍”，即《初刻拍案惊奇》《二刻拍案惊奇》并称，称为“三言二拍”。

冯梦龙（1574—1646 年），长洲（今苏州）人，字犹龙，又字子犹、耳犹，别号龙子犹、墨憨斋主人、顾曲散人、茂苑野史、绿天馆主人、无碍居士、可一居士等。冯梦龙出身士大夫家庭，从小受到良好的教育，才华横溢，与兄梦桂、弟梦熊并有文名，世称“吴下三冯”。他长期参加科举考试，但屡试不中，后一度游宦他乡。崇祯三年（1630 年）以贡生任丹徒县训导，崇祯七年（1634 年）知福建寿宁知县，四年后任职期满回到苏州。清兵南下时，参加过反清复明运动。顺治三年（1646 年）去世。

冯梦龙一生致力于搜集、整理和创作民间文学，包括小说、笔记、戏曲、民歌、笑话、方志、曲谱等多方面，作品内容与数量之宏富，为明代文学家之冠。其中，成就最高、影响最大的还是“三言”。

关于本书的书名，冯梦龙在《警世通言·绪言》中称：“大抵如僧家因果说法度世之语，譬如村醪市脯，所济者众。”所以“遂名之曰《警世通言》”。

《喻世明言》出版于天启四年（1624 年），全书四十卷，每卷一篇，共计四十篇，由宋元时期民间说话人的底本加工编辑而成。书中所收故事，很多脍炙人口。书中内容主要涉及男女青年的婚姻与命运，人们对功名利禄的追求与人世沧桑，世间的奇事冤案与怪异世界，展现了当时市民阶层的思想面貌、情趣爱好、生活景象等，是中国古代小说宝库中一份宝贵的遗产。

《警世通言》作品中数量最多，也最优秀的，是爱情作品，一般都能反映当时较为普遍的社会问题，特别是妇女的不幸遭遇。像《玉堂春落难逢夫》《白娘子永镇雷峰塔》《杜十娘怒沉百宝箱》《宿香亭张浩遇莺莺》等，真实地描写了其时被糟践的妇女的悲惨地位以及她们对爱情的追求，对幸福生活的向往，叙述得都十分精彩，在思想性和艺术性方面都代表了明代拟话本的较高水平。

除此之外，还有描写商人生活的作品，如《吕大郎还金完骨肉》《宋小官团圆破毡笠》等，描写经商、商贩以及雇工的道德、心理等情况。还有一些宣扬义气的作品，如《赵太祖千里送京娘》突出无私助他人，《桂员外途穷忏悔》从反面批判了忘恩负义的行为，都反映了市民阶层的道德观念。此外，还有赞扬李白与王安石的文才、学识的《李谪仙醉草吓蛮书》与《王安石三难苏学士》；描写友情的《俞伯牙摔琴谢知音》；还有公案故事、神怪故事等……都描写得生动自然，人物刻画栩栩如生，具有很强的艺术感染力。

因为篇幅有限，本书参考权威底本，选取了其中具有代表性的经典篇目进行了解译，在每篇故事前都做了简短的精要简介，对小说情节中难解的词句进行了简要而概括的注释，力求文字精准、流畅、易懂，以帮助读者更好地理解故事，领悟其主旨。由于译注者水平所限，书中或有错误或不当之处，恳请读者批评、指正。

叙

野史尽真乎？曰："不必也。"尽赝乎？曰："不必也。"然则去其赝而存其真乎？曰："不必也。"六经、《语》《孟》，谭者纷如，归于令人为忠臣，为孝子，为贤牧，为良友，为义夫，为节妇，为树德之士，为积善之家，如是而已矣。经书著其理，史传述其事，其揆一也。理著而世不皆切磋之彦，事述而世不皆博雅之儒。于是乎村夫稚子、里妇估儿，以甲是乙非为喜怒，以前因后果为劝惩，以道听途说为学问，而通俗演义一种，遂足以佐经书史传之穷。而或者曰："村醪市脯，不入宾筵，乌用是齐东娓娓者为？"呜呼！《大人》《子虚》，曲终奏雅，顾其旨何如耳？人不必有其事，事不必丽其人。其真者可以补金匮石室之遗，而赝者亦必有一番激扬劝诱、悲歌感慨之意。事真而理不赝，即事赝而理亦真，不害于风化，不谬于圣贤，不戾于《诗》《书》经史，若此者，其可废乎？

里中儿代庖而创其指，不呼痛，或怪之，曰："吾顷从玄妙观听说《三国志》来，关云长刮骨疗毒，且谈笑自若，我何痛为？"夫能使里中儿顿有刮骨疗毒之勇，推此说孝而孝，说忠而忠，说节义而节义，触性性通，导情情出。视彼切磋之彦，貌而不情；博雅之儒，文而丧质，所得竟未知孰赝而孰真也。

陇西君·海内畸士，与余相遇于栖霞山房。倾盖莫逆，各叙旅况。因出其新刻数卷佐酒，且曰：“尚未成书，子盍先为我命名？”余阅之，大抵如僧家因果说法度世之语，譬如村醪市脯，所济者众。遂名之曰《警世通言》，而从臾其成。

时天启甲子腊月　豫章无碍居士题

目录

一　俞伯牙摔琴谢知音

【精要简介】

本篇讲述了春秋时期俞伯牙和钟子期之间知音难求的故事，表现了二人之间相互欣赏的纯真友谊，是交朋结友的千古楷模。

【原文鉴赏】

浪说曾分鲍叔金[①]，谁人辨得伯牙琴！

于今交道奸如鬼，湖海空悬一片心。

①浪说：妄说，信口说。

古来论交情至厚，莫如管鲍。管是管夷吾，鲍是鲍叔牙。他两个同为商贾，得利均分。时管夷吾多取其利，叔牙不以为贪，知其贫也；后来管夷吾被囚，叔牙脱之，荐为齐相。这样朋友，才是个真正相知。这相知有几样名色：恩德相结者，谓之知己；腹心相照者，谓之知心；声气相求者，谓之知音，总来叫做相知。今日听在下说一桩俞伯牙的故事。列位看官们，要听者，洗耳而听；不要听者，各随尊便。正是：

知音说与知音听，不是知音不与谈。

话说春秋战国时，有一名公，姓俞名瑞字伯牙，楚国郢都人氏，即今湖广荆州府之地也[②]。那俞伯牙身虽楚人，官星却落于晋国[③]，仕至上大夫之位。因奉晋主之命，来楚国修聘[④]。伯牙讨这个差使，一来是个大才，不辱君命；二来就便省视乡里，一举两得。当时从陆路至于郢都，朝见了楚王，致了晋主之命。楚王设宴款待，十分相敬。那郢都乃是桑梓之地[⑤]，少不得去看一看坟墓，会一会亲友。然虽如此，各事其主，君命在身，不敢迟留。公事已毕，拜辞楚王。楚王赠以黄金采缎，高车驷马。伯牙离楚一十二年，思想故国江山之胜，欲得恣情观览，要打从水路大宽转而回[6]。乃假奏楚王道："臣不幸有犬马之疾，不胜车马驰骤。乞假臣舟楫，以便医药。"楚王准奏，命水师拨大船二只，一正一副。正船单坐晋国来使，副船安顿仆从行李。都是兰桡画桨，锦帐高帆，甚是齐整。群臣直送至江头而别。只因览胜探奇，不顾山遥水远。

②荆州府：明代属湖广行省，治所江陵县，今湖北荆州。

③官星：官运。古代迷信认为，做高官的人都与天上的星宿相对应，故称。

④修聘：古代诸侯之间互相派遣使臣访问。

⑤桑梓：为故乡的代

称。古代，人们喜欢在住宅周围栽植桑树和梓树，又说家乡的桑树和梓树是父母种的，一定要对它们表示敬意。后代用“桑梓”代称家乡。

⑥大宽转：绕路，绕个大弯子。

伯牙是个风流才子，那江山之胜，正投其怀。张一片风帆，凌千层碧浪，看不尽遥山叠翠，远水澄清。不一日，行至汉阳江口。时当八月十五日中秋之夜，偶然风狂浪涌，大雨如注。舟楫不能前进，泊于山崖之下。不多时，风恬浪静，雨止云开，现出一轮明月。那雨后之月，其光倍常。伯牙在船舱中，独坐无聊，命童子“焚香炉内，待我抚琴一操[7]，以遣情怀。”童子焚香罢，捧琴囊置于案间。伯牙开囊取琴，调弦转轸，弹出一曲。曲犹未终，指下“刮刺”的一声响，琴弦断了一根。伯牙大惊，叫童子去问船头[8]：“这住船所在是甚么去处[9]？”船头答道：“偶因风雨，停泊于山脚之下，虽然有些草树，并无人家。”伯牙惊讶，想道：“是荒山了。若是城郭村庄，或有聪明好学之人，盗听吾琴，所以琴声忽变，有弦断之异。这荒山下，那得有听琴之人？哦，我知道了，想是有仇家差来刺客；不然，或是贼盗伺候更深，登舟劫我财物。”叫左右：“与我上崖搜检一番。不在柳阴深处，定在芦苇丛中！”

⑦一操：尤言一曲。

⑧船头：船上的头目。

⑨住船：停船。去处：地方。

左右领命，唤齐众人，正欲搭跳上崖[10]，忽听岸上有人答应道：“舟中大人，不必见疑。小子并非奸盗之流，乃樵夫也。因打柴归晚，值骤雨狂风，雨具不能遮蔽，潜身岩畔。闻君雅操，少住听琴。”伯牙大笑道：“山中打柴之人，也敢称‘听琴’二字！此言未知真伪，我也不计较了。左右的，叫他去罢。”那人不去，在崖上高声说道：“大人出言谬矣！岂不闻‘十室之邑，必有忠信。’‘门内有君子，门外君子至。'大人若欺负山野中没有听琴之人，这夜静更深，荒崖下也不该有抚琴之客了。"

⑩跳：上下船用的跳板。一头放在船上，一头搭在岸边，临时搭上，以便接运上下的旅客。

伯牙见他出言不俗，或者真是个听琴的亦未可知。止住左右不要啰唣[⑪]，走近舱门，回嗔作喜的问道："崖上那位君子，既是听琴，站立多时，可知道我适才所弹何曲?"那人道："小子若不知，却也不来听琴了。方才大人所弹，乃孔仲尼叹颜回，谱入琴声。其词云：'可惜颜回命蚤亡，教人思想鬓如霜。只因陋巷箪瓢乐，……'到这一句，就绝了琴弦，不曾抚出第四句来，小子也还记得：'留得贤名万古扬。'"伯牙闻言大喜道："先生果非俗士，隔崖窎远[⑫]，难以问答。"命左右："掌跳，看扶手，请那位先生登舟细讲。"左右掌跳，此人上船，果然是个樵夫：头戴箬笠，身披蓑衣，手持尖担，腰插板斧，脚踏芒鞋[⑬]。手下人哪知言谈好歹，见是樵夫，下眼相看："咄!那樵夫下舱去，见我老爷叩头，问你甚么言语，小心答应。官尊着哩!"樵夫却是个有意思的，道："列位不须粗鲁，待我解衣相见。"除了斗笠，头上是青布包巾；脱了蓑衣，身上是蓝布衫儿；搭膊拴腰[⑭]，露出布裩下截。那时不慌不忙，将蓑衣、斗笠、尖担、板斧，俱安放舱门之外，脱下芒鞋，蹦去泥水[⑮]，重复穿上，步入舱来。官舱内公座上灯烛辉煌。樵夫长揖而不跪，道："大人，施礼了。"俞伯牙是晋国大臣[⑯]，眼界中那有两接的布衣[⑰]。下来还礼，恐失了官体，既请下船，又不好叱他回去。伯牙没奈何，微微举手道："贤友免礼罢。"叫童子看坐的。童子取一张杌坐儿置于下席[⑱]。伯牙全无客礼，把嘴向樵夫一努，道："你且坐了。"你我之称，怠慢可知。那樵夫亦不谦让，俨然坐下。

⑪啰唣（zào）：吵闹，骚扰。

⑫窎（diào）远：遥远。

⑬芒鞋：草鞋。

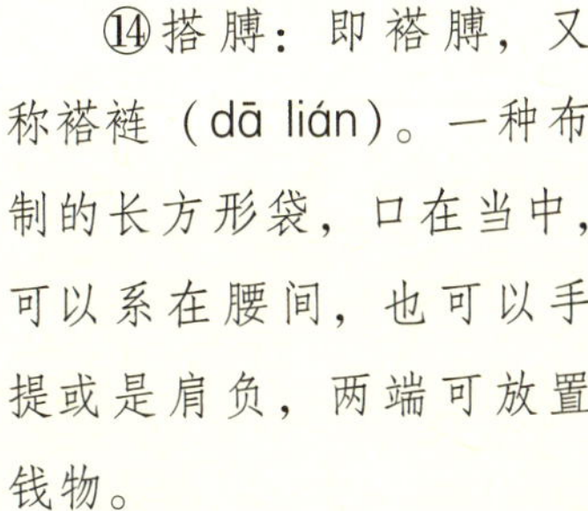

⑭搭膊：即褡膊，又称褡裢（dā lián）。一种布制的长方形袋，口在当中，可以系在腰间，也可以手提或是肩负，两端可放置钱物。

⑮蹝（xǐ）：这里是控或抖的意思。

⑯晋国：原刻本作“楚国”，据上下文意改。

⑰两接的布衣：指穿短衫和裤子的普通百姓。两接：即两截。

⑱杌（wù）坐儿：小矮凳。

伯牙见他不告而坐，微有嗔怪之意，因此不问姓名，亦不呼手下人看茶。默坐多时，怪而问之：“适才崖上听琴的，就是你么？”樵夫答言：“不敢。”伯牙道：“我且问你，既来听琴，必知琴之出处。此琴何人所造？抚他有甚好处？”正问之时，船头来禀话：“风色顺了，月明如昼，可以开船。”伯牙分付："且慢些！"樵夫道："承大人下问，小子若讲话絮烦，恐担误顺风行舟。"伯牙笑道："惟恐你不知琴理。若讲得有理，就不做官，亦非大事，何况行路之迟速乎！"

樵夫道："既如此，小子方敢僭谈。此琴乃伏羲氏所琢，见五星之精[19]，飞坠梧桐，凤皇来仪[20]。凤乃百鸟之王，非竹实不食，非梧桐不栖，非醴泉不饮。伏羲氏知梧桐乃树中之良材，夺造化之精气，堪为雅乐，令人伐之。其树高三丈三尺，按三十三天之数；截为三段，分天、地、人三才。取上一段叩之，其声太清，以其过轻而废之；取下一段叩之，其声太浊，以其过重而废之；取中一段叩之，其声清浊相济，轻重相兼。送长流水中，浸七十二日，按七十二候之数[21]。取起阴干，选良时吉日，用高手匠人刘子奇制成乐器。此乃瑶池之乐，故名瑶琴。长三尺六寸一分，按周天三百六十一度；前阔八寸，按八节[22]；后阔四寸，按四时；厚二寸，按两仪[23]。有金童头、玉女腰、仙人背。龙池、凤沼，玉轸、金徽。那徽有十二，按十二月；又有一中徽，按闰月。先是五条弦在上，外按五行：金、木、水、火、土；内按五音：宫、商、角、徵、羽。尧舜时操五弦琴，歌《南风》诗，天下大治。后因周文王被囚于羑里，吊子伯邑考[24]，添弦一根，清幽哀怨，谓之文弦。后武王伐纣，前歌后舞，添弦一根，激烈发扬，谓之武弦。先是宫、商、角、徵、羽五弦，后加二弦，称为文武七弦琴。此琴有六忌、七不弹、八绝。何为六忌？一忌大寒，二忌大暑，三忌大风，四忌大雨，五忌迅雷，六忌大雪。何为七不弹？闻丧者不弹，奏乐不弹，事冗不弹，不净身不弹，衣冠不整不弹，不焚香不弹，不遇知音者不弹。何为八绝？总之清奇幽雅，悲壮悠长。此琴抚到尽美尽善之处，啸虎闻而不吼，哀猿听而不啼。乃雅乐之好处也。"

⑲五星：指金、木、水、火、土五大行星。

⑳凤皇来仪：凤凰降临。古人认为这是一种祥兆。皇，同"凰"。来仪，犹降临。

㉑七十二候：古代以五天为一候，一月六候，三候为一节气，一年二十四个节气，共七十二候。

㉒八节：古代以立春、立夏、立秋、立冬、春分、夏至、秋分、冬至为八节。

㉓两仪：指天地。

㉔伯邑考：周文王的长子，被商纣王杀害。

伯牙听见他对答如流，犹恐是记问之学，又想道："就是记问之学，也亏他了。我再试他一试。"此时已不似在先你我之称了，又问道："足下既知乐理，当时孔仲尼鼓琴于室中，颜回自外入，闻琴中有幽沉之声，疑有贪杀之意，怪而问之。仲尼曰：'吾适鼓琴，见猫方捕鼠，欲其得之，又恐其失之。此贪杀之意，遂露于丝桐。'始知圣门音乐之理，入于微妙。假如下官抚琴，心中有所思念，足下能闻而知之否?"樵夫道："《毛诗》云㉕：'他人有心，予忖度之。'大人试抚弄一过，小子任心猜度。若猜不着时，大人休得见罪。"伯牙将断弦重整，沉思半晌，其意在于高山，抚琴一弄。樵夫赞道："美哉洋洋乎，大人之意，在高山也!"伯牙不答。又凝神一会，将琴再鼓，其意在于流水。樵夫又赞道："美哉汤汤乎，志在流水!"只两句，道着了伯牙的心事。伯牙大惊，推琴而起，与子期施宾主之礼，连呼："失敬！失敬！石中有美玉之藏，若以衣貌取人，岂不误了天下贤士！先生高名雅姓?"樵夫欠身而答："小子姓钟，名徽，贱字子期。"伯牙拱手道："是钟子期先生。"子期转问："大人高姓？荣任何所?"伯牙道："下官俞瑞，仕于晋朝，因修聘上国而来。"子期道："原来是伯牙大人。"伯牙推子期坐于客位，自己主席相陪，命童子点茶㉖。茶罢，又命童子取酒共酌。伯牙道："借此攀话，休嫌简亵㉗。"子期称："不敢。"

㉕《毛诗》：指西汉时鲁国毛亨和赵国毛苌（cháng）所辑注的古文《诗》，也就是后来流行于世的《诗经》。

㉖点茶：古人泡茶的一种方式，相当于后来的泡茶。

㉗简亵（xiè）：怠慢，不恭敬。

童子取过瑶琴，二人入席饮酒。伯牙开言又问：“先生声口是楚人了，但不知尊居何处？”子期道：“离此不远，地名马安山集贤村，便是荒居。”伯牙点头道：“好个集贤村。”又问：“道艺何为[28]？”子期道：“也就是打柴为生。”伯牙微笑道：“子期先生，下官也不该僭言。似先生这等抱负，何不求取功名，立身于廊庙，垂名于竹帛？却乃赍志林泉[29]，混迹樵牧，与草木同朽？窃为先生不取也。”子期道：“实不相瞒，舍间上有年迈二亲，下无手足相辅。采樵度日，以尽父母之馀年。虽位为三公之尊[30]，不忍易我一日之养也。”伯牙道：“如此大孝，一发难得。”

㉘道艺：道德和学艺。这里指平素的研究和嗜好。

㉙赍（jī）志：怀抱大志。

㉚三公：古代朝廷中最尊显的三个官职的合称。周代以三公指司马、司徒、司空，或指太师、太傅、太保，西汉以丞相、御史大夫、太尉为三公。这里泛指高官显爵。

二人杯酒酬酢了一会[31]。子期宠辱无惊，伯牙愈加爱重。又问子期："青春多少？"子期道："虚度二十有七。"伯牙道："下官年长一旬。子期若不见弃，结为兄弟相称，不负知音契友。"子期笑道："大人差矣！大人乃上国名公，钟徽乃穷乡贱子，怎敢仰扳[32]，有辱俯就。"伯牙道："相识满天下，知心能几人？下官碌碌风尘，得与高贤结契[33]，实乃生平之万幸。若以富贵贫贱为嫌，觑俞瑞为何等人乎！"遂命童子重添炉火，再爇名香，就船舱中与子期顶礼八拜。伯牙年长为兄，子期为弟。今后兄弟相称，生死不负。拜罢，复命取暖酒再酌。子期让伯牙上坐，伯牙从其言。换了杯箸，子期下席，兄弟相称，彼此谈心叙话。正是：

合意客来心不厌，知音人听话偏长。

㉛酬酢（zuò）：指主客互相敬酒。酢，酢浆，古代一种含有酸味的饮料。

㉜扳：同"攀"。

㉝结契：结交相得。

谈论正浓，不觉月淡星稀，东方发白。船上水手都起身收拾篷索，整备开船。子期起身告辞，伯牙捧一杯酒递与子期，把子期之手，叹道："贤弟，我与你相见何太迟，相别何太早！"子期闻言，不觉泪珠滴于杯中。子期一饮而尽，斟酒回敬伯牙。二人各有眷恋不舍之意。伯牙道："愚兄馀情不尽，意欲曲延贤弟同行数日，未知可否？"子期道："小人非不欲相从，怎奈二亲年老，'父母在，不远游。'"伯牙道："既是二位尊人在堂，回去告过二亲，到晋阳来看愚兄一看，这就是'游必有方'了。"子期道："小弟不敢轻诺而寡信，许了贤兄，就当践约。

万一禀命于二亲，二亲不允，使仁兄悬望于数千里之外，小弟之罪更大矣。”伯牙道：“贤弟真所谓至诚君子。也罢，明年还是我来看贤弟。”子期道：“仁兄明岁何时到此？小弟好伺候尊驾。”伯牙屈指道：“昨夜是中秋节，今日天明，是八月十六日了。贤弟，我来仍在仲秋中五六日奉访。若过了中旬，迟到季秋月分，就是爽信，不为君子。”叫童子：“分付记室[34]，将钟贤弟所居地名及相会的日期，登写在日记簿上。”子期道：“既如此，小弟来年仲秋中五六日，准在江边侍立拱候，不敢有误。天色已明，小弟告辞了。”伯牙道：“贤弟且住。”命童子取黄金二笏[35]，不用封帖，双手捧定，道：“贤弟，些须薄礼，权为二位尊人甘旨之费[36]。斯文骨肉，勿得嫌轻。”子期不敢谦让，即时收下。再拜告别，含泪出舱，取尖担挑了蓑衣、斗笠，插板斧于腰间，掌跳搭扶手上崖。伯牙直送至船头，洒泪而别。

㉞记室：从前掌管章表、书记的官，相当于现今秘书一类的人员。

㉟笏（hù）：古代人入朝拜见时执在手里的一种仪式工具，这里指将金银铸成条板。一笏五十两，相当于后来的一锭。

㊱甘旨：这里指奉养双亲的食物。

不题子期回家之事。再说俞伯牙点鼓开船，一路江山之胜，无心观览，心心念念，只想着知音之人。又行了几日，舍舟登岸。经过之地，知是晋国上大夫，不敢轻慢，安排车马相送。直至晋阳，回复了晋主，不在话下。

光阴迅速，过了秋冬，不觉春去夏来。伯牙心怀子期，无日忘之。想着中秋节近，奏过晋主，给假还乡。晋主依允。伯牙收拾行装，仍打大宽转，从水路而行。下船之后，分付水手，但是湾泊所在[37]，就来通报地名。事有偶然，刚刚八月十五夜，水手禀复，此去马安山不远。伯牙依稀还认得去年泊船相会子期之处，分付水手，将船湾泊，水底抛锚，崖边钉橛。其夜晴明，船舱内一线月光，射进朱帘。伯牙命童子将帘卷起，步出舱门，立于船头之上，仰观斗柄。水底天心，万顷茫然，

照如白昼。思想去岁与知己相逢，雨止月明。今夜重来，又值良夜。他约定江边相候，如何全无踪影，莫非爽信？又等了一会，想道："我理会得了。江边来往船只颇多。我今日所驾的，不是去年之船了，吾弟急切如何认得？去岁我原为抚琴惊动知音，今夜仍将瑶琴抚弄一曲。吾弟闻之，必来相见。"命童子取琴桌安放船头，焚香设座。伯牙开囊，调弦转轸，才泛音律[38]，商弦中有哀怨之声。伯牙停琴不操："呀！商弦哀声凄切，吾弟必遭忧在家。去岁曾言父母年高，若非父丧，必是母亡。他为人至孝，事有轻重，宁失信于我，不肯失信于亲，所以不来也。来日天明，我亲上崖探望。"叫童子收拾琴桌，下舱就寝。

㊲但：只要。

㊳泛：指弹奏。

伯牙一夜不睡，真个巴明不明，盼晓不晓。看看月移帘影，日出山头，伯牙起来梳洗整衣，命童子携琴相随，又取黄金十镒带去[39]："傥吾弟居丧，可为赙礼[40]。"踹跳登崖，行于樵径，约莫十数里，出一谷口，伯牙站住。童子禀道："老爷为何不行？"伯牙道："山分南北，路列东西。从山谷出来，两头都是大路，都去得。知道那一路往集贤村去？等个识路之人，问明了他，方才可行。"伯牙就石上少憩，童儿退立于后。不多时，左手官路上有一老叟，髯垂玉线，发挽银丝，箬冠野服㊶，左手举藤杖，右手携竹篮，徐步而来。伯牙起身整衣，向前施礼。那老者不慌不忙，将右手竹篮轻轻放下，双手举藤杖还礼，道："先生有何见教？"伯牙道："请问两头路，那一条路，往集贤村去的？"老者道："那两头路，就是两个集贤村。左手是上集贤村，右手是下集贤村，通衢三十里官道。先生从谷出来，正当其半，东去十五里，西去也是十五里。不知先生要往那一个集贤村？"

㊴镒（yì）：古代重量单位。一镒为二十两或二十四两。

㊵赙：指用财物帮助别人办丧事。

㊶箬（ruò）冠：用箬竹或篾编制的帽子。野服：指村野平民穿的服装。

伯牙默默无言，暗想道："吾弟是个聪明人，怎么说话这等糊涂！相会之日，你知道此间有两个集贤村，或上或下，就该说个明白了。"伯牙却才沉吟，那老者道："先生这等吟想，一定那说路的，不曾分上下，总说了个集贤村，教先生没处抓寻了。"伯牙道："便是。"老者道："两个集贤村中，有一二十家庄户，大抵都是隐遁避世之辈。老夫在这山里，多住了几年，正是：'土居三十载，无有不亲人。'这些庄户，不是舍亲，就是敝友。先生到集贤村必是访友，只说先生所访之友，姓甚名谁，老夫就知他住处了。"伯牙道："学生要往钟家庄去。"老者闻"钟家庄"三字，一双昏花眼内，扑簌簌掉下泪来，道："先生别家可去，若说钟家庄，不必去了。"伯牙惊问："却是为何？"老者道："先生到钟家庄，要访何人？"伯牙道："要访子期。"老者闻言，放声大哭道："子期钟徽，乃吾儿也。去年八月十五采樵归晚，遇晋国上大夫俞伯牙先生。讲论之间，意气相投。临行赠黄金二笏。吾儿买书

攻读，老拙无才，不曾禁止。旦则采樵负重，暮则诵读辛勤，心力耗废，染成怯疾，数月之间，已亡故了。”

伯牙闻言，五内崩裂，泪如涌泉，大叫一声，傍山崖跌倒，昏绝于地。钟公用手搀扶，回顾小童道：“此位先生是谁？”小童低低附耳道：“就是俞伯牙老爷。”钟公道：“元来是吾儿好友。”扶起伯牙苏醒。伯牙坐于地下，口吐痰涎，双手捶胸，恸哭不已，道：“贤弟呵，我昨夜泊舟，还说你爽信，岂知已为泉下之鬼！你有才无寿了！”钟公拭泪相劝。伯牙哭罢起来，重与钟公施礼。不敢呼老丈，称为老伯，以见通家兄弟之意㊷。伯牙道：“老伯，令郎还是停柩在家，还是出瘗郊外了㊸？”钟公道：“一言难尽！亡儿临终，老夫与拙荆坐于卧榻之前。亡儿遗语嘱付道：‘修短由天㊹，儿生前不能尽人子事亲之道，死后乞葬于马安山江边。与晋大夫俞伯牙有约，欲践前言耳。’老夫不负亡儿临终之言。适才先生来的小路之右，一丘新土，即吾儿钟徽之冢。今日是百日之忌，老夫提一陌纸钱㊺，往坟前烧化，何期与先生相遇！”伯牙道：“既如此，奉陪老伯，坟前一拜。”命小童代太公提了竹篮。

㊷通家：世代通好，指世交。

㊸瘗（yì）：埋葬。

㊹修短：指寿命的长短。

㊺一陌：即一百，这里指一串或一挂。

钟公策杖引路，伯牙随后，小童跟定，复进谷口。果见一丘新土，在于路左。伯牙整衣下拜：“贤弟在世为人聪明，死后为神灵应。愚兄此一拜，诚永别矣！”拜罢，放声又哭。惊动山前山后、山左山右黎民百姓，不问行的住的、远的近的，闻得朝中大臣来祭钟子期，回绕坟前，争先观看。伯牙却不曾摆得祭礼，无以为情，命童子把瑶琴取出囊来，放于祭石台上，盘膝坐于坟前，挥泪两行，抚琴一操。那些看者，闻琴韵铿锵，鼓掌大笑而散。伯牙问：“老伯，下官抚琴，吊令郎贤弟，悲不能已，众人为何而笑？”钟公道：“乡野之人，不知音律。闻琴声以为取乐之具，故此长笑。”伯牙道：“原来如此。老伯可知所奏何曲？”钟公道：“老夫幼年也颇习。如今年迈，五官半废，模糊不懂久矣。”伯牙道：“这就是下官随心应手一曲短歌，以吊令郎者，口诵于老伯听之。”钟公道：“老夫愿闻。”伯牙诵云：

忆昔去年春，江边曾会君。今日重来访，不见知音人。但见一抔土，惨然伤我心！伤心伤心复伤心，不忍泪珠纷。来欢去何苦，江畔起愁云。子期子期兮，你我千金义，历尽天涯无足语。此曲终兮不复弹，三尺瑶琴为君死！”

伯牙于衣袂间取出解手刀[46]，割断琴弦，双手举琴，向祭石台上，用力一摔，摔得玉轸抛残，金徽零乱。钟公大惊，问道：“先生为何摔碎此琴？”伯牙道：

摔碎瑶琴凤尾寒[47]，子期不在对谁弹！

春风满面皆朋友，欲觅知音难上难。

钟公道：“原来如此，可怜！可怜！”伯牙道：“老伯高居，端

的在上集贤村，还是下集贤村?”钟公道：“荒居在上集贤村第八家就是。先生如今又问他怎的?”伯牙道：“下官伤感在心，不敢随老伯登堂了。随身带得有黄金二镒，一半代令郎甘旨之奉，一半买几亩祭田，为令郎春秋扫墓之费。待下官回本朝时，上表告归林下。那时却到上集贤村，迎接老伯与老伯母，同到寒家，以尽天年。吾即子期，子期即吾也。老伯勿以下官为外人相嫌。”说罢，命小僮取出黄金，亲手递与钟公，哭拜于地。钟公答拜，盘桓半晌而别。

这回书，题作《俞伯牙摔琴谢知音》。后人有诗赞云：

势利交怀势利心，斯文谁复念知音!

伯牙不作钟期逝，千古令人说破琴。

㊻解手刀：日常手边应用的小刀。

㊼凤尾：琴的别称。这里指琴被摔断后剩下的尾端。

二　王安石三难苏学士

【精要简介】

本篇讲述了北宋大文学家、当朝宰相王安石教训学士苏东坡的几个小故事，读来令人捧腹大笑、发人深省。

【原文鉴赏】

海鳖曾欺井内蛙，大鹏张翅绕天涯①。

强中更有强中手，莫向人前满自夸。

①海鳖二句：系从《庄子》分别引用。“海鳖曾欺井内蛙”意思是说，海鳖曾经哂笑井底之蛙所见不广。“大鹏张翅绕天涯”是说大鹏鸟展翅能扶摇九万里。关合到下二句的“强中更有强中手”，告诫人们不要骄傲自大。

这四句诗，奉劝世人虚己下人，勿得自满。古人说得好，道是：“满招损，谦受益。”俗谚又有四不可尽的话。哪四不可尽？势不可使尽，福不可享尽，便宜不可占尽，聪明不可用尽。

你看如今有势力的，不做好事，往往任性使气，损人害人，如毒蛇猛兽，人不敢近。他见别人惧怕，没奈他何，意气扬扬，自以为得计。却不知八月潮头，也有平下来的时节。危滩急浪中，趁着这刻儿顺风，扯了满篷，望前只顾使去，好不畅快。不思去时容易，转时甚难。当时夏桀、商纣，贵为天子，不免窜身于南巢，悬头于太白。那桀、纣有何罪过？也无非倚贵欺贱，恃强凌弱，总来不过是使势而已。假如桀、纣是个平民百姓，还造得许多恶业否？所以说“势不可使尽”。

怎么说福不可享尽？常言道：“惜衣有衣，惜食有食。”又道：“人无寿夭，禄尽则亡晋时石崇太尉与皇亲王恺斗富[②]，以酒沃釜，以蜡代薪。锦步障大至五十里，坑厕间皆用绫罗供帐，香气袭人。跟随家僮，都穿火浣布衫，一衫价值千金。买一妾，费珍珠十斛。后来死于赵王伦之手[③]，身首异处。此乃享福太过之报。

②石崇（249—300 年）：字季伦，渤海南皮（今河北南皮东北）人。任荆州刺史时，以劫掠客商而致富。太尉：官职，晋时为三公之一。

③赵王伦：即司马伦（？—301 年），字子彝，河内温县（今河南温县）人，晋宣帝司马懿第九子，初封为琅邪郡王，后改封于赵。其党羽孙秀求石崇爱妾绿珠不遂，就挑唆他将石崇杀害，绿珠也坠楼自杀。

怎么说便宜不可占尽？假如做买卖的错了分文入己，满脸堆笑。却不想小经纪若折了分文[④]，一家不得吃饱饭，我贪此些须小便宜，亦有何益？昔人有占便宜诗云：

我被盖你被，你毡盖我毡。
你若有钱我共使，我若无钱用你钱。
上山时你扶我脚，下山时我靠你肩。
我有子时做你婿，你有女时伴我眠。
你依此誓时，我死在你后；
我违此誓时，你死在我前。

若依得这诗时，人人都要如此，谁是呆子，肯束手相让？就是一时得利，暗中损福折寿，自己不知。所以佛家劝化世人，吃一分亏，受无量福。有诗为证：

得便宜处欣欣乐，不遂心时闷闷忧。
不讨便宜不折本，也无欢乐也无愁。

说话的，这三句都是了。则那聪明二字，求之不得，如何说聪明不可用尽？见不尽者，天下之事；读不尽者，天下之书。参不尽者，天下之理。宁可懵懂而聪明，不可聪明而懵懂。如今且说一个人，古来第一聪明的，他聪明了一世，懵懂在一时，留下花锦般一段话文，传与后生小子恃才夸己的看样。那第一聪明的是谁？

吟诗作赋般般会，打诨猜谜件件精。

不是仲尼重出世，定知颜子再投生。

④小经纪：指做小生意、小买卖的人。

话说宋神宗皇帝在位时，在一名儒，姓苏名轼，字子瞻，别号东坡，乃四川眉州眉山人氏。一举成名，官拜翰林学士。此人天资高妙，过目成诵，出口成章。有李太白之风流，胜曹子建之敏捷⑤。在宰相荆公王安石先生门下，荆公甚重其才。东坡自恃聪明，颇多讥诮。荆公因作《字说》，一字解作一义，偶论东坡的坡字，从土从皮，谓坡乃土之皮。东坡笑道："如相公所言，滑字乃水之骨也。”一日，荆公又论及鲵字，从鱼从兒，合是鱼子；四马曰驷，天虫为蚕，古人制字，定非无义。东坡拱手进言：“鸠字九鸟，可知有故?”荆公认以为真，欣然请教。东坡笑道：“《毛诗》云：‘鸣鸠在桑，其子七兮。’连娘带爷，共是九个。”荆公默然，恶其轻薄，左迁为湖州刺史[6]。正是：

是非只为多开口，烦恼皆因巧弄唇。

⑤曹子建：即曹植（192—232年），字子建，曹操之子，三国时曹魏时诗人，才思敏捷，相传能七步成诗。

⑥左迁：降调，贬低官职。古代崇右卑左，故称。

东坡在湖州做官，三年任满朝京，作寓于大相国寺内。想当时因得罪于荆公，自取其咎，常言道：“未去朝天子，先来谒相公。”分付左右备脚色手本[7]，骑马投王丞相府来。离府一箭之地，东坡下马步行而前。见府门首许多听事官吏，纷纷站立，东坡举手问道：“列位，老太师在堂上否[8]?”守门官上前答道：“老爷昼寝未醒，且请门房少坐。”从人取交床在门房中，东坡坐下，将门半掩。

⑦脚色：意即今日的履历。手本：即下属参见上官所用的名帖。

⑧太师：古代三公中最尊崇者，后多作为重臣的加衔，以示恩宠。这里是对宰相的尊称。

不多时，相府中有一少年人，年方弱冠[9]，戴缠骔大帽[10]，穿青绢直裰[11]，撷手洋洋[12]，出府下阶。众官吏皆躬身揖让，此人从东向西而去。东坡命从人去问，相府中适才出来者何人，从人打听明白回复，是丞相老爷府中掌书房的，姓徐。东坡记得荆公书房中宠用的有个徐伦，三年前还未冠。今虽冠了，面貌依然，叫从人：“既是徐掌家[13]，与我赶上一步，快请他转来。”从人飞奔去了，赶上徐伦，不敢于背后呼唤，从傍边抢上前去，垂手侍立于街傍，道：“小的是湖州府苏爷的长班[14]。苏爷在门房中，请徐老爹相见，有句话说。”徐伦问：“可是长胡子的苏爷?”从人道:“正是。”东坡是个风流才子，见人一团和气，平昔与徐伦相爱，时常写扇送他。徐伦听说是苏学士，微微而笑，转身便回。从人先到门房，回复徐掌家到了。徐伦进门房来见苏爷，意思要跪下去，东坡用手搀住。这徐伦立身相府，掌内书房，外府州县首领官员到京参谒丞相，知会徐伦，俱有礼物，单帖通名，今日见苏爷怎么就要下跪?因苏爷久在丞相门下往来，徐伦自小书房答应，职任烹茶，就如旧主人一般，一时大不起来。苏爷却全他的体面⑮，用手搀住道:“徐掌家，不要行此礼。”徐伦道:“这门房中不是苏爷坐处，且请进府到东书房待茶。”

⑨弱冠:指二十岁左右。古代男子到二十岁时举行加冠礼，表示已经成年。

⑩缠鬃(zōng)大帽:用粗毛或牛马鬃编织成的帽子，在旧时是奴仆所戴。

⑪直裰:即道袍，古代人家居时所穿的长袍。

⑫摋手(shài):甩手，挥手。

⑬掌家:即管家，对别人奴仆的尊称。

⑭长班:即长随，管理雇佣的仆役。

⑮体面:这里作面子、脸面解释。下文“不像晚辈体面”，则作礼貌解。

这东书房，便是王丞相的外书房了。凡门生知友往来，都到此处。徐伦引苏爷到东书房，看了坐，命童儿烹好茶伺候。“禀苏爷，小的奉老爷遣差往太医院取药，不得在此伏侍，怎么好?”东坡道:“且请治事。”徐伦去后，东坡见四壁书橱关闭有锁，文几上只有笔砚，更无馀物。东坡开砚匣，看了砚池，是一方绿色端砚，甚有神采。砚上馀墨未干。方欲掩盖，忽见砚匣下露出些纸角儿。东坡扶起砚匣，乃是一方素笺，叠做两摺。取而观之，原来是两句未完的诗稿，认得荆公笔迹，题是《咏菊》。东坡笑道:“士别三日，换眼相待。昔年我曾在京为官时，

此老下笔数千言，不由思索。三年后，也就不同了，正是江淹才尽[16]，两句诗不曾终韵。”念了一遍，“呀，原来连这两句诗都是乱道。”这两句诗怎么样写？

西风昨夜过园林，吹落黄花满地金。

⑯江淹才尽：南朝齐江淹，以文章鸣，晚年才思衰竭，诗文再无佳句，时人说他才尽。

东坡为何说这两句诗是乱道？一年四季，风各有名：春天为和风，夏天为薰风，秋天为金风，冬天为朔风。和、薰、金、朔四样风配着四时。这诗首句说西风，西方属金，金风乃秋令也。那金风一起，梧叶飘黄，群芳零落。第二句说“吹落黄花满地金”，黄花即菊花。此花开于深秋，其性属火，敢与秋霜鏖战，最能耐久，随你老来焦干枯烂，并不落瓣。说个“吹落黄花满地金”，岂不是错误了？兴之所发，不能自已，举笔舐墨，依韵续诗二句：

秋花不比春花落，说与诗人仔细吟。

写便写了，东坡愧心复萌：“倘此老出书房相待，见了此诗，当面抢白，不像晚辈体面。”欲待袖去以灭其迹，又恐荆公寻诗不见，带累徐伦。”思算不妥，只得仍将诗稿折叠，压于砚匣之下，盖上砚匣，步出书房。到大门首，取脚色手本，付与守门官吏嘱付道：“老太师出堂，通禀一声，说苏某在此伺候多时。因初到京中，文表不曾收拾，明日早朝赍过表章，再来谒见。”说罢，骑马回下处去了。

不多时，荆公出堂。守门官吏虽蒙苏爷嘱付，没有纸包相送，那个与他禀话，只将脚色手本和门簿缴纳。荆公也只当常规，未及观看，心下记着菊花诗二句未完韵。恰好徐伦从太医院取药回来，荆公唤徐伦送置东书房，荆公也随后入来。坐定，揭起砚匣，取出诗稿一看，问徐伦道：“适才何人到此？”徐伦跪下，禀道：“湖州府苏爷伺候老爷曾到。”荆公看其字迹，也认得是苏学士之笔。口中不语，心下踌躇：“苏轼这个小畜生，虽遭挫折，轻薄之性不改！不道自己学疏才浅，敢来讥讪老夫！明日早朝，奏过官里，将他削职为民。”又想道：“且住，他也不晓得黄州菊花落瓣，也怪他不得。”叫徐伦取湖广缺官册籍来看。单看黄州府，馀官俱在，只缺少个团练副使[17]，荆公暗记在心。命徐伦将诗稿贴于书房柱上。

明日早朝，密奏天子，言苏轼才力不及，左迁黄州团练副使。天下官员到京上表章，升降勾除，各自安命。惟有东坡心中不服，心下明知荆公为改诗触犯，公报私仇，没奈何，也只得谢恩。朝房中才卸朝服，长班禀道：“丞相爷出朝。”东坡露堂一恭[18]。荆公肩舆中举手道：“午后老夫有一饭。”东坡领命。回下处修书，打发湖州跟官人役，兼本衙管家，往旧任接取家眷黄州相会。

⑰团练副使：宋代的散官，无实职，常用来安置贬谪官员。

⑱露堂：室外，堂外。

午牌过后[19]，东坡素服角带[20]，写下新任黄州团练副使脚色手本，乘马来见丞相领饭。门吏通报，荆公分付请进到大堂拜见。荆公待以师生之礼，手下点茶，荆公

开言道："子瞻左迁黄州，乃圣上主意，老夫爱莫能助。子瞻莫错怪老夫否？"东坡道："晚学生自知才力不及，岂敢怨老太师！"荆公笑道："子瞻大才，岂有不及！只是到黄州为官，闲暇无事，还要读书博学。"东坡目穷万卷，才压千人。今日劝他读书博学，还读什么样书！口中称谢道："承老太师指教。"心下愈加不服。荆公为人至俭，肴不过四器，酒不过三杯，饭不过一箸。东坡告辞，荆公送下滴水檐前，携东坡手道："老夫幼年灯窗十载，染成一症，老年举发，太医院看是痰火之症。虽然服药，难以除根，必得阳羡茶㉑，方可治。有荆溪进贡阳羡茶，圣上就赐与老夫。老夫问太医院官如何烹服，太医院官说须用瞿塘中峡水。瞿塘在蜀，老夫几欲差人往取，未得其便，兼恐所差之人未必用心。子瞻桑梓之邦，倘尊眷往来之便，将瞿塘中峡水，携一瓮寄与老夫，则老夫衰老之年，皆子瞻所延也。"东坡领命，回相国寺。

⑲午牌：指正午。

⑳素服角带：宋代士大夫日常交际穿的便装。角带，用犀角装饰的腰带，为普通民庶所服用。

㉑阳羡：在今江苏宜兴。产茶，以贡品"阳县龙团"最著名。

次日辞朝出京，星夜奔黄州道上。黄州合府官员知东坡天下有名才子，又是翰林谪官，出郭远迎。选良时吉日公堂上任。过月之后，家眷方到。东坡在黄州与蜀客陈季常为友。不过登山玩水，饮酒赋诗，军务民情，秋毫无涉。

光阴迅速，将及一载。时当重九之后，连日大风。一日风息，东坡兀坐书斋，忽想："定惠院长老曾送我黄菊数种，栽于后园，今日何不去赏玩一番？"足犹未动，恰好陈季常相访。东坡大喜，便拉陈慥同往后园看菊。到得菊花棚下，只见满地铺金，枝上全无一朵。唬得东坡目瞪口呆，半晌无语。陈慥问道："子瞻见菊花落瓣，缘何如此惊诧？"东坡道："季常有所不知。平常见此花只是焦干枯烂，并不落瓣。去岁在王荆公府中，见他《咏菊》诗二句道：'西风昨夜过园林，吹落黄花

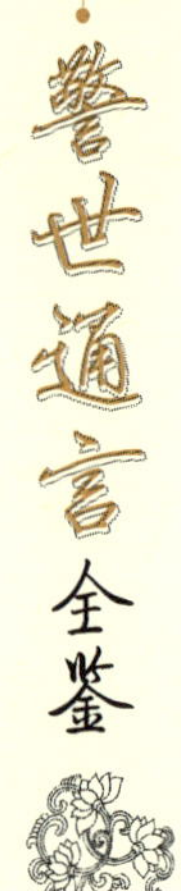

满地金。'小弟只道此老错误了，续诗二句道：'秋花不比春花落，说与诗人仔细吟。'却不知黄州菊花果然落瓣！此老左迁小弟到黄州，原来使我看菊花也。"陈慥笑道："古人说得好：

广知世事休开口，纵会人前只点头。

假若连头俱不点，一生无恼亦无愁。

东坡道："小弟初然被谪，只道荆公恨我摘其短处，公报私仇。谁知他到不错，我到错了。真知灼见者，尚且有误，何况其他！吾辈切记，不可轻易说人笑人，正所谓经一失长一智耳。"东坡命家人取酒，与陈季常就落花之下，席地而坐。正饮酒间，门上报道："本府马太爷拜访，将到。"东坡分付："辞了他罢。"是日，两人对酌闲谈，至晚而散。

次日，东坡写了名帖，答拜马太守。马公出堂迎接。彼时没有迎宾馆，就在后堂分宾而坐。茶罢，东坡因叙出去年相府错题了菊花诗，得罪荆公之事。马太守微笑道："学生初到此间，也不知黄州菊花落瓣。亲见一次，此时方信。可见老太师学问渊博，有包罗天地之抱负。学士大人一时忽略，陷于不知，何不到京中太师门下赔罪一番，必然回嗔作喜。"东坡道："学生也要去，恨无其由。"太守道："将来有一事方便[22]，只是不敢轻劳。"东坡问何事。太守道："常规，冬至节必有贺表到京，例差地方官一员。学士大人若不嫌琐屑，假进表为由，到京也好。"东坡道："承堂尊大人用情[23]，学生愿往。"太守道："这道表章，只得借重学士大笔。"东坡应允。

㉒将来：马上，眼下。

㉓堂尊：下属官员对于主官的尊称。

别了马太守回衙，想起荆公嘱付要取瞿塘中峡水的话来。初时心中不服，连这取水一节，置之度外，如今却要替他出力做这件事，以赎妄言之罪。但此事不可轻托他人。现今夫人有恙，思想家乡。既承贤守公美意，不若告假亲送家眷还乡，取得瞿塘中峡水，庶为两便。黄州至眉

州，一水之地，路正从瞿塘三峡过。那三峡？西陵峡，巫峡，归峡。西陵峡为上峡，巫峡为中峡，归峡为下峡。那西陵峡又唤做瞿塘峡，在夔州府城之东。两崖对峙，中贯一江，滟滪堆当其口，乃三峡之门，所以总唤做瞿塘三峡。此三峡共长七百馀里，两崖连山无阙，重峦叠嶂，隐天蔽日。风无南北，惟有上下。自黄州到眉州，总有四千馀里之程，夔州适当其半。东坡心下计较："若送家眷直到眉州，往回将及万里，把贺冬表又担误了。我如今有个道理，叫做公私两尽。从陆路送家眷至夔州，却令家眷自回。我在夔州换船下峡，取了中峡之水，转回黄州，方往东京。可不是公私两尽？"算计已定，对夫人说知，收拾行李，辞别了马太守。衙门上悬一个告假的牌面，择了吉日，准备车马，唤集人夫，合家起程。一路无事，自不必说。

才过夷陵州，早是高

唐县。

驿卒报好音，夔州在前面。

东坡到了夔州，与夫人分手，嘱付得力管家，一路小心伏侍夫人回去。东坡讨个江船，自夔州开发，顺流而下。原来这滟滪堆，是江口一块孤石，亭亭独立，夏即浸没，冬即露出。

因水满石没之时，舟人取途不定，故又名犹豫堆。俗谚云：

犹豫大如象，瞿塘不可上。

犹豫大如马，瞿塘不可下。

东坡在重阳后起身，此时尚在秋后冬前。又其年是闰八月，迟了一个月的节气，所以水势还大。上水时，舟行甚迟，下水时却甚快。东坡来时正怕迟慢，所以舍舟从陆。回时乘着水势，一泻千里，好不顺溜。东坡看见那峭壁千寻，沸波一线，想要作一篇《三峡赋》，结构不就。因连日鞍马困倦，凭几构思，不觉睡去，不曾分付得水手打水。及至醒来问时，已是下峡，过了中峡了。东坡分付：“我要取中峡之水，快与我拨转船头。”水手禀道：“老爷，三峡相连，水如瀑布，船如箭发。若回船便是逆水，日行数里，用力甚难。”东坡沉吟半晌，问：“此地可以泊船，有居民否？”水手禀道：“上二峡悬崖峭壁，船不能停。到归峡，山水之势渐平，崖上不多路，就有市井街道。”

东坡叫泊了船，分付苍头：“你上崖去看有年长知事的居民，唤一个上来，不要声张惊动了他。”苍头领命。登崖不多时，带一个老人上船，口称居民叩头。东坡以美言抚慰：“我是过往客官，与你居民没有统属，要问你一句话。那瞿塘三峡，那一峡的水好？”老者道：

“三峡相连，并无阻隔。上峡流于中峡，中峡流于下峡，昼夜不断。一般样水，难分好歹。”东坡暗想道：“荆公胶柱鼓瑟[24]。三峡相连，一般样水，何必定要中峡？”叫手下给官价与百姓买个干净磁瓮，自己立于船头，看水手将下峡水满满的汲了一瓮，用柔皮纸封固，亲手佥押。

㉔胶柱鼓瑟：指在鼓瑟时粘住弦柱，这样就不能调节音的高低。比喻拘泥固执，不知变通。

即刻开船，直至黄州，拜了马太守。夜间草成贺冬表，送去府中。马太守读了表文，深赞苏君大才。赍表官就佥了苏轼名讳，择了吉日，与东坡饯行。

东坡赍了表文，带了一瓮蜀水，星夜来到东京，仍投大相国寺内。天色还早，命手下抬了水瓮，乘马到相府来见荆公。荆公正当闲坐，闻门上通报："黄州团练使苏爷求见。"荆公笑道："已经一载矣！"分付守门官："缓着些出去，引他东书房相见。"守门官领命。荆公先到书房，见柱上所贴诗稿，经年尘埃迷目。亲手于鹊尾瓶中取拂尘[25]，将尘拂去，俨然如旧。荆公端坐于书房。却说守门官延捱了半晌，方请苏爷。东坡听说东书房相见，想起改诗的去处，面上赧然。勉强进府，到书房见了荆公下拜。荆公用手相扶道："不在大堂相见，惟思远路风霜，休得过礼。"命童儿看坐。东坡坐下，偷看诗稿，贴于对面。荆公用拂尘往左一指道："子瞻，可见光阴迅速，去岁作此诗，又经一载矣！"东坡起身拜伏于地，荆公用手扶住道："子瞻为何？"东坡道："晚学生甘罪了[26]！"荆公道："你见了黄州菊花落瓣么？"东坡道："是。"荆公道："目中未见此一种，也怪不得子瞻！"东坡道："晚学生才疏识浅，全仗老太师海涵。"

㉕拂尘：指掸拭尘土和驱除蚊蝇的用具。

㉖甘罪：认错，服罪。

茶罢，荆公问道："老夫烦足下带瞿塘中峡水，可有么？"东坡道："见携府外。"荆公命堂候官两员[27]，将水瓮抬进书房。荆公亲以衣袖拂拭，纸封打开。命童儿茶灶中煨火，用银铫汲水烹之[28]。先取白定碗一只[29]，投阳羡茶一撮于内。候汤如蟹眼，急取起倾入，其茶色半晌方见。荆公问："此水何处取来？"东坡道："巫峡。"荆公道："是中峡了。”东坡道：“正是。”荆公笑道：“又来欺老夫了！此乃下峡之水，如何假名中峡？”东坡大惊，述土人之言“三峡相连，一般样水”，“晚学生误听了，实是取下峡之水。老太师何以辨之？”荆公道：“读书人不可轻举妄动，须是细心察理。老夫若非亲到黄州，看过菊花，怎么诗中敢乱道黄花落瓣？这瞿塘水性，出于《水经补注》。上峡水性太急，下峡太缓，惟中峡缓急相半。太医院官乃明医，知老夫乃中脘变症[30]，故用中峡水引经。此水烹阳羡茶，上峡味浓，下峡味淡，中峡浓淡之间。今见茶色半晌方见，故知是下峡。”东坡离席谢罪。

㉗堂候官：供使唤的员役。

㉘银铫（diào）：银制的吊子，可用来煮水熬东西。

㉙白定碗：指定窑制造的碗。定窑，是宋代著名的瓷器，产于定州，故名。白定，是定窑的上品。

㉚中脘：中医指胃的内腔。

荆公道：“何罪之有！皆因子瞻过于聪明，以致疏略如此。老夫今日偶然无事，幸子瞻光顾。一向相处，尚不知子瞻学问真正如何，老夫不自揣量，要考子瞻一考。”东坡欣然答道：“晚学生请题。”荆公道：“且住！老夫若遽然考你，只说老夫恃了一日之长。子瞻到先考老夫一考，然后老夫请教。”东坡鞠躬道：“晚学生怎么敢？”荆公道：“子瞻既不肯考老夫，老夫却不好僭妄。也罢，叫徐伦把书房中书橱尽数与我开了。左右二十四橱，书皆积满。但凭于左右橱内上中下三层，取书一册，不拘前后，念上文一句，老夫答下句不来，就算老夫无学。”东坡暗想道：“这老甚迂阔，难道这些书都记在腹内？虽然如此，不好去考他。”答应道：“这个晚学生不敢！”荆公道：“咳！道不得个‘恭敬不如从命’了！”

东坡使乖，只拣尘灰多处，料久不看，也忘记了，任意抽书一本，未见签题，揭开居中，随口念一句道：“如意君安乐否？”

荆公接口道：“‘窃已啖之矣。’可是？”东坡道：“正是。”荆公取过书来，问道：“这句书怎么讲？”东坡不曾看得书上详细，暗想：“唐人讥则天后，曾称薛敖曹为如意君。或者差人问候，曾有此言。只是下文说‘窃已啖之矣’，文理却接上面不来。”沉吟了一会，又想道：“不要惹这老头儿。千虚不如一实。”答应道：“晚学生不知。”荆公道：“这也不是什么秘书，如何就不晓得？这是一桩小故事。汉末灵帝时，长沙郡武冈山后有一狐穴，深入数丈。内有九尾狐狸二头，日久年深，皆能变化。时常化作美妇人，遇着男子往来，诱入穴中行乐。小不如意，分而食之。后有一人姓刘名玺，善于采战之术，入山采药，被二妖所掳。夜晚求欢，刘玺用抽添火候工夫，枕席之间，二狐快乐，称为如意君。大狐出山打食，则小狐看守。小狐出山，则大狐亦如之。日就月将，并无忌惮，酒后，露其本形。刘玺有恐怖之心，精力衰倦。一日，大狐出山打食，小狐在穴，求其云雨，不果其欲。小狐大怒，生啖刘玺于腹内。大狐回穴，心记刘生，问道：‘如意君安乐否?’小狐答道：‘窃已啖之矣。’二狐相争追逐，满山喊叫。樵人窃听，遂得其详，记于《汉末全书》[31]。子瞻想未涉猎?”东坡道：“老太师学问渊深，非晚辈浅学可及!”

㉛《汉末全书》：不详。这故事的来源出于何书待考。

荆公微笑道：“这也算考过老夫了。老夫还席，也要考子瞻一考，子瞻休得吝教!”东坡道：“求老太师命题平易。”荆公道：“考别件事，又道老夫作难。久闻子瞻善于作对，今年闰了个八月，正月立春，十二月又是立春，是个两头春。老夫就将此为题，出句求对，以观子瞻妙才。”命童儿取纸笔过来。荆公写出一对道：

一岁二春双八月，人间两度春秋。

东坡虽是妙才，这对出得跷蹊[32]。一时寻对不出，羞颜可掬，面皮通红了。荆公问道："子瞻从湖州至黄州，可从苏州润州经过么?"东坡道："此是便道。"荆公道："苏州金阊门外，至于虎丘，这一带路，叫做山塘，约有七里之遥，其半路名为半塘。润州古名铁瓮城，临于大江，有金山、银山、玉山，这叫做三山。俱有佛殿僧房，想子瞻都曾游览?"东坡答应道："是。"荆公道："老夫再将苏润二州，各出一对，求子瞻对之。苏州对云：'七里山塘，行到半塘三里半。'润州对云：'铁瓮城西，金、玉、银山三宝地。'"东坡思想多时，不能成对，只得谢罪而出。荆公晓得东坡受了些腌臜[33]，终惜其才。明日奏过神宗天子，复了他翰林学士之职。

㉜跷蹊：奇怪，不正常。

㉝腌臜（ā zā）：肮脏，污秽，这里是窝囊、受委屈的意思。

后人评这篇话道：以东坡天才，尚然三被荆公所屈。何况才不如东坡者！因作诗戒世云：

项托曾为孔子师[34]，荆公反把子瞻嗤。

为人第一谦虚好，学问茫茫无尽期。

㉞ 项托：即项橐（tuó）。相传他七岁时，和孔子论辩，孔子理屈，拜他为师。

三　吕大郎还金完骨肉

【精要简介】

本篇叙述了金员外吝啬、作恶，结果家毁人亡和吕大郎拾金不昧、积善积德，最后家兴人旺两个故事，说明了“世间惟有天工巧，善恶分明不可欺”的道理，旨在劝人向善。

【原文鉴赏】

毛宝放龟悬大印①，宋郊渡蚁占高魁②。

世人尽说天高远，谁识阴功暗里来。

①毛宝放龟悬大印：据《晋书·毛宝传》载：晋人毛宝属下一个军人，养了一只白龟，将它养大放入江中。后来在邾城战争中失败，这个军人掉在江里，被他所养的大白龟救起。《太平御览》引用时，已附会成毛宝的事，并说他因此做了大官。

②宋郊渡蚁：相传宋人宋郊曾经从水潦里救起许多蚂蚁，因为有这阴德，后来中了状元。

话说浙江嘉兴府长水塘地方，有一富翁，姓金名钟，家财万贯，世代都称员外，性至悭吝。平生常有五恨，那五恨？一恨天，二恨地，三恨自家，四恨爹娘，五恨皇帝。恨天者，恨他不常常六月，又多了秋风冬雪，使人怕冷，不免费钱买衣服来穿。恨地者，恨他树木生得不凑趣，若是凑趣，生得齐整如意，树本就好做屋柱③，枝条大者，就好做梁，细者就好做椽，却不省了匠人工作？恨自家者，恨肚皮不会作家，一日不吃饭，就饿将起来。恨爹娘者，恨他遗下许多亲眷朋友，来时未

免费茶费水。恨皇帝者，我的祖宗分授的田地，却要他来收钱粮。不止五恨，还有四愿，愿得四般物事。那四般物事？一愿得邓家铜山[4]，二愿得郭家金穴[5]，三愿得石崇的聚宝盆，四愿得吕纯阳祖师点石为金这个手指头[6]。因有这四愿、五恨，心常不足，积财聚谷，日不暇给，真个是数米而炊，称柴而爨。因此乡里起他一个异名，叫做金冷水，又叫金剥皮。尤不喜者是僧人。世间只有僧人讨便宜，他单会布施俗家的东西，再没有反布施与俗家之理。所以金冷水见了僧人，就是眼中之钉，舌中之刺。

③树本：指树干。

④邓家铜山：汉文帝赐他幸臣邓通以蜀郡的铜矿，并准许他自行铸造通用的钱，这样“邓氏钱”遍天下，邓氏成为大富翁。

⑤郭家金穴：东汉光武帝皇后郭氏的兄弟郭况，所得金钱缣帛的赏赐，丰盛无比，京

师称郭家为“金穴”。

⑥吕纯阳：吕嵒同“岩”，字洞宾，号纯阳，民间传说的八仙之一，被全真道奉为“北五祖”之一，故又尊称他为吕祖。

他住居相近处，有个福善庵。金员外生年五十，从不晓得在庵中破费一文的香钱。所喜浑家单氏，与员外同年同月同日，只不同时，他偏吃斋好善。金员外喜他的是吃斋，恼他的是好善。因四十岁上，尚无子息，单氏瞒过了丈夫，将自己钗梳二十馀金，布施与福善庵老僧，教他妆佛诵经[7]，祈求子嗣。佛门有应，果然连生二子，且是俊秀。因是福善庵祈求来的，大的小名福儿，小的小名善儿。单氏自得了二子之后，时常瞒了丈夫，偷柴偷米，送与福善庵，供养那老僧。金员外偶然察听了些风声，便去咒天骂地，夫妻反目，直聒得一个不耐烦方休。如此也非止一次，只为浑家也是个硬性，闹过了，依旧不理。

⑦妆佛：在佛像上妆金。

其年夫妻齐寿，皆当五旬，福儿年九岁，善儿年八岁，踏肩生下来的，都已上学读书，十全之美。到生辰之日，金员外恐有亲朋来贺寿，预先躲出。单氏又凑些私房银两，送与庵中打一坛斋醮[8]，一来为老夫妇齐寿，二来为儿子长大，了还愿心。日前也曾与丈夫说过来，丈夫不肯，所以只得私房做事。其夜，和尚们要铺设长生佛灯，叫香火道人至金家，问金阿妈要几斗糙米，单氏偷开了仓门，将米三斗，付与道人去了。随后金员外回来，单氏还在仓门口封锁，被丈夫窥见了，又见地下狼藉些米粒，知是私房做事。欲要争嚷，心下想道：“今日生辰好日，况且东西去了，也讨不转来，干拌去了涎沫[9]。”只推不知，忍住这口气。一夜不睡，左思右想道：“叵耐这贼秃常时来蒿恼我家[10]，到是我看家的一个耗鬼。除非那秃驴死了，方绝其患。”恨无计策。

⑧斋醮（jiào）：道教设坛祭祀祈祷的一种仪式，俗称做道场，借以超度亡灵或求福免灾。

⑨干拌去了涎沫：意即徒费唇舌。

⑩叵耐：可恨，可恶。蒿恼：打扰，麻烦。

到天明时，老僧携着一个徒弟来回覆醮事。原来那和尚也怕见金冷水，且站在门外张望。金老早已瞧见，眉头一皱，计上心来。取了几文钱，从侧门走出市心，到山药铺里赎些砒霜。转到卖点心的王三郎店里，王三郎正蒸着一笼熟粉，摆一碗糖馅，要做饼子。金冷水袖里摸出八文钱撇在柜台上道："三郎收了钱，大些的饼子与我做四个，馅却不要下少了。你只捏着窝儿，等我自家下馅则个。"王三郎口虽不言，心下想道："有名的金冷水、金剥皮，自从开这几年点心铺子，从不见他家半文之面。今日好利市，也撰他八个钱⑪。他是好便宜的，便等他多下些馅去，扳他下次主顾。"王三郎向笼中取出雪团样的熟粉，真个捏做窝儿，递与金冷水说道："员外请尊便。"金冷水却将砒霜末悄悄的撒在饼内，然后加馅，做成饼子。如此一连做了四个，热烘烘的放在袖里。离了王三郎店，望自家门首踱将进来。那两个和尚，正在厅中吃茶，金老欣然相揖。揖罢，入内对浑家道："两个师父侵早到来，恐怕肚里饥饿。适才邻舍家邀我吃点心，我见饼子热得好，袖了他四个来，何不就请了两个师父？"单氏深喜丈夫回心向善，取个朱红楪子⑫，把四个饼子装做一碟，叫丫鬟托将出去。那和尚见了员外回家，不敢久坐，已无心吃饼了。见丫鬟送出来，知是阿妈美意，也不好虚得。将四个饼子装做一袖，叫声聒噪⑬，出门回庵而去。金老暗暗欢喜，不在话下。

⑪撰：赚字的俗写。

⑫楪子：即碟子。

⑬聒噪：即聒噪，打扰、惊动等类的客气话。

却说金家两个学生，在社学中读书，放了学时，常到庵中顽耍。这一晚，又到庵中。老和尚想道："金家两位小官人，时常到此，没有什么请得他。今早金阿妈送我四个饼子还不曾动，放在橱柜里，何不将来熯热了[14]，请他吃一杯茶？”当下分付徒弟在橱柜里，取出四个饼子，厨房下熯得焦黄，热了两杯浓茶，摆在房里，请两位小官人吃茶。两个学生顽要了半晌，正在肚饥，见了热腾腾的饼子，一人两个，都吃了。不吃时犹可，吃了呵，分明是：

一块火烧着心肝，万杆枪攒却腹肚。

两个一时齐叫肚疼。跟随的学童慌了，要扶他回去，奈两个疼做一堆，跑走不动。老和尚也着了忙，正不知什么意故。只得叫徒弟一人背了一个，学童随着，送回金员外家，二僧自去了。金家夫妇这一惊非小，慌忙叫学童问其缘故。学童道：“方才到福善庵吃了四个饼子，便叫肚疼起来。那老师父说，这饼子原是我家今早把与他吃的。他不舍得吃，将来恭敬两位小官人。”金员外情知跷蹊了，只得将砒霜实情对阿妈说知。单氏心下越慌了，便把凉水灌他，如何灌得醒！须臾七窍流血，呜呼哀哉，做了一对殇鬼[15]。

⑭熯（hàn）热：烘热，烤热。

⑮殇（shāng）鬼：指未成年而夭折的人。

单氏千难万难，祈求下两个孩儿，却被丈夫不仁，自家毒死了。待要厮骂一场，也是枉然。气又忍不过，苦又熬不过，走进内房，解下束腰罗帕，悬梁自缢。金员外哭了儿子一场，方才收泪，到房中与阿妈商议说话，见梁上这件打秋千的东西，唬得半死，登时就得病上床，不勾七日，也死了。金氏族家，平昔恨那金冷水、金剥皮悭吝，此时大赐其便，大大小小，都蜂拥而来，将家私抢个罄尽。此乃万贯家财、有名的金员外一个终身结果，不好善而行恶之报也。有诗为证：

饼内砒霜那得知？害人番害自家儿。

举心动念天知道，果报昭彰岂有私！

方才说金员外只为行恶上，拆散了一家骨肉。如今再说一个人，单为行善上，周全了一家骨肉。正是：

善恶相形，祸福自见。

戒人作恶，劝人为善。

话说江南常州府无锡县东门外，有个小户人家，兄弟三人，大的叫做吕玉，第二的叫做吕宝，第三的叫做吕珍。吕玉娶妻王氏，吕宝娶妻杨氏，俱有姿色。吕珍年幼未娶。王氏生下一个孩子，小名喜儿，方才六岁，跟邻舍家儿童出去看神会⑯，夜晚不回。夫妻两个烦恼，出了一张招子⑰，街坊上叫了数日，全无影响。吕玉气闷，在家里坐不过，向大户家借了几两本钱，往太仓、嘉定一路，收些绵花布匹，各处贩卖，就便访问儿子消息。每年正二月出门，到八九月回家，又收新货。走了四个年头，虽然趁些利息⑱，眼见得儿子没有寻处了。日久心慢，也不在话下。

⑯神会：指迎神赛会。

⑰招子：这里是寻人

启事的意思。

⑱趁：挣，赚。利息：收益，收入。

到第五个年头，吕玉别了王氏，又去做经纪。何期中途遇了个大本钱的布商，谈论之间，知道吕玉买卖中通透，拉他同往山西脱货，就带绒货转来发卖，于中有些用钱相谢⑲。吕玉贪了蝇头微利，随着去了。及至到了山西，发货之后，遇着连岁荒歉，讨赊帐不起，不得脱身。吕玉少年久旷，也不免行户中走了一两遍⑳，走出一身风流疮，服药调治，无面回家。挨到三年，疮才痊好，讨清了帐目。那布商因为稽迟了吕玉的归期，加倍酬谢。吕玉得了些利物，等不得布商收货完备，自己贩了些粗细绒褐，相别先回。

⑲用钱：即佣金。

⑳行户：指妓院。

一日早晨，行至陈留地方，偶然去坑厕出恭，见坑板上遗下个青布搭膊。检在手中，觉得沉重。取回下处打开看时，都是白物㉑，约有二百金之数。吕玉想道："这不意之财，虽则取之无碍，倘或失主追寻不见，好大一场气闷。古人见金不取㉒，拾带重还㉓。我今年过三旬，尚无子嗣，要这横财何用？"忙到坑厕左近伺候，只等有人来抓寻，就将原物还他。等了一日，不见人来。次日只得起身。

㉑白物：银子的隐语。

㉒见金不取：据载：三国魏管宁和华歆在院中锄菜地，看见地上有一块金子，管宁视之如瓦石，不去拾起；华歆先捡起，后随手扔掉。

㉓拾带重还：唐人裴度曾在庙中拾得某妇人遗下的几条宝带，是她准备去营救父亲应用的。裴度拾到后，一直等候到天黑，第二天，那个妇人匆忙找来，裴度把宝带如数还给他。

又行五百馀里，到南宿州地方。其日天晚，下一个客店，遇着一个同下的客人，闲论起江湖生意之事。那客人说起自不小心，五日前侵晨

到陈留县解下搭膊登东[24]。偶然官府在街上过，心慌起身，却忘记了那搭膊，里面有二百两银子。直到夜里脱衣要睡，方才省得。想着过了一日，自然有人拾去了，转去寻觅，也是无益，只得自认悔气罢了。吕玉便问："老客尊姓？高居何处？"客人道："在下姓陈，祖贯徽州。今在扬州闸上开个粮食铺子。敢问老兄高姓？"吕玉道："小弟姓吕，是常州无锡县人，扬州也是顺路，相送尊兄到彼奉拜。客人也不知详细，答应道："若肯下顾最好。"次早，二人作伴同行。

㉔登东：上厕所。

不一日，来到扬州闸口。吕玉也到陈家铺子，登堂作揖，陈朝奉看坐献茶[25]。吕玉先提起陈留县失银子之事，盘问他搭膊模样，是个深蓝青布的，一头有白线缉一个陈字。吕玉心下晓然，便道："小弟前在陈留拾得一个搭膊，到也相像，把来与尊兄认看。"陈朝奉见了搭膊，道："正是。"搭膊里面银两，原封不动。吕玉双手递还陈朝奉。陈朝奉过意不去，要与吕玉均分，吕玉不肯。陈朝奉道："便不均分，也受我几两谢礼，等在下心安。"吕玉那里肯受。

㉕朝奉：官名，即朝奉大夫，后来用作对富翁或店铺管事的称呼。

陈朝奉感激不尽，慌忙摆饭相款，思想："难得吕玉这般好人，还金之恩，无门可报。自家有十二岁一个女儿，要与吕君扳一脉亲往来，第不知他有儿子否？"饮酒中间，陈朝奉问道："恩兄，令郎几岁了？"吕玉不觉掉下泪来，答道："小弟只有一儿，七年前为看神会，失去了，至今并无下落。荆妻亦别无生育。如今回去，意欲寻个螟蛉之子[26]，出去帮扶生理，只是难得这般凑巧的。"陈朝奉道："舍下数年之间，将三两银子，买得一个小厮，貌颇清秀，又且乖巧，也是下路人带来的[27]。如今一十三岁了，伴着小儿在学堂中上学。恩兄若看得中意时，就送与恩兄伏侍，也当我一点薄敬。"吕玉道："若肯相借，当奉还身价。"陈朝奉道："说那里话来！只恐恩兄不用时，小弟无以为情。”当下便教掌店的，去学堂中唤喜儿到来。

㉖螟蛉（mínglíng）：指养子。

㉗下路人：指家住长江下游一带的人。

吕玉听得名字与他儿子相同，心中疑惑。须臾，小厮唤到，穿一领芜湖青布的道袍，生得果然清秀，习惯了学堂中规矩，见了吕玉，朝上深深唱个喏[28]。吕玉心下便觉得欢喜，仔细认出儿子面貌来。四岁时，因跌损左边眉角，结一个小疤儿，有这点可认，吕玉便问道：“几时到陈家的?”那小厮想一想道：“有六七年了。”又问他：“你原是那里人？谁卖你在此?”那小厮道：“不十分详细。只记得爹叫做吕大，还有两个叔叔在家。娘姓王，家在无锡城外。小时被人骗出，卖在此间。”吕玉听罢，便抱那小厮在怀，叫声：“亲儿！我正是无锡吕大！是你的亲爹了。失了你七年，何期在此相遇!”正是：

水底捞针针已得，掌中失宝宝重逢。

筵前相抱殷勤认，犹恐今朝是梦中。

小厮眼中流下泪来。吕玉伤感，自不必说。吕玉起身拜谢陈朝奉：

“小儿若非府上收留，今日安得父子重会?”陈朝奉道：“恩兄有还金之盛德，天遣尊驾到寒舍，父子团圆。小弟一向不知是令郎，甚愧怠慢。”吕玉又叫喜儿拜谢了陈朝奉。陈朝奉定要还拜，吕玉不肯，再三扶住，受了两礼，便请喜儿坐于吕玉之傍。陈朝奉开言：“承恩兄相爱，学生一女年方十二岁，欲与令郎结丝萝之好㉙。”吕玉见他情意真恳，谦让不得，只得依允。是夜父子同榻而宿，说了一夜的说话。

㉘唱喏：古代男子相见时，一面拱手行礼，一面口里喊喏，叫做唱喏。

㉙丝萝：菟丝和女萝，两种蔓生植物，常缠绕在草木上，不易分开。故用来比喻结为婚姻。

次日，吕玉辞别要行，陈朝奉留住，另设个大席面，管待新亲家、新女婿，就当送行。酒行数巡，陈朝奉取出白金二十两，向吕玉说道：“贤婿一向在舍有慢，今奉些须薄礼相赎，权表亲情，万勿固辞。”吕玉道：“过承高门俯就，舍下就该行聘定之礼。因在客途，不好苟且，如何反费亲家厚赐？决不敢当!”陈朝奉道：“这是学生自送与贤婿的，不干亲翁之事。亲翁若见却，就是不允这头亲事了。”吕玉没得说，只得受了，叫儿子出席拜谢。陈朝奉扶起道：“些微薄礼，何谢之有。”喜儿又进去谢了丈母。当日开怀畅饮，至晚而散。吕玉想道：“我因这还金之便，父子相逢，诚乃天意。又攀了这头好亲事，似锦上添花。无处报答天地，有陈亲家送这二十两银子，也是不意之财，何不择个洁净僧院，籴米斋僧，以种福田?”主意定了。

次早，陈朝奉又备早饭。吕玉父子吃罢，收拾行囊，作谢而别，唤了一只小船，摇出闸外。约有数里，只听得江边鼎沸，原来坏了一只人载船，落水的号呼求救，崖上人招呼小船打捞，小船索要赏犒，在那里争嚷。吕玉想道：“救人一命，胜造七级浮屠。比如我要去斋僧，何不舍这二十两银子做赏钱，教他捞救，见在功德。”当下对众人说：“我出赏钱，快捞救。若救起一船人性命，把二十两银子与你们。”众人听得有二十两银子赏钱，小船如蚁而来。连崖上人，也有几个会水性的，赴水去救。须臾之间，把一船人都救起。吕玉将银子付与众人分散。水中得命的，都千恩万谢。只见内中一人，看了吕玉叫道：“哥哥那里来？”

吕玉看他，不是别人，正是第三个亲弟吕珍。吕玉合掌道：“惭愧[30]，惭愧！天遣我捞救兄弟一命。”忙扶上船，将干衣服与他换了。吕珍纳头便拜，吕玉答礼，就叫侄儿见了叔叔。把还金遇子之事，述了一遍，吕珍惊讶不已。

㉚惭愧：侥幸，难得。

吕玉问道：“你却为何到此？”吕珍道：“一言难尽。自从哥哥出门之后，一去三年，有人传说哥哥在山西害了疮毒身故。二哥察访得实，嫂嫂已是成服戴孝，兄弟只是不信。二哥近日又要逼嫂嫂嫁人，嫂嫂不从。因此教兄弟亲到山西访问哥哥消息，不期于此相会。又遭覆溺，得哥哥捞救，天与之幸！哥哥不可怠缓，急急回家，以安嫂嫂之心。迟则怕有变了。”吕玉闻说惊慌，急叫家长开船[31]，星夜赶路。正是：

心忙似箭惟嫌缓，船走如梭尚道迟。

㉛家长：指船家，船主。

再说王氏闻丈夫凶信，初时也疑惑。被吕宝说得活龙活现，也信了，少不得换了些素服。吕宝心怀不善，想着哥哥已故，嫂嫂又无所出，况且年纪后生，要劝他改嫁，自己得些财礼。教浑家杨氏与阿姆说[32]，王氏坚意不从。又得吕珍朝夕谏阻，所以其计不成。王氏想道：“千闻不如一见。虽说丈夫已死，在几千里之外，不知端的。”央小叔吕珍是必亲到山西，问个备细：“如果然不幸，骨殖也带一块回来。”

㉜阿姆：即姆姆，妯娌之间，弟媳妇对嫂嫂的称呼。

吕珍去后，吕宝愈无忌惮，又连日赌钱输了，没处设法。偶有江西客人丧偶，要讨一个娘子，吕宝就将嫂嫂与他说合。那客人也访得吕大

的浑家有几分颜色，情愿出三十两银子。吕宝得了银子，向客人道："家嫂有些妆乔[33]，好好里请他出门，定然不肯。今夜黄昏时分，唤了人轿，悄地到我家来，只看戴孝髻的，便是家嫂，更不须言语，扶他上轿，连夜开船去便了。"客人依计而行。

㉝妆乔：装腔做作，装模作样。

却说吕宝回家，恐怕嫂嫂不从，在他跟前不露一字，却私下对浑家做个手势道："那两脚货[34]，今夜要出脱与江西客人去了。我生怕他哭哭啼啼，先躲出去。黄昏时候，你劝他上轿，日里且莫对他说。"吕宝自去了，却不曾说明孝髻的事。原来杨氏与王氏妯娌最睦，心中不忍，一时丈夫做主，没奈他何。欲言不言，直挨到酉牌时分，只得与王氏透个消息："我丈夫已将姆姆嫁与江西客人，少停，客人就来取亲，教我莫说。我与姆姆情厚，不好瞒得。你房中有甚细软家私，预先收拾，打个包裹，省得一时忙乱。”王氏啼哭起来，叫天叫地起来。杨氏道：“不是奴苦劝姆姆。后生家孤孀，终久不了。吊桶已落在井里，也是一缘一会㉟，哭也没用！”王氏道：“婶婶说那里话！我丈夫虽说已死，不曾亲见。且待三叔回来，定有个真信。如今逼得我好苦！”说罢又哭。杨氏左劝右劝，王氏住了哭说道：“婶婶，既要我嫁人，罢了，怎好戴孝髻出门？婶婶寻一顶黑髻与奴换了。”杨氏又要忠丈夫之托，又要姆姆面上讨好，连忙去寻黑髻来换。也是天数当然，旧髻儿也寻不出一顶。王氏道：“婶婶，你是在家的，暂时换你头上的髻儿与我。明早你教叔叔铺里取一顶来换了就是。”杨氏道：“使得。”便除下髻来递与姆姆。王氏将自己孝髻除下，换与杨氏戴了。王氏又换了一身色服。黄昏过后，江西客人引着灯笼火把，抬着一顶花轿，吹手虽有一副，不敢吹打。如风似雨，飞奔吕家来。吕宝已自与了他暗号，众人推开大门，只认戴孝髻的就抢。杨氏嚷道：“不是！”众人那里管三七二十一，抢上轿时，鼓手吹打，轿夫飞也似抬去了。

一派笙歌上客船，错疑孝髻是姻缘。

新人若向新郎诉，只怨亲夫不怨天。

㉞两脚货：对人的蔑称。

㉟吊桶已落在井里，也是一缘一会：谚语，表示天缘相合，有缘分。

王氏暗暗叫谢天谢地，关了大门，自去安歇。次日天明，吕宝意气扬扬，敲门进来。看见是嫂嫂开门，吃了一惊，房中不见了浑家，见嫂子头上戴的是黑髻，心中大疑，问道：“嫂嫂，你婶子那里去了？”王氏暗暗好笑，答道：“昨夜被江西蛮子抢去了。”吕宝道：“那有这话？且问嫂嫂如何不戴孝髻？”王氏将换髻的缘故，述了一遍。吕宝捶胸，只是叫苦，指望卖嫂子，谁知到卖了老婆！江西客人已是开船去了。三十两银子，昨晚一夜就赌输了一大半，再要娶这房媳妇子，今生休想。

复又思量，一不做，二不休，有心是这等，再寻个主顾把嫂子卖了，还有讨老婆的本钱。方欲出门，只见门外四五个人，一拥进来，不是别人，却是哥哥吕玉、兄弟吕珍，侄子喜儿，与两个脚家，驮了行李货物进门。吕宝自觉无颜，后门逃出，不知去向。

王氏接了丈夫，又见儿子长大回家，问其缘故。吕玉从头至尾，叙了一遍。王氏也把江西人抢去婶婶，吕宝无颜，后门走了一段情节叙出。吕玉道："我若贪了这二百两非意之财，怎勾父子相见？若惜了那二十两银子，不去捞救覆舟之人，怎能勾兄弟相逢？若不遇兄弟时，怎知家中信息？今日夫妻重会，一家骨肉团圆，皆天使之然也。逆弟卖妻，也是自作自受。皇天报应，的然不爽[36]！"自此益修善行，家道日隆。后来喜儿与陈员外之女做亲，子孙繁衍，多有出仕贵显者。诗云：

本意还金兼得子，立心卖嫂反输妻。

世间惟有天工巧，善恶分明不可欺。

㊱的然不爽：指因果报应果然应验，没有丝毫差失。

四　陈可常端阳仙化

【精要简介】

本篇讲述的是落第秀才陈可常出家为僧，被吴七郡王的婢女新荷诬陷与其有染，被押至府衙，屈打成招，后真相大白的故事，指斥了皇亲国戚屈杀无辜，却以佛家的宿世冤业为解释，来掩盖罪责的恶行。

【原文鉴赏】

利名门路两无凭，百岁风前短焰灯。

只恐为僧僧不了，为僧得了尽输僧。

话说大宋高宗绍兴年间，温州府乐清县，有一秀才，姓陈，名义，字可常，年方二十四岁。生得眉目清秀，且是聪明，无书不读，无史不通。绍兴年间，三举不第，就于临安府众安桥命铺，算看本身造物。那先生言："命有华盖[①]，却无官星，只好出家。"陈秀才自小听得母亲说，生下他时，梦见一尊金身罗汉投怀。今日功名蹭蹬之际[②]，又闻星家此言，忿一口气[③]，回店歇了一夜，早起算还了房宿钱，雇人挑了行李，径来灵隐寺投奔印铁牛长老出家，做了行者。这个长老，博通经典，座下有十个侍者，号为甲、乙、丙、丁、戊、己、庚、辛、壬、癸，皆读书聪明。陈可常在长老座下做了第二位侍者。

①华盖：古代迷信说法，认为犯了华盖的人，多有可能是僧道之命。

②蹭蹬（cèng dèng）：倒霉，失势。

③忿：闷着，憋着。

绍兴十一年间，高宗皇帝母舅吴七郡王④，时遇五月初四日，府中裹粽子。当下郡王钧旨分付都管："明日要去灵隐寺斋僧，可打点供食齐备。"都管领钧旨⑤，自去关支银两，买办什物，打点完备。至次日早饭后，郡王点看什物，上轿。带了都管、干办、虞候、押番一干人等⑥，出了钱塘门，过了石涵桥、大佛头，径到西山灵隐寺。先有报帖报知，长老引众僧鸣钟擂鼓，接郡王上殿烧香，请至方丈坐下。长老引众僧参拜献茶，分立两傍。郡王说："每年五月重五，入寺斋僧解粽，今日依例布施。"院子抬供食献佛⑦，大盘托出粽子，各房都要散到。

郡王闲步廊下，见壁上有诗四句：

齐国曾生一孟尝⑧，晋朝镇恶又高强⑨。

五行偏我遭时蹇，欲向星家问短长。

④高宗皇帝母舅吴七郡王：指宋高宗皇后吴氏的兄弟吴益。话本里

误妻弟为母舅。

⑤都管：即总管，管理事务的奴仆头目。

⑥干办：负责买办和伺候差遣的奴仆，地位比都管小。虞候：宋代禁军中比军士稍高一些的小校的名目，为高级官员的随身侍从。押番：宋代禁军中比军兵高一级的军士，正式的名称是押官。

⑦院子：年轻的仆役。

⑧孟尝：战国时齐国公子田文，号孟尝君，善养士，门下食客数千人。

⑨镇恶：即东晋王镇恶，前秦宰相王猛之孙。秦亡后投晋，官至征虏将军。

郡王见诗道：“此诗有怨望之意，不知何人所作？”回至方丈，长老设宴管待。郡王问：“长老，你寺中有何人能作得好诗？”长老：“覆恩王，敝寺僧多，座下有甲、乙、丙、丁、戊、己、庚、辛、壬、癸十个侍者，皆能作诗。”郡王说：“与我唤来。”长老：“覆恩王，止有两个在敝寺，这八个教去各庄上去了。”只见甲乙二侍者，到郡王面前。郡王叫甲侍者：

“你可作诗一首。”甲侍者禀乞题目，郡王教就将粽子为题。甲侍者作诗曰：

四角尖尖草缚腰，浪荡锅中走一遭。

若还撞见唐三藏，将来剥得赤条条。

郡王听罢，大笑道：“好诗，却少文采。”再唤乙侍者作诗。乙侍者问讯了[⑩]，乞题目，也教将粽子为题。作诗曰：

香粽年年祭屈原，斋僧今日结良缘。

满堂供尽知多少，生死工夫那个先？

郡王听罢大喜道：“好诗！”问乙侍者：“廊下壁间诗，是你作的？”乙侍者：“覆恩王，是侍者作的。”郡王道：“既是你作的，你且解与我知道。”乙侍者道：“齐国有个孟尝君，养三千客，他是五月五日午时生。晋国有个大将王镇恶，此人也是五月五日午时生。小侍者也是五月五日午时生，却受此穷苦，以此作下四句自叹。”郡王问：“你是何处人氏？”侍者答道：“小侍者温州府乐清县人氏，姓陈名义，字可常。”郡王见侍者言语清亮，人才出众，意欲抬举他，当日就差押番，去临安府僧录司讨一道度牒⑪，将乙侍者剃度为僧，就用他表字可常，为佛门中法号，就作郡王府内门僧⑫。郡王至晚回府，不在话下。

⑩问讯：指僧尼向人合掌致敬，表示问候。

⑪僧录司：管理佛教寺院和僧尼事务的机构。唐文宗开成年间，开始在京邑设立左右街僧录，明洪武十五年（1382年）设置僧录司。度牒：古代人出家当和尚，须经政府审查，合格者才发给证明文件，称作度牒。有了度牒可以免除赋税和劳役等。

⑫门僧：即门下的僧人，也就是由吴七郡王做他的保护人和供给布施者。

光阴似箭，不觉又早一年。至五月五日，郡王又去灵隐寺斋僧。长老引可常并众僧接入方丈，少不得安办斋供，款待郡王。坐间叫可常到面前道：“你作一篇词，要见你本身故事。”可常问讯了，口念一词，名《菩萨蛮》：

平生只被今朝误，今朝却把平生补。重午一年期，斋僧只待时。

主人恩义重，两载蒙恩宠。清净得为僧，幽闲度此生。

郡王大喜，尽醉回府，将可常带回。见两国夫人说⑬：“这个和尚是温州人氏，姓陈名义，三举不第，因此弃俗出家，在灵隐寺做侍者。我见他作得好诗，就剃度他为门僧，法号可常。如今一年了，今日带回府来，参拜夫人。”夫人见说，十分欢喜，又见可常聪明朴实，一府中人都欢喜。郡王与夫人解粽，就将一个与可常，教作“粽子词”，还要《菩萨蛮》。可常问讯了，乞纸笔写出一词来：

包中香黍分边角，彩丝剪就交绒索。樽俎泛菖蒲，年年五月初。

主人恩义重，对景承欢宠。何日玩山家？葵蒿三四花！

郡王见了大喜，传旨唤出新荷姐[14]，就教他唱可常这词。那新荷姐生得眉长眼细，面白唇红，举止轻盈。手拿象板，立于筵前，唱起绕梁之声，众皆喝采。郡王又教可常做新荷姐词一篇，还要《菩萨蛮》。可常执笔便写，词曰：

天生体态腰肢细，新词唱彻歌声利。一曲泛清奇，扬尘簌簌飞。

主人恩义重，宴出红妆宠。便要赏新荷，时光也不多！

郡王越加欢喜。至晚席散，着可常回寺。

⑬两国夫人：宋制，三师三公的妻子都奉为国夫人，吴七郡王吴益，先官太尉，后为太师，故其妻应有两个封号，所以称为两国夫人。

⑭新荷：双关语，既指歌女新荷，又指刚刚露出水面的荷叶。

至明年五月五日，郡王又要去灵隐寺斋僧。不想大

雨如倾，郡王不去，分付院公[15]：“你自去分散众僧斋供，就教同可常到府中来看看。”院公领旨去灵隐寺斋僧，说与长老：“郡王教同可常回府。”长老说：“近日可常得一心病，不出僧房，我与你同去问他。”院公与长老同至可常房中。可常睡在床上，分付院公：“拜覆恩王，小僧心病发了，去不得。有一柬帖，与我呈上恩王。”院公听说，带来这封柬帖回府。郡王问：“可常如何不来？”院公：“告恩王，可常连日心疼病发，来不得。教男女奉上一简[16]，他亲自封好。”郡王拆开看，又是《菩萨蛮》词一首：

去年共饮菖蒲酒，今年却向僧房守。好事更多磨，教人没奈何。

主人恩义重，知我心头痛。待要赏新荷，争知疾愈么？

⑮院公：奴仆当中年长和资格深一些的。

⑯男女：奴仆对于家主的自称，犹言奴才，小的。

郡王随即唤新荷出来唱此词。有管家婆禀：“覆恩王，近日新荷眉低眼慢，乳大腹高，出来不得。”郡王大怒，将新荷送交府中五夫人勘问。新荷供说：“我与可常奸宿有孕。”五夫人将情词覆恩王。郡王大怒：“可知道这秃驴词内都有赏新荷之句，他不是害什么心病，是害的相思病！今日他自觉心亏，不敢到我府中！”教人分付临安府，差人去灵隐寺，拿可常和尚。临安府差人去灵隐寺印长老处要可常。长老离不得安排酒食，送些钱钞与公人。常言道：“官法如炉，谁肯容情。”可常推病不得，只得挣阂起来[17]，随着公人到临安府厅上跪下。

府主升堂：

冬冬牙鼓响，公吏两边排。

阎王生死案，东岳摄魂台[18]。

带过可常问道：“你是出家人，郡王怎地恩顾你，缘何做出这等没天理的事出来？你快快招了！”可常说：“并无此事。”府尹不听分辨：“左右拿下好生打！”左右将可常拖倒，打得皮开肉绽，鲜血迸流。可常招道：“小僧果与新荷有奸。一时念头差了，供招是实。”将新荷勘问，一般供招。临安府将可常、新荷供招呈上郡王。郡王本要打杀可常，因他满腹文章，不忍下手，监在狱中。

⑰挣阔（chuài）：挣扎，支持，勉强支撑。

⑱东岳：即东岳大帝。道教所奉祀掌管人间赏罚和生死的泰山神。

却说印长老自思："可常是个有德行和尚，日常山门也不出，只在佛前看经。便是郡王府里唤去半日，未晚就回，又不在府中宿歇，此奸从何而来？内中必有蹺蹊！"连忙入城去传法寺，央住持槁大惠长老同到府中，与可常讨饶。郡王出堂，赐二长老坐，待茶。郡王开口便说："可常无礼！我平日怎么看待他，却做下不仁之事！"二位长老跪下，再三禀说："可常之罪，僧辈不敢替他分辨，但求恩王念平日错爱之情，可以饶恕一二。"郡王请二位长老回寺，"明日分付临安府量轻发落。"印长老开言："覆恩王，此事日久自明。"郡王闻言心中不喜，退入后堂，再不出来。二位长老见郡王不出，也走出府来。槁长者道："郡王嗔怪你说'日久自明'。他不肯认错，便不出来。"印长老便说："可常是个有德行的，日常无事，山门也不出，只在佛前看经。便是郡王府里唤去，去了半日便回，又不曾宿歇，此奸从何而来？故此小僧说'日久自明'，必有冤枉。"槁长老说："'贫不与富敌，贱不与贵争。'僧家怎敢与王府争得是非？这也是宿世冤业，且得他量轻发落，却又理会。"说罢，各回寺去了，不在话下。次日郡王将封简子去临安府[19]，即将可常、新荷量轻打断[20]。有大尹禀郡王："待新荷产子，可断。"郡王分付，便要断出。府官只得将僧可常追了度牒，杖一百，发灵隐寺，转发宁家当差。将新荷杖八十，发钱塘县转发宁家[21]，追原钱一千贯还郡王府。

⑲简子：便笺，便札。

⑳打：给予杖罪。断：判决，处理。

㉑宁家：宁家住或宁家住坐的简称，意为回家。

却说印长老接得可常，满寺僧众教长老休要安着可常在寺中，玷辱宗风。长老对众僧说："此事必有跷蹊，久后自明。"长老令人山后搭一草舍，教可常将息棒疮好了，着他自回乡去。

且说郡王把新荷发落宁家，追原钱一千贯。新荷父母对女儿说："我又无钱，你若有私房积蓄，将来凑还府中。"新荷说："这钱自有人替我出。"张公骂道："你这贱人！与个穷和尚通奸，他的度牒也被追了，却那得钱来替你还府中？"新荷说："可惜屈了这个和尚。我自与府中钱原都管有奸，他见我有孕了，恐事发，'到郡王面前，只供与可常和尚有奸。郡王喜欢可常，必然饶你。我自来供养你家，并使用钱物。'说过的话，今日只去问他讨钱来用，并还官钱[22]。我一个身子被他骗了，先前说过的话，如何赖得？他若欺心不招架时，左右做我不着[23]，你两个老人家将我去府中，等我郡王面前实诉，也出脱了可常和尚。"

㉒官钱：郡王府里的身价钱是经官断追的，要缴官转还，故称为

官钱。

㉓左右做我不着：反正连累不到我身上，奈何我不得的意思。

父母听得女儿说，便去府前伺候钱都管出来，把上项事一一说了。钱都管到焦躁起来，骂道："老贱才！老无知！好不识廉耻！自家女儿偷了和尚，官司也问结了，却说恁般鬼话来图赖人！你欠了女儿身价钱，没处措办时，好言好语，告个消乏[24]，或者可怜你的，一两贯钱助了你也不见得。你却说这样没根蒂的话来，傍人听见时，教我怎地做人？"骂了一顿，走开去了。

㉔消乏：缺少钱财，拮据，贫乏。

张老只得忍气吞声回来，与女儿说知。新荷见说，两泪交流，乃言："爹娘放心，明日却与他理会[25]。"至次日，新荷跟父母到郡王府前，连声叫屈。郡王即时叫人拿来，却是新荷父母。郡王骂道："你女儿做下迷天大罪，到来我府前叫屈！"张老跪覆："恩王，小的女儿没福，做出事来，其中屈了一人，望恩王做主。"郡王问："屈了何人？"张老道："小人不知，只问小贱人便有明白。"郡王问："贱人在那里？"张老道："在门首伺候。"郡王唤他入来，问他详细。新荷入到府堂跪下。郡王问："贱人，做下不仁之事，你今说屈了甚人？"新荷："告恩王，贱妾犯奸，妄屈了可常和尚。"郡王问："缘何屈了他？你可实说，我到饶你。"新荷告道："贱妾犯奸，却不干可常之事。"郡王道："你先前怎地不说？"新荷告道："妾实被干办钱原奸骗。有孕之时，钱原怕事露，分付妾：'如若事露，千万不可说我！只说与可常和尚有奸。因郡王喜欢可常，必然饶你。'"郡王骂道："你这贱人，怎地依他说，害了这个和尚！"新荷告道："钱原说：'你若无事退回，我自养你一家老小；如要原钱还府，也是我出。'今日贱妾宁家，恩王责取原钱，一时无措，只得去问他讨钱还府中。以此父亲去与他说，到把父亲打骂，被害无辜。妾今诉告明白，情愿死在恩王面前。"郡王道："先前他许

供养你一家，有甚表记为证?”新荷：“告恩王，钱原许妾供养，妾亦怕他番悔，已拿了他上直朱红牌一面为信㉖。”郡王见说，十分大怒，跌脚大骂：“泼贱人！屈了可常和尚！”就着人分付临安府，拿钱原到厅审问拷打，供认明白。一百日限满，脊杖八十㉗，送沙门岛牢城营料高㉘。新荷宁家，饶了一千贯原钱。随即差人去灵隐寺取可常和尚来。

却说可常在草舍将息好了，又是五月五日到。可常取纸墨笔来，写下一首《辞世颂》：

生时重午，为僧重午，得罪重午，死时重午。为前生欠他债负，若不当时承认，又恐他人受苦。今日事已分明，不若抽身回去。五月五日午时书，赤口白舌尽消除；五月五日天中节，赤口白舌尽消灭。”

㉕理会：交涉，评理。

㉖上直：值班，值勤。

㉗脊杖：宋代的杖刑分为脊杖和臀杖。脊杖就是打脊背。

㉘沙门岛：山东登州海中的小岛，宋代死罪获宽免的犯人大都流放到这里，“至者多死”。在人数超过一定限额时，便把其中的一些犯人抛在海里。牢城营：宋代囚禁流配罪犯的场所。料高：即瞭高，守望的意思，是指日受风吹日晒，负有监视人犯责任的苦役。

可常作了《辞世颂》，走出草舍，有一泉水。可常脱了衣裳，遍身抹净，穿了衣服，入草舍结跏趺坐圆寂了㉙。道人报与长老知道，长老将自己龛子㉚，妆了可常，抬出山顶。长老正欲下火，只见郡王府院公来取可常。长老道：“院公，你去禀覆恩王，可常坐化了，正欲下火。郡王来取，今且暂停，待恩王令旨。”院公说：“今日事已明白，不干可常之事。皆因屈了，教我来取，却又圆寂了。我去禀恩王，必然亲自来看下火。”院公急急回府，将上项事并《辞世颂》呈上，郡王看了大惊。

㉙结跏趺坐：佛教徒坐禅法，即交迭左右脚背于左右股上而坐。圆

寂：梵文音为般涅槃或涅槃，为佛教所指的最高境界，后称得道的僧尼死为圆寂。

㉚龛子：装殓僧人尸体的木盒。

次日，郡王同两国夫人去灵隐寺烧化可常，众僧接到后山。郡王与两国夫人亲自拈香罢，郡王坐下。印长老带领众僧看经毕。印长老手执火把，口中念道：

留得屈原香粽在，龙舟竞渡尽争先。

从今剪断缘丝索，不用来生复结缘。

恭惟圆寂可常和尚：重午本良辰，谁把兰汤浴？角黍漫包金，菖蒲空切玉。须知《妙法华》，大乘俱念足。手不折新荷，枉受攀花辱。目下事分明，唱彻阳关曲。今日是重午，归西何太速！寂灭本来空，管甚时辰毒？山僧今日来，赠与光明烛。凭此火光三昧，要见本来面目。

咦！唱彻当时《菩萨蛮》，撒手便归兜率国[31]。

众人只见火光中现出可常，问讯谢郡王、夫人、长老并众僧：“只因我前生欠宿债，今世转来还。吾今归仙境，再不往人间。吾是五百尊罗汉中名常欢喜尊者。”正是：

从来天道岂痴聋？好丑难逃久照中。

说好劝人归善道，算来修德积阴功。

㉛兜率国：即兜率天，佛教谓欲界的第四层天，其内院是弥勒成佛的人间净土，外院为天上众生所住的地方，是佛弟子心目中仰望的地方，认为人若能潜心向佛，死后就可以升到兜率天国的净土中去。

五　崔待诏生死冤家[①]

【精要简介】

本篇讲述的是咸安郡王的女奴璩秀秀与碾玉工人崔宁私奔，后被咸安郡王抓回打死，鬼魂仍与崔宁逃奔建康同居的故事，揭露了封建统治者对市民阶层的压迫，表现了主人公对人身自由和婚姻自由的强烈渴望。

【原文鉴赏】

山色晴岚景物佳，暖烘回雁起平沙。东郊渐觉花供眼，南陌依稀草吐芽。

堤上柳，未藏鸦，寻芳趁步到山家。陇头几树红梅落，红杏枝头未着花。

①宋小说题作《碾玉观音》。

这首《鹧鸪天》说孟春景致，原来又不如仲春词作得好：

每日青楼醉梦中[②]，不知城外又春浓。杏花初落疏疏雨，杨柳轻摇淡淡风。

浮画舫，跃青骢，小桥门外绿阴笼。行人不入神仙地，人在珠帘第几重？

②青楼：这里指富贵人家的楼房。

这首词说仲春景致，原来又不如黄夫人作着季春词又好[③]：

先自春光似酒浓，时听燕语透帘栊。小桥杨柳飘香絮，山寺绯桃散落红。

莺渐老，蝶西东，春归难觅恨无穷。侵阶草色迷朝雨，满地梨花逐晓风。”

③黄夫人：宋代女词人，名孙道绚，自号冲虚居士，其子名黄铢。

这三首词，都不如王荆公看见花瓣儿片片风吹下地来，原来这春归去，是东风断送的。有诗道：

春日春风有时好，春日春风有时恶。

不得春风花不开，花开又被风吹落。

苏东坡道：“不是东风断送春归去，是春雨断送春归去。”有诗道：

雨前初见花间蕊，雨后全无叶底花。

蜂蝶纷纷过墙去，却疑春色在邻家。

秦少游道[④]：“也不干风事，也不干雨事，是柳絮飘将春色去。”有诗道：

三月柳花轻复散，飘扬澹荡送春归。

此花本是无情物，一向东飞一向西。

④秦少游：秦观（1049—1100年），字少游，又字太虚，号淮海居士，北宋词人，有《淮海集》。

邵尧夫道[⑤]：“也不干柳絮事，是蝴蝶采将春色去。”有诗道：

花正开时当三月，蝴蝶飞来忙劫劫。

采将春色向天涯，行人路上添凄切。

⑤邵尧夫：邵雍，字尧夫，谥号康节，北宋著名理学家，著有《伊川击壤者》二十卷。

曾两府道[⑥]：“也不干蝴蝶事，是黄莺啼得春归去。”有诗道：

花正开时艳正浓，春宵何事恼芳丛？

黄鹂啼得春归去，无限园林转首空。

⑥曾两府：指曾公亮，字仲明，宋赵祯（仁宗）时人，任官吏部

侍郎，同中书门下事及枢密使。两府，宋代称中书省和枢密院为两府，中书省实际是相职。

朱希真道[7]：“也不干黄莺事，是杜鹃啼得春归去。”有诗道：

杜鹃叫得春归去，吻边啼血尚犹存。

庭院日长空悄悄，教人生怕到黄昏！

⑦ 朱希真：朱敦儒（1081—1159 年），字希真，号岩壑，南宋词人，有《樵歌》三卷。

苏小小道[8]：“都不干这几件事，是燕子衔将春色去。”有《蝶恋花》词为证：

妾本钱塘江上住，花开花落，不管流年度。燕子衔将春色去，纱窗几阵黄梅雨。

斜插犀梳云半吐，檀板轻敲，唱彻《黄金缕》。歌罢彩云无觅处，梦回明月生南浦。

⑧苏小小：南宋杭州有名的妓女。这首词，是托名司马才仲在梦中听见苏小小唱的。

王岩叟道[9]：“也不干风事，也不干雨事，也不干柳絮事，也不干

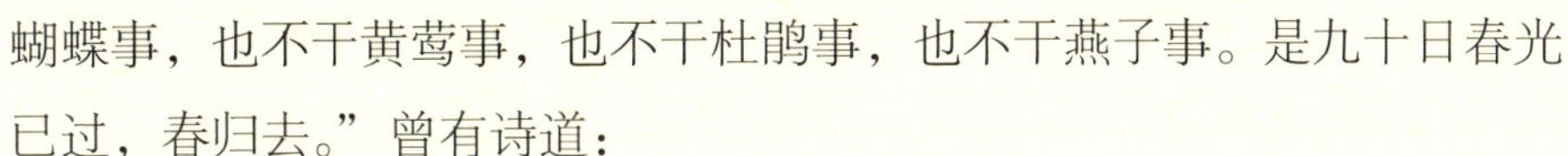

蝴蝶事，也不干黄莺事，也不干杜鹃事，也不干燕子事。是九十日春光已过，春归去。”曾有诗道：

怨风怨雨两俱非，风雨不来春亦归。
腮边红褪青梅小，口角黄消乳燕飞。
蜀魄健啼花影去[10]，吴蚕强食柘桑稀。
直恼春归无觅处，江湖辜负一蓑衣。

⑨王岩叟（1043—1093 年）：字彦霖，宋赵熙（哲宗）时人。

⑩蜀魄：相传古蜀国国王杜宇死后魂魄化为鸟，这鸟便名为杜鹃，又叫子规。这里即用蜀魄代指杜鹃。

说话的，因甚说这春归词？绍兴年间，行在有个关西延州延安府人，本身是三镇节度使、咸安郡王[11]。当时怕春归去，将带着许多钧眷游春[12]。至晚回家，来到钱塘门里车桥，前面钧眷轿子过了，后面是郡王轿子到来。则听得桥下裱褙铺里一个人叫道：“我儿出来看郡王！”当时郡王在轿里看见，叫帮窗虞候道[13]：“我从前要寻这个人，今日却在这里。只在你身上，明日要这个人入府中来。”

当时虞候声诺，来寻这个看郡王的人，是甚色目人[14]？正是：

尘随车马何年尽？情系人心早晚休。

只见车桥下一个人家，门前出着一面招牌，写着“璩家装裱古今书画”。铺里一个老儿，引着一个女儿，生得如何？

云鬟轻笼蝉翼，蛾眉淡拂春山[15]，朱唇缀一颗樱桃，皓齿排两行碎玉。莲步半折小弓弓[16]，莺啭一声娇滴滴。

便是出来看郡王轿子的人。虞候即时来他家对门一个茶坊里坐定，婆婆把茶点来。虞候道：

“启请婆婆，过对门裱褙铺里请璩大夫来说话[17]。”婆婆便去请到来，两个相揖了就坐。璩待诏问[18]：“府干有何见谕[19]？”虞候道：“无甚事，闲问则个[20]。适来叫出来看郡王轿子的人是令爱么？”待诏道：“正是拙女，止有三口。”虞候又问：“小娘子贵庚？”待诏应道：“一十八岁。”再问：“小娘子如今要嫁人，却是趋奉官员[21]？”待诏道：“老拙家寒，那讨钱来嫁人，将来也只是献与官员府第。”虞候道：“小娘子有甚本事？”待诏说出女孩儿一件本事来，有词寄《眼儿媚》为证：

深闺小院日初长，娇女绮罗裳。不做东君造化，金针刺绣群芳。斜枝嫩叶包开蕊，唯只欠馨香。曾向园林深处，引教蝶乱蜂狂。

⑪咸安郡王：南宋抗金名将韩世忠的封爵。上文所述籍贯、官职都相符，所以本篇是以当时民间所传韩世忠的事情为背景的，但文中没有明确指出其姓名。

⑫钧眷：对官员家属的尊称。

⑬帮窗：靠窗，近窗，这里指在轿子的窗傍走。

⑭色目：身份，等级，种类。

⑮春山：春天的山色黛青，用来形容妇女的眉毛。

⑯半折：折，指姆指与中指间的距离。一折约为五寸，半折不到三寸，这里形容很短。弓弓：指旧时缠足妇女所穿的修鞋，因前头弯曲如弓状，故称。

⑰大夫：原为官名，这里是宋代借用官名来尊称手工艺人。

⑱待诏：待命供奉内廷的人，这里也是借用来尊称手工艺人。

⑲府干：对显贵府中办事人的尊称。见谕：一种客气说法，表示上对下的吩咐。

⑳则个：句末加强语气的助词。

㉑趋奉：侍候，服事。

原来这女儿会绣作。虞候道：“适来郡王在轿里，看见令爱身上系着一条绣裹肚[22]。府中正要寻一个绣作的人，老丈何不献与郡王？”璩公归去，与婆婆说了。到明日写一纸献状，献来府中。郡王给与身价，因此取名秀秀养娘[23]。

㉒裹肚：腰巾，也叫兜肚，妇人身着时，是系在衣服外面的。

㉓养娘：对买来的或雇来的女仆的称呼。

不则一日，朝廷赐下一领团花绣战袍。当时秀秀依样绣出一件来。郡王看了欢喜道："主上赐与我团花战袍，却寻甚么奇巧的物事献与官家?"去府库里寻出一块透明的羊脂美玉来，即时叫将门下碾玉待诏[24]，问："这块玉堪做甚么?"内中一个道："好做一副劝杯。"郡王道："可惜恁般一块玉，如何将来只做得一副劝杯?"又一个道："这块玉上尖下圆，好做一个摩侯罗儿[25]。"郡王道："摩侯罗儿，只是七月七日乞巧使得，寻常间又无用处。"数中一个后生，年纪二十五岁，姓崔，名宁，趋事郡王数年，是昇州建康府人。当时叉手向前，对着郡王道："告恩王，这块玉上尖下圆，甚是不好，只好碾一个南海观音。"郡王道："好，正合我意!"就叫崔宁下手。不过两个月，碾成了这个玉观音。郡王即时写表进上御前，龙颜大喜。崔宁就本府增添请给[26]，遭遇郡王[27]。

㉔碾：打磨，雕琢。

㉕摩侯罗：又名摩合罗，一种用泥、木、象牙、玉石等塑制的小孩形状的玩偶，加上衣饰，七夕时作为供奉用。

㉖请给：又称请受，宋代由公家支付的俸禄、粮饷等供给的专称。

㉗遭遇：犹遭际，指被赏识。

不则一日，时遇春天，崔待诏游春回来，入得钱塘门，在一个酒肆，与三四个相知方才吃得数杯，则听得街上闹吵吵。连忙推开楼窗看时，见乱烘烘道："井亭桥有遗漏[28]!"吃不得这酒成，慌忙下酒楼看时，只见"初如萤火，次若灯光，千条蜡烛焰难当，万座糁盆敌不住[29]。六丁神推倒宝天炉[30]，八力士放起焚山火[31]。骊山会上[32]，料应褒姒逞娇容；赤壁矶头，想是周郎施妙策。五通神牵住火葫芦[33]，宋无忌赶番赤骡子[34]。又不曾泻烛浇油，直恁的烟飞火猛。

崔待诏望见了，急忙道："在我本府前不远。"奔到府中看时，已搬挈得罄尽，静悄悄地无一个人。崔待诏既不见人，且循着左手廊下入去，火光照得如同白日。去那左廊下，一个妇女，摇摇摆摆，从府堂里出来。自言自语，与崔宁打个胸厮撞[35]。崔宁认得是秀秀养娘，倒退两步，低身唱个喏。原来郡王当日尝对崔宁许道："待秀秀满日[36]，把来嫁与你。"这些众人都撺掇道："好对夫妻!"崔宁拜谢了，不则一番。崔宁是个单身，却也痴心。秀秀见恁地个后生，却也指望。当日有这遗漏，秀秀手中提着一帕子金珠富贵[37]，从左廊下出来，撞见崔宁，便道："崔大夫，我出来得迟了。府中养娘各自四散，管顾不得，你如今没奈何，只得将我去，躲避则个。"

㉘遗漏：失火的代词，意同"失慎""走水"。

㉙糁（sǎn）盆：应为籸（shēn）盆。旧时除夕祭祖送神时，用松柴高架，举火焚烧的一种仪式，又名生盆。这里来形容失火。

㉚六丁神：传说中的神名，六甲中的丁神，民间奉为火神。

㉛八力士：民间传说中的八位大力神。焚山火：相传战国时介子推隐于绵山，晋文公为搜索他出山，派人放火焚山，介子推抱树被烧死。

㉜骊山会：西周幽王为博褒姒（sì）一笑，在骊山举烽火以戏诸侯。这里用烽火来比喻大火。

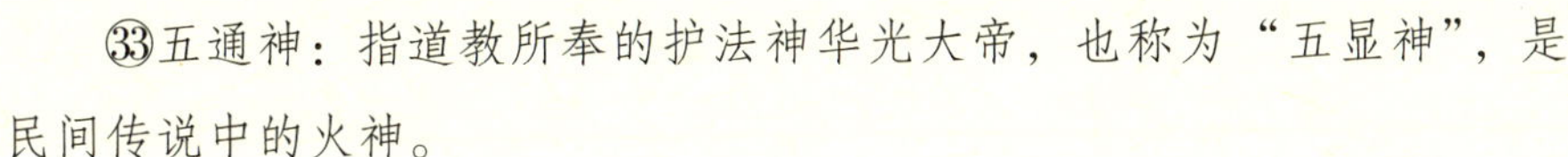

㉝五通神：指道教所奉的护法神华光大帝，也称为“五显神”，是民间传说中的火神。

㉞宋无忌：道教传说中的火仙。

㉟厮撞：相撞，碰撞。

㊱满日：旧时对于男女奴婢，到了一定年龄，主人就将他们放出或择配。

㊲富贵：指珍宝、财物。

当下崔宁和秀秀出府门，沿着河，走到石灰桥。秀秀道：“崔大夫，我脚疼了，走不得。”崔宁指着前面道：“更行几步，那里便是崔宁住处，小娘子到家中歇脚，却也不妨。”到得家中坐定。秀秀道：“我肚里饥，崔大夫与我买些点心来吃！我受了些惊，得杯酒吃更好。”当时崔宁买将酒来，三杯两盏，正是：

三杯竹叶穿心过，两朵桃花上脸来。

道不得个“春为花博士，酒是色媒人”[38]。秀秀道：“你记得当时在月台上赏月，把我许你，你兀自拜谢。你记得也不记得？”崔宁叉着手，只应得“喏”。秀秀道：“当日众人都替你喝采：‘好对夫妻！’你怎地倒忘了？”崔宁又则应得“喏”。秀秀道：“比似只管等待，何不今夜我和你先做夫妻，不知你意下何如？”崔宁道：“岂敢。”秀秀道：“你知道不敢！我叫将起来，教坏了你[39]，你却如何将我到家中？我明日府里去说。”崔宁道：“告小娘子，要和崔宁做夫妻不妨。只一件，这里住不得了，要好，趁这个遗漏人乱时，今夜就走开去，方才使得。”秀秀道：“我既和你做夫妻，凭你行。”当夜做了夫妻。

㊳花博士：指催花使者。

㊴教坏了你：指坏了你的名声，毁了前途。

四更已后，各带着随身金银物件出门。离不得饥餐渴饮，夜住晓行，迤逦来到衢州。崔宁道：“这里是五路总头[40]，是打那条路去好？

不若取信州路上去，我是碾玉作，信州有几个相识，怕那里安得身。”即时取路到信州。住了几日，崔宁道：“信州常有客人到行在往来，若说道我等在此，郡王必然使人来追捉，不当稳便。不若离了信州，再往别处去。”两个又起身上路，径取潭州。不则一日，到了潭州。却是走得远了，就潭州市里讨间房屋，出面招牌，写着“行在崔待诏碾玉生活”。崔宁便对秀秀道：“这里离行在有二千馀里了，料得无事，你我安心，好做长久夫妻。”潭州也有几个寄居官员，见崔宁是行在待诏，日逐也有生活得做。崔宁密使人打探行在本府中事。有曾到都下的，得知府中当夜失火，不见了一个养娘，出赏钱寻了几日，不知下落。也不知道崔宁将他走了，见在潭州住。

㊵五路总头：指四通八达的地方。

时光似箭，日月如梭，也有一年之上。忽一日方早开门，见两个着皂衫的，一似虞候府干打扮，入来铺里坐地，问道：“本官听得说有个行在崔待诏，教请过来做生活。”崔宁分付了家中，随这两个人到湘潭县路上来。便将崔宁到宅里相见官人，承揽了玉作生活，回路归家。正行间，只见一个汉子头上带个竹丝笠儿，穿着一领白段子两上领布衫[41]，青白行缠[42]，找着裤子口，着一双多耳麻鞋，挑着一个高肩担儿，正面来，把崔宁看了一看，崔宁却不见这汉面貌，这个人却见崔宁，从后大踏步尾着崔宁来。正是：

谁家稚子鸣榔板[43]，惊起鸳鸯两处飞。

这汉子毕竟是何人？且听下回分解。

竹引牵牛花满街，疏篱茅舍月光筛。琉璃盏内茅柴酒[44]，白玉盘中簇豆梅[45]。

休懊恼，且开怀，平生赢得笑颜开。三千里地无知己，十万军中挂印来。

㊶两上领：古代衫子的领，有另外用一条布缝缀的，叫做两上领，布是白色，称为白段子。

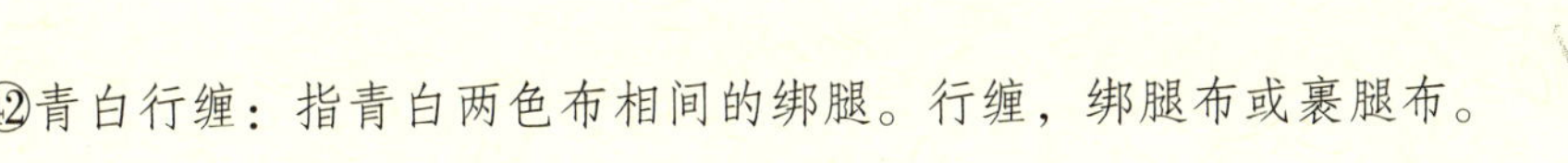

㊷青白行缠：指青白两色布相间的绑腿。行缠，绑腿布或裹腿布。

㊸鸣榔：渔人捕鱼的一种方法，在船上踏木板作声，惊动鱼闻声来入网。

㊹茅柴酒：一种村酿的酒，味道苦硬而性烈。

㊺簇豆梅：一种腌渍的梅脯，味酸咸。

这只《鹧鸪天》词，是关西秦州雄武军刘两府所作[46]。从顺昌大战之后[47]，闲在家中，寄居湖南潭州湘潭县。他是个不爱财的名将，家道贫寒，时常到村店中吃酒。店中人不识刘两府，讙呼啰唣。刘两府道：“百万番人[48]，只如等闲，如今却被他们诬罔！”做了这只《鹧鸪天》，流传直到都下。当时殿前太尉是杨和王[49]，见了这词好伤感，“原来刘两府直恁孤寒！”教提辖官差人送一项钱与这刘两府[50]。今日崔宁的东人郡王，听得说刘两府恁地孤寒，也差人送一项钱与他，却经由潭州路过。见崔宁从湘潭路上来，一路尾着崔宁到家，正见秀秀坐在柜身子里，便撞破他们道：“崔大夫，多时不见，你却在这里。秀秀养娘他如何也在这里？郡王教我下书来潭州，今日遇着你们。原来秀秀养娘嫁了你，也好。”当时唬杀崔宁夫妻两个，被他看破。

㊻刘两府：南宋抗金名将刘锜。

㊼顺昌大战：南宋绍兴十年（1140年），刘锜率八字军三万七千人，在顺昌打败金兀术主力。顺昌，即今安徽阜阳。

㊽番人：指金兵。

㊾杨和王：指南宋著名将领杨存中。

㊿提辖官：一种事务官的名称，这里似指左藏库的事务官，左藏库是宋代支应军需钱粮的机构。

那人是谁？却是郡王府中一个排军[51]，从小伏侍郡王，见他朴实，差他送钱与刘两府。这人姓郭名立，叫做郭排军。当下夫妻请住郭排军，安排酒来请他，分付道：“你到府中千万莫说与郡王知道！”郭排军道："郡王怎知得你两个在这里。我没事，却说甚么。"当下酬谢了出门，回到府中，参见郡王，纳了回书，看着郡王道："郭立前日下书回，打潭州过，却见两个人在那里住。"郡王问："是谁?"郭立道："见秀秀养娘并崔待诏两个，请郭立吃了酒食，教休来府中说知。"郡王听说便道："叵耐这两个做出这事来[52]，却如何直走到那里?"郭立道："也不知他仔细，只见他在那里住地，依旧挂招牌做生活。"

郡王教干办去分付临安府，即时差一个缉捕使臣，带着做公的，备了盘缠，径来湖南潭州府，下了公文，同来寻崔宁和秀秀。却似：

皂雕追紫燕，猛虎啖羊羔。

[51]排军：原为一手使用盾，一手执武器的军兵，后来泛指一般军兵。

[52]叵耐：不可耐，引申为可恨，不能容忍。

不两月，捉将两个来，解到府中。报与郡王得知，即时升厅。原来

郡王杀番人时，左手使一口刀，叫做“小青”；右手使一口刀，叫做“大青”。这两口刀不知剁了多少番人。那两口刀，鞘内藏着，挂在壁上。郡王升厅，众人声喏。即将这两个人押来跪下。郡王好生焦躁，左手去壁牙上取下“小青”，右手一掣，掣刀在手，睁起杀番人的眼儿，咬得牙齿剥剥地响。当时吓杀夫人，在屏风背后道：“郡王，这里是帝辇之下，不比边庭上面。若有罪过，只消解去临安府施行，如何胡乱凯得人(53)？”郡王听说道：“叵耐这两个畜生逃走，今日捉将来，我恼了，如何不凯？既然夫人来劝，且捉秀秀入府后花园去，把崔宁解去临安府断治。”当下喝赐钱酒，赏犒捉事人(54)。

(53)凯：“砍”的谐音假借字。

(54)捉事人：指捉拿罪犯的人。

解这崔宁到临安府，一一从头供说：“自从当夜遗漏，来到府中，都搬尽了，只见秀秀养娘从廊下出来，揪住崔宁道：‘你如何安手在我怀中？若不依我口，教坏了你！’要共崔宁逃走。崔宁不得已，只得与他同走。只此是实。”临安府把文案呈上郡王，郡王是个刚直的人，便道：“既然恁地，宽了崔宁，且与从轻断治。”崔宁不合在逃，罪杖，发遣建康府居住。

当下差人押送，方出北关门，到鹅项头，见一顶轿儿。两个人抬着，从后面叫：“崔待诏，且不得去！”崔宁认得像是秀秀的声音，赶将来又不知恁地？心下好生疑惑。伤弓之鸟，不敢揽事，且低着头只顾走。只见后面赶将上来，歇了轿子，一个妇人走出来，不是别人，便是秀秀，道：“崔待诏，你如今去建康府，我却如何？”崔宁道：“却是怎地好？”秀秀道：“自从解你去临安府断罪，把我捉入后花园，打了三十竹篦，遂便赶我出来。我知道你建康府去，赶将来同你去。”崔宁道：“恁地却好。”讨了船，直到建康府。押发人自回。若是押发人是个学舌的，就有一场是非出来。因晓得郡王性如烈火，惹着他不是轻放手的。他又不是王府中人，去管这闲事怎地？况且崔宁一路买酒买食，

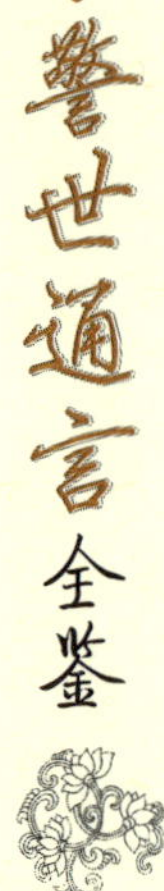

奉承得他好，回去时就隐恶而扬善了。

再说崔宁两口在建康居住，既是问断了，如今也不怕有人撞见，依旧开个碾玉作铺。浑家道："我两口却在这里住得好，只是我家爹妈自从我和你逃去潭州，两个老的吃了些苦。当日捉我入府时，两个去寻死觅活，今日也好教人去行在取我爹妈来这里同住。"崔宁道："最好。"便教人来行在取他丈人丈母，写了他地理脚色与来人(55)。到临安府寻见他住处，问他邻舍，指道："这一家便是。"来人去门首看时，只见两扇门关着，一把锁锁着，一条竹竿封着。问邻舍："他老夫妻那里去了?"邻舍道："莫说！他有个花枝也似女儿，献在一个奢遮去处(56)。这个女儿不受福德，却跟一个碾玉的待诏逃走了。前日从湖南潭州捉将回来，送在临安府吃官司，那女儿吃郡王捉进后花园里去，老夫妻见女儿捉去，就当下寻死觅活，至今不知下落，只恁地关着门在这里。"来人见说，再回建康府来，兀自来到家。

(55)地理脚色：这里指居住的地址和年纪面貌。

(56)奢遮：了不起，出色。

且说崔宁正在家中坐，只见外面有人道："你寻崔待诏住处？这里便是。"崔宁叫出浑家来看时，不是别人，认得是璩父璩婆。都相见了，喜欢的做一处。那去取老儿的人，隔一日才到，说如此这般，寻不见，却空走了这遭。两个老的且自来到这里了。两个老人道："却生受你，我不知你们在建康住，教我寻来寻去，直到这里。"其时四口同住，不在话下。

且说朝廷官里，一日到偏殿看玩宝器，拿起这玉观音来看。这个观音身上，当时有一个玉铃儿，失手脱下。即时问近侍官员："却如何修理得?"官员将玉观音反覆看了，道："好个玉观音！怎地脱落了铃儿?"看到底下，下面碾着三字："崔宁造"。"恁地容易，既是有人造，只消得宣这个人来，教他修整。"敕下郡王府，宣取碾玉匠崔宁。郡王回奏："崔宁有罪，在建康府居住。"即时使人去建康，取得崔宁到行

在歇泊了。当时宣崔宁见驾，将这玉观音教他领去，用心整理。崔宁谢了恩，寻一块一般的玉，碾一个铃儿接住了，御前交纳。破分请给养了崔宁(57)，令只在行在居住。崔宁道："我今日遭际御前，争得气。再来清湖河下寻间屋儿开个碾玉铺，须不怕你们撞见！"

(57)破分：拨付，支拨。

可煞事有斗巧，方才开得铺三两日，一个汉子从外面过来，就是那郭排军。见了崔待诏，便道："崔大夫恭喜了！你却在这里住？"抬起头来，看柜身里却立着崔待诏的浑家。郭排军吃了一惊，拽开脚步就走。浑家说与丈夫道："你与我叫住那排军！我相问则个。"正是：

平生不作皱眉事，世上应无切齿人。

崔待诏即时赶上扯住，只见郭排军把头只管侧来侧去，口里喃喃地道："作怪，作怪！"没奈何，只得与崔宁回来，家中坐地。浑家与他相见了，便问："郭排军，前者我好意留你吃酒，你却归来说与郡王，坏了我两个的好事。今日遭际御前，却不怕你去说。"郭排军吃他相问得无言可答，只道得一声"得罪！"相别了，便来到府里，对着郡王道："有鬼！"郡王道："这汉则甚？"郭立道："告恩王，有鬼！"郡王问道："有甚鬼？"郭立道："方才打清湖河下过，见崔宁开个碾玉铺，却见柜身里一个妇女，便是秀秀养娘。"郡王焦躁道："又来胡说！秀秀被我打杀了，埋在后花园，你须也看见，如何又在那里？却不是取笑我？"郭立道："告恩王，怎敢取笑！方才叫住郭立，相问了一回。怕恩王不信，勒下军令状了去。"郡王道："真个在时，你勒军令状来！"那汉也是合苦，真个写一纸军令状来。郡王收了，叫两个当直的轿番，抬一顶轿子，教："取这妮子来。若真个在，把来凯取一刀。若不在，郭立，你须替他凯取一刀！"郭立同两个轿番来取秀秀。正是：

麦穗两岐，农人难辨。

郭立是关西人，朴直，却不知军令状如何胡乱勒得！三个一径来到崔宁家里，那秀秀兀自在柜身里坐地。见那郭排军来得恁地慌忙，却不知他勒了军令状来取你。郭排军道："小娘子，郡王钧旨，教来取你则个。"秀秀道："既如此，你们少等，待我梳洗了同去。"即时入去梳洗，换了衣服出来，上了轿，分付了丈夫。两上轿番便抬着，径到府前。郭立先入去，郡王正在厅上等待。郭立唱了喏，道："已取到秀秀养娘。"郡王道："着他入来！"郭立出来道："小娘子，郡王教你进来。"掀起帘子看一看，便是一桶水倾在身上，开着口，则合不得，就轿子里不见了秀秀养娘。问那两上轿番道："我不知，则见他上轿，抬到这里，又不曾转动。"那汉叫将入来道："告恩王，恁地真个有鬼！"郡王道："却不叵耐！"教人："捉这汉，等我取过军令状来，如今凯了一刀。先去取下'小青'来。"那汉从来伏侍郡王，身上也有十数次官了[58]，盖缘是粗人[59]，只教他做排军。这汉慌了道："见有两个轿番见证，乞叫来问。"即时叫将轿番来道："见他上轿，抬到这里，却不见了。"说得一般，想必真个有鬼，只消得叫将崔宁来问。便使人叫崔宁来到府中。崔宁从头至尾说了一遍，郡王道："恁地又不干崔宁事，且放他去。"崔宁拜辞去了。郡王焦躁，把郭立打了五

十背花棒。

(58)身上也有十数次官了：指多次立功，有十几次可以提拔做官的机会。

(59)盖缘：大概因为。

崔宁听得说浑家是鬼，到家中问丈人丈母。两个面面厮觑，走出门，看着清湖河里，扑通地都跳下水去了。当下叫救人，打捞，便不见了尸首。原来当时打杀秀秀时，两个老的听得说，便跳在河里，已自死了。这两个也是鬼。崔宁到家中，没情没绪，走进房中，只见浑家坐在床上。崔宁道："告姐姐，饶我性命！"秀秀道："我因为你，吃郡王打死了，埋在后花园里。却恨郭排军多口，今日已报了冤仇，郡王已将他打了五十背花棒。如今都知道我是鬼，容身不得了。"道罢起身，双手揪住崔宁，叫得一声，匹然倒地[60]。邻舍都来看时，只见：

两部脉尽总皆沉，一命已归黄壤下。

崔宁也被扯去，和父母四个，一块儿做鬼去了。后人评论得好：

咸安王捺不下烈火性，郭排军禁不住闲磕牙[61]。

璩秀娘舍不得生眷属，崔待诏撇不脱鬼冤家。

(60)匹然：又作"劈然""瞥然"，像中了邪一样，形容迅速地跌倒。

(61)闲磕牙：指说闲话，搬弄是非。

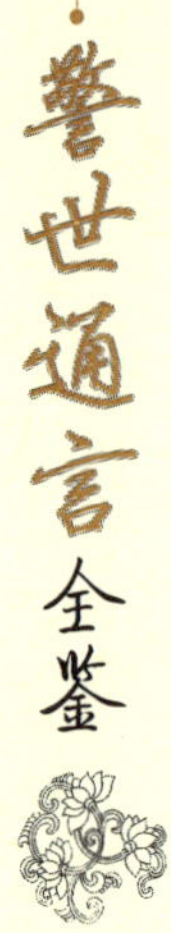

六　李谪仙醉草吓蛮

【精要简介】

本篇展现了唐代大诗人李白才华横溢、崇尚自由、蔑视权势、关心时政、为民做主、具有悠远见识的形象。全篇故事情节极具传奇色彩，情节曲折，读来引人入胜，人物形象栩栩如生。

【原文鉴赏】

堪羡当年李谪仙，吟诗斗酒有连篇。

蟠胸锦绣欺时彦[1]，落笔风云迈古贤。

书草和番威远塞，词歌倾国媚新弦。

莫言才子风流尽，明月长悬采石边。

①蟠胸锦绣：指满腹文采。

话说唐玄宗皇帝朝，有个才子，姓李，名白，字太白。乃西梁武昭兴圣皇帝李暠九世孙，西川锦州人也。其母梦长庚入怀而生，那长庚星又名太白星，所以名字俱用之。那李白生得姿容美秀，骨格清奇，有飘然出世之表。十岁时，便精通书史，出口成章。人都夸他锦心绣口，又说他是神仙降生，以此又呼为李谪仙。有杜工部赠诗为证：

昔年有狂客，号尔谪仙人。

笔落惊风雨，诗成泣鬼神！

声名从此大，汩没一朝伸。

文采承殊渥[2]，流传必绝伦。

②殊渥（wò）：特殊的恩惠，这里指格外重视和赏识。

李白又自称青莲居士。一生好酒，不求仕进，志欲遨游四海，看尽天下名山，尝遍天下美酒。先登峨眉，次居云梦，复隐于徂徕山竹溪，与孔巢父等六人，日夕酣饮，号为竹溪六逸[③]。有人说湖州乌程酒甚佳，白不远千里而往，到酒肆中，开怀畅饮，旁若无人。时有迦叶司马经过[④]，闻白狂歌之声，遣从者问其何人。白随口答诗四句：

青莲居士谪仙人，酒肆逃名三十春。

湖州司马何须问，金粟如来是后身[⑤]。

迦叶司马大惊，问道："莫非蜀中李谪仙么？闻名久矣。"遂请相见，留饮十日，厚有所赠。临别，问道："以青莲高才，取青紫如拾芥，何不游长安应举？"李白道："目今朝政紊乱，公道全无，请托者登高第，纳贿者获科名。非此二者，虽有孔、孟之贤，晁、董之才[⑥]，无由自达。白所以流连诗酒，免受盲试官之气耳。"迦叶司马道："虽则如此，足下谁人不知？一到长安，必有人荐拔。"

③竹溪六逸：唐开元末，李白客居东鲁，与山东名士孔巢父、韩准、裴政、张叔明、陶沔在泰安府徂徕山下的竹溪隐居，酣歌纵酒，世人皆称他们为"竹溪六逸"。

④迦叶司马：迦叶为复姓。司马，唐代州郡长官的副职，后也用来称明清的府同知。

⑤金粟如来：即维摩诘，意译为净名或无垢尘，意思是以洁净、没有染污而著称的人。

⑥晁（cháo）、董：指西汉的晁错和董仲舒。

李白从其言，乃游长安。一日到紫极宫游玩，遇了翰林学士贺知章[⑦]，通姓道名，彼此相慕。知章遂邀李白于酒肆中，解下金貂，当酒同饮。至夜不舍，遂留李白于家中下榻，结为兄弟。次日，李白将行李搬至贺内翰宅，每日谈诗饮酒，宾主甚是相得。

⑦贺知章（659—744 年）：字季真，晚年自号四明狂客，唐代著名诗人、书法家，越州永兴（今浙江萧山）人，官至秘书监。

时光荏苒，不觉试期已迫。贺内翰道：“今春南省试官[⑧]，正是杨贵妃兄杨国忠太师，监视官乃太尉高力士，二人都是爱财之人。贤弟却无金银买嘱他，便有冲天学问，见不得圣天子。此二人与下官皆有相识，下官写一封札子去，预先嘱托，或者看薄面一二。”李白虽则才大气高，遇了这等时势，况且内翰高情，不好违阻，贺内翰写了柬帖，投与杨太师、高力士。二人接开看了，冷笑道：“贺内翰受了李白金银，却写封空书在我这里讨白人情。到那日专记，如有李白名字卷子，不问好歹，即时批落[⑨]。”

⑧南省：唐代称尚书省为南省，因为它在宫廷的南边。尚书省所属的礼部，是主持考试取士的官署，所以后来称赴京应试叫做赴南省。

⑨批落：指在试卷上批“落第”二字。

时值三月三日，大开南省，会天下才人，尽呈卷子。李白才思有

馀，一笔挥就，第一个交卷。杨国忠见卷子上有李白名字，也不看文字，乱笔涂抹道："这样书生，只好与我磨墨。"高力士道："磨墨也不中，只好与我着袜脱靴。"喝令将李白推抢出去。正是：

不愿文章中天下，只愿文章中试官！

李白被试官屈批卷子，怨气冲天，回至内翰宅中，立誓："久后吾若得志，定教杨国忠磨墨，高力士与我脱靴，方才满愿。"贺内翰劝白："且休烦恼，权在舍下安歇。待三年，再开试场，别换试官，必然登第。"终日共李白饮酒赋诗。

日往月来，不觉一载。忽一日，有番使赍国书到。朝廷差使命急宣贺内翰陪接番使，在馆驿安下。次日，阁门舍人接得番使国书一道⑩。玄宗敕宣翰林学士，拆开番书，全然不识一字，拜伏金阶启奏："此书皆是鸟兽之迹，臣等学识浅短，不识一字。"天子闻奏，将与南省试官杨国忠开读。杨国忠开看，双目如盲，亦不晓得。天子宣问满朝文武，并无一人晓得，不知书上有何吉凶言语。龙颜大怒，喝骂朝臣："枉有许多文武，并无一个饱学之士与朕分忧。此书识不得，将何回答发落番使？却被番邦笑耻，欺侮南朝，必动干戈，来侵边界，如之奈何！敕限三日，若无人识此番书，一概停俸；六日无人，一概停职；九日无人，一概问罪。别选贤良，共扶社稷。"圣旨一出，诸官默默无言，再无一人敢奏。天子转添烦恼。

⑩阁门舍人：即通事舍人，执掌接纳四方（外国使者）的官。

贺内翰朝散回家，将此事述于李白。白微微冷笑："可惜我李某去年不曾及第为官，不得与天子分忧。"贺内翰大惊道："想必贤弟博学多能，辨识番书，下官当于驾前保奏。"次日，贺知章入朝，越班奏道："臣启陛下，臣家有一秀才，姓李名白，博学多能。要辨番书，非此人不可。"天子准奏，即遣使命，赍诏前去内翰宅中，宣取李白。李白告天使道："臣乃远方布衣，无才无识，今朝中有许多官僚，都是饱学之儒，何必问及草莽？臣不敢奉诏，恐得罪于朝贵。"说这句"恐得罪于朝贵”，隐隐刺着杨、高二人，使命回奏。天子初问贺知章：“李白不肯奉诏，其意云何？”知章奏道：“臣知李白文章盖世，学问惊人。只为去年试场中，被试官屈批了卷子，羞抢出门，今日教他白衣入朝，有愧于心。乞陛下赐以恩典，遣一位大臣再往，必然奉诏。”玄宗道：“依卿所奏。钦赐李白进士及第，着紫袍金带，纱帽象简见驾。就烦卿自往迎取，卿不可辞！”

贺知章领旨回家，请李白开读，备述天子惓惓求贤之意。李白穿了御赐袍服，望阙拜谢，遂骑马随贺内翰入朝。玄宗于御座专待李白，李白至金阶拜舞，山呼谢恩，躬身而立。天子一见李白，如贫得宝，如暗得灯，如饥得食，如旱得云，开金口，动玉音，道：“今有番国赍书，无人能晓，特宣卿至，为朕分忧。”白躬身奏道：“臣因学浅，被太师批卷不中，高太尉将臣推抢出门。今有番书，何不令试官回答，却乃久滞番官在此？臣是批黜秀才，不能称试官之意，怎能称皇上之意？”天子道：“朕自知卿，卿其勿辞！”遂命侍臣捧番书赐李白观看。李白看了一遍，微微冷笑，对御座前将唐音译出，宣读如流。番书云：

渤海国大可毒书达唐朝官家。自你占了高丽，与俺国逼近，边兵屡屡侵犯吾界，想出自官家之意。俺如今不可耐者，差官来讲和，可将高丽一百七十六城，让与俺国，俺有好物事相送。太白山之菟[11]，南海之昆布[12]，栅城之鼓，扶馀之鹿，鄚颉之豕，率宾之马，沃州之绵，湄沱河之鲫，九都之李，乐游之梨，你官家都有分。若还不肯，俺起兵来厮杀，且看那家胜败！

⑪菟（tú）：即於菟，虎的别称。

⑫昆布：也叫黑菜、鹅掌菜，可食用和入药。

众官听得读罢番书，不觉失惊，面面相觑，尽称“难得”。天子听了番书，龙情不悦，沉吟良久，方问两班文武：“今被番家要兴兵抢占高丽，有何策可以应敌？”两班文武，如泥塑木雕，无人敢应。贺知章启奏道：“自太宗皇帝三征高丽，不知杀了多少生灵，不能取胜，府库

为之虚耗。天幸盖苏文死了，其子男生兄弟争权，为我乡导。高宗皇帝遣老将李勣、薛仁贵统百万雄兵，大小百战，方才殄灭。今承平日久，无将无兵，倘干戈复动，难保必胜。兵边祸结，不知何时而止？愿吾皇圣鉴！”天子道：“似此如何回答他？”知章道：“陛下试问李白，必然善于辞命。”天子乃召白问之。李白奏道：“臣启陛下，此事不劳圣虑，来日宣番使入朝，臣当面回答番书，与他一般字迹，书中言语，羞辱番家，须要番国可毒拱手来降。”天子问：“可毒何人也？”李白奏道：“渤海风俗，称其王曰可毒。犹回纥称可汗，吐番称赞普，六诏称诏[13]，诃陵称悉莫威[14]，各从其俗。”天子见其应对不穷，圣心大悦，即日拜为翰林学士。遂设宴于金銮殿，宫商迭奏，琴瑟喧阗，嫔妃进酒，彩女传杯。御音传示：“李卿，可开怀畅饮，休拘礼法。”李白尽量而饮，不觉酒浓身软。天子令内官扶于殿侧安寝。

次日五鼓，天子升殿。

净鞭三下响[15]，文武两班齐。

李白宿酲犹未醒，内官催促进朝。百官朝见已毕，天子召李白上殿，见其面尚带酒容，两眼兀自有朦胧之意。天子分付内侍，教御厨中造三分醒酒酸鱼羹来。须臾，内侍将金盘捧到鱼羹一碗。天子见羹气太热，御手取牙箸调之良久，赐与李学士。李白跪而食之，顿觉爽快。是时百官见天子恩幸李白，且惊且喜，惊者怪其破格，喜者喜其得人。惟杨国忠、高力士怏然有不乐之色。

⑬六诏：唐代位于今云南及四川西南的乌蛮六个部落的总称，即蒙嶲诏、越析诏、浪穹诏、邆赕诏、施浪诏、蒙舍诏。

⑭诃（hē）陵：唐代的一个小国，约当今越南南部，曾和唐发生朝贡关系。悉莫威：诃陵国女王，称为悉莫。

⑮净鞭：又称静鞭，古代帝王驾临时的一种仪仗，挥响它使官员们肃静守序。

圣旨宣番使入朝，番使山呼见圣已毕。李白紫衣纱帽，飘飘然有神仙凌云之态，手捧番书立于左侧柱下，朗声而读，一字无差，番使大骇。李白道：“小邦失礼，圣上洪度如天，置而不较。有诏批答，汝宜静听！”番官战战兢兢，跪于阶下。天子命设七宝床于御座之傍，取于阗白玉砚，象管兔毫笔，独草龙香墨，五色金花笺，排列停当。赐李白近御榻前，坐锦墩草诏。李白奏道：“臣靴不净，有污前席，望皇上宽恩，赐臣脱靴结袜而登。”天子准奏，命一小内侍：“与李学士脱靴。”李白又奏道：“臣有一言，乞陛下赦臣狂妄，臣方敢奏。”天子道：“任卿失言，朕亦不罪。”李白奏道：“臣前入试春闱[16]，被杨太师批落，高太尉赶逐，今日见二人押班[17]，臣之神气不旺。乞玉音分付杨国忠与臣捧砚磨墨，高力士与臣脱靴结袜，臣意气始得自豪，举笔草诏，口代天言，方可不辱群命。”天子用人之际，恐拂其意，只得传旨，教“杨国忠捧砚，高力士脱靴”。二人心里暗暗自揣，前日科场中轻薄了他，“这样书生，只好与我磨墨脱靴。”今日恃了天子一时宠幸，就来还话，报复前仇。出于无奈，不敢违背圣旨，正是敢怒而不敢言。常言道：

冤家不可结，结了无休歇。

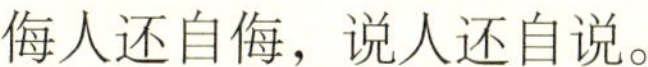
侮人还自侮，说人还自说。

⑯春闱（wéi）：唐礼部考试在春季举行，故称春闱。

⑰押班：旧时百官朝会，有一定的行列次序，压班是位在班列的最前面。

李白此时昂昂得意，蹑袜登褥[18]，坐于锦墩。杨国忠磨得墨浓，捧砚侍立。论来爵位不同，怎么李学士坐了，杨太师到侍立？因李白口代天言，天子宠以殊礼。杨太师奉旨磨墨，不曾赐坐，只得侍立。李白左手将须一拂，右手举起中山兔颖，向五花笺上，手不停挥，须臾，草就吓蛮书。字画齐整，并无差落，献于龙案之上。天子看了大惊，都是照样番书，一字不识。传与百官看了，各各骇然。天子命李白诵之。李白就御座前朗诵一遍：

大唐开元皇帝，诏谕渤海可毒，自昔石卵不敌，蛇龙不斗。本朝应运开天，抚有四海，将勇卒精，甲坚兵锐。颉利背盟而被擒[19]，弄赞铸鹅而纳誓[20]；新罗奏织锦之颂[21]，天竺致能言之鸟[22]；波斯献捕鼠之蛇[23]，拂菻进曳马之狗[24]；白鹦鹉来自诃陵，夜光珠贡于林邑[25]；骨利干有名马之纳[26]，泥婆罗有良酢之献[27]。无非畏威怀德，买静求安。高丽拒命，天讨再加，传世九百，一朝殄灭，岂非逆天之咎征，衡大之明鉴与[28]！况尔海外小邦，高丽附国，比之中国，不过一郡，士马刍粮，万分不及。若螳怒是逞[29]，鹅骄不逊[30]，天兵一下，千里流血，君同颉利之俘，国为高丽之续。方今圣度汪洋，恕尔狂悖。急宜悔祸，勤修岁事，毋取诛僇，为四夷笑。尔其三思哉！故谕。

天子闻之大喜，再命李白对番官面宣一通，然后用宝入函[31]。李白仍叫高太尉着靴，方才下殿，唤番官听诏。李白重读一遍，读得声韵铿锵，番使不敢则声，面如土色，不免山呼拜舞辞朝。贺内翰送出都门，番官私问道：“适才读诏者何人？”内翰道：“姓李名白，官拜翰林学士。”番使道：“多大的官，使太师捧砚，太尉脱靴？”内翰道：“太师大臣，太尉亲臣，不过人间之极贵。那李学士乃天上神仙下降，赞助天朝，更有何人可及！”番使点头而别，归至本国，与国王述之。国王看了国书，大惊，与国人商议，天朝有神仙赞助，如何敌得。写了降表，愿年年进贡，岁岁来朝。此是后话。

⑱蹝袜：这里指袜子没穿正，靸（sǎ）拉着。

⑲颉（jié）利：东突厥的可汗，在唐李世民时被擒。

⑳弄赞铸鹅而纳誓：唐太宗征高丽会，弃宗弄赞为了表示庆贺，献了一个高七尺可以贮酒三斛的金鹅。弄赞，即文成公主所远嫁的吐蕃赞普弃宗弄赞，又号松赞干布。

㉑新罗奏织锦之颂：指唐高宗永徽元年（650年），新罗女王真德献织锦颂诗。新罗，朝鲜古国名。

㉒天竺致能言之鸟：唐玄宗开元年间，南天竺献五色能言鸟。天竺，古印度的别称。

㉓波斯献捕鼠之蛇：唐太宗贞观十二年（638年），波斯献能捕穴鼠的活褥蛇。波斯，即今伊朗。

㉔拂菻（lǐn）：就是大秦，也就是东罗马帝国。曳马之狗：兽名，大如狗，犷恶而有力。

㉕林邑：又称占国，即今越南。

㉖骨利干：西域大戈壁以北的一个部落名字，唐代内附。

㉗泥婆罗有良酢之献：唐太宗贞观二十一年（647年），泥婆罗派使臣入献波稜、酢菜、浑提葱。泥婆罗，唐代在吐蕃西面的一个小国，曾经发生朝贡关系。

㉘衡大：抗衡大国。

㉙螳怒：螳螂怒臂挡车，形容自不量力。

㉚鹅骄：鹅的习性顽而傲，所以用骄字来形容它，并和螳怒对衬。

㉛宝：皇帝的印信，也称国玺。

话分两头，却说天子深敬李白，欲重加官职。李白启奏：“臣不愿受职，愿得逍遥散诞，供奉御前，如汉东方朔故事[32]。”天子道：“卿既

不受职，朕所有黄金白璧，奇珍异宝，惟卿所好。”李白奏道：“臣不亦愿受金玉，愿得从陛下游幸，日饮美酒三千觞，足矣！”天子知李白清高，不忍相强。从此时时赐宴，留宿于金銮殿中，访以政事，恩幸日隆。

㉜东方朔：字曼倩，西汉文学家。他性格诙谐狂放，把朝廷当作避世、保全自身的地方。故事：指旧日的行事制度，成例。

一日，李白乘马游长安街，忽听得锣鼓齐鸣，见一簇刀斧手，拥着一辆囚车行来。白停骖问之，乃是并州解到失机将官，今押赴东市处斩。那囚车中，囚着个美丈夫，生得甚是英伟，叩其姓名，声如洪钟，答道：“姓郭名子仪。”李白相他容貌非凡，他日必为国家柱石，遂喝住刀斧手：“待我亲往驾前保奏。”众人知是李谪仙学士，御手调羹的，谁敢不依。李白当时回马，直叩宫门，求见天子，讨了一道赦敕，亲往东市开读，打开囚车，放出子仪，许他戴罪立功。子仪拜谢李白活命之恩，异日衔环结草[33]，不敢忘报。此事阁过不题。

㉝衔环：传说东汉杨宝救了一只受伤的黄雀，后来黄雀衔了四个玉环来酬谢他。结草：相传春秋时，晋国大夫魏颗，在父亲死后，没有依父命将其宠妾殉葬，而是嫁了她。后来在与秦国的战争中，宠妾的亡父为报答魏颗，在田里结草将秦将杜回绊倒，使他获胜。

是时，宫中最重木芍药，是扬州贡来的。如今叫做牡丹花，唐时谓之木芍药。宫中种得四本，开出四样颜色。那四样？大红、深紫、浅红、通白。玄宗天子移植于沉香亭前，与杨贵妃娘娘赏玩，诏梨园子弟奏乐。天子道：“对妃子，赏名花，新花安用旧曲？”遽命梨园长李龟年召李学士入宫。有内侍说道：“李学士往长安市上酒肆中去了。”龟年不往九街，不走三市，一径寻到长安市去。只听得一个大酒楼上，有人歌云：

三杯通大道，一斗合自然。

但得酒中趣，勿为醒者传。

李龟年道："这歌的不是李学士是谁?"大踏步上楼梯来，只见李白独占一个小小座头，桌上花瓶内供一枝碧桃花，独自对花而酌，已吃得酩酊大醉，手执巨觥，兀自不放。龟年上前道："圣上在沉香亭宣召学士，快去!"众酒客闻得有圣旨，一时惊骇，都站起来闲看。李白全然不理，张开醉眼，向龟年念一句陶渊明的诗，道是：

我醉欲眠君且去。

念了这句诗，就瞑然欲睡。李龟年也有三分主意，向楼窗往下一招，七八个从者，一齐上楼，不由分说，手忙脚乱，抬李学士到于门前，上了玉花骢，众人左扶右持，龟年策马在后相随，直跑到五凤楼前。天子又遣内侍来催促了，敕赐"走马入宫"。龟年遂不扶李白下马，同内侍帮扶，直至后宫，过了兴庆池，来到沉香亭。

天子见李白在马上双眸紧闭，兀自未醒，命内侍铺紫氍毹于亭侧[34]，扶白下马少卧。亲往省视，见白口流涎沫，天子亲以龙袖拭之。贵妃奏道："妾闻冷水沃面，可以解醒。"乃命内侍汲兴庆池水，使宫女含而喷之。白梦中惊醒，见御驾，大惊，俯伏道："臣该万死！臣乃酒中之仙，幸陛下恕臣!"天子御手搀起道："今日同妃子赏名花，不

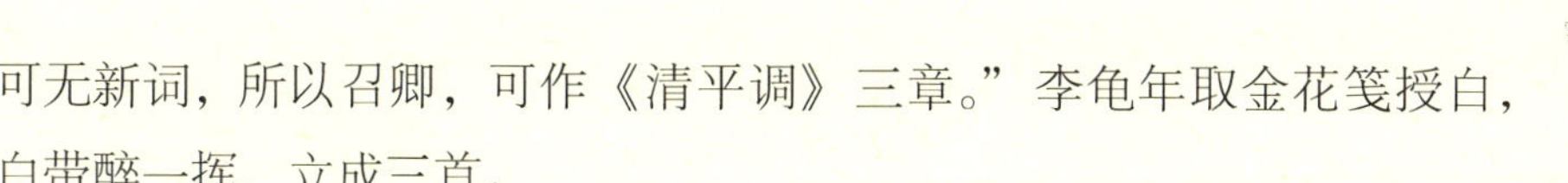

可无新词，所以召卿，可作《清平调》三章。”李龟年取金花笺授白，白带醉一挥，立成三首。

其一曰：

云想衣裳花想容，春风拂槛露华浓。

若非群玉山头见，会向瑶台月下逢。

其二曰：

一枝红艳露凝香，云雨巫山枉断肠。

借问汉宫谁得似？可怜飞燕倚新妆！

其三曰：

名花倾国两相欢，长得君王带笑看。

解释春风无限恨，沉香亭北倚栏杆。

㉞氍毹（qú shū）：毛织的布或地毯。

天子览词，称美不已：“似此天才，岂不压倒翰林院许多学士。”即命龟年按调而歌，梨园众子弟丝竹并进，天子自吹玉笛以和之。歌毕，贵妃敛绣巾，再拜称谢。天子道：“莫谢朕，可谢学士也！”贵妃持玻璃七宝杯，亲酌西凉葡萄酒，命宫女赐李学士饮。天子敕赐李白遍游内苑，令内侍以美酒随后，恣其酣饮。自是宫中内宴，李白每每被召，连贵妃亦爱而重之。

高力士深恨脱靴之事，无可奈何。一日，贵妃重吟前所制《清平调》三首，倚栏叹羡。高力士见四下无人，乘间奏道：“奴婢初意娘娘闻李白此词，怨入骨髓，何反拳拳如是？”贵妃道：“有何可怨？”力士奏道：“‘可怜飞燕倚新妆’，那飞燕姓赵，乃西汉成帝之后。则今画图中，画着一个武士，手托金盘，盘中有一女子，举袖而舞，那个便是赵飞燕。生得腰肢细软，行步轻盈，若人手执花枝颤颤然，成帝宠幸无比。谁知飞燕私与燕赤凤相通，匿于复壁之中。成帝入宫，闻壁衣内有人咳嗽声[35]，搜得赤凤杀之。欲废赵后，赖其妹合德力救而止，遂终身不入正宫。今日李白以飞燕比娘娘，此乃谤毁之语，娘娘何不熟思？”

原来贵妃那时以胡人安禄山为养子，出入宫禁，与之私通，满宫皆知，只瞒得玄宗一人。高力士说飞燕一事，正刺其心。贵妃于是心下怀恨，每于天子前说李白轻狂使酒，无人臣之礼。天子见贵妃不乐李白，遂不召他内宴，亦不留宿殿中。李白情知被高力士中伤，天子有疏远之意，屡次告辞求去，天子不允。乃益纵酒自废，与贺知章、李适之、汝阳王琎、崔宗之、苏晋、张旭、焦遂为酒友，时人呼为饮中八仙。

㉟壁衣：帷幕。

却说玄宗天子心下实是爱重李白，只为宫中不甚相得，所以疏了些儿。见李白屡次乞归，无心恋阙，乃向李白道："卿雅志高蹈，许卿暂还，不日再来相召。但卿有大功于朕，岂可白手还山？卿有所需，朕当一一给与。"李白奏道："臣一无所需，但得杖头有钱，日沽一醉足矣。"天子乃赐金牌一面，牌上御书："敕赐李白为天下无忧学士，逍遥落托秀才，逢坊吃酒，遇库支钱，府给千贯，县给五百贯。文武官员军民人等，有失敬者，以违诏论。"又赐黄金千两，锦袍玉带，金鞍龙马，从者二十人。白叩头谢恩。天子又赐金花二朵，御酒三杯。于驾前上马出朝，百官俱给假，携酒送行，自长安街直接到十里长亭，樽罍不绝。只有杨太师、高太尉二人怀恨不送。内中惟贺内翰等酒友七人，直送至百里之外，流连三日而别。李白集中有《还山别金门知己诗》，略云：

恭承丹凤诏，欻起烟萝中。
一朝去金马，飘落成飞蓬。
闲来《东武吟》，曲尽情未终。
书此谢知己，扁舟寻钓翁。

李白锦衣纱帽，上马登程，一路只称锦衣公子。果然逢坊饮酒，遇库支钱。不一日，回至锦州，与许氏夫人相见。官府闻李学士回家，都来拜贺，无日不醉。日往月来，不觉半载。一日白对许氏说，要出外游玩山水。打扮做秀才模样，身边藏了御赐金牌，带了一个小仆，骑一健

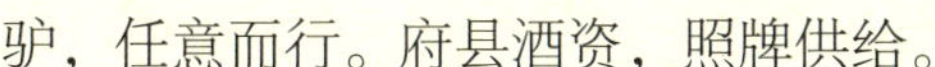

驴，任意而行。府县酒资，照牌供给。

忽一日，行到华阴界上，听得人言华阴县知县贪财害民，李白生计，要去治他。来到县前，令小仆退去，独自倒骑着驴子，于县门首连打三回。那知县在厅上取问公事，观见了，连声："可恶，可恶！怎敢调戏父母官！"速令公吏人等拿至厅前取问。李白微微诈醉，连问不答。知县令狱卒押入牢中，待他酒醒，着他好生供状，来日决断。狱卒将李白领入牢中，见了狱官，掀髯长笑。狱官道："想此人是风颠的？"李白道："也不风，也不颠。"狱官道："既不风颠，好生供状。你是何人？为何到此骑驴，搪突县主？"李白道："要我供状，取纸笔来。"狱卒将纸笔置于案上，李白扯狱官在一边说道："让开一步待我写。"狱官笑道："且看这风汉写出甚么来！"李白写道：

供状锦州人，姓李单名白。弱冠广文章，挥毫神鬼泣。长安列八仙，竹溪称六逸。曾草吓蛮书，声名播绝域。玉辇每趋陪，金銮为寝室。啜羹御手调，流涎御袍拭。高太尉脱靴，杨太师磨墨。天子殿前尚容乘马行，华阴县里不许我骑驴入？请验金牌，便知来历。

写毕，递与狱官看了，狱官唬得魂惊魄散，低头下拜道："学士老爷，可怜小人蒙官发遣，身不由己，万望海涵赦罪！"李白道："不干你事，只要你对知县说，我奉金牌圣旨而来，所得何罪，拘我在此？"狱官拜谢了，即忙将供状呈与知县，并述有金牌圣旨。知县此时如小儿初闻霹雳，无孔可钻，只得同狱官到牢中参见李学士，叩头哀告道："小官有眼不识泰山，一时冒犯，乞赐怜悯！"在职诸官，闻知此事，都来拜求，请学士到厅上正面坐下，众官庭参已毕。李白取出金牌，与众官看，牌上写道："学士所到，文武官员军民人等，有不敬者，以违诏论。""汝等当得何罪？"众官看罢圣旨，一齐低头礼拜："我等都该万死。"李白见众官苦苦哀求，笑道："你等受国家爵禄，如何又去贪财害民？如若改过前非，方免汝罪。"众官听说，人人拱手，个个遵依，不敢再犯。就在厅上大排筵宴，管待学士，饮酒三日方散。自是知

县洗心涤虑，遂为良牧[36]。此事闻于他郡，都猜道朝廷差李学士出外私行观风考政，无不化贪为廉，化残为善。

㊱良牧：指清廉贤能的地方官。

李白遍历赵、魏、燕、晋、齐、梁、吴、楚，无不流连山水，极诗酒之趣。后因安禄山反叛，明皇车驾幸蜀，诛国忠于军中，缢贵妃于佛寺，白避乱隐于庐山。永王璘时为东南节度使，阴有乘机自立之志。闻白大才，强逼下山，欲授伪职，李白不从，拘留于幕府。未几，肃宗即位于灵武，拜郭子仪为天下兵马大元帅，克复两京。有人告永王璘谋叛，肃宗即遣子仪移兵讨之。永王兵败，李白方得脱身，逃至浔阳江口，被守江把总擒拿[37]，把做叛党，解到郭元帅军前。子仪见是李学士，即喝退军士，亲解其缚，置于上位，纳头便拜道："昔日长安东市，若非恩人相救，焉有今日？"即命治酒压惊，连夜修本，奏上天子，为李白辨冤，且追叙其吓蛮书之功，荐其才可以大用。此乃施恩而得报也。正是：

两叶浮萍归大海，人生何处不相逢。

㊲把总：明代下级武官的名称。这里话本编者一时疏忽，没有注意

到故事的时代背景，将明代职官与唐代相混。

时杨国忠已死，高力士亦远贬他方，玄宗皇帝自蜀迎归，为太上皇，亦对肃宗称李白奇才。肃宗乃徵白为左拾遗。白叹宦海沉迷，不得逍遥自在，辞而不受。别了郭子仪，遂泛舟游洞庭岳阳，再过金陵，泊舟于采石江边。是夜，月明如昼。李白在江头畅饮，忽闻天际乐声嘹亮，渐近舟次，舟人都不闻，只有李白听得。忽然江中风浪大作，有鲸鱼数丈，奋鬣而起。仙童二人，手持旌节，到李白面前，口称："上帝奉迎星主还位。"舟人都惊倒。须臾苏醒，只见李学士坐于鲸背，音乐前导，腾空而去。明日将此事告于当涂县令李阳冰，阳冰具表奏闻。天子敕建李谪仙祠于采石山上，春秋二祭。

到宋太平兴国年间，有书生于月夜渡采石江，见锦帆西来，船头上有白牌一面，写"诗伯"二字。书生遂朗吟二句道：

谁人江上称诗伯？锦绣文章借一观！

舟中有人和云：

夜静不堪题绝句，恐惊星斗落江寒。

书生大惊，正欲傍舟相访，那船泊于采石之下。舟中人紫衣纱帽，飘然若仙，径投李谪仙祠中。书生随后求之祠中，并无人迹，方知和诗者即李白也。至今人称"酒仙"、"诗伯"[38]，皆推李白为第一云。

吓蛮书草见天才，天子调羹亲赐来。

一自骑鲸天上去，江流采石有馀哀。

㊳诗伯：意为诗坛领袖。

七　苏知县罗衫再合

【精要简介】

本篇描写了明朝永乐年间苏云赴任浙江兰溪知县，半路上遭强盗徐能抢劫，后戏剧性地与家人团聚的故事，刻画了一系列鲜活生动的人物形象。

【原文鉴赏】

早潮才罢晚潮来，一月周流六十回。

不独光阴朝复暮，杭州老去被潮催。

这四句诗，是唐朝白乐天杭州钱塘江看潮所作。话中说杭州府有一才子，姓李，名宏，字敬之。此人胸藏锦绣，腹隐珠玑，奈时运未通，三科不第。时值深秋，心怀抑郁，欲渡钱塘，往严州访友。命童子收拾书囊行李，买舟而行。搳出江口[①]，天已下午。李生推篷一看，果然秋江景致，更自非常。有宋朝苏东坡《江神子》词为证：

凤凰山下雨初晴，水风清，晚霞明。一朵芙蓉开过尚盈盈。何处飞来双白鹭，如有意，慕娉婷。忽闻江上弄哀筝，苦含情，遣谁听。烟敛云收，依约是湘灵。欲待曲终寻问取，人不见，数峰青。

①搳（huá）：同“划”。

李生正看之间，只见江口有一座小亭，匾曰“秋江亭”。舟人道：“这亭子上每日有游人登览，今日如何冷静？”李生想道：“似我失意之人，正好乘着冷静时去看一看。”叫：“家长，与我移到秋江亭去。”舟人依命，将船放到亭边，停桡稳缆。李生上岸，步进亭子，将那四面窗

槅推开，倚栏而望，见山水相衔，江天一色。李生心喜，叫童子将桌椅拂净，焚起一炉好香，取瑶琴于卓上，操了一回。曲终音止，举眼见墙壁上多有留题，字迹不一。独有一处连真带草，其字甚大。李生起而观之，乃是一首词，名《西江月》，是说酒、色、财气四件的短处：

酒是烧身硝焰，色为割肉钢刀，财多招忌损人苗，气是无烟火药。

四件将来合就，相当不欠分毫。劝君莫恋最为高，才是修身正道。

李生看罢，笑道："此词未为确论，人生在世，酒色财气四者脱离不得。若无酒，失了祭享宴会之礼；若无色，绝了夫妻子孙人事；若无财，天子庶人皆没用度；若无气，忠臣义士也尽委靡。我如今也作一词与他解释，有何不可。"当下磨墨浓，蘸得笔饱，就在《西江月》背后，也带草连真，和他一首：

三杯能和万事，一醉善解千愁，阴阳和顺喜相求，孤寡须知绝后。

财乃润家之宝，气为造命之由。助人情性反为仇，持论何多差谬！

李生写罢，掷笔于卓上。见香烟未烬，方欲就坐，再抚一曲，忽然画檐前一阵风起。

善聚庭前草，能开水上萍。

惟闻千树吼，不见半分形。

李生此时，不觉神思昏迷，伏几而卧。朦胧中，但闻环珮之声，异香满室。有美女四人，一穿黄，一穿红，一穿白，一穿黑，自外而入，向李生深深万福。李生此时似梦非梦，便问："四女何人？为何至此？"四女乃含笑而言："妾姊妹四人，乃古来神女，遍游人间。前日有诗人在此游玩，作《西江月》一首，将妾等辱骂，使妾等羞愧无地。今日蒙先生也作《西江月》一首，与妾身解释前冤，特来拜谢！"李生心中开悟，知是酒色财气四者之精，全不畏惧，便道："四位贤姐，各请通名。"四女各言诗一句，穿黄的道：

"杜康造下万家春。"

穿红的道：

“一面红妆爱杀人。”

穿白的道：

“生死穷通都属我。”

穿黑的道：

“氤氲世界满乾坤。”

原来那黄衣女是酒，红衣女是色，白衣女是财，黑衣女是气。李生心下了然，用手轻招四女：“你四人听我分剖。

香甜美味酒为先，美貌芳年色更鲜。

财积千箱称富贵，善调五气是真仙。”

四女大喜，拜谢道：“既承解释，复劳褒奖，乞先生于吾姊妹四人之中，选择一名无过之女，奉陪枕席，少效恩环。”李生摇手，连声道：“不可，不可！小生有志攀月中丹桂[②]，无心恋野外闲花。请勿多言，恐亏行止。”四女笑道：“先生差矣。妾等乃巫山洛水之俦，非路柳墙花之比。汉司马相如文章魁首，唐李卫公开国元勋，

一纳文君，一收红拂，反作风流话柄，不闻取讥于后世。况佳期良会，错过难逢，望先生三思！”李生到底是少年才子，心猿意马，拿把不定，不免转口道：“既贤姐们见爱，但不知那一位是无过之女？小生情愿相留。”

②月中丹桂：比喻科举及第。

言之未已，只见那黄衣酒女急急移步上前道：“先生，妾乃无过之女。”李生道：“怎见贤姐无过？”酒女道：“妾亦有《西江月》一首：

善助英雄壮胆，能添锦绣诗肠。神仙造下解愁方，雪月风花玩赏。”

又道：“还有一句要紧言语，先生听着：

好色能生疾病，贪杯总是清狂。八仙醉倒紫云乡，不羡公侯卿相。”

李生大笑道：“好个‘八仙醉倒紫云乡’，小生情愿相留。”

方留酒女，只见那红衣色女向前，柳眉倒竖，星眼圆睁，道：“先生不要听贱婢之言！贱人，我且问你：你只讲酒的好处就罢了，何重己轻人，乱讲好色的能生疾病？终不然三四岁孩儿害病，也从好色来？你只夸己的好处，却不知己的不好处：

平帝丧身因酒毒③，江边李白损其躯。

劝君休饮无情水，醉后教人心意迷！”

李生道：“有理。古人亡国丧身，皆酒之过，小生不敢相留。”只见红衣女妖妖娆娆的走近前来，道：“妾身乃是无过之女，也有《西江月》为证：

每羡鸳鸯交颈，又看连理花开。无知花鸟动情怀，岂可人无欢爱。

君子好逑淑女，佳人贪恋多才。红罗帐里两和谐，一刻千金难买。”

李生沉吟道：“真个‘一刻千金难买’！”

③平帝丧身因酒毒：西汉平帝被王莽用毒酒鸩死。

才欲留色女，那白衣女早已发怒骂道："贱人，怎么说'千金难买'？终不然我到不如你？说起你的过处尽多：

尾生桥下水涓涓[4]，吴国西施事可怜。

贪恋花枝终有祸，好姻缘是恶姻缘。"

李生道："尾生丧身，夫差亡国，皆由于色，其过也不下于酒。请去！请去！"遂问白衣女："你却如何？"白衣女上前道：

收尽三才权柄[5]，荣华富贵从生。纵教好善圣贤心，空手难施德行。

有我人皆钦敬，无我到处相轻。休因闲气斗和争，问我须知有命。

李生点头道："汝言有理，世间所敬者财也。我若有财，取科第如反掌耳。"

④尾生：传说，尾生与一女子约在桥下想回，久待不至，水涨，尾生不愿失信，抱桥柱而溺死。

⑤ 三才：指天、地、人。

才动喜留之意，又见黑衣女粉脸生嗔，星眸带怒，骂道："你为何说'休争闲气'？为人在世，没了气还好？我想着你：

有财有势是英雄，命若无时枉用功。

昔日石崇因富死，铜山不助邓通穷。"

李生摇首不语，心中暗想："石崇因财取祸，邓通空有钱山，不救其饿，财有何益？"便问气女："卿言虽则如此，但不知卿于平昔间处世何如？"黑衣女道："像妾处世呵：

一自混元开辟，阴阳二字成功。含为元气散为风，万物得之萌动。

但看生身六尺，喉间三寸流通。财和酒色尽包笼，无气谁人享用？"

气女说罢，李生还未及答，只酒色财三女齐声来讲："先生休听其言，我三人岂被贱婢包笼乎？且听我数他过失：

霸王自刎在乌江，有智周瑜命不长。

多少阵前雄猛将，皆因争气一身亡。

先生也不可相留!”李生踌躇思想：“呀！四女皆为有过之人。——四位贤姐，小生褥薄衾寒，不敢相留，都请回去。”四女此时互相埋怨，这个说：“先生留我，为何要你短?”那个说：“先生爱我，为何要你争先?”话不投机，一时间打骂起来。

酒骂色，盗人骨髓；色骂酒，专惹非灾；财骂气，能伤肺腑；气骂财，能损情怀。

直打得酒女乌云乱，色女宝髻歪，财女捶胸叫，气女倒尘埃。一个个蓬松鬓发遮粉脸，不整金莲撒凤鞋。

四女打在一团，搅在一处。

李生暗想：“四女相争，不过为我一人耳。”方欲向前劝解，被气女用手一推，“先生闪开，待我打死这三个贱婢!”李生猛然一惊，衣袖拂着琴弦，当的一声响，惊醒回来，擦磨睡眼，定睛看时，那见四女踪迹！李生抚髀长叹：“我因关心太切，遂形于梦寐之间。据适间梦中所言，四者皆为有过，我为何又作这一首词赞扬其美？使后人观吾此词，恣意于酒色，沉迷于财气，我即为祸之魁首。如今欲要说他不好，难以悔笔。也罢，如今再题四句，等人酌量而行。”就在粉墙《西江月》之后，又挥一首：

饮酒不醉最为高，好色不乱乃英豪。

无义之财君莫取，忍气饶人祸自消。

这段评话，虽说酒色财气一般有过，细看起来，酒也不会饮的，气也有耐得的，无如财色二字害事。但是贪财好色的，又免不得吃几杯酒，免不得淘几场气，酒气二者又总括在财色里面了。今日说一桩异闻，单为财色二字弄出天大的祸来。后来悲欢离合，做了锦片一场佳话，正是：

说时惊破奸人胆，话出伤残义士心。

却说国初永乐年间，北直隶涿州，有个兄弟二人，姓苏，其兄名云，其弟名雨。父亲早丧，单有母亲张氏在堂。那苏云自小攻书，学业淹贯，二十四岁上，一举登科，殿试二甲，除授浙江金华府兰溪县大尹[⑥]。苏云回家，住了数月，凭限已到[⑦]，不免择日起身赴任。苏云对夫人郑氏说道："我早登科甲，初任牧民，立心愿为好官，此去止饮兰溪一杯水。所有家财，尽数收拾，将十分之三留为母亲供膳，其馀带去任所使用。"当日拜别了老母，嘱咐兄弟苏雨："好生侍养高堂，为兄的若不得罪于地方，到三年考满[⑧]，又得相见。"说罢，不觉惨然泪下。苏雨道："哥哥荣任是美事，家中自有兄弟支持，不必挂怀。前程万里，须自保重！"苏雨又送了一程方别。

⑥大尹：对知府、知县的称呼。

⑦凭限：一种由吏部颁发的文书，上面写着官员赴任限期，逾越限期，照规定是要受处分的。

⑧考满：明代对官员的考察制度。规定三年为初考，六年为再考，九年为通考，根据考察结果，分为称职、平常、不称职三等，作为升降调补的依据。

苏云同夫人郑氏，带了苏胜夫妻二人，伏事登途，到张家湾地方，苏胜禀道："此去是水路，该用船只，偶有顺便回头的官座，老爷坐去稳便。"苏知县道："甚好。"原来坐船有个规矩，但是顺便回家，不论客货私货，都装载得满满的，却去揽一位官人乘坐，借其名号，免他一路税课，不要那官人的船钱，反出几十两银子送他，为孝顺之礼，谓之坐舱钱。苏知县是个老实的人，何曾晓得恁样规矩，闻说不要他船钱，已自勾了[9]，还想甚么坐舱钱。那苏胜私下得了他四五两银子酒钱，喜出望外，从旁撺掇。苏知县同家小下了官舱，一路都是下水，渡了黄河，过了扬州广陵驿，将近仪真。因船是年远的，又带货太重，发起漏来，满船人都慌了。苏知县叫快快拢岸，一时间将家眷行李都搬上岸来。只因搬这一番，有分教苏知县全家受祸。正合着二句古语，道是：

慢藏诲盗，冶容诲淫。

却说仪真县有人惯做私商的人，姓徐，名能，在五坝上街居住。久揽山东王尚书府中一只大客船，装载客人，南来北往，每年纳还船租银两。他合着一班水手，叫做赵三、翁鼻涕、杨辣嘴、范剥皮、沈胡子，这一班都不是个良善之辈。又有一房家人，叫做姚大。时常揽了载，约莫有些油水看得入眼时，半夜三更悄地将船移动，到僻静去处，把客人谋害，劫了财帛。如此十馀年，徐能也做了些家事。这些伙计，一个个羹香饭熟，饱食暖衣，正所谓"为富不仁，为仁不富"。你道徐能是仪真县人，如何却揽山东王尚书府中的船只？况且私商起家千金，自家难道打不起一只船？是有个缘故，王尚书初任南京为官，曾在扬州娶了一位小奶奶，后来小奶奶父母却移家于仪真居住，王尚书时常周给。后因路遥不便，打这只船与他，教他赁租用度。船上竖的是山东王尚书府的水牌，下水时，就是徐能包揽去了。徐能因为做那私商的道路，到不好用自家的船，要借尚书府的名色[9]，又有势头，人又不疑心他，所以一向不致败露。

⑨名色：名义。

今日也是苏知县合当有事，恰好徐能的船空闲在家。徐能正在岸上寻主顾，听说官船发漏，忙走来看，看见搬下许多箱笼囊箧，心中早有七分动火。结末又走个娇娇滴滴少年美貌的奶奶上来，徐能是个贪财好色的都头[10]，不觉心窝发痒，眼睛里迸出火来。又见苏胜搬运行李，料是个仆人，在人丛中将苏胜背后衣袂一扯。苏胜回头，徐能陪个笑脸问道："是那里去的老爷，莫非要换船么?"苏胜道："家老爷是新科进士，选了兰溪县知县，如今却到任，因船发了漏，权时上岸，若就个好船换得，省得又落主人家[11]。"徐能指着河里道："这山东尚书府中水牌在上的，就是小人的船，新修整得好，又坚固又干净。惯走浙直水路，水手又都是得力的。今晚若下船时，明早祭了神福[12]，等一阵顺风，不几日就吹到了。"苏胜欢喜，便将这话禀知家主。苏知县叫苏胜先去看了舱口，就议定了船钱。因家眷在上，不许搭载一人。徐能俱依允了。当下先秤了一半船钱，那一半直待到县时找足。苏知县家眷行李重复移下了船。

⑩都头：原指低级武官名，州县的捕快头儿也称都头。

⑪主人家：这里指客店，旅舍。

⑫神福：开船之前，对神祭祀，祈求保佑。神福，指的是祭祀所用的酒肉和纸马等。

徐能慌忙去寻那一班不做好事的帮手，赵三等都齐了，只有翁、范二人不到。买了神福，正要开船，岸上又有一个汉子跳下船来道："我也相帮你们去!"徐能看见，呆了半晌。原来徐能有一个兄弟，叫做徐用，班中都称为徐大哥、徐二哥。真个是有性善有性不善，徐能惯做私商，徐用偏好善。但是徐用在船上，徐能要动手脚，往往被兄弟阻住，

十遍到有八九遍做不成，所以今日徐能瞒了兄弟不去叫他。那徐用却自有心，听得说有个少年知县换船到任，写了哥子的船[13]，又见哥哥去唤这一班如狼似虎的人，不对他说，心下有些疑惑，故意要来船上相帮。徐能却怕兄弟阻挡他这番稳善的生意，心中嘿嘿不喜。正是：

泾渭自分清共浊，薰莸不混臭和香。

⑬写了：指立约租赁。

却说苏知县临欲开船，又见一个汉子赶将下来，心中到有些疑虑，只道是趁船的，叫苏胜："你问那方才来的是甚么人?"苏胜去问了来，回复道："船头叫做徐能，方才来的叫做徐用，就是徐能的亲弟。"苏知县想道："这便是一家了。"是日开船，约有数里，徐能就将船泊岸，说道："风还不顺，众弟兄且吃神福酒。"徐能饮酒中间，只推出恭上岸，招兄弟徐用对他说道："我看苏知县行李沉重，不下千金，跟随的又止一房家人，这场好买卖不可挫过，你却不要阻挡我。"徐用道；"哥哥，此事断然不可！他若任所回来，盈囊满箧，必是贪赃所致，不义之财，取之无碍。如今方才赴任，不过家中带来几两盘费，那有千金?

况且少年科甲，也是天上一位星宿，哥哥若害了他，天理也不容，后来必然懊悔。"徐能道："财采到不打紧，还有一事，好一个标致奶奶！你哥正死了嫂嫂，房中没有个得意掌家的，这是天付姻缘，兄弟这番须作成做哥的则个！"徐用又道："从来'相女配夫'。既是奶奶，必然也是宦家之女，把他好夫好妇拆散了，强逼他成亲，到底也不和顺，此事一发不可。"

这里兄弟二人正在唧唧哝哝，船艄上赵三望见了，正不知他商议甚事，一跳跳上岸来。徐用见赵三上岸，洋洋的到走开了。赵三问徐能："适才与二哥说甚么?"徐能附耳述了一遍。赵三道："既然二哥不从，到不要与他说了，只消兄弟一人便与你完成其事。今夜须如此如此，这般这般。"徐能大喜道："不枉叫做赵一刀。"原来赵三为人粗暴，动不动自夸道："我是一刀两段的性子，不学那粘皮带骨。"因此起个异名，叫做赵一刀。当下众人饮酒散了，权时歇息。

看看天晚，苏知县夫妇都睡了。约至一更时分，闻得船上起身，收拾篷索。叫苏胜问时，说道："江船全靠顺风，趁这一夜风使去，明早便到南京了。老爷们睡稳莫要开口，等我自行。"那苏知县是北方人，不知水面的勾当，听得这话，就不问他了。

却说徐能撑开船头，见风色不顺，正中其意，拽起满篷，倒使转向黄天荡去[14]。那黄天荡是极野去处，船到荡中，四望无际。姚大便去抛铁锚，杨辣嘴把定头舱门口，沈胡子守舵，赵三当先提着一口泼风刀，徐能手执板斧随后，只不叫徐用一人。却说苏胜打铺睡在舱口，听得有人推门进来，便从被窝里钻出头向外张望，赵三看得真，一刀砍去，正劈着脖子，苏胜只叫得一声："有贼!"又复一刀砍杀，

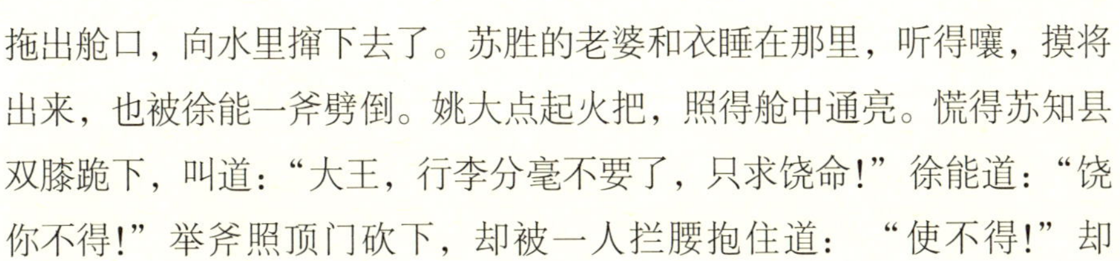

拖出舱口，向水里撺下去了。苏胜的老婆和衣睡在那里，听得嚷，摸将出来，也被徐能一斧劈倒。姚大点起火把，照得舱中通亮。慌得苏知县双膝跪下，叫道："大王，行李分毫不要了，只求饶命！"徐能道："饶你不得！"举斧照顶门砍下，却被一人拦腰抱住道："使不得！"却便似：

秋深逢赦至[15]，病笃遇仙来！

你道是谁？正是徐能的亲弟徐用。晓得众人动掸[16]，不干好事，走进舱来，却好抱住了哥哥，扯在一边，不容他动手。徐能道："兄第，今日骑虎之势，罢不得手了。"徐用道："他中了一场进士，不曾做得一日官，今日劫了他财帛，占了他妻小，杀了他家人，又教他刀下身亡，也忒罪过。"徐能道："兄弟，别事听得你，这一件听不得你，留了他便是祸根，我等性命难保。放了手！"徐用越抱得紧了，便道："哥哥，既然放他不得，抛在湖中，也得个全尸而死。"徐能道："便依了兄弟言语。"徐用道："哥哥撇下手中凶器，兄弟方好放手。"徐能果然把板斧撇下，徐用放了手。徐能对苏知县道："免便免你一斧，只是松你不得。"便将棕缆捆做一团，如一只馄饨相似，向水面扑通的撺将下去，眼见得苏知县不活了。夫人郑氏只叫得苦，便欲跳水。徐能那里容他，把舱门关闭，拨回船头，将篷扯满，又使转来。原来江湖中除了顶头大逆风，往来都使得篷。

⑭黄天荡：长江下游的一段，在今江苏南京东北。

⑮秋深逢赦（shè）至：旧时处决最烦，一般在秋天执行，这里是临刑遇赦免的意思。

⑯动掸：动静，举动。

仪真至邵伯湖，不过五十馀里，到天明，仍到了五坝口上。徐能回家，唤了一乘肩舆，教管家的朱婆先扶了奶奶上轿，一路哭哭啼啼，竟到了徐能家里。徐能分付朱婆："你好生劝慰奶奶，到此地位，不由不顺从，不要愁烦。今夜若肯从顺，还你终身富贵，强似跟那穷官。说得成时，重重有赏。”朱婆领命，引着奶奶归房。

徐能叫众人将船中箱笼，尽数搬运上岸，打开看了，作六分均分。杀倒一口猪，烧利市纸⑰，连翁鼻涕、范剥皮都请将来，做庆贺筵席。徐用心中甚是不忍，想着哥哥不仁，到夜来必然去逼苏奶奶，若不从他，性命难保？若从时，可不坏了他名节。虽在席中，如坐针毡。众人大酒大肉，直吃到夜。徐用心生一计，将大折碗满斟热酒⑱，碗内约有斤许。徐用捧了这碗酒，到徐能面前跪下。徐能慌忙来搀道："兄弟为何如此？"徐用道："夜来船中之事，做兄弟的违拗了兄长，必然见怪。若果然不怪，可饮兄弟这瓯酒。"徐能虽是强盗，兄弟之间，到也和睦，只恐徐用疑心，将酒一饮而尽。众人见徐用劝了酒，都起身把盏道："今日徐大哥娶了新嫂，是个大喜，我等一人庆一杯。"此时徐能七八已醉，欲推不饮。众人道："徐二哥是弟兄，我们异姓，偏不是弟兄？"徐能被缠不过，只得每人陪过，吃得酩酊大醉。

⑰烧利市纸：烧纸马祭神，谢神的一种祭祀。

⑱折碗：指容量相当大的碗，可以盛下好多杯酒。

徐用见哥哥坐在椅上打瞌睡，只推出恭，提了灯笼，走出大门。从后门来，门却锁了。徐用从墙上跳进屋里，将后门锁裂开，取灯笼藏了。厨房下两个丫头在那里烫酒，徐用不顾，径到房前。只见房门掩着，里面说话声响，徐用侧耳而听，却是朱婆劝郑夫人成亲，正不知劝过几多言语了，郑夫人不允，只是啼哭。朱婆道："奶奶既立意不顺从，何不就船中寻个自尽？今日到此，那里有地孔钻去？"郑夫人哭道："妈妈，不是奴家贪生怕死，只为有九个月身孕在身，若死了不打紧，我丈夫就绝后了。"朱婆道："奶奶，你就生下儿女来，谁容你存留？老身又是妇道家，做不得程婴、杵臼，也是枉然。"徐用听到这句话，一脚把房门踢开，吓得郑夫人魂不附体，连朱婆也都慌了。徐用道："不要忙，我是来救你的。我哥哥已醉，乘此机会，送你出后门去逃命，异日相会，须记的不干我徐用之事。"郑夫人叩头称谢。朱婆因

说了半日，也十分可怜郑夫人，情愿与他作伴逃走。徐用身边取出十两银子，付与朱婆做盘缠，引二人出后门，又送了他出了大街，嘱付“小心在意”，说罢，自去了。好似：

捶碎玉笼飞彩凤，掣开金锁走蛟龙。

单说朱婆与郑夫人寻思黑夜无路投奔，信步而行，只拣僻静处走去，顾不得鞋弓步窄。约行十五六里，苏奶奶心中着忙，到也不怕脚痛，那朱婆却走不动了。没奈何，彼此相扶，又捱了十馀里，天还未明。朱婆原有个气急的症候，走了许多路，发喘起来，道：“奶奶，不是老身有始无终，其实寸步难移，恐怕反拖累奶奶。且喜天色微明，奶奶前去，好寻个安身之外。老身在此处途路还熟，不消挂念。”郑夫人道：“奴家患难之际，只得相撇了，只是妈妈遇着他人，休得漏了奴家消息！”朱婆道：“奶奶尊便，老身不误你的事。”郑夫人才回得身，朱婆叹口气想道：“没处安身，索性做个干净好人。”望着路旁有口义井，将一双旧鞋脱下，投井而死。郑夫人眼中流泪，只得前行。

又行了十里，共三十馀里之程，渐觉腹痛难忍。此时天色将明，望见路傍有一茅庵，其门尚闭。郑夫人叩门，意欲借庵中暂歇。庵内答应开门。郑夫人抬头看见，惊上加惊，想道：“我来错了，原来是僧人！闻得南边和尚们最不学好，躲了强盗，又撞了和尚，却不晦气。千死万死，左右一死，且进门观其动静。”那僧人看见郑夫人丰姿服色，不像个以下之人，甚相敬重，请入净室问讯[19]。叙话起来，方知是尼僧。郑夫人方才心定，将黄天荡遇盗之事，叙了一遍。

⑲ 净室：寺庙中供歇息的房间。

那老尼姑道：“奶奶暂住几日不妨，却不敢久留，恐怕强人访知，彼此有损……”说犹未了，郑夫人腹痛一阵紧一阵。老尼年逾五十，也是半路出家的，晓得些道儿[20]，问道：“奶奶这痛阵，到像要分娩一般？”郑夫人道：“实不相瞒，奴家怀九个月孕，因星夜走急了路，肚疼，只怕是分娩了。”老尼道：“奶奶莫怪我说，这里是佛地，不可污秽。奶奶可往别处去，不敢相留。”郑夫人眼中流泪，哀告道：“师父，慈悲为本，这十方地面不留㉑，教奴家更投何处？想是苏门前世业重㉒，今日遭此冤劫，不如死休！”老尼心慈，道：“也罢，庵后有个厕屋，奶奶若没处去，权在那厕屋里住下，等生产过了，进庵未迟。”

⑳道儿：门径，方法。

㉑十方：佛教中称东南西北及四维（东南、西南、东北、西北）、上、下为十方。意为无尽无量的有情世界，和佛门的广大。

㉒业重：罪孽深重。

郑夫人出于无奈，只得捧着腹肚，走到庵后厕屋里去。虽则厕屋，喜得不是个露坑，到还干净。郑夫人到了屋内，一连几阵紧痛，产下一个孩儿。老尼听得小儿啼哭之声，忙走来看，说道：“奶奶且喜平安。只是一件，母子不能并留。若留下小的，我与你托人抚养，你就休住在此；你若要

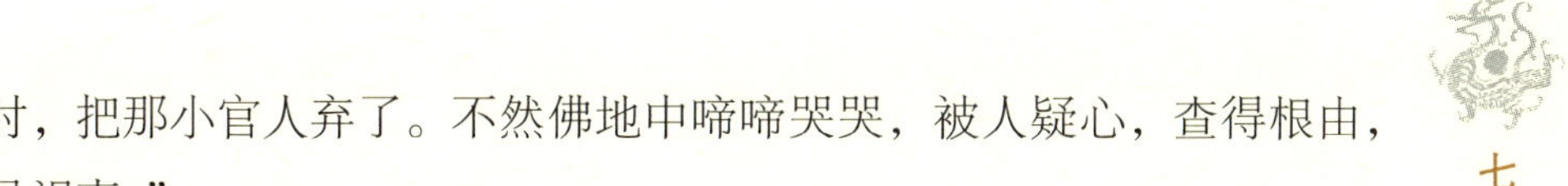

住时，把那小官人弃了。不然佛地中啼啼哭哭，被人疑心，查得根由，又是祸事。”

郑夫人左思右量，两下难舍，便道：“我有道理。”将自己贴肉穿的一件罗衫脱下，包裹了孩儿，拔下金钗一股，插在孩儿胸前，对天拜告道：“夫主苏云，倘若不该绝后，愿天可怜，遣个好人收养此儿。”祝罢，将孩儿递与老尼，央他放在十字路口。老尼念声“阿弥陀佛”，接了孩儿，走去约莫半里之遥，地名大柳村，撇于柳树之下。

分明路侧重逢弃[23]，疑是空桑再产伊[24]。

老尼转来，回复了郑夫人，郑夫人一恸几死，老尼劝解，自不必说。老尼净了手，向佛前念了《血盆经》，送汤送水价看觑郑夫人。郑夫人将随身簪珥手钏，尽数解下，送与老尼为陪堂之费[25]。等待满月，进庵做了道姑，拜佛看经。过了数月，老尼恐在本地有是非，又引他到当涂县慈湖老庵中潜住，更不出门，不在话下。

㉓弃：传说是周代的始祖后稷，他的母亲姜嫄，踩巨人足迹而有孕，生下他以后，以为不祥，便把他弃在路上，故名弃。但他却得到飞鸟等的保护，后来又被抱回。

㉔伊：即商汤的贤相伊尹。相传他生在中空的桑树里面，被有莘氏的采桑女子发现。

㉕陪堂：指带发修行的人自备生活费用，长期居住在寺庙或尼庵。

却说徐能醉了，睡在椅上，直到五鼓方醒。众人见主人酒醉，先已各散去讫。徐能醒来，想起苏奶奶之事，走进房看时，却是个空房，连朱婆也不见了。叫丫鬟问时，一个个目睁口呆，对答不出。看后门大开，情知走了，虽然不知去向，也少不得追赶。料他不走南路，必走北路，望僻静处，一直追来。也是天使其然，一径走那苏奶奶的旧路，到义井跟头，看见一双女鞋，原是他先前老婆的旧鞋，认得是朱婆的。疑猜道：“难道他特地奔出去，到于此地，舍得性命？”巴着井栏一望，黑洞洞地，不要管他，再赶一程。又行十馀里，已到大柳村前，全无踪

迹。正欲回身，只听得小孩子哭响，走上一步看时，那大柳树之下一个小孩儿，且是生得端正，怀间有金钗一股，正不知什么人撇下的，心中暗想：我徐能年近四十，尚无子息，这不是皇天有眼，赐与我为嗣？轻轻抱在怀里，那孩儿就不哭了。徐能心下十分之喜，也不想追赶，抱了孩子就回。到得家中，想姚大的老婆，新育一个女儿，未及一月死了，正好接奶。把那一股钗子，就做赏钱，赏了那婆娘，教他好生喂乳，“长大之时，我自看顾你。”有诗为证：

插下蔷薇有刺藤，养成乳虎自伤生。

凡人不识天公巧，种就殃苗待长成。

话分两头。再说苏知县被强贼撺入黄天荡中，自古道死生有命，若是命不该活，一千个也休了。只为苏知县后来还有造化，在水中半沉半浮，直翾到向水闸边[26]。恰好有个徽州客船泊于闸口，客人陶公夜半正起来撒溺，觉得船底下有物，叫水手将篙摘起，却是一个人，浑身捆缚，心中骇异，不知是死的是活的？正欲推去水中，有这等异事，那苏知县在水中浸了半夜，还不曾死，开口道：“救命！救命！”陶公见是活的，慌忙解开绳索，将姜汤灌醒，问其缘故。苏知县备细告诉，被山东王尚书船家所劫，如今待往上司去告理[27]。陶公是本分生理之人，听得说要与山东王尚书家打官司，只恐连累，有懊悔之意。苏知县看见颜色变了，怕不相容，便改口道：“如今盘费一空，文凭又失，此身无所着落，倘有安身之处，再作道理。”陶公道：“先生休怪我说，你若要去告理，在下不好管得闲事。若只要个安身之处，敝村有个市学，倘肯相就，权住几时。”苏知县道：“多谢！多谢！”陶公取些干衣服，教苏知县换了，带回家中。这村名虽唤做三家村，共有十四五家，每家多有儿女上学，却是陶公做领袖，分派各家轮流供给，在家教学，不放他出门。看官牢记着，那苏知县自在村中教学，正是：

未司社稷民人事，权作之乎者也师。

㉖翾（xuān）：疾迅的。

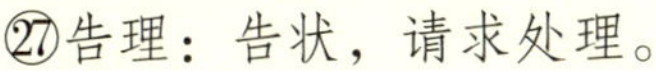
㉗告理：告状，请求处理。

却说苏老夫人在家思念儿子苏云，对次子苏雨道：“你哥哥为官，一去三年，杳无音信。你可念手足之情，亲往兰溪任所，讨个音耗回来，以慰我悬悬之望。”苏雨领命，收拾包裹，陆路短盘[28]，水路搭船，不则一月，来到兰溪。那苏雨是朴实庄家，不知委曲，一径走到县里。值知县退衙，来私宅门口敲门。守门皂隶急忙拦住[29]，问是甚么人。苏雨道：“我是知县老爷亲属，你快通报。”皂隶道：“大爷好利害，既是亲属，可通个名姓，小人好传云板。”苏雨道：“我是苏爷的嫡亲兄弟，特地从涿州家乡而来。”皂隶兜脸打一啐，骂道：“见鬼，大爷自姓高，是江西人，牛头不对马嘴！”正说间，后堂又有几个闲荡的公人听得了，走来帮兴，骂道：“那里来这光棍，打他出去就是。”苏雨再三分辨，那个听他。正在那里七张八嘴，东扯西拽，惊动了衙内的高知县，开私宅出来，问甚缘由。

㉘短盘：长途步行，在中间常作休息。

㉙皂隶：就是衙门里的差役。

苏雨听说大爷出衙，睁眼看时，却不是哥哥，已自心慌，只得下跪禀道：“小人是北直隶涿州苏雨，有亲兄苏云，于三年前选本县知县，到任以后，杳无音信。老母在家悬望，特命小人不远千里，来到此间，何期遇了恩相。恩相既在此荣任，必知家兄前任下落。”高知县慌忙扶起，与他作揖，看坐，说道：“你令兄向来不曾到任，吏部只道病故了，又将此缺补与下官。既是府上都没消息，不是覆舟，定是遭寇了。若是中途病亡，岂无一人回籍？”苏雨听得，哭将起来道：“老母家中悬念，只望你衣锦还乡。谁知死得不明不白，教我如何回覆老母？”高知县傍观，未免同袍之情[30]，甚不过意，宽慰道：“事已如此，足下休得烦恼。且在敝治宽住一两个月，待下官差人四处打听令兄消息，回府未迟。一应路费，都在下官身上。”便分付门子[31]，于库房取书仪十两[32]，送与苏雨为程敬[33]，着一名皂隶送苏二爷于城隍庙居住。苏雨虽承高公美意，心下痛苦，昼夜啼哭。住了半月，忽感一病，服药不愈，呜呼哀哉。

未得兄弟生逢，又见娘儿死别。

高知县买棺亲往殡殓，停柩于庙中，分付道士小心看视。不在话下。

㉚同袍：同事，同僚。

㉛门子：州县长官的贴身仆役，一般都是由没有成年的童子充当。

㉜书仪：旧时送人礼物或金钱时缩写的礼帖和封签，泛指馈赠的钱物。

㉝程敬：也称程仪，送给远行者的财礼。

再说徐能，自抱那小孩儿回来，教姚大的老婆做了乳母，养为己子。俗语道："只愁不养，不愁不长。"那孩子长成六岁，聪明出众，取名徐继祖，上学攻书。十三岁经书精通，游庠补廪[34]。十五岁上登科，起身会试。从涿州经过，走得乏了，下马歇脚。见一老婆婆，面如秋叶，发若银丝，自提一个磁瓶向井头汲水。徐继祖上前与婆婆作揖，求一瓯清水解渴。老婆婆老眼朦胧，看见了这小官人，清秀可喜，便留他家里吃茶。徐继祖道："只怕老娘府上路远。"婆婆道："十步之内，就是老身舍下。"徐继祖真个下马，跟到婆婆家里。见门庭虽象旧家，

甚是冷落。后边房屋都被火焚了，瓦砾成堆，无人收拾，止剩得厅房三间，将土墙隔断。左一间老婆婆做个卧房，右一间放些破家伙，中间虽则空下，傍边供两个灵位，开写着长儿苏云，次儿苏雨。厅侧边是个耳房，一个老婢在内烧火。老婆婆请小官人于中间坐下，自己陪坐，唤老婢泼出一盏热腾腾的茶，将托盘托将出来道："小官人吃茶。"

㉞游庠：进了学，就是中了秀才。补廪：补入廪生的名额，是秀才里面的一个等级，可由政府供给膳食。

老婆婆看着小官人，目不转睛，不觉两泪交流。徐继祖怪而问之。老婆婆道："老身七十八岁了，就说错了句言语，料想郎君不怪。"徐继祖道："有话但说，何怪之有！"老婆婆道："官人尊姓？青春几岁？"徐继祖叙出姓名，年方一十五岁，今科侥幸中举，赴京会试。老婆婆屈指暗数了一回，扑簌簌泪珠滚一个不住。徐继祖也不觉惨然，道："婆婆如此哀楚，必有伤心之事！"老婆婆道："老身有两个儿子，长子苏云，叨中进士，职受兰溪县尹，十五年前，同着媳妇赴任，一去杳然。老身又遣次男苏雨亲往任所体探，连苏雨也不回来。后来闻人传说，大儿丧于江盗之手，次儿没于兰溪。老身痛苦无伸，又被邻家失火延烧卧室。老身和这婢子两口，权住这几间屋内，坐以待死。适才偶见郎君面貌与苏云无二，又刚是十五岁，所以老身感伤不已。今日天色已晚，郎君若不嫌贫贱，在草舍权住一晚，吃老身一餐素饭。"说罢又哭。徐继祖是个慈善的人，也是天性自然感动，心内到可怜这婆婆，也不忍别去，就肯住了。老婆婆宰鸡煮饭，管待徐继祖，叙了二三更的话，就留在中间歇息。

次早，老婆婆起身，又留吃了早饭，临去时依依不舍，在破箱子内取出一件不曾开折的罗衫出来相赠，说道："这衫是老身亲手做的，男女衫各做一件，却是一般花样。女衫把与儿妇穿去了，男衫因打摺时被灯煤落下，烧了领上一个孔。老身嫌不吉利，不曾把与亡儿穿，至今老身收着。今日老身见了郎君，就如见我苏云一般。郎君受了这件衣服，倘念老身衰暮之景，来年春闱得第，衣锦还乡，是必相烦差人于兰溪县打听苏云、苏雨一个实信见报，老身死亦瞑目。”说罢放声痛哭。徐继祖没来由，不觉也掉下泪来。老婆婆送了徐继祖上马，哭进屋去了。徐继祖不胜伤感。

到了京师，连科中了二甲进士，除授中书。朝中大小官员，见他少年老成，诸事历练，甚相敬重。也有打听他未娶，情愿赔了钱，送女儿与他做亲。徐继祖为不曾禀命于父亲，坚意推辞。在京二年，为急缺风宪事㉟，选授监察御史，差往南京刷卷㊱，就便回家省亲归娶，刚好一十九岁。徐能此时已做了太爷，在家中耀武扬威，甚是得志。正合着古人两句：

常将冷眼观螃蟹，看你横行得几时？

㉟风宪：古代御史观察民风，整饬吏治，称作风宪。

㊱刷卷：检查和清理民刑案件。

再说郑氏夫人在慈湖尼庵，一住十九年，不曾出门。一日照镜，觉得庞儿非旧，潸然泪下。想道：“杀夫之仇未报，孩儿又不知生死，就是那时有人收留，也不知落在谁手？住居何乡？我如今容貌憔瘦，又是道姑打扮，料无人认得。况且吃了这几年安逸茶饭，定害庵中㊲，心中过意不去。如今不免出外托钵，一来也帮贴庵中，二来往仪真一路去，顺便打听孩儿消息。常言：‘大海浮萍，也有相逢之日’，或者天可怜，有近处人家拾得，抚养在彼，母子相会，对他说出根由，教他做个报仇之人，却不了却心愿。”当下与老尼商议停妥，托了钵盂，出庵而去。

㊲定害：打扰，烦扰。

一路抄化，到于当涂县内，只见沿街搭彩，迎接刷卷御史徐爷。郑夫人到一家化斋，其家乃是里正，辞道：“我家为接官一事，甚是匆忙，改日来布施罢！”却有间壁一个人家，有女眷闲立在门前观看搭彩，看这道姑生得十分精致，年也却不甚长，见化不得斋，便去叫唤

他。郑氏闻唤，到彼问讯过了，那女眷便延进中堂，将素斋款待，问其来历。郑氏料非贼党，想道："我若隐忍不说，到底终无结末。"遂将十九年前苦情，数一数二，告诉出来。谁知屏后那女眷的家长伏着，听了半日，心怀不平，转身出来，叫道姑："你受恁般冤苦，见今刷卷御史到任，如何不去告状申理?"郑氏道："小道是女流，幼未识字，写不得状词。"

那家长道："要告状，我替你写。"便去买一张三尺三的绵纸，从头至尾写道：

告状妇郑氏，年四十二岁，系直隶涿州籍贯。夫苏云，由进士选授浙江兰溪县尹。

于某年相随赴任，路经仪真，因船漏过载。岂期船户积盗徐能，纠伙多人，中途劫夫财，谋夫命，又欲奸骗氏身。氏幸逃出，庵中潜躲，迄今一十九年，沉冤无雪。徐盗见在五坝街住。恳乞天台捕获正法，生死衔恩，激切上告！

郑氏收了状子，作谢而出。走到接官亭，徐御史正在宁太道周兵备船中答拜[38]，船头上一清如水[39]。郑氏不知利害，径跄上船。管船的急忙拦阻，郑氏便叫起屈来。徐爷在舱中听见，也是一缘一会，偏觉得音声凄惨，叫巡捕官接进状子[40]，同周兵备观看。不看犹可，看毕时，唬得徐御史面如土色。屏去从人，私向周兵备请教；"这妇人所告，正是老父。学生欲待不准他状，又恐在别衙门告理。"周兵备呵呵大笑道："先生大人，正是青年，不知机变，此事亦有何难?可分付巡捕官带那妇人明日察院中审问[41]。到那其间，一顿板子，将那妇人敲死，可不绝了后患?"徐御史起身相谢道："承教了。"辞别周兵备，分付了巡捕官说话，押那告状的妇人，明早带进衙门面审。

㊳宁太道：全称徽宁池太道，属于按察使下的兵备道，管辖皖南、徽州、宁国、池州、太平等府。兵备：是负责这一地区的军务。

㊴一清如水：比喻寂静无人。

㊵巡捕官：明代负责护卫、侦缉、缉捕人犯的官员。

㊶察院：明代督察院的简称。明代专司监察的机关，他所属的官员，就是御史，御史出差在外，其衙署仍称察院。

当下回察院中安歇，一夜不睡，想道："我父亲积年为盗，这妇人所告，或是真情。当先劫财杀命，今日又将妇人打死，却不是冤上加冤！若是不打杀他时，又不是小可利害。"蓦然又想起三年前涿州遇见老妪，说儿子苏云被强人所算，想必就是此事了。又想道："我父亲劫掠了一生，不知造下许多冤业，有何阴德，积下儿子科第？我记得小时上学，学生中常笑我不是亲生之子，正不知我此身从何而来。此事除非奶公姚大知其备细。"心生一计，写就一封家书，书中道："到任忙促，不及回家，特地迎接父叔诸亲，南京衙门相会。路上乏人伏侍，可先差奶公姚大来当涂采石驿，莫误，莫误！"次日开门，将家书分付承差[42]，送到仪真五坝街上太爷亲拆。

㊷承差：指衙门里承办各项差务的吏员。

巡捕官带郑氏进衙，徐继祖见了那郑氏，不由人心中惨然，略问了几句言语，就问道："那妇人有儿子没有？如何自家出身告状？"郑氏眼中流泪，将庵中产儿，并罗衫包裹，和金钗一股，留于大柳村中始末，又备细说了一遍。徐继祖委决不下，分付郑氏："你且在庵中暂住，待我察访强盗着实，再来唤你。"郑氏拜谢去了。

徐继祖起马到采石驿住下[43]，等得奶公姚大到来。日间无话，直至黄昏深后，唤姚大至于卧榻，将好言抚慰，问道："我是谁人所生？"姚大道："是太爷生的。"再三盘问，只是如此。徐爷发怒道："我是他生之子，备细都已知道。你若说得明白，念你妻子乳哺之恩，免你本身一刀。若不说之时，发你在本县，先把你活活敲死！"姚大道："实是太爷亲生，小的不敢说谎。"徐爷道："黄天荡打劫苏知县一事，难道你不知？"姚大又不肯明言。徐爷大怒，便将宪票一幅[44]，写下姚大名字，发去当涂县打一百讨气绝缴[45]。姚大见佥了宪票，着了忙，连忙磕头道："小的愿说，只求老爷莫在太爷面前泄漏。"徐爷道："凡事有我做主，你不须惧怕！"姚大遂将打劫苏知县，谋苏奶奶为妻，及大柳树下拾得小孩子回家，教老婆接奶，备细说了一遍。徐爷又问道："当初裹身有罗衫一件，又有金钗一股，如今可在？"姚大道："罗衫上染了血迹，洗不净，至今和金钗留在。"此时徐爷心中已自了然，分付道："此事只可你我二人知道，明早打发你回家，取了钗子、罗衫，星夜到南京衙门来见我。"姚大领命自去。徐爷次早，一面差官"将盘缠银两好生接取慈湖庵郑道姑到京中来见我"，一面发牌起程，往南京到任。正是：

少年科第荣如锦，御史威名猛似雷。

㊸起马：动身，启程。

㊹宪票：指都察院发出的拘提或处分人犯的指令。

㊺讨气绝缴：打死后回报。

且说苏云知县在三家村教学，想起十九年前之事，老母在家，音信隔绝，妻房郑氏怀孕在身，不知生死下落，日夜忧惶，将此情告知陶公，欲到仪真寻访消息。陶公苦劝安命，莫去惹事。苏云乘清明日各家出去扫墓，乃写一谢帖留在学馆之内，寄谢陶公，收拾了笔墨出门。一路卖字为生，行至常州烈帝庙[46]，日晚投宿。梦见烈帝庙中，灯烛辉煌，自己拜祷求签，签语云：

陆地安然水面凶，一林秋叶遇狂风。

要知骨肉团圆日，只在金陵豸府中。

五更醒来，记得一字不忘，自家暗解道："江中被盗遇救，在山中住这几年，首句'陆地安然水面凶'已自应了。'一林秋叶遇狂风'，应了骨肉分飞之象，难道还有团圆日子？金陵是南京地面，御史衙门号为豸府[47]。我如今不要往仪真，径到南都御史衙门告状，或者有伸冤之日。"

㊻烈帝庙：相传烈帝，就是陈司徒，名杲仁，字世威，隋末为沈法兴部将，沈作乱，他自破其腹，以水涤肠而死。生前被人称誉为"忠孝文武信义谋辩"的八绝贤臣，死后建祠庙祭祀，南唐保大时，被封为"烈帝"。

㊼豸（zhì）府：指御史衙门。豸，传说中的异兽，能辨别曲直。

天明起来，拜了神道，讨其一筶，"若该往南京，乞赐圣筶。"掷下果然是个圣筶。苏公欢喜，出了庙门，直至南京，写下一张词状，到操江御史衙门去出告[48]，状云：

告状人苏云，直隶涿州人。忝中某科进士，初选兰溪知县，携家赴任，行至仪真，祸因舟漏，重雇山东王尚书家船只过载。岂期舟子徐能、徐用等，惯于江洋打劫。夜半移船僻处，缚云抛水，幸遇救免，教授糊口，行李一空，妻仆不知存亡。势宦养盗，非天莫剿，上告！"

㊽操江：明制，设提督操江，由副佥都御使充任，主管江防的任务。

那操江林御史，正是苏爷的同年，看了状词，甚是怜悯。即刻行个文书，支会山东抚按，着落王尚书身上要强盗徐能、徐用等。刚刚发了文书，刷卷御史徐继祖来拜。操院偶然叙及此事，徐继祖有心，别了操院出门，即时叫听事官："将操院差人唤到本院御门，有话分付。"徐爷回衙门，听事官唤到操院差人进衙磕头，禀道："老爷有何分付?"徐爷道："那王尚书船上强盗，本院已知一二。今本院赏你盘缠银二两，你可暂停两三日，待本院唤你们时，你可便来，管你有处缉拿真赃真盗，不须到山东去得。"差人领命去了。

少顷，门上通报太爷到了。徐爷出迎，就有踢蹐之意。想着养育教训之恩，恩怨也要分明，今日且尽个礼数。当下差官往河下接取到衙。原来徐能、徐用起身时，连这一班同伙赵三、翁鼻涕、杨辣嘴、范剥皮、沈胡子，都倚仗通家兄弟面上，备了百金贺礼，一齐来庆贺徐爷。这是天使其然，自来投死。姚大先进衙磕头。徐爷教请太爷、二爷到衙，铺毡拜见。徐能端然而受。次要拜徐用，徐用抵死推辞，不肯要徐爷下拜，只是长揖。赵三等一伙，向来在徐能家，把徐继祖当做子侄之辈，今日高官显耀，时势不同，赵三等口称"御史公"，徐继祖口称"高亲"，两下宾主相见，备饭款待。

至晚，徐继祖在书房中，密唤姚大，讨他的金钗及带血罗衫看了。那罗衫花样与涿州老婆婆所赠无二。"那老婆婆又说我的面庞与他儿子一般，他分明是我的祖母，那慈湖庵中道姑是我亲娘，更喜我爷不死，见在此间告状，骨肉团圆，在此一举。"

次日大排筵宴在后堂，管待徐能一伙七人，大吹大擂介饮酒。徐爷只推公务，独自出堂，先教聚集民壮快手五六十人，安排停当，听候本院挥扇为号，一齐进后堂擒拿七盗。又唤操院公差，快快请告状的苏爷，到衙门相会。不一时，苏爷到了，一见徐爷便要下跪。徐爷双手扶住，彼此站立，问其情节，苏爷含泪而语。徐爷道：“老先生休得愁烦，后堂有许多贵相知在那里，请去认一认。”苏爷走入后堂。一者此时苏爷青衣小帽，二者年远了，三者出其不意，徐能等已不认得苏爷了。苏爷时刻在念，到也还认得这班人的面貌，看得仔细，吃了一惊，倒身退出，对徐爷道：“这一班人，正是船中的强盗，为何在此?”徐爷且不回话，举扇一挥，五六十个做公的蜂拥而入，将徐能等七人一齐捆缚。徐能大叫道：“继祖孩儿，救我则个!”徐爷骂道：“死强盗，谁是你的孩儿?你认得这位十九年前苏知县老爷么?”徐能就骂徐用道：“当初不听吾言，只叫他全尸而死，今日悔之何及!”又叫姚大出来对证，各各

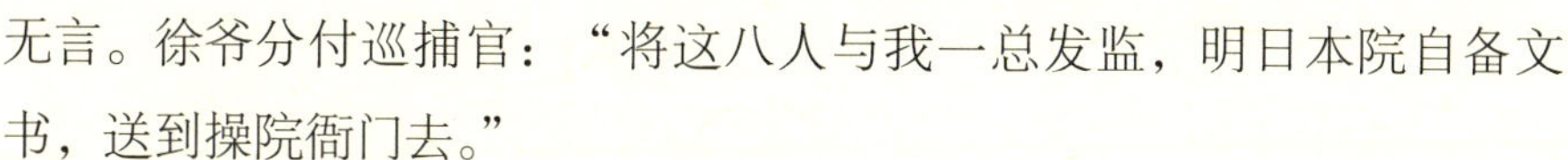

无言。徐爷分付巡捕官："将这八人与我一总发监，明日本院自备文书，送到操院衙门去。"

发放已毕，分付关门，请苏爷复入后堂。苏爷看见这一伙强贼，都在酒席上擒拿，正不知甚么意故。方欲待请问明白，然后叩谢。只见徐爷将一张交椅，置于面南，请苏爷上坐，纳头便拜。苏爷慌忙扶住道："老大人素无一面，何须过谦如此？"徐爷道："愚男一向不知父亲踪迹，有失迎养，望乞恕不孝之罪！"苏爷还说道："老大人不要错了！学生并无儿子。"徐爷道："不孝就是爹爹所生，如不信时，有罗衫为证。"徐爷先取涿州老婆婆所赠罗衫，递与苏爷，苏爷认得领上灯煤孔，道："此衫乃老母所制，从何而得？"徐爷道："还有一件。"又将血渍的罗衫及金钗取来。苏爷观看，又认得："此钗乃吾妻首饰，原何也在此？"徐爷将涿州遇见老母，及采石驿中道姑告状，并姚大招出情由，备细说了一遍。苏爷方才省悟，抱头而哭。事有凑巧，这里恰才父子相认，门外传鼓报道："慈湖观音庵中郑道姑已唤到。"徐爷忙教请进后堂。苏爷与奶奶别了一十九年，到此重逢。苏爷又引孩儿拜见了母亲。痛定思痛，夫妻母子哭做一堆，然后打扫后堂，重排个庆贺筵席。正是：

树老抽枝重茂盛，云开见月倍光明。

次早，南京五府六部六科十三道[49]，及府县官员，闻知徐爷骨肉团圆，都来拜贺。操江御史将苏爷所告状词，奉还徐爷，听其自审。徐爷别了列位官员，分付手下，取大毛板伺候。于监中吊出众盗，一个个脚镣手扭，跪于阶下。徐爷在徐家生长，已熟知这班凶徒杀人劫财，非止一事，不消拷问。只有徐用平昔多曾谏训，且苏爷夫妇都受他活命之恩，叮嘱儿子要出脱他。徐爷一笔出豁了他[50]，赶出衙门，徐用拜谢而去。山东王尚书遥远无干，不须推究。徐能、赵三首恶，打八十。杨辣嘴、沈胡子在船上帮助，打六十。姚大虽也在船上出尖，其妻有乳哺之恩，与翁鼻涕、范剥皮各只打四十板。虽有多寡，都打得皮开肉绽，鲜血迸流。姚大受痛不过，叫道："老爷亲许免小人一刀，如何失信？"徐爷又免他十板，只打三十。打完了，分付收监。徐爷退于后堂，请命于父亲，草下表章，将此段情由，具奏天子。先行出姓，改名苏泰，取否极泰来之义。次要将诸贼不时处决，各贼家财，合行籍没为边储之用。表尾又说："臣父苏云，二甲出身，一官未赴，十九年患难之馀，宦情已淡。臣祖母年逾八帙，独居故里，未知存亡。臣年十九未娶，继祀无望。恳乞天恩给假，从臣父暂归涿州，省亲归娶。"云云。奏章已发。

㊾南京五府六部六科十三道：在明代，明成祖朱棣迁都北京后，在南京仍保留了一部分名义上的中央行政机构。另加"南京"二字。五府，即五军都督府。六部，分为吏、户、礼、兵、刑、工。六科是六科给事中，和六部一样，也分为吏、户、礼、兵、刑、工。十三道，是都察院的监察御史。科、道都是属于检察性质的官。

㊿出豁：出脱，对付。

此时徐继祖已改名苏泰，将新名写帖，遍拜南京各衙门。又写年侄帖子，拜谢了操江林御史。又记着祖母言语，写书差人往兰溪县查问苏雨下落。兰溪县差人先来回报，苏二爷十五年前曾到，因得病身死。高知县殡殓，棺寄在城隍庙中。苏爷父子痛哭了一场，即差的当人，赍了盘费银两，重到兰溪，于水路雇船装载二爷灵柩回涿州祖坟安葬。不一日，奏章准了下来，一一依准，仍封苏泰为御史之职，钦赐父子驰驿还乡。刑部请苏爷父子同临法场监斩诸盗。苏泰预先分付狱中，将姚大缢死全尸，也算免其一刀。徐能叹口气道："我虽不曾与苏奶奶成亲，做了三年太爷，死亦甘心了。"各盗面面相觑，延颈受死。但见：

两声破鼓响，一棒碎锣鸣。监斩官如十殿阎王，刽子手似飞天罗刹。刀斧劫来财帛，万事皆空；江湖使尽英雄，一朝还报。森罗殿前，个个尽惊凶鬼至；阳间地上，人人都庆贼人亡！

在先上本时，便有文书知会扬州府官、仪真县官，将强盗六家，预

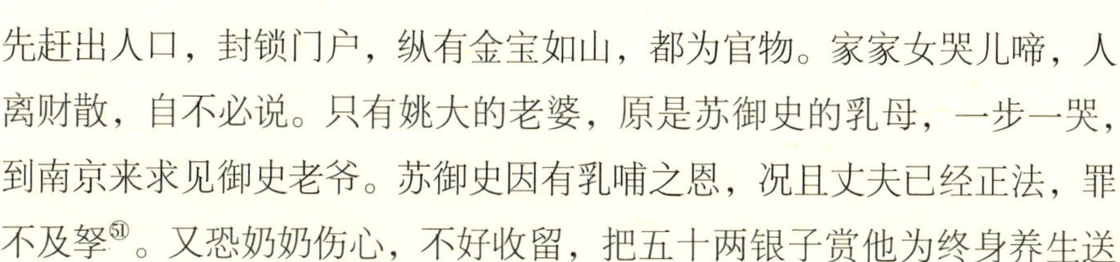

先赶出人口，封锁门户，纵有金宝如山，都为官物。家家女哭儿啼，人离财散，自不必说。只有姚大的老婆，原是苏御史的乳母，一步一哭，到南京来求见御史老爷。苏御史因有乳哺之恩，况且丈夫已经正法，罪不及孥(51)。又恐奶奶伤心，不好收留，把五十两银子赏他为终身养生送死之资，打发他随便安身。

(51)孥（nú）：指妻子和儿女的统称。

京中无事，苏太爷辞了年兄林操江。御史公别了各官起马，前站打两面金字牌，一面写着“奉旨省亲”，一面写着“钦赐归娶”。旗幡鼓吹，好不齐整，闹嚷嚷的从扬州一路而回。道经仪真，苏太爷甚是伤感，郑老夫人又对儿子说起朱婆投井之事，又说亏了庵中老尼。御史公差地方访问义井。居民有人说，十九年前，是曾有个死尸，浮于井面，众人捞起三日，无人识认，只得敛钱买棺盛殓，埋于左近一箭之地。地方回复了，御史公备了祭礼，及纸钱冥锭，差官到义井坟头，通名致祭。又将白金百两，送与庵中老尼，另封白银十两，付老尼启建道场，超度苏二爷、朱婆及苏胜夫妇亡灵。这叫做以直报怨，以德报德。苏公父子亲往拈香拜佛。

诸事已毕，不一日行到山东临清，头站先到渡口驿，惊动了地方上一位乡宦，那人姓王名贵，官拜一品尚书，告老在家。那徐能揽的山东王尚书船，正是他家。徐能盗情发了，操院拿人，闹动了仪真一县，王尚书的小夫人家属，恐怕连累，都搬到山东，依老尚书居住。后来打听得苏御史审明，船虽尚书府水牌，止是租赁，王府并不知情。老尚书甚是感激，今日见了头行，亲身在渡口驿迎接。见了苏公父子，满口称谢，设席款待。席上问及：“御史公钦赐归娶，不知谁家老先儿的宅眷(52)？”苏云答道：“小儿尚未择聘。”王尚书道：“老夫有一末堂幼女(53)，年方二八，才貌颇称，倘蒙御史公不弃老朽，老夫愿结丝萝。”苏太爷谦让不遂，只得依允。就于临清暂住，择吉行聘成亲。有诗为证：

月下赤绳曾绾足，何须射中雀屏目。

当初恨杀尚书船，谁想尚书为眷属。

52 老先儿：老先生的省称。

53 末堂：最后出生的。

三朝以后[54]，苏公便欲动身，王尚书苦留。苏太爷道：“久别老母，未知存亡，归心已如箭矣！”王尚书不好担阁。过了七日，备下千金妆奁，别起夫马，送小姐随夫衣锦还乡。一路无话。

54 三朝：旧时举行婚礼后的第三天。

到了涿州故居，且喜老夫人尚然清健，见儿子媳妇俱已半老，不觉感伤。又见孙儿就是向年汲水所遇的郎君，欢喜无限。当初只恨无子，今日抑且有孙。两代甲科，仆从甚众，旧居火焚之馀，安顿不下，暂借察院居住。起建御史第，府县都来助工，真个是“不日成之”。

苏云在家，奉养太夫人直至九十馀岁方终。苏泰历官至坐堂都御史[55]，夫人王氏，所生二子，将次子承继为苏雨之后，二子俱登第。至今闾里中传说苏知县报冤唱本。后人有诗云：

月黑风高浪沸扬，黄天荡里贼猖狂。

平陂往复皆天理，那见凶人寿命长？

㊺坐堂：指当上了都察院的长官都御史。

八 小夫人金钱赠年少

【精要简介】

本篇讲述的是王招宣府里出来的小夫人，嫁给开线铺的张员外，有意于店中主管张胜，张胜奉母命辞去店职，不与往来，后小夫人因故自缢身死，鬼魂仍追寻张胜的故事，表现了主人公对爱情的大胆追求。

【原文鉴赏】

谁言今古事难穷？大抵荣枯总是空。

算得生前随分过，争如云外指溟鸿。

暗添雪色眉根白，旋落花光脸上红。

惆怅凄凉两回首，暮林萧索起悲风。

这八句诗，乃西川成都府华阳县王处厚，年纪将及六旬，把镜照面，见须发有几根白的，有感而作。世上之物，少则有壮，壮则有老，古之常理，人人都免不得的。原来诸物都是先白后黑，惟有髭须却是先黑后白。又有戴花刘使君，对镜中见这头发斑白，曾作《醉亭楼》词：

平生性格，随分好些春色，沉醉恋花陌。虽然年老心未老，满头花压巾帽侧。鬓如霜，须似雪，自嗟恻！

几个相知劝我染，几个相知劝我摘。染摘有何益！当初怕作短命鬼，如今已过中年客。且留些，妆晚景，尽教白。

如今说东京汴州开封府界，有个员外，年逾六旬，须发皤然[1]。只因不伏老，兀自贪色，荡散了一个家计，几乎做了失乡之鬼。这员外姓甚名谁？却做甚么事来？正是：

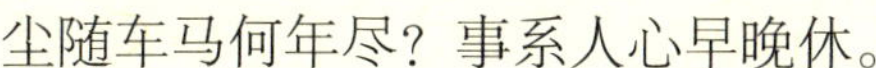
尘随车马何年尽？事系人心早晚休。

①皤（pó）然：形容须发花白的样子。

话说东京汴州开封府界身子里②，一个开线铺的员外张士廉③，年过六旬，妈妈死后，孑然一身，并无儿女。家有十万资财，用两个主管营运。张员外忽一日拍胸长叹，对二人说："我许大年纪，无儿无女，要十万家财何用？"二人曰："员外何不取房娘子，生得一男半女，也不绝了香火。"员外甚喜，差人随即唤张媒李媒前来。这两个媒人端的是：

开言成匹配，举口合姻缘。医世上凤只鸾孤，管宇宙单眠独宿。传言玉女，用机关把臂拖来；侍案金童，下说词拦腰抱住。调唆织女害相思，引得嫦娥离月殿。

员外道："我因无子，相烦你二人说亲。"张媒口中不道，心下思量道："大伯子许多年纪，如今说亲，说甚么人是得？教我怎地应他？"则见李媒把张媒推一推，便道："容易。"临行，又叫住了道："我有三句话。"只因说出这三句话来，教员外：

青云有路，番为苦楚之人；

白骨无坟，化作失乡之鬼。

媒人道："不知员外意下何如？"张员外道："有三件事，说与你两人。第一件，要一个人材出众，好模好样的。第二件，要门户相当。第三件，我家下有十万贯家财，须着个有十万贯房奁的亲来对付我④。"两个媒人，肚里暗笑，口中胡乱答应道："这三件事都容易。"当下相辞员外自去。

②界身：北宋汴京皇城东南角的一条繁华街巷，是大商店开设的地方，也是当日商业中心区。

③员外：本是官名，员外郎的简称。宋元以来用作对地主阶级的尊称。

④房奁（lián）：嫁妆。对付：匹配。

张媒在路上与李媒商议道："若说得这头亲事成，也有百十贯钱撰。只是员外说的话太不着人[⑤]，有那三件事的他不去嫁个年少郎君，却肯随你这老头子？偏你这几根白胡须是沙糖拌的？"李媒道："我有一头到也凑巧，人材出众，门户相当。"张媒道："是谁家？"李媒云："是王招宣府里出来的小夫人[⑥]。王招宣初娶时，十分宠幸，后来只为一句话破绽些，失了主人之心，情愿白白里把与人，只要个有门风的便肯。随身房计少也有几万贯，只怕年纪忒小些。"张媒道："不愁小的忒小，还嫌老的忒老，这头亲张员外怕不中意？只是雌儿心下必然不美[⑦]。如今对雌儿说，把张家年纪瞒过了一二十年，两边就差不多了。"李媒道："明日是个和合日[⑧]，我同你先到张宅讲定财礼，随到王招宣府一说便成。"是晚各归无话。

⑤不着人：不近人情。

⑥宣府：招讨使和宣抚使的简称，宋代高级的领军主官。

⑦雌儿：年轻妇女的代称，含有轻戏的意思。

⑧和合：吉利。

次日，二媒纳会了，双双的到张员外宅里说："昨日员外分付的三件事，老媳妇寻得一头亲，难得恁般凑巧！第一件，人材十分足色。第二件，是王招宣府里出来，有名声的。第三件，十万贯房奁。则怕员外嫌他年小。"张员外问道："却几岁?"张媒应道："小员外三四十岁。"张员外满脸堆笑道："全仗作成则个!"

话休絮烦，当下两边俱说允了。少不得行财纳礼，奠雁已毕，花烛成亲。次早参拜家堂，张员外穿紫罗衫，新头巾，新靴新袜。这小夫人着乾红销金大袖团花霞帔[9]，销金盖头，生得：

新月笼眉，春桃拂脸。意态幽花殊丽，肌肤嫩玉生光。说不尽万种妖娆，画不出千般艳冶。何须楚峡云飞过，便是蓬莱殿里人！

张员外从上至下看过，暗暗地喝采。小夫人揭起盖头，看见员外须眉皓白，暗暗地叫苦。花烛夜过了，张员外心下喜欢，小夫人心下不乐。

⑨乾红：深红色。销金：用真金合线制成的一种金线，绣在衣服和饰品上。

过了月馀，只见一人相揖道："今日是员外生辰，小道送疏在此。"原来员外但遇初一月半，本命生辰，须有道疏[10]。那时小夫人开疏看时，扑簌簌两行泪下，见这员外年已六十，埋怨两个媒人："将我误了。"看那张员外时，这几日又添了四五件在身上：

腰便添疼，眼便添泪。

耳便添聋，鼻便添涕。

⑩道疏：道教中用来白天、祈神降福的文书。

一日，员外对小夫人道："出外薄干[11]，夫人耐静。"小夫人只得应道："员外早去早归。"说了，员外自出去。小夫人自思量："我恁地一个人，许多房奁，却嫁一个白须老儿!"心下正烦恼，身边立着从嫁道："夫人今日何不门首看街消遣?"小夫人听说，便同养娘到外边来看。这张员外门首，是胭脂绒线铺，两壁装着厨柜，当中一个紫绢沿边帘子。养娘放下帘钩，垂下帘子，门前两个主管，一个李庆，五十来岁；一个张胜，年纪三十来岁，二人见放下帘子，问道："为甚么?"养娘道："夫人出来看街。"两个主管躬身在帘子前参见。小夫人在帘子底下启一点朱唇，露两行碎玉，说不得数句言语，教张胜惹场烦恼：

远如沙漠，何殊没底沧溟；

重若丘山，难比无穷泰华。

⑪薄干：指有些小事情。

小夫人先叫李主管问道："在员外宅里多少年了?"李主管道："李庆在此三十馀年。"夫人道："员外寻常照管你也不曾?"李主管道："一饮一啄，皆出员外。"却问张主管，张主管道："张胜从先父在员外宅里二十馀年，张胜随着先父便趋事员外，如今也有十馀年。"小夫人问道："员外曾管顾你么?"张胜道："举家衣食，皆出员外所赐。"小夫人道："主管少待。"小夫人折身进去不多时，递些物与李主管。把袖包手来接，躬身谢了。小夫人却叫张主管道："终不成与了他不与你？这物件虽不直钱，也有好处。"张主管也依李主管接取，躬身谢了。小夫人又看了一回，自入去。两个主管，各自出门前支持买卖。原来李主管得的是十文银钱，张主管得的却是十文金钱。当时张主管也不知道李主管得的是银钱，李主管也不知张主管得的是金钱。

当日天色已晚，但见：

野烟四合，宿鸟归林，佳人秉烛归房，路上行人投店。渔父负鱼归竹径，牧童骑犊返孤村。

当日晚算了帐目，把文簿呈张员外，今日卖几文，买几文，人上欠几文，都佥押了。原来两个主管，各轮一日在铺中当直，其日却好正轮着张主管值宿。门外面一间小房，点着一盏灯。张主管闲坐半晌，安排歇宿，忽听得有人来敲门。张主管听得，问道："是谁?"应道："你快开门，却说与你!"张主管开了房门，那人跄将入来，闪身已在灯光背后。张主管看时，是个妇人。张主管吃了一惊，慌忙道："小娘子你这

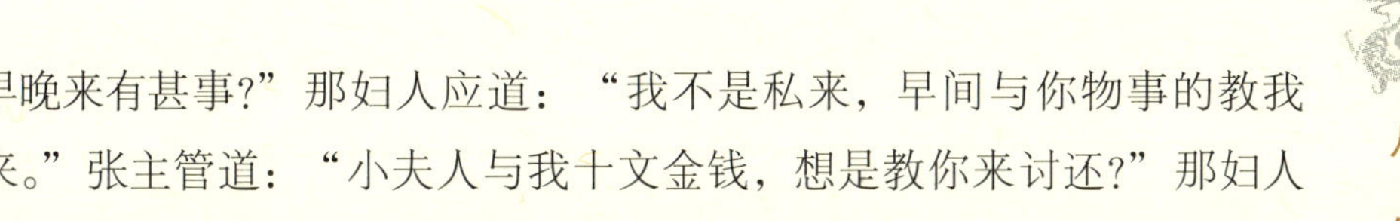

早晚来有甚事？”那妇人应道：“我不是私来，早间与你物事的教我来。”张主管道：“小夫人与我十文金钱，想是教你来讨还？”那妇人道：“你不理会得，李主管得的是银钱。如今小夫人又教把一件物来与你。”

只见那妇人背上取下一包衣装，打开来看道：“这几件把与你穿的，又有几件妇女的衣服把与你娘。”只见妇女留下衣服，作别出门，复回身道：“还有一件要紧的倒忘了。”又向衣服里取出一锭五十两大银，撇了自去。当夜张胜无故得了许多东西，不明不白，一夜不曾睡着。

明日早起来，张主管开了店门，依旧做买卖。等得李主管到了，将铺面交割与他，张胜自归到家中，拿出衣服银子与娘看。娘问：“这物事那里来的？”张主管把夜来的话，一一说与娘知。婆婆听得说道：“孩儿，小夫人他把金钱与你，又把衣服银子与你，却是甚么意思？娘如今六十已上年纪，自从没了你爷，便满眼只看你。若是你做出事来，老身靠谁？明日便不要去。”这张主管是个本分之人，况又是个孝顺的，听见娘说，便不往铺里去。张员外见他不去，使人来叫，问道：“如何主管不来？”婆婆应道：“孩儿感些风寒，这几日身子不快，来不得。传语员外得知，一好便来。”又过了几日，李主管见他不来，自来叫道：“张主管如何不来？铺中没人相帮。”老娘只是推身子不快，这两日反重，李主管自去。张员外三五遍使人来叫，做娘的只是说未得好。张员外见三回五次叫他不来，猜道：“必是别有去处。”张胜自在家中。

时光迅速，日月如梭，捻指之间，在家中早过了一月有馀，道不得“坐吃山崩”。虽然得这小夫人许多物事，那一锭大银子容易不敢出笏，衣裳又不好变卖，不去营运，日来月往，手内使得没了，却来问娘道：“不教儿子去张员外宅里去，闲了经纪，如今在家中日逐盘费如何措置？”那婆婆听得说，用手一指，指着屋梁上道：“孩儿你见也不见？”

张胜看时，原来屋梁上挂着一个包，取将下来。道："你爷养得你这等大，则是这件物事身上。"打开纸包看时，是个花栲栳儿[12]。婆婆道："你如今依先做这道路，习爷的生意，卖些胭脂绒线。"

⑫花栲（kǎo）栳儿：应为花栲栳儿，一种用柳条编制的筐篮一类的容器。

当日时遇元宵，张胜道："今日元宵夜端门下放灯。"便问娘道："儿子欲去看灯则个。"娘道："孩儿，你许多时不行这条路，如今去端门看灯，从张员外门前过，又去惹是招非。"张胜道："是人都去看灯，说道'今年好灯'。儿子去去便归，不从张员外门前过便了。"娘道："要去看灯不妨，则是你自去看不得，同一个相识做伴去才好。"张胜道："我与王二哥同去。"娘道："你两个去看不妨，第一莫得吃酒！第二同去同回。"分付了，两个来端门下看灯。正撞着当时赐御酒，撒金钱，好

热闹，王二哥道："这里难看灯，一来我们身小力怯，着甚来由吃挨吃搅[13]？不如去一处看，那里也抓缚着一座鳌山[14]。"张胜问道："在那里？"王二哥道："你到不知，王招宣府里抓缚着小鳌山，今夜也放灯。"

⑬吃挨吃搅：指被人挤来挤去。

⑭鳌（áo）山：用彩灯扎制的灯山，在上面加上许多点缀。

两个便复身回来，却到王招宣府前。原来人又热闹似端门下，就府门前不见了王二哥。张胜只叫得声苦："却是怎地归去？临出门时，我娘分付道：'你两个同去同回。'如何不见了王二哥！只我先到屋里，我娘便不焦躁。若是王二哥先回，我娘定道我那里去。"当夜看不得那灯，独自一个行来行去，猛省道："前面是我那旧主人张员外宅里，每年到元宵夜，歇浪钱铺[15]，添许多烟火，今日想他也未收灯。"迤逦信步行到张员外门前，张胜吃惊，只见张员外家门便开着，十字两条竹竿，缚着皮革底钉住，一碗泡灯，照着门上一张手榜贴在。张胜看了，唬得目睁口呆，罔知所措。张胜去这灯光之下，看这手榜上写着道："开封府左军巡院，勘到百姓张士廉，为不合……"方才读到"为不合"三个字，兀自不知道因甚罪，则见灯笼底下一人喝声道："你好大胆，来这里看甚的？"张主管吃了一惊，拽开脚步便走。那喝的人大踏步赶将来，叫道："是甚么人？直恁大胆！夜晚间，看这榜做甚么？"唬得张胜便走。

⑮歇浪：停业，歇业。

渐次间，行到巷口，待要转弯归去，相次二更，见一轮明月，正照着当空。正行之间，一个人从后面赶将来，叫道："张主管，有人请你。"张胜回头看时，是一个酒博士。张胜道："想是王二哥在巷口等我，买些酒吃归去，恰也好。"同这酒博士到店内，随上楼梯，到一个阁儿前面。量酒道："在这里。"掀开帘儿，张主管看见一妇女，身上

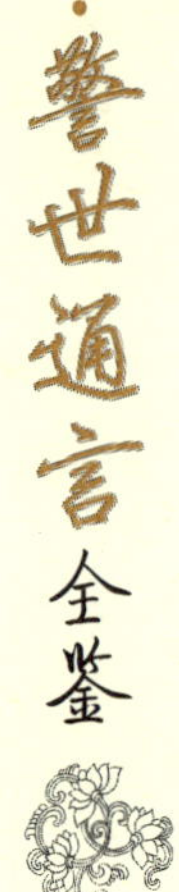

衣服不堪齐整，头上蓬松，正是：

乌云不整，唯思昔日豪华；粉泪频飘，为忆当年富贵。秋夜月蒙云笼罩，牡丹花被土沉埋。

这妇女叫：“张主管，是我请你。”张主管看了一看，虽有些面熟，却想不起。这妇女道：“张主管如何不认得我？我便是小夫人。”张主管道：“小夫人如何在这里？”小夫人道：“一言难尽！”张胜问：“夫人如何恁地？”小夫人道：“不合信媒人口，嫁了张员外，原来张员外因烧煅假银事犯，把张员外缚去左军巡院里去[16]，至今不知下落。家计并许多房产，都封估了[17]。我如今一身无所归着，特地投奔你。你看我平昔之面，留我家中住几时则个。”张胜道：“使不得！第一家中母亲严谨，第二道不得‘瓜田不纳履，李下不整冠’。要来张胜家中，断然使不得。”小夫人听得道：“你将为常言俗语道：‘呼蛇容易遣蛇难’，怕日久岁深，盘费重大。我教你看……”用手去怀里提出件物来：

闻钟始觉山藏寺，傍岸方知水隔村。

小夫人将一串一百单八颗西珠数珠，颗颗大如鸡豆子[18]，明光灿烂。张胜见了喝采道：“有眼不曾见这宝物！”小夫人道：“许多房奁，尽被官府籍没了，则藏得这物。你若肯留在家中，慢慢把这件宝物逐颗去卖，尽可过日。”张主管听得说，正是：

归去只愁红日晚，思量犹恐马行迟。

横财红粉歌楼酒，谁为三般事不迷？

⑯左军巡院：宋代，在开封府喜爱设立左右军巡院，管理京城的治安和诉讼等事。

⑰封估：查封估值入官。

⑱鸡豆子：鸡头米，也叫做芡实。

当日张胜道：“小夫人要来张胜家中，也得我娘肯时方可。”小夫人道：“和你同去问婆婆，我只在对门人家等回报。”张胜回到家中，将前后事情逐一对娘说了一遍。婆婆是个老人家，心慈，听说如此落难，连声叫道："苦恼，苦恼！小夫人在那里？"张胜道："见在对门等。"婆婆道："请相见！"相见礼毕，小夫人把适来说的话从头细说一遍："如今都无亲戚投奔，特来见婆婆，望乞容留！"婆婆听得说道："夫人暂住数日不妨，只怕家寒怠慢，思量别的亲戚再去投奔。"小夫人便从怀里取出数珠递与婆婆。灯光下婆婆看见，就留小夫人在家住。小夫人道："来日剪颗来货卖，开起胭脂绒线铺，门前挂着花栲栲儿为记。"张胜道："有这件宝物，胡乱卖动，便是若干钱。况且五十两一锭大银未动，正好收买货物。"张胜自从开店，接了张员外一路买卖，其时人唤张胜做小张员外。小夫人屡次来缠张胜，张胜心坚似铁，只以主母相待，并不及乱。

当时清明节候，怎见得？

清明何处不生烟？郊外微风挂纸钱。

人笑人歌芳草地，乍晴乍雨杏花天。

海棠枝上绵蛮语，杨柳堤边醉客眠。

红粉佳人争画板，彩丝摇曳学飞仙。

满城人都出去金明池游玩，小张员外也出去游玩。到晚回来，却待入万胜门，则听得后面一人叫"张主管"。当时张胜自思道："如今人都叫我做小张员外，甚人叫我主管？"回头看时，却是旧主人张员外。张胜看张员外面上刺着囚字金印[19]，蓬头垢面，衣服不整齐，即时邀入酒店里一个稳便阁儿坐下。

⑲金印：宋代犯人脸上刺的字。

张胜问道："主人缘何如此狼狈？"张员外道："不合成了这头亲事！小夫人原是王招宣府里出来的。今年正月初一日，小夫人自在帘儿里看街，只见一个安童托着盒儿打从面前过去[20]。小夫人叫住问道：'府中近日有甚事说？'安童道：'府里别无甚事，则是前日王招宣寻一串一百单八颗西珠数珠不见，带累得一府的人没一个不吃罪责。'小夫人听得说，脸上或青或红。小安童自去。不多时二三十人来家，把他房奁和我的家私都搬将去，便捉我下左军巡院拷问，要这一百单八颗数珠。我从不曾见，回说‘没有’。将我打一顿毒棒，拘禁在监。到亏当日小夫人入去房里自吊身死，官司没决撒㉑，把我断了。则是一事，至今日那一串一百单八颗数珠不知下落。”张胜闻言，心下自思道：“小夫人也在我家里，数珠也在我家里，早剪动几颗了。”甚是惶惑。劝了张员外些酒食，相别了。

⑳安童：年幼的童仆。

㉑决撒：败露，识破，被戳穿。

张胜沿路思量道：“好是惑人！”回到家中，见小夫人，张胜一步退一步道：“告夫人，饶了张胜性命！”小夫人问道：“怎恁地说？”张胜把适来大张员外说的话说了一遍。小夫人听得道：“却不作怪，你看我身上衣裳有缝，一声高似一声，你岂不理会得？他道我在你这里，故意说这话教你不留我。”张胜道：“你也说得是。”

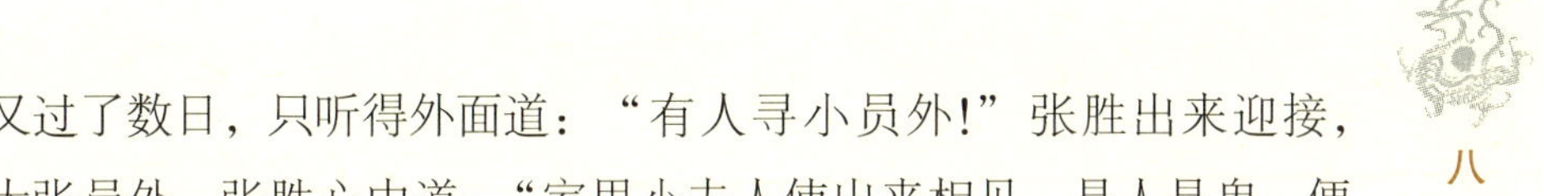

又过了数日，只听得外面道："有人寻小员外!"张胜出来迎接，便是大张员外。张胜心中道："家里小夫人使出来相见，是人是鬼，便明白了。"教养娘请小夫人出来。养娘入去，只没寻讨处，不见了小夫人。当时小员外既知小夫人真个是鬼，只得将前面事一一告与大张员外。问道："这串数珠却在那里?"张胜去房中取出，大张员外叫张胜同来王招宣府中说，将数珠交纳，其馀剪去数颗，将钱取赎讫。王招宣赎免张士廉罪犯[22]，将家私给还，仍旧开胭脂绒线铺。大张员外仍请天庆观道士做醮，追荐小夫人。只因小夫人生前甚有张胜的心，死后犹然相从。亏杀张胜立心至诚，到底不曾有染，所以不受其祸，超然无累。如今财色迷人者纷纷皆是，如张胜者万中无一。有诗赞云：

谁不贪财不爱淫？始终难染正人心。

少年得似张主管，鬼祸人非两不侵。

㉒赎免：古代对于罪行，可以缴纳金或铜赎减或赎免。

九　老门生三世报恩

【精要简介】

本篇叙述的是五十七岁的饱学之士鲜于同接连被蒯遇时“错取”，而最终仕途顺达，以其一己之力，报答蒯氏知遇之恩的故事。全篇语言风趣幽默，故事情节极具表现张力。

【原文鉴赏】

买只牛儿学种田，结间茅屋向林泉。

也知老去无多日，且向山中过几年。

为利为官终幻客，能诗能酒总神仙。

世间万物俱增价，老去文章不值钱。

这八句诗，乃是达者之言，末句说：“老去文章不值钱”，这一句，还有个评论。大抵功名迟速，莫逃乎命，也有早成，也有晚达。早成者未必有成，晚达者未必不达。不可以年少而自恃，不可以年老而自弃。这老少二字，也在年数上论不得的。假如甘罗十二岁为丞相，十三岁上就死了，这十二岁之年，就是他发白齿落、背曲腰弯的时候了。后头日子已短，叫不得少年。又如姜太公八十岁还在渭水钓鱼，遇了周文王以后车载之，拜为师尚父。文王崩，武王立，他又秉钺为军师①，佐武王伐纣，定了周家八百年基业，封于齐国。又教其子丁公治齐，自己留相周朝，直活到一百二十岁方死。你说八十岁一个老渔翁，谁知日后还有许多事业，日子正长哩！这等看将起来，那八十岁上还是他初束发、刚顶冠、做新郎、应童子试的时候②，叫不得老年。世人只知眼前贵贱，

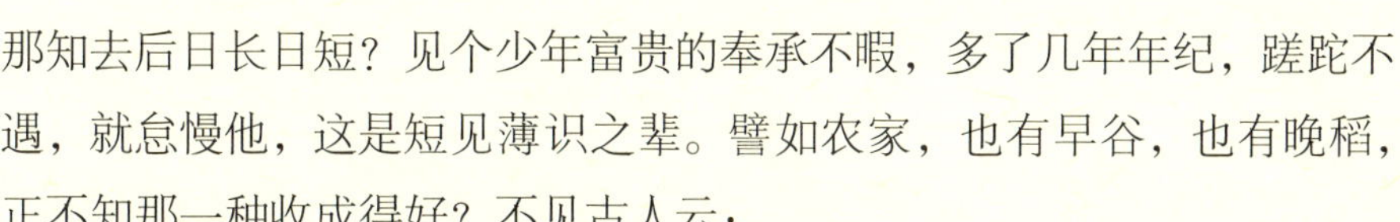

那知去后日长日短？见个少年富贵的奉承不暇，多了几年年纪，蹉跎不遇，就怠慢他，这是短见薄识之辈。譬如农家，也有早谷，也有晚稻，正不知那一种收成得好？不见古人云：

东园桃李花，早发还先萎。

迟迟涧畔松，郁郁含晚翠。

①秉钺（yuè）：持斧，指掌握兵权。

②束发：古代男孩成童时束发为髻，用来指代成童。童子试：科举制度，不曾进学做秀才的全称为童生，应童子试就是指应做秀才的考试。

闲话休提。却说国朝正统年间，广西桂林府兴安县有一秀才，复姓鲜于，名同，字大通。八岁时曾举神童[3]，十一岁游庠，超增补廪[4]。论他的才学，便是董仲舒、司马相如也不看在眼里，真个是胸藏万卷，笔扫千军。论他的志气，便像冯京、商辂连中三元[5]，也只算他便袋里东西，真个是足蹑风云，气冲牛斗。何期才高而数奇[6]，志大而命薄。年年科举，岁岁观场，不能得朱衣点额[7]，黄榜标名。到三十岁上，循资该出贡了[8]。他是个有才有志的人，贡途的前程是不屑就的。思量穷秀才家，全亏学中年规这几两廪银，做个读书本钱。若出了学门，少了这项来路，又去坐监[9]，反费盘缠。况且本省比监里又好中，算计不通。偶然在朋友前露了此意，那下首该贡的秀才，就来打话要他让贡，情愿将几十金酬谢。鲜于同又得了这个利息，自以为得计。

③神童：有特异聪明的童子，这里指由古代童子科演变而来的一种举士制度。明制，聪慧过人的儿童由官举荐，可以由皇帝亲自召试，给予读书或进学的优待机会。

④超增：科举制度，明代秀才按资历分为三种名目和级别：即附生、增生、廪生。超增就是由附生跳过增生这一级而补为廪生。

⑤冯京、商辂：冯京（1021—1094 年），宋代；商辂（lù，1414—1486 年），明代人，两人都曾连中解元、会元、状元三元。

⑥数奇：指命运不好，诸事不利。

⑦朱衣点额：相传，北宋欧阳修知贡举阅卷时，曾觉得背后有朱衣人在点头，凡他点头的文章都合格。

⑧出贡：科举时代，凡秀才经过选拔，向朝廷推荐，称贡生，又叫拔贡。贡生屡试不第者，可按年资轮次到京，由吏部选派杂职小官。凡轮到的叫做出贡，如本人不愿意，可让次一人递补。

⑨坐监：指如国子监读书。

第一遍是个情，第二遍是个例，人人要贡，个个争先。鲜于同自三十岁上让贡起，一连让了八遍，到四十六岁兀自沉埋于泮水之中，驰逐于青衿之队[⑩]。也有人笑他的，也有人怜他的，又有人劝他的。那笑他的他也不睬，怜他的他也不受，只有那劝他

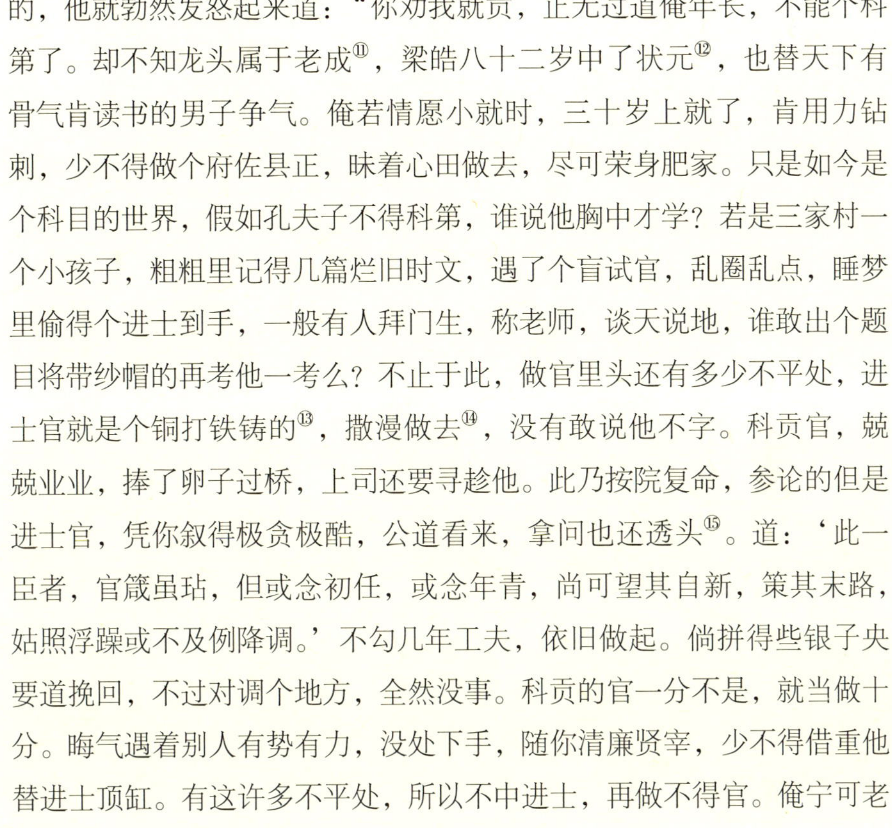

的，他就勃然发怒起来道：“你劝我就贡，止无过道俺年长，不能个科第了。却不知龙头属于老成[11]，梁皓八十二岁中了状元[12]，也替天下有骨气肯读书的男子争气。俺若情愿小就时，三十岁上就了，肯用力钻刺，少不得做个府佐县正，昧着心田做去，尽可荣身肥家。只是如今是个科目的世界，假如孔夫子不得科第，谁说他胸中才学？若是三家村一个小孩子，粗粗里记得几篇烂旧时文，遇了个盲试官，乱圈乱点，睡梦里偷得个进士到手，一般有人拜门生，称老师，谈天说地，谁敢出个题目将带纱帽的再考他一考么？不止于此，做官里头还有多少不平处，进士官就是个铜打铁铸的[13]，撒漫做去[14]，没有敢说他不字。科贡官，兢兢业业，捧了卵子过桥，上司还要寻趁他。此乃按院复命，参论的但是进士官，凭你叙得极贪极酷，公道看来，拿问也还透头[15]。道：‘此一臣者，官箴虽玷，但或念初任，或念年青，尚可望其自新，策其末路，姑照浮躁或不及例降调。’不勾几年工夫，依旧做起。倘拼得些银子央要道挽回，不过对调个地方，全然没事。科贡的官一分不是，就当做十分。晦气遇着别人有势有力，没处下手，随你清廉贤宰，少不得借重他替进士顶缸。有这许多不平处，所以不中进士，再做不得官。俺宁可老儒终身，死去到阎王面前高声叫屈，还博个来世出头。岂可屈身小就，终日受人懊恼，吃顺气丸度日！”遂吟诗一首，诗曰：

从来资格困朝绅，只重科名不重人。
楚士凤歌诚恐殆[16]，叶公龙好岂求真[17]。
若还黄榜终无分，宁可青衿老此身。
铁砚磨穿豪杰事，《春秋》晚遇说平津。

⑩青衿（jīn）：学子所穿的服装，这里借指读书人。

⑪龙头：科举时代称状元为龙头。

⑫梁皓：梁灏（hào）之误。相传宋梁灏八十二岁中状元。

⑬进士官：明代任官进士为一途，举贡为一途，吏员等为一途，所谓三途并用。凡京官六部主事、中书、行人、评事、博士，外官知州、

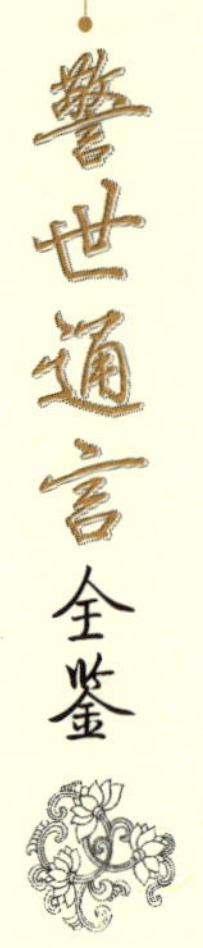

推官、知县，均由进士选任，称为“进使官”。

⑭撒漫：任意，大胆，没有顾虑。

⑮透头：出头，超出常例。

⑯楚士凤歌诚恐殆：《论语》上说，接舆见楚国国政无常，而孔子却到处游说自己的政治主张，因此对孔子唱歌，讽刺他的从政，歌的首句是“凤兮凤兮”。这里是用的这个典故。

⑰叶公龙好岂求真：古代寓言，讲的是叶公非常爱龙，经常画龙。一天，真龙来到他家，吓得他丧魂失魄。

汉时有个平津侯，复姓公孙名弘，五十岁读《春秋》，六十岁对策第一，做到丞相封侯。鲜于同后来六十一岁登第，人以为诗谶[18]，此是后话。

⑱诗谶（chèn）：指作诗中无意预言了后来所发生的事情。谶，预言吉凶的文字、图箓。

却说鲜于同自吟了这八句诗，其志愈锐。怎奈时运不利，看看五十齐头，“苏秦还是旧苏秦”，不能勾改换头面。再过几年，连小考都不利了。每到科举年分，第一个拦场告考的就是他，讨了多少人的厌贱。到天顺六年，鲜于同五十七岁，鬓发都苍然了，兀自挤在后生家队里，谈文讲艺，娓娓不倦。那些后生见了他，或以为怪物，望而避之；或以为笑具，就而戏之。这都不在话下。

却说兴安县知县，姓蒯名遇时，表字顺之，浙江台州府仙居县人氏。少年科甲，声价甚高。喜的是谈文讲艺，商古论今。只有件毛病，爱少贱老，不肯一视同仁。见了后生英俊，加意奖借；若是年长老成的，视为朽物，口呼“先辈”[19]，甚有戏侮之意。其年乡试届期，宗师行文，命县里录科[20]。蒯知县将合县生员考试，弥封阅卷，自恃眼力，从公品第，黑暗里拔了一个第一，心中十分得意，向众秀才面前夸奖道：“本县拔得个首卷，其文大有吴越中气脉[21]，必然连捷，通县秀才，

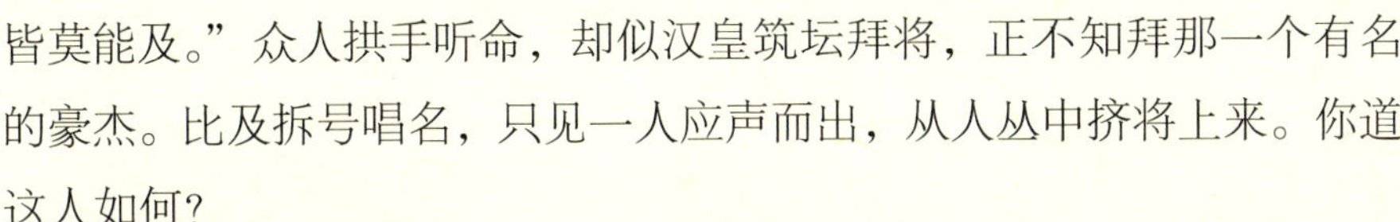

皆莫能及。”众人拱手听命，却似汉皇筑坛拜将，正不知拜那一个有名的豪杰。比及拆号唱名，只见一人应声而出，从人丛中挤将上来。你道这人如何？

矮又矮，胖又胖，须鬓黑白各一半。破儒巾，欠时样，蓝衫补孔重重绽。你也瞧，我也看，若还冠带像胡判[22]。不枉夸，不枉赞，“先辈”今朝说嘴惯。休羡他，莫自叹，少不得大家做老汉。不须营，不须干，序齿轮流做领案。

⑲先辈：科举制度，凡是登科在前的，后科都称为先辈。

⑳录科：即科考，乡试前的一种预备考试，在这场考试中被录取的秀才，就选送去应乡试。

㉑吴越中气脉：吴越，指江浙。科举时代，江浙一带文风很盛，知识分子数目较多，是科名最盛的地方，因此凡文章做得好，就夸称是有江浙人的气脉。

㉒胡判：迷信传说中的阴司的判官的形状。胡，形容人脸上多须。

那案首不是别人，正是那五十七岁的怪物、笑具，名叫鲜于同。合堂秀才哄然大笑，都道：“鲜于‘先辈’，又起用了。”连蒯公也自羞得满面通红，顿口无言。一时间看错文字，今日众人属目之地，如何番悔！忍着一肚子气，胡乱将试卷拆完。喜得除了第一名，此下一个个都是少年英俊，还有些嗔中带喜。是日蒯公发放诸生事毕，回衙闷闷不悦，不在话下。

却说鲜于同少年时本是个名士，因淹滞了数年，虽然志不曾灰，却也是：

泽畔屈原吟独苦，洛阳季子面多惭[23]。

今日出其不意，考个案首[24]，也自觉有些兴头。到学道考试，未必爱他文字，亏了县家案首，就搭上一名科举，喜孜孜去赴省试。众朋友都在下处看经书，温后场[25]。只有鲜于同平昔饱学，终日在街坊上游玩。旁人看见，都猜道：“这位老相公，不知是送儿子孙儿进场的？事外之人，好不悠闲自在!”若晓得他是科举的秀才，少不得要笑他几声。

㉓洛阳季子：即苏秦，字季子，战国时东周洛阳人。他曾经外出求官，失意回家，家里人都看不起他。

㉔案首：清代省学政于考试后揭晓名次，称为出案，名列第一者称为案首。

㉕后场：科举考试，乡、会试都各考三场。后三场指二三场，考试策论和诏表等。

日居月诸，忽然八月初七日，街坊上大吹大擂，迎试官进贡院。鲜于同观看之际，见兴安县蒯公，正征聘做《礼记》房考官㉖。鲜于同自想，我与蒯公同经，他考过我案首，必然爱我的文字，今番遇合，十有八九。谁知蒯公心里不然，他又是一个见识道：“我取个少年门生，他后路悠远，官也多做几年，房师也靠得着他。那些老师宿儒，取之无益。”又道：“我科考时不合昏了眼，错取了鲜于‘先辈’，在众人前老大没趣。今番再取中了他，却不又是一场笑话。我今阅卷，但是三场做得齐整的，多应是夙学之士，年纪长了，不要取他。只拣嫩嫩的口气，乱乱的文法，歪歪的四六，怯怯的策论，愦愦的判语，那定是少年初学。虽然学问未充，养他一两科，年还不长，且脱了鲜于同这件干纪。”算计已定，如法阅卷，取了几个不整不齐，略略有些笔资的，大圈大点，呈上主司。主司都批了“中”字。

㉖房考官：科举制度，除主考官外，还有帮助阅卷的同考官，录取的生员尊称同考官为房考官，亦称房师。

到八月廿八日，主司同各经房在至公堂上拆号填榜。《礼记》房首卷是桂林府兴县学生，复姓鲜于，名同，习《礼记》，又是那五十七的怪物、笑具侥幸了。蒯公好生惊异。主司见蒯公有不乐之色，问其缘故。蒯公道：“那鲜于同年纪已老，恐置之魁列，无以压服后生，情愿把一卷换他。”主司指堂上匾额，道：“此堂既名为‘至公堂’，岂可以老少而私爱憎乎？自古龙头属于老成，也好把天下读书人的志气鼓舞一番。”遂不肯更换，判定了第五名正魁，蒯公无可奈何。正是：

饶君用尽千般力，命里安排动不得。

本心拣取少年郎，依旧取将老怪物。

蒯公立心不要中鲜于“先辈”，故此只拣不整齐的文字才中。那鲜于同是宿学之士，文字必然整齐，如何反投其机？原来鲜于同为八月初七日看了蒯公入帘[27]，自谓遇合十有八九。回归寓中多吃了几杯生酒，坏了脾胃，破腹起来。勉强进场，一头想文字，一头泄泻，泻得一丝两气，草草完篇。二场三场，仍复如此。十分才学，不曾用得一分出来。自谓万无中式之理，谁知蒯公到不要整齐文字，以此竟占了个高魁。也是命里否极泰来，颠之倒之，自然凑巧。那兴安县刚刚只中他一举人。当日鹿鸣宴罢，众同年序齿，他就居了第一。各房考官见了门生，俱各欢喜，惟蒯公闷闷不悦。鲜于同感蒯公两番知遇之恩，愈加殷勤，蒯公愈加懒散。上京会试，只照常规，全无作兴加厚之意[28]。

㉗入帘：考官进入试院之后称为入链子，在考试期间不得外出。

㉘作兴：器重，抬举。

明年鲜于同五十八岁，会试，又下第了。相见蒯公，蒯公更无别语，只劝他选了官罢。鲜于同做了四十馀年秀才，不肯做贡生官，今日才中一年乡试，怎肯就举人职[29]，回家读书，愈觉有兴。每闻里中秀才会文，他就袖了纸墨笔砚，捱入会中同做。凭众人要他，笑他，嗔他，厌他，总不在意。做完了文字，将众人所作看一遍，欣然而归，以此为常。

㉙举人职：做了举人，可以选官，和贡生的出路差不多。

光阴荏苒，不觉转眼三年，又当会试之期。鲜于同时年六十有一，年齿虽增，矍铄如旧。在北京第二遍会试，在寓所得其一梦。梦见中了正魁，会试录上有名，下面却填做《诗经》，不是《礼记》。鲜于同本是个宿学之士，那一经不通？他功名心急，梦中之言，不由不信，就改了《诗经》应试。

事有凑巧，物有偶然。蒯知县为官清正，行取到京[30]，钦授礼科给事中之职。其年又进会试经房。蒯公不知鲜于同改经之事，心中想到："我两遍错了主意，取了鲜于'先辈'做了首卷，今番会试，他年纪一发长了。若《礼记》房里又中了他，这才是终身之玷。我如今不要看《礼记》，改看了《诗经》卷子，那鲜于'先辈'中与不中，都不干我事。"比及入帘阅卷，遂请看《诗》五房卷。蒯公又想道："天下举子像鲜于'先辈'的，谅也非止一人，我不中鲜于同，又中了别的老儿，可不是'躲了雷公，遇了霹雳'！我晓得了，但凡老师宿儒，经旨必然十分透彻。后生家专工四书，经义必然不精。如今到不要取四经整齐[31]，但是有些笔资的[32]，不妨题旨影响，这定是少年之辈了。"阅卷进呈，等到揭晓，《诗》五房头卷，列在第十名正魁。拆号看时，却是桂林府兴安县学生，复姓鲜于，名同，习《诗经》，刚刚又是那六十一岁的怪物、笑具！气得蒯遇时目睁口呆，如槁木死灰模样！

早知富贵生成定，悔却从前枉用心。

㉚行取：明代州县官有政绩者，经地方长官保举，由吏部行文调取至京，通过考试，补授科道或部属官职，称为行取，实际是外官内调。

㉛四经：明代科举定式，试经义四道，四经就是四个经题。

㉜笔资：犹言笔路，才情。

蒯公又想道："论起世上同名姓的尽多，只是桂林府兴安县却没有两个鲜于同，但他向来是《礼记》，不知何故又改了《诗经》，好生奇怪？"候其来谒，叩其改经之故。鲜于同将梦中所见，说了一遍。蒯公叹息连声道："真命进士，真命进士！"自此蒯公与鲜于同师生之谊，比前反觉厚了一分。殿试过了，鲜于同考在二甲头上，得选刑部主事。人道他晚年一第，又居冷局，替他气闷，他欣然自如。

却说蒯遇时在礼科衙门直言敢谏，因奏疏里面触突了大学士刘吉，被吉寻他罪过，下于诏狱[33]。那时刑部官员，一个个奉承刘吉，欲将蒯公置之死地。却好天与其便，鲜于同在本部一力周旋看觑，所以蒯公不致吃亏。又替他纠合同年，在各衙门恳求方便，蒯公遂得从轻降处。蒯公自想道："'着意种花花不活，无心栽柳柳成阴。'若不中得这个老门生，今日性命也难保。"乃往鲜于"先辈"寓所拜谢。鲜于同道："门生受恩师三番知遇，今日小小效劳，止可少答科举而已，天高地厚，未酬万一！"当日师生二人欢饮而别。自此不论蒯公在家在任，每年必遣人问候，或一次或两次，虽俸金微薄，表情而已。

㉝诏狱：这里指刑部狱。

光阴荏苒，鲜于同只在部中迁转，不觉六年，应升知府。京中重他才品，敬他老成，吏部立心要寻个好缺推他，鲜于同全不在意。偶然仙居县有信至，蒯公的公子蒯敬共与豪户查家争坟地疆界，嚷骂了一场。查家走失了个小厮，赖蒯公子打死，将人命事告官。蒯敬共无力对理，一径逃往云南父亲任所去了。官府疑蒯公子逃匿，人命真情，差人雪片下来提人，家属也监了几个，阖门惊惧。鲜于同查得台州正缺知府，乃央人讨这地方。吏部知台州原非美缺，既然自己情愿，有何不从，即将鲜于同推升台州府知府。

鲜于同到任三日，豪家已知新太守是蒯公门生，特讨此缺而来，替他解纷，必有偏向之情。先在衙门谣言放刁，鲜于同只推不闻。蒯家家属诉冤，鲜于同亦佯为不理。密差的当捕人访缉查家小厮，务在必获。约过两月有馀，那小厮在杭州拿到，鲜于太守当堂审明，的系自逃，与蒯家无干。当将小厮责取查家领状。蒯氏家属，即行释放。期会一日，亲往坟所踏看疆

界。查家见小厮已出，自知所讼理虚，恐结讼之日必然吃亏，一面央大分上到太守处说方便[34]，一面又央人到蒯家，情愿把坟界相让讲和。蒯家事已得白，也不愿结冤家。鲜于太守准了和息，将查家薄加罚治，申详上司，两家莫不心服。正是：

只愁堂上无明镜，不怕民间有鬼奸。

鲜于太守乃写书信一通，差人往云南府回覆房师蒯公。蒯公大喜，想道："'树荆棘得刺，树桃李得荫'，若不曾中得这个老门生，今日身家也难保。"遂写恳切谢启一通，遣儿子蒯敬共赍回，到府拜谢。鲜于同道："下官暮年淹蹇，为世所弃，受尊公老师三番知遇，得掇科目，常恐身先沟壑，大德不报。今日恩兄被诬，理当暴白。下官因风吹火，小效区区，止可少酬老师乡试提拔之德，尚欠情多多也！"因为蒯公子经纪家事，劝他闭户读书，自此无话。

㉞大分上：指有脸面、有情面的人。

鲜于同在台州做了三年知府，声名大振，升在徽宁道做兵宪，累升河南廉使[35]，勤于官职。年至八旬，精力比少年兀自有馀，推升了浙江巡抚。鲜于同想道："我六十一岁登第，且喜儒途淹蹇，仕途到顺溜，并不曾有风波。今官至抚台，恩荣极矣。一向清勤自矢，不负朝廷。今日急流勇退，理之当然。但受蒯公三番知遇之恩，报之未尽，此任正在房师地方，或可少效涓埃[36]。"乃择日起程赶任。一路迎送荣耀，自不必说。不一日，到了浙江省城。此时蒯公也历任做到大参地位[37]，因病目不能理事，致政在家[38]。闻得鲜于"先辈"又做本省开府，乃领了十二岁孙儿，亲到杭州谒见。蒯公虽是房师，到小于鲜于公二十馀岁。今日蒯公致政在家，又有了目疾，龙钟可怜。鲜于公年已八旬，健如壮年，位至开府[39]。可见发达不在于迟早，蒯公叹息了许多。正是：

松柏何须羡桃李，请君点检岁寒枝。

㉟廉使：提刑按察使的别称，是一省的最高司法官员。

㊱涓埃：比喻微笑的力量。

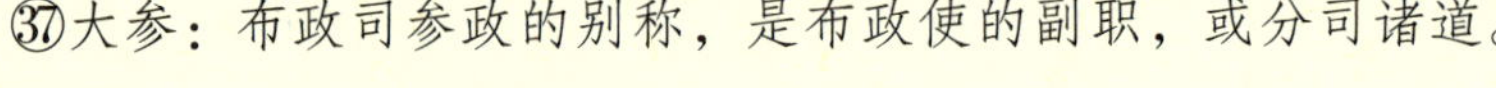

㊲大参：布政司参政的别称，是布政使的副职，或分司诸道。

㊳致政：指辞官、退休。

㊴开府：实际中枢高级官员的一种特别尊称，意为大开衙署，位尊权重，后也可用来称总督、巡抚。

且说鲜于同到任以后，正拟遣人问候蒯公，闻说蒯参政到门，喜不自胜，倒屣而迎，直请到私宅，以师生礼相见。蒯公唤十二岁孙儿：“见了老公祖[40]。”鲜于公问：“此位是老师何人？”蒯公道：“老夫受公祖活命之恩，犬子昔日难中，又蒙昭雪，此恩直如覆载。今天幸福星又照吾省。老夫衰病，不久于世，犬子读书无成，只有此孙，名曰蒯悟，资性颇敏，特携来相托，求老公祖青目一二[41]。”鲜于公道：“门生年齿，已非仕途人物，正为师恩酬报未尽，所以强颜而来。今日承老师以令孙相托，此乃门生报德之会也。鄙思欲留令孙在敝衙同小孙辈课业，未审老师放心否？”蒯公道：“若蒙老公祖教训，老夫死亦瞑目！”遂留两个书童服事蒯悟在都抚衙内读书，蒯公自别去了。

㊵老公祖：明代乡绅对巡抚以下知府以上地方官员的尊称。对地位较高者，也称为大公祖。

㊶青目：多照顾，这里指另眼相看。

那蒯悟资性过人，文章日进。就是年之秋，学道按临，鲜于公力荐神童，进学补廪，依旧留在衙门勤学。三年之后，学业已成。鲜于公道：“此子可取科第，我亦可以报老师之恩矣。”乃将俸银三百两赠与蒯悟为笔砚之资，亲送到台州仙居县。适值蒯公三日前一病身亡，鲜于公哭奠已毕。问：“老师临终亦有何言？”蒯敬共道：“先父遗言，自己不幸少年登第，因而爱少贱老，偶尔暗中摸索，得了老公祖大人。后来许多年少的门生，贤愚不等，升沉不一，俱不得其气力，全亏了老公祖大人一人，始终看觑。我子孙世世不可怠慢老成之士！”鲜于公呵呵大笑道：“下官今日三报师恩，正要天下人晓得扶持了老成人也有用处，

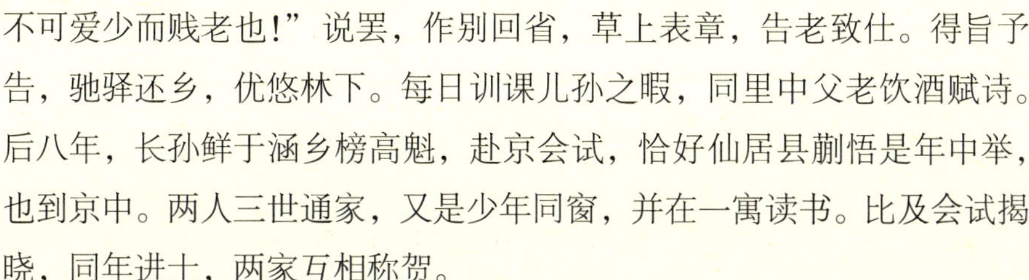

不可爱少而贱老也！”说罢，作别回省，草上表章，告老致仕。得旨予告，驰驿还乡，优悠林下。每日训课儿孙之暇，同里中父老饮酒赋诗。后八年，长孙鲜于涵乡榜高魁，赴京会试，恰好仙居县蒯悟是年中举，也到京中。两人三世通家，又是少年同窗，并在一寓读书。比及会试揭晓，同年进士，两家互相称贺。

鲜于同自五十七岁登科，六十一岁登甲，历仕二十三年，腰金衣紫，锡恩三代。告老回家，又看了孙儿科第，直活到九十七岁，整整的四十年晚运。至今浙江人肯读书，不到六七十岁还不丢手，往往有晚达者。后人有诗叹云：

利名何必苦奔忙，迟早须臾在上苍。

但学蟠桃能结果，三千馀岁未为长。

十　宋小官团圆破毡笠

【精要简介】

本篇通过描写宋小官与刘宜春的感情经历了种种坎坷，但最终有情人终成眷属的故事，赞扬了两人之间坚贞不渝的爱情。

【原文鉴赏】

不是姻缘莫强求，姻缘前定不须忧。

任从波浪翻天起，自有中流稳渡舟。

话说正德年间，苏州府昆山县大街，有一居民，姓宋名敦，原是宦家之后，浑家卢氏。夫妻二口，不做生理，靠着祖遗田地，见成收些租课为活。年过四十，并不曾生得一男半女。宋敦一日对浑家说："自古道'养儿待老，积谷防饥'。你我年过四旬，尚无子嗣。光阴似箭，眨眼头白。百年之事，靠着何人？"说罢，不觉泪下。卢氏道："宋门积祖善良[①]，未曾作恶造业；况你又是单传，老天决不绝你祖宗之嗣。招子也有早晚，若是不该招时，便是养得长成，半路上也抛撇了，劳而无功，枉添许多悲泣。"宋敦点头道是。

①积祖：历代祖先。

方才拭泪未干，只听得坐启中有人咳嗽[②]，叫唤道："玉峰在家么？"原来苏州风俗，不论大家、小家，都有个外号，彼此相称。玉峰就是宋敦的外号。宋敦侧耳而听，叫唤第二句，便认得声音，是刘顺泉。那刘顺泉双名有才，积祖驾一只大船，揽载客货，往各省交卸，趁得好些水脚银两。一个十全的家业，团团都做在船上。就是这只船本，

也值几百金，浑身是香楠木打造的。江南一水之地，多有这行生理。那刘有才是宋敦最契之友，听得是他声音，连忙趋出坐启。彼此不须作揖，拱手相见，分坐看茶，自不必说。宋敦道："顺泉今日如何得暇？"刘有才道："特来与玉峰借件东西。"宋敦笑道："宝舟缺什么东西，到与寒家相借？"刘有才道："别的东西不来干渎[③]，只这件，是宅上有馀的，故此敢来启口。"宋敦道："果是寒家所有，决不相吝。"刘有才不慌不忙，说出这件东西。正是：

背后并非擎诏[④]，当前不是围胸。鹅黄细布密针缝，净手将来借奉。

还愿曾装冥钞，祈神并衬威容。名山古刹几相从，染下炉香浮动。

②坐启：又称坐起，房屋里接近门首的小客厅。

③干渎：打扰，麻烦。

④背后并非擎诏：背后背的并不是诏书。封建时期，皇帝的诏旨发往外地，是用黄布包裹，背在钦差的背后。这里指下文所说的黄布袱。

原来宋敦夫妻二口，因难于得子，各处烧香祈嗣，做成黄布袱、黄布袋，装裹佛马楮钱之类。烧过香后，悬挂于家中佛堂之内，甚是志诚。刘有才长于宋敦五年，四十六岁了，阿妈徐氏亦无子息。闻得徽州有盐商求嗣，新建陈州娘娘庙于苏州阊门之外，香火甚盛，祈祷不绝。刘有才恰好有个方便，要驾船往枫桥接客，意欲进一炷香，却不曾做得布袱布袋，特特与宋家告借。

其时说出缘故，宋敦沉思不语。刘有才道："玉峰莫非有吝惜之心么？若污坏时，一个就赔两个。"宋敦道："岂有此理！只是一件，既然娘娘庙灵显，小子亦欲附舟一往。只不知几时去？"刘有才道："即刻便行。"宋敦道："布袱布袋，拙荆另有一副，共是两副，尽可分用。"刘有才道："如此甚好。"宋敦入内，与浑家说知欲往郡城烧香之事，刘氏也欢喜。宋敦于佛堂挂壁上取下两副布袱布袋，留下一副自用，将一副借与刘有才。刘有才道："小子先往舟中伺候，玉峰可快来。船在北门大坂桥下，不嫌怠慢时，吃些见成素饭，不消带米。"宋敦应允。当下忙忙的办下些香烛纸马阡张定段，打叠包裹，穿了一件新联就的洁白湖绸道袍⑤，赶出北门下船。趁着顺风，不勾半日，七十里之程，等闲到了，舟泊枫桥，当晚无话。有诗为证：

月落乌啼霜满天，江枫渔火对愁眠。

姑苏城外寒山寺，夜半钟声到客船。

⑤联：缝纫。

次日起个黑早，在船中洗盥罢，吃了些素食，净了口手，一对儿黄布袱驮了冥财，黄布袋安插纸马文疏，挂于项上，步到陈州娘娘殿前，刚刚天晓。庙门虽开，殿门还关着。二人在两廊游绕，观看了一遍，果然造得齐整。正在赞叹，"呀"的一声，殿门开了，就有庙祝出来迎接进殿。其时香客未到，烛架尚虚，庙祝放下琉璃灯来，取火点烛，讨文疏替他通陈祷告。二人焚香礼拜已毕，各将几十文钱，酬谢了庙祝，化纸出门。刘有才再要邀宋敦到船，宋敦不肯。当下刘有才将布袱布袋交还宋敦，各各称谢而别，刘有才自往枫桥接客去了。

宋敦看天色尚早，要往娄门趁船回家。刚欲移步，听得墙下呻吟之

声，近前看时，却是矮矮一个芦席棚，搭在庙垣之侧，中间卧着个有病的老和尚，恹恹欲死，呼之不应，问之不答。宋敦心中不忍，停眸而看。傍边一人走来说道："客人，你只管看他则甚？要便做个好事了去。"宋敦道："如何做个好事？"那人道："此僧是陕西来的，七十八岁了。他说一生不曾开荤，每日只诵《金刚经》。三年前在此募化建庵，没有施主。搭这个芦席棚儿住下，诵经不辍。这里有个素饭店，每日只上午一餐，过午就不用了。也有人可怜他，施他些钱米，他就把来还了店上的饭钱，不留一文。近日得了这病，有半个月不用饮食了。两日前还开口说得话，我们问他：'如此受苦，何不早去罢？'他说：'因缘未到，还等两日。'今早连话也说不出了，早晚待死。客人若可怜他时，买一只薄薄棺材，焚化了他，便是做好事。他说'因缘未到'，或者这因缘就在客人身上。"宋敦想道："我今日为求嗣而来，做一件好事回去，也得神天知道。"便问道："此处有棺材店么？"那人道："出巷陈三郎家就是。"宋敦道："烦足下同往一看。"

那人引路到陈家来，陈三郎正在店中支分鏘匠锯木。那人道："三郎，我引个主顾作成你。"三郎道："客人若要看寿板，小店有真正婺源加料双辨的在里面；若要见成的，就店中但凭拣择。"宋敦道："要见成的。"陈三郎指着一副道："这是头号，足价三两。"宋敦未及还价，那人道："这个客官是买来舍与那芦席棚内老和尚做好事的，你也有一半功德，莫要讨虚价。"陈三郎道："既是做好事的，我也不敢要多，照本钱一两六钱罢，分毫少不得了。"宋敦道："这价钱也是公道了。"想起汗巾角上带得一块银子，约有五六钱重，烧香剩下，不上一百铜钱，总凑与他，还不勾一半。"我有处了，刘顺泉的船在枫桥不远。"便对陈三郎道："价钱依了你，只是还要到一个朋友处借办，少顷便来。"陈三郎到罢了，说道："任从客便。"那人咈然不乐，道："客人既发了个好心，却又做脱身之计，你身边没有银子，来看则甚？"

说犹来了，只见街上人纷纷而过，多有说这老和尚，可怜半月前还听得他念经之声，今早呜呼了。正是：

三寸气在千般用，一旦无常万事休。

那人道："客人不听得说么？那老和尚已死了，他在地府睁眼等你断送哩[⑥]！"宋敦口虽不语，心下复想道："我既是看定了这具棺材，倘或往枫桥去，刘顺泉不在船上，终不然呆坐等他回来？况且常言得'价一不择主'，倘别有个主顾，添些价钱，这副棺木买去了，我就失信于此僧了。罢，罢！"便取出银子，刚刚一块，讨等来一称[⑦]，叫声惭愧！原来是块元宝，看时像少，称时便多，到有七钱多重，先教陈三郎收了。将身上穿的那一件新联就的洁白湖道袍脱下，道："这一件衣服，价在一两之外，倘嫌不值，权时相抵，待小子取赎；若用得时，便乞收算。"陈三郎道："小店大胆了，莫怪计较。"将银子衣服收过了。宋敦又在髻上拔下一根银簪，约有二钱之重，交与那人，道："这枝簪，相烦换些铜钱，以为殡殓杂用。"当下店中看的人都道："难得这位做好事的客官，他担当了大事去。其馀小事，我们地方上也该凑出些钱钞相助。"众人都凑钱去了。

⑥断送：发葬治丧。

⑦等：即戥（děng）子，一种用来称金、银等贵重物品的小秤。

宋敦又复身到芦席边，看那老僧，果然化去，不觉双眼垂泪，分明如亲戚一般，心下好生酸楚，正不知什么缘故。不忍再看，含泪而行。到娄门时，航船已开[⑧]，乃自唤一只小船，当日回家。浑家见丈夫黑夜回来，身上不穿道袍，面又带忧惨之色，只道与人争竞，忙忙的来问。宋敦摇首道："话长哩！"一径走到佛堂中，将两副布袱布袋挂起，在佛前磕了个头，进房坐下，讨茶吃了，方才开谈，将老和尚之事备细说知。浑家道："正该如此！"也不嗔怪。宋敦见浑家贤慧，到也回愁作喜。

是夜夫妻二口睡到五更，宋敦梦见那老和尚登门道谢，道："檀越命合无子[⑨]，寿数亦止于此矣。因檀越心田慈善，上帝命延寿半纪[⑩]。

老僧与檀越又有一段因缘，愿投宅上为儿，以报盖棺之德。”卢氏也梦见一个金身罗汉走进房里，梦中叫喊起来，连丈夫也惊醒了。各言其梦，似信似疑，嗟叹不已。正是：

种瓜还得瓜，种豆还得豆。

劝人行好心，自作还自受。

⑧航船：定期在两个地方往来航行搭客装货的船只。

⑨檀越：僧人对施主的尊称。

⑩半纪：旧时以十二年为一纪，半纪为六年。

从此卢氏怀孕，十月满足，生下一个孩儿。因梦见金身罗汉，小名金郎，官名就叫宋金。夫妻欢喜，自不必说。此时刘有才也生一女，小名宜春。各各长成，有人撺掇两家对亲，刘有才到也心中情愿，宋敦却嫌他船户出身，不是名门旧族，口虽不语，心中有不允之意。

那宋金方年六岁，宋敦一病不起，呜呼哀哉了。自古道：“家中百事兴，全靠主人命。”“十个妇人，敌不得一个男子。”自从宋敦故后，卢氏掌家，连遭荒歉，又里中欺他孤寡，科派户役⑪。卢氏撑持不定，只得将田房渐次卖了，赁屋而居。初时还是诈穷，以后坐吃山崩，不上十年，弄做真穷了。卢氏亦得病而亡。

⑪科派：摊派。户役：按每户人丁、田亩等摊派的差役。

断送了毕，宋金只剩得一双赤手，被房主赶逐出屋，无处投奔。且喜从幼学得一件本事，会写会算。偶然本处一个范举人选了浙江衢州府江山县知县，正要寻个写算的人。有人将宋金说了，范公就教人引来。见他年纪幼小，又生得齐整，心中甚喜。叩其所长，果然书通真草，算善归除[12]。当日就留于书房之中，取一套新衣与他换过，同桌而食，好生优待。择了吉日，范知县与宋金下了官船，同往任所。正是：

冬冬画鼓催征棹[13]，习习和风荡锦帆。

⑫归除：指珠算中的两位或两位以上的除法。

⑬征棹（zhào）：远行的船。

却说宋金虽然贫贱，终是旧家子弟出身，今日做范公门馆，岂肯卑污苟贱，与童仆辈和光同尘，受其戏侮？那些管家们欺他年幼，见他做作，愈有不然之意。自昆山起程，都是水路，到杭州便起旱了。众人撺掇家主道："宋金小厮家，在此写算服事老爷，还该小心谦逊，他全不知礼。老爷优待他忒过分了，与他同坐同食。舟中还可混帐，到陆路中火歇宿，老爷也要存个体面。小人们商议，不如教他写一纸靠身文书[14]，方才妥帖。到衙门时，他也不敢放肆为非。"范举人是绵花做的耳朵，就依了众人言语，唤宋金到舱，要他写靠身文书。宋金如何肯写？逼勒了多时，范公发怒，喝教剥去衣服，喝出船去。众苍头拖拖拽拽，剥的干干净净，一领单布衫，赶在岸上，气得宋金半晌开口不得。

⑭靠身文书：指自愿投充为奴仆的契约。

只见轿马纷纷伺候范知县起陆，宋金噙着双泪，只得回避开去。身边并无财物，受饿不过，少不得学那两个古人：

伍伯吹箫于吴门[15]，韩王寄食于漂母[16]。

⑮伍伯吹箫于吴门：说的是伍子胥的父兄遭楚平王杀害后，他避难奔吴，在溧阳（今属江西）市上吹箫乞食的事。

⑯韩王寄食于漂母：说的是汉初名将韩信幼年家贫时的事。

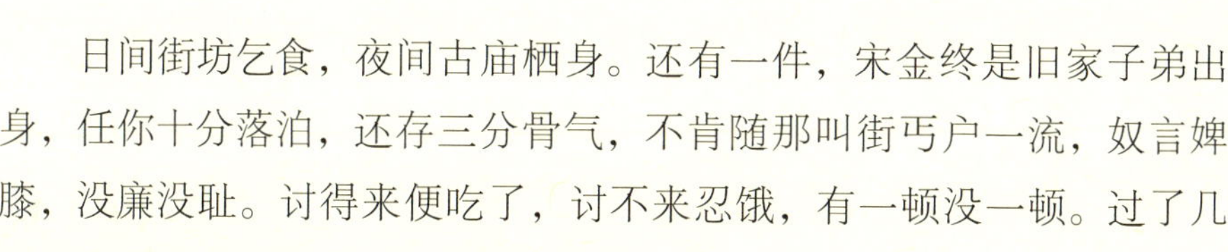

日间街坊乞食，夜间古庙栖身。还有一件，宋金终是旧家子弟出身，任你十分落泊，还存三分骨气，不肯随那叫街丐户一流，奴言婢膝，没廉没耻。讨得来便吃了，讨不来忍饿，有一顿没一顿。过了几时，渐渐面黄肌瘦，全无昔日丰神。正是：

好花遭雨红俱褪，芳草经霜绿尽凋。

时值暮秋天气，金风催冷，忽降下一场大雨。宋金食缺衣单，在北新关关王庙中担饥受冻，出头不得。这雨自辰牌直下至午牌方止。宋金将腰带收紧，挪步出庙门来，未及数步，劈面遇着一人。宋金睁眼一看，正是父亲宋敦的最契之友，叫做刘有才，号顺泉的。宋金无面目见“江东父老”[17]，不敢相识，只得垂眼低头而走。那刘有才早已看见，从背后一手挽住，叫道：“你不是宋小官么？为何如此模样？”宋金两泪交流，叉手告道：“小侄衣衫不齐，不敢为礼了。承老叔垂问。”如此如此，这般这般，将范知县无礼之事，告诉了一遍。刘翁道：“‘恻隐之心，人皆有之。’你肯在我船上相帮，管教你饱暖过日。”宋金便下跪，道：“若得老叔收留，便是重生父母。”

⑰无面目见“江东父老”：楚汉相争时，项羽被刘邦打败，逃到乌江自刎时，曾说了这句话。

当下刘翁引着宋金到于河下。刘翁先上船，对刘妪说知其事。刘妪道：“此乃两得其便，有何不美。”刘翁就在船头上招宋小官上船。于自身上脱下旧布道袍，教他穿了，引他到后艄，见了妈妈徐氏，女儿宜春在傍，也相见了。宋金走出船头，刘翁道：“把饭与宋小官吃。”刘妪道：“饭便有，只是冷的。”宜春道：“有热茶在锅内。”宜春便将瓦罐子舀了一罐滚热的茶。刘妪便在厨柜内取了些腌菜，和那冷饭，付与宋金道：“宋小官，船上买卖，比不得家里，胡乱用些罢！”宋金接得在手。又见细雨纷纷而下，刘翁叫女儿：“后艄有旧毡笠，取下来与宋小官戴。”宜春取旧毡笠看时，一边已自绽开。宜春手快，就盘髻上拔下针线将绽处缝了，丢在船篷之上，叫道：“拿毡笠去戴。”宋金戴了

破毡笠，吃了茶淘冷饭。刘翁教他收拾船上家火，扫抹船只，自往岸上接客，至晚方回，一夜无话。

次日，刘翁起身，见宋金在船头上闲坐，心中暗想："初来之人，莫惯了他。"便吆喝道："个儿郎吃我家饭，穿我家衣，闲时搓些绳，打些索，也有用处。如何空坐？"宋金连忙答应道："但凭驱使，不敢有违！"刘翁便取一束麻皮，付与宋金，教他打索子。正是：

在他矮檐下，怎敢不低头。

宋金自此朝夕小心，辛勤做活，并不偷懒。兼之写算精通，凡客货在船，都是他记帐，出入分毫不爽。别船上交易，也多有央他去拿算盘，登账簿。客人无不敬而爱之，都夸道好个宋小官，少年伶俐。刘翁刘妪见他小心得用，另眼相待，好衣好食的管顾他，在客人面前，认为表侄。宋金亦自以为得所，心安体适，貌日丰腴，凡船户中无不欣羡。

光阴似箭，不觉二年有馀。刘翁一日暗想："自家年纪渐老，止有一女，要求个贤婿以靠终身。似宋小官一般，到也十全之美。但不知妈妈心下如何？"是夜与妈妈饮酒半醺，女儿宜春在傍，刘翁指着女儿对妈妈道："宜春年纪长成，未有终身之托，奈何？"刘妪道："这是你我靠老的一桩大事，你如何不上紧？"刘翁道："我也日常在念，只是难得个十分如意的。像我船上宋小官恁般本事人才，千中选一，也就不能勾了。"刘妪道："何不就许了宋小官？"刘翁假意道："妈妈说那里话！他无家无倚，靠着我船上吃饭，手无分文，怎好把女儿许他？"刘妪道："宋小官是宦家之后，况系故人之子，当初他老子存时，也曾有人议过亲来，你如何忘了？今日虽然落薄，看他一表人材，又会写，又会算，招得这般女婿，须不辱了门面，我两口儿老来也得所靠。"刘翁道："妈妈，你主意已定否？"刘妪道："有什么不定？"刘翁道："如此甚好！"

原来刘有才平昔是个怕婆的，久已看上了宋金，只愁妈妈不肯。今见妈妈慨然，十分欢喜。当下便唤宋金，对着妈妈面许了他这头亲事。

宋金初时也谦逊不当，见刘翁夫妇一团美意，不要他费一分钱钞，只索顺从。刘翁往阴阳生家选择周堂吉日[18]，回复了妈妈。将船驾回昆山。先与宋小官上头[19]，做一套绸绢衣服与他穿了，浑身新衣、新帽、新鞋、新袜，妆扮得宋金一发标致：

虽无子建才八斗[20]，胜似潘安貌十分[21]。

刘妪也替女儿备办些衣饰之类。吉日已到，请下两家亲戚，大设喜筵，将宋金赘入船上为婿。次日，诸亲作贺，一连吃了三日喜酒。宋金成亲之后，夫妻恩爱，自不必说。从此船上生理，日兴一日。

⑱周堂：星命上的一个名词，是宜于婚嫁的吉日。

⑲上头：古代少男少女到成年时，男子束发行加冠礼，女子束发加笄，叫做上头。

⑳子建才八斗：曹植（192—232年），字子建。

㉑潘安：晋时人，他字安仁，是当时有名的美男子。

光阴似箭，不觉过了一年零两个月。宜春怀孕日满，产下一女。夫妻爱惜如金，轮流怀抱。期岁方过，此女害了痘疮，医药不效，十二朝身死。宋金痛念爱女，哭泣过哀，七情所伤，遂得个痨瘵之疾。朝凉暮热，饮食渐减，看看骨露肉消，行迟走慢。刘翁、刘妪初时还指望他病好，替他迎医问卜。延至一年之外，病势有加无减，三分人，七分鬼，写也写不动，算也算不动。到做了眼中之钉，巴不得他死了干净，却又不死。

两个老人家懊悔不迭，互相抱怨起来："当初只指望半子靠老，如今看这货色，不死不活，分明一条烂死蛇缠在身上，摆脱不下，把个花枝般女儿，误了终身，怎生是了？为今之计，如何生个计较，送开了那冤家，等女儿另招个佳婿，方才称心。"两口儿商量了多时，定下个计策，连女儿都瞒过了，只说有客货在于江西，移船往载。行至池州五溪地方，到一个荒僻的所在，但见孤山寂寂，远水滔滔，野岸荒崖，绝无人迹。是日小小逆风，刘公故意把舵使歪，船便向沙岸上阁住，却教宋金下水推舟。宋金手迟脚慢，刘公就骂道："痨病鬼！没气力使船时，岸上野柴也砍些来烧烧，省得钱买。"宋金自觉惶愧，取了砟刀，挣扎到岸上砍柴去了。刘公乘其未回，把舵用力撑动，拨转船头，挂起满风帆，顺流而下，不愁骨肉遭颠沛，且喜冤家离眼睛。

且说宋金上岸打柴，行到茂林深处，树木虽多，那有气力去砍伐，只得拾些儿残柴，割些败棘，抽取枯藤，束做两大捆，却又没有气力背负得去。心生一计，再取一条枯藤，将两捆野柴穿做一捆，露出长长的藤头，用手挽之而行，如牧童牵牛之势。行了一时，想起忘了砟刀在地，又复身转去，取了砟刀，也插入柴捆之内，缓缓的拖下岸来。到于泊舟之处，已不见了船。但见江烟沙岛，一望无际。宋金沿江而上，且行且看，并无踪影。看看红日西沉，情知为丈人所弃。上天无路，入地无门，不觉痛切于心，放声大哭。哭得气咽喉干，闷绝于地，半晌方苏。忽见岸上一老僧，正不知从何而来，将拄杖卓地，问道："檀越伴侣何在？此非驻足之地也！"宋金忙起身作礼，口称姓名："被丈人刘翁脱赚，如今孤苦无归，求老师父提挈，救取微命。"老僧道："贫僧茅庵不远，且同往暂住一宵，来日再做道理。"宋金感谢不已，随着老僧而行。

约莫里许，果见茅庵一所。老僧敲石取火，煮些粥汤，把与宋金吃了，方才问道："令岳与檀越有何仇隙？愿问其详。"宋金将入赘船上，及得病之由，备细告诉一遍。老僧道："老檀越怀恨令岳乎？"宋金道："当初求乞之时，蒙彼收养婚配；今日病危见弃，乃小生命薄所致，岂敢怀恨他人？"老僧道："听子所言，真忠厚之士也。尊恙乃七情所伤，非药饵可治。惟清心调摄可以愈之。平日间曾奉佛法诵经否？"宋金道："不曾。"老僧于袖中取出一卷相赠，道："此乃《金刚般若经》，我佛心印。贫僧今教授檀越，若日诵一遍，可以息诸妄念，却病延年，有无穷利益。"宋金原是陈州娘娘庙前老和尚转世来的，前生专诵此经。今日口传心受，一遍便能熟诵，此乃是前因不断。

宋金和老僧打坐，闭眼诵经，将次天明，不觉睡去。及至醒来，身坐荒草坡间，并不见老僧及茅庵在那里，《金刚经》却在怀中，开卷能诵。宋金心下好生诧异，遂取池水净口，将经朗诵一遍，觉万虑消释，病体顿然健旺。方知圣僧显化相救，亦是夙因所致也。宋金向空叩头，感谢龙天保佑。然虽如此，此身如大海浮萍，没有着落，信步行去，早觉腹中饥馁。望见前山林木之内，隐隐似有人家，不免再温旧稿，向前乞食。只因这一番，有分教宋小官凶中化吉，难过福来。正是：

路逢尽处还开径，水到穷时再发源。

宋金走到前山一看，并无人烟，但见枪刀戈戟，遍插林间。宋金心疑不决，放胆前去。见一所败落土地庙，庙中有大箱八只，封锁甚固，上用松茅遮盖。宋金暗想："此必大盗所藏，布置枪刀，乃惑人之计。来历虽则不明，取之无碍。"心生一计，乃折取松枝插地，记其路径，一步步走出林来，直至江岸。

也是宋金时亨运泰，恰好一只大船，因逆浪冲坏了舵，停泊于岸下修舵。宋金假作慌张之状，向船上人说道："我陕西钱金也，随吾叔父走湖广为商，道经于此，为强贼所劫，叔父被杀，我只说是随跟的小主郎，久病乞哀，暂容残喘。贼乃遣伙内一人，与我同住土地庙中，看守货物，他又往别处行劫去了。天幸同伙之人，昨夜被毒蛇咬死，我得脱身在此，幸方便载我去。"舟人闻言，不甚信。宋金又道："见有八巨箱在庙内，皆我家财物。庙去此不远，多央几位上岸，抬归舟中，愿以一箱为谢。必须速往，万一贼徒回转，不惟无及于事，且有祸患！"

众人都是千里求财的，闻说有八箱货物，一个个欣然愿往。当时聚起十六筹后生，准备八副绳索杠棒，随宋金往土地庙来。果见巨箱八只，其箱甚重。每二人抬一箱，恰好八杠。宋金将林子内枪刀收起藏于深草之内，八个箱子都下了船，舵已修好了。舟人问宋金道："老客今欲何往？"宋金道："我且往南京省亲。"舟人道："我的船正要往瓜州，却喜又是顺便。"当下开船，约行五十馀里方歇。众人奉承陕西客有钱，到凑出银子，买酒买肉，与他压惊称贺。次日西风大起，挂起帆来，不几日，到了瓜州停泊。那瓜州到南京只隔十来里江面，宋金召唤了一只渡船。将箱笼只拣重的抬下七个，把一个箱子送与舟中众人以践其言。众人自去开箱分用，不在话下。

宋金渡到龙江关口，寻了店主人家住下。唤铁匠对了匙钥，打开箱看时，其中充牣，都是金玉珍宝之类。原来这伙强盗积之有年，不是取之一家，获之一时的。宋金先把一箱所蓄鬻之于市，已得数千金。恐主人生疑，迁寓于城内，买家奴伏侍，身穿罗绮，食用膏粱。馀六箱，只拣精华之物留下，其他都变卖，不下数万金。就于南京仪凤门内买下一所大宅，改造厅堂园亭，制办日用家火，极其华整。门前开张典铺，又置买田庄数处，家僮数十房，出色管事者千人，又畜美童四人，随身答应。满京城都称他为钱员外，出乘舆马，入拥金资。自古道："居移

气，养移体。”宋金今日财发身发，肌肤充悦，容采光泽，绝无向来枯瘠之容，寒酸之气。正是：

人逢运至精神爽，月到秋来光彩新。

话分两头。且说刘有才那日哄了女婿上岸，拨转船头，顺风而下，瞬息之间，已行百里。老夫妇两口暗暗欢喜。宜春女犹然不知，只道丈夫还在船上，煎好了汤药，叫他吃时，连呼不应。还道睡着在船头，自要去唤他。却被母亲劈手夺过药瓯，向江中一泼，骂道：“痨病鬼在那里？你还要想他！”宜春道：“真个在那里？”母亲道：“你爹见他病害得不好，恐沾染他人，方才哄他上岸打柴，径自转船来了。”宜春一把扯住母亲，哭天哭地叫道：“还我宋郎来。”刘公听得艄内啼哭，走来劝道：“我儿，听我一言，妇道家嫁人不着，一世之苦。那害痨的死在早晚，左右要拆散的，不是你因缘了。到不如早些开交干净，免致担误你青春。待做爹的另拣个好郎君，完你终身，休想他罢！”宜春道：“爹做的是什么事！都是不仁不义，伤天理的勾当。宋郎这头亲事，原是二亲主张。既做了夫妻，同生同死，岂可翻悔？就是他病势必死，亦当待其善终，何忍弃之于无人之地？宋郎今日为奴而死，奴决不独生！爹若可怜见孩儿，快转船上水，寻取宋郎回来，免被傍人讥谤。”刘公道：“那害痨的不见了船，定然转往别处村坊乞食去了，寻之何益？况且下水顺风，想去已百里之遥，一动不如一静，劝你息了心罢！”宜春见父亲不允，放声大哭，走出船舷，就要跳水。喜得刘妈手快，一把拖住。宜春以死自誓，哀哭不已。

两个老人家不道女儿执性如此，无可奈何，准准的看守了一夜。次早只得依顺他，开船上水。风水俱逆，弄了一日，不勾一半之路，这一夜啼啼哭哭，又不得安稳。第三日申牌时分，方到得先前阁船之处。宜春亲自上岸寻取丈夫，只见沙滩上乱柴二捆，砟刀一把，认得是船上的刀。眼见得这捆柴，是宋郎驮来的。物在人亡，愈加疼痛，不肯心死，定要往前寻觅。父亲只索跟随同去。走了多时，但见树黑山深，杳无人迹。刘公劝他回船，又啼哭了一夜。第四日黑早，再教父亲一同上岸寻觅，都是旷野之地，更无影响。只得哭下船来，想道：“如此荒郊，教丈夫何处乞食？况久病之人，行走不动，他把柴刀抛弃沙崖，一定是赴水自尽了。”哭了一场，望着江心又跳，早被刘公拦住。宜春道：“爹妈养得奴的身，养不得奴的心。孩儿左右是要死的，不如放奴早死，以见宋郎之面。”

两个老人家见女儿十分痛苦，甚不过意，叫道：“我儿，是你爹妈不是了，一时失于计较，干出这事，差之在前，懊悔也没用了。你可怜我年老之人，止生得你一人。你若死时，我两口儿性命也都难保。愿我儿恕了爹妈之罪，宽心度日，待做爹的写一招子，于沿江市镇各处粘贴。倘若宋郎不死，见我招帖，定可相逢。若过了三个月无信，凭你做好事，追荐丈夫[22]。做爹的替你用钱，并不吝惜。”宜春方才收泪谢道：“若得如此，孩儿死也瞑目。”刘公即时写个寻婿的招帖，粘于沿江市镇墙壁触眼之处。

㉒追荐：诵经礼忏，超度死者。

过了三个月，绝无音耗。宜春道：“我丈夫果然死了。”即忙制备头梳麻衣，穿着一身重孝，设了灵位祭奠，请九个和尚，做了三昼夜功德。自将簪珥布施，为亡夫祈福。刘翁、刘妪爱女之心无所不至，并不敢一些违拗，闹了数日方休。兀自朝哭五更，夜哭黄昏。邻船闻之，无不感叹。有一班相熟的客人，闻知此事，无不可惜宋小官，可怜刘小娘者。宜春整整的哭了半年六个月方才住声。刘公对阿妈道：“女儿这几日不哭，心下渐渐冷了，好劝他嫁人。终不然我两个老人家守着个孤孀女儿，缓急何靠？”刘妪道：“阿老见得是[23]。只怕女儿不肯，须是缓缓的偎他。”

㉓阿老：老妇对丈夫的一种昵称，犹言老头子。

又过了月馀，其时十二月二十四日，刘翁回船到昆山过年，在亲戚家吃醉了酒，乘其酒兴来劝女儿道：“新春将近，除了孝罢！”宜春道：“丈夫是终身之孝，怎样除得？”刘翁睁着眼道：“什么终身之孝！做爹的许你带时便带，不许你带时，就不容你带。”刘妪见老儿口重，便来收科道[24]：“再等女儿带过了残岁，除夜做碗羹饭起了灵，除孝罢！”宜春见爹妈话不投机，便啼哭起来道：“你两口儿合计害了我丈夫，又不容我带孝，无非要我改嫁他人。我岂肯失节以负宋郎？宁可带孝而死，决不除孝而生。”刘翁又待发作，被婆子骂了几句，劈颈的推向船舱睡了。宜春依先又哭了一夜。

㉔收科：收场，打圆场。

到月尽三十日，除夜，宜春祭奠了丈夫，哭了一会。婆子劝住了，三口儿同吃夜饭。爹妈见女儿荤酒不闻，心中不乐，便道：“我儿！你孝是不肯除了，略吃点荤腥，何妨得？少年人不要弄弱了元气。”宜春道：“未死之人，苟延残喘，连这碗素饭也是多吃的，还吃甚荤菜？”刘妪道：“既不用荤，吃杯素酒儿，也好解闷。”宜春道：“‘一滴何曾到九泉。’想着死者，我何忍下咽！”说罢，又哀哀的哭将起来，连素饭也不吃就去睡了。刘公夫妇料想女儿志不可夺，从此再不强他。后人有诗赞宜春之节，诗曰：

闺中节烈古今传，船女何曾阅简编？

誓死不移金石志，《柏舟》端不愧前贤㉕。

㉕《柏舟》：《诗经·鄘风》中的一篇，旧说卫世子共伯早死，其妻共姜作此诗作为她不肯改嫁的誓言。后用来指妇女守节。

话分两头，再说宋金住在南京一年零八个月，把家业挣得十全了，却教管家看守门墙，自己带了三千两银子，领了四个家人、两个美童，顾了一只航船，径至昆山来访刘翁、刘妪。邻舍人家说道：“三日前往仪真去了。”宋金将银两贩了布匹，转至仪真，下个有名的主家，上货了毕。

次日，去河口寻着了刘家船只，遥见浑家在船艄，麻衣素妆，知其守节未嫁，伤感不已。回到下处，向主人王公说道：“河下有一舟妇，带孝而甚美。我已访得是昆山刘顺泉之船，此妇即其女也。吾丧偶已将二年，欲求此女为继室。”遂于袖中取出白金十两奉与王公道：“此薄意权为酒资，烦老翁执伐。成事之日，更当厚谢。若问财礼，虽千金吾亦不吝。”王公接银欢喜，径往船上邀刘翁到一酒馆，盛设相款，推刘翁于上坐。刘翁大惊道：“老汉操舟之人，何劳如此厚待？必有缘故。”王公道：“且吃三杯，方敢启齿。”刘翁心中愈疑，道：“若不说明，必不敢坐。”王公道：“小店有个陕西钱员外，万贯家财，丧偶将二载，慕令爱小娘子美貌，欲求为继室，愿出聘礼千金，特央小子作伐，望勿见拒。”刘翁道：“舟女得配富室，岂非至愿。但吾儿守节甚坚，言及再婚，便欲寻死。此事不敢奉命，盛意亦不敢领。”

便欲起身。王公一手扯住，道："此设亦出钱员外之意，托小子做个主人。既已费了，不可虚之，事虽不谐，无害也。"刘翁只得坐了。饮酒中间，王公又说起："员外相求，出于至诚，望老翁回舟，从容商议。"刘翁被女儿几遍投水吓坏了，只是摇头，略不统口，酒散各别。

王公回家，将刘翁之语，述与员外。宋金方知浑家守志之坚，乃对王公说道："姻事不成也罢了，我要顾他的船载货往上江出脱，难道也不允？"王公道："天下船载天下客，不消说，自然从命。"王公即时与刘翁说了顾船之事，刘翁果然依允。宋金乃分付家童，先把铺陈行李发下船来，货且留岸上，明日发也未迟。宋金锦衣貂帽，两个美童，各穿绿绒直身，手执熏炉如意跟随。刘翁夫妇认做陕西钱员外，不复相识。到底夫妇之间，与他人不同，宜春在艄尾窥视，虽不敢便信是丈夫，暗暗地惊怪道：有七八分厮像。只见那钱员外才上得船，便向船艄说道："我腹中饥了，要饭吃。

若是冷的，把些热茶淘来罢！”宜春已自心疑。那钱员外又吆喝童仆道：“个儿郎吃我家饭，穿我家衣，闲时搓些绳，打些索，也有用处，不可空坐！”这几句分明是宋小官初上船时刘翁分付的话，宜春听得，愈加疑心。

少顷，刘翁亲自捧茶奉钱员外，员外道：“你船艄上有一破毡笠，借我用之。”刘翁愚蠢，全不省事，径与女儿讨那破毡笠。宜春取毡笠付与父亲，口中微吟四句：

毡笠虽然破，经奴手自缝。

因思戴笠者，无复旧时容。

钱员外听艄后吟诗，嘿嘿会意，接笠在手，亦吟四句：

仙凡已换骨，故乡人不识。

虽则锦衣还，难忘旧毡笠。

是夜宜春对翁妪道：“舱中钱员外，疑即宋郎也。不然何以知吾船有破毡笠？且面庞相肖，语言可疑，可细叩之。”刘翁大笑道：“痴女子！那宋家痨病鬼，此时骨肉俱消矣！就使当年未死，亦不过乞食他乡，安能致此富盛乎？”刘妪道：“你当初怪爹娘劝你除孝改嫁，动不动跳水求死。今见客人富贵，便要认他是丈夫。倘你认他不认，岂不可羞？”宜春满面羞惭，不敢开口。刘翁便招阿妈到背处道：“阿妈你休如此说。姻缘之事，莫非天数。前日王店主请我到酒馆中饮酒，说陕西钱员外愿出千金聘礼，求我女儿为继室。我因女儿执性，不曾统口。今日难得女儿自家心活，何不将机就机，把他许配钱员外，落得你我下半世受用。”

刘妪道：“阿老见得是。那钱员外来顾我家船只，或者其中有意。阿老明日可往探之。”刘翁道：“我自有道理。”

次早，钱员外起身，梳洗已毕，手持破毡笠于船头上翻覆把玩。刘翁启口而问道：“员外，看这破毡笠则甚？”员外道：“我爱那缝补处，这行针线，必出自妙手。”刘翁道：“此乃小女所缝，有何妙处？前日

王店主传员外之命，曾有一言，未知真否?”钱员外故意问道：“所传何言?”刘翁道：“他说员外丧了孺人，已将二载，未曾继娶，欲得小女为婚。”员外道：“老翁愿也不愿?”刘翁道：“老汉求之不得。但恨小女守节甚坚，誓不再嫁，所以不敢轻诺。”员外道：“令婿为何而死?”刘翁道：“小婿不幸得了个痨瘵之疾，其年因上岸打柴未还，老汉不知，错开了船。以后曾出招帖寻访了三个月，并无动静，多是投江而死了。”员外道：“令婿不死，他遇了个异人，病都好了，反获大财致富。老翁若要会令婿时，可请令爱出来!”

此时宜春侧耳而听，一闻此言，便哭将起来，骂道：“薄幸钱郎!我为你带了三年重孝，受了千辛万苦，今日还不说实话，待怎么?”宋金也堕泪道：“我妻!快来相见!”夫妻二人抱头大哭。刘翁道：“阿妈，眼见得不是什么钱员外了，我与你须索去谢罪[26]。”刘翁、刘妪走进舱来，施礼不迭。宋金道：“丈人丈母，不须恭敬。只是小婿他日有病痛时，莫再脱赚!”两个老人家羞惭满面。宜春便除了孝服，将灵位抛向水中。宋金便唤跟随的童仆来与主母磕头。

翁妪杀鸡置酒，管待女婿，又当接风，又是庆贺筵席。安席已毕，刘翁叙起女儿自来不吃荤酒之意，宋金惨然下泪，亲自与浑家把盏，劝他开荤。随对翁妪道：“据你们设心脱赚，欲绝吾命，恩断义绝，不该相认了。今日勉强吃你这杯酒，都看你女儿之面。”宜春道：“不因这番脱赚，你何由发迹?况爹妈日前也有好处，今后但记恩，莫记怨。”宋金道：“谨依贤妻尊命。我已立家于南京，田园富足。你老人家可弃了驾舟之业，随我到彼，同享安乐，岂不美哉!”翁妪再三称谢，是夜无话。次日，王店主闻知此事，登船拜贺，又吃了一日酒。

宋金留家童三人于王店主家发布取帐，自己开船先往南京大宅子。住了三日，同浑家到昆山故乡扫墓，追荐亡亲。宗族亲党各有厚赠。此时范知县已罢官在家，闻知宋小官发迹还乡，恐怕街坊撞见没趣，躲向乡里，有月馀不敢入城。宋金完了故乡之事，重回南京，阖家欢喜，安

享富贵，不在话下。

再说宜春见宋金每早必进佛堂拜佛诵经，问其缘故。宋金将老僧所传《金刚经》却病延年之事，说了一遍。宜春亦起信心，要丈夫教会了，夫妻同诵，到老不衰。后享寿各九十馀，无疾而终。子孙为南京世富之家，亦有发科第者[27]。后人评云：

刘老儿为善不终，宋小官因祸得福。

《金刚经》消除灾难，破毡笠团圆骨肉。

㉖须索：必须，只好。

㉗发科第：指通过科举考试得官而发迹。

十一　乐小舍拚生觅偶[①]

【精要简介】

本篇通过描写乐小舍不顾危险赴水去救看潮落水的顺娘，后两人感动潮王而度脱水厄的故事，表现了乐小舍与顺娘之间的深挚爱情。

【原文鉴赏】

怒气雄声出海门，舟人云是子胥魂[②]。
天排雪浪晴雷吼，地拥银山万马奔。
上应天轮分晦朔[③]，下临宇宙定朝昏。
吴征越战今何在？一曲渔歌过晚村。

①《乐小舍拚生觅偶》：一名《喜乐和顺记》。小舍：即小舍人。舍人原为官名，宋元以来也俗称贵家子弟为舍人，犹言公子。

②子胥：春秋时，伍子胥因力谏吴王夫差停止伐齐，拒绝越国求和而渐被疏远。后来伍子胥自杀，被弃尸江上。传说浙江的潮水，就是他的魂魄在震怒。

③晦：阴历每月的最后一天。朔：每月的最初一天。

这首诗，单题着杭州钱塘江潮，元来非同小可：刻时定信，并无差错。自古至今，莫能考其出没之由。从来说道天下有四绝，却是：雷州换鼓[④]，广德埋藏[⑤]，登州海市[⑥]，钱塘江潮。

④雷州换鼓：广东雷州，大部分地区受热带季风影响多雷雨，旧时当地很多关于雷的神话，有雷公庙，当地百姓每年都要定期到雷神庙献雷车雷鼓。每逢春夏之间出现的大雷雨，民间就把它看成是雷公换鼓。

⑤广德埋藏：广德太极洞，又名长乐洞，是一个规模庞大的天然溶洞，洞口刻有“太极洞”三字，系明万历时刑部侍郎吴同春手迹。

⑥登州：今山东蓬莱。海市：即海市蜃楼，原是光学上的一种折射现象，古人不懂得这个科学道理，以为是海上仙山的出现，并说只有登州蓬莱阁可以看到。

这三绝，一年止则一遍。惟有钱塘江潮，一日两番。自古唤做罗刹江，为因风涛险恶，巨浪滔天，常番了船，以此名之。南北两山，多生虎豹，名为虎林。后因虎字犯了唐高祖之祖父御讳，改名武林。又因江潮险迅，怒涛汹涌，冲害居民，因取名宁海军[7]。后至唐末五代之间，去那径山过来，临安邑人钱宽生得一子。生时红光满室，里人见者，将谓火发，皆往救之。却是他家产下一男，两足下有青色毛，长寸馀，父母以为怪物，欲杀之。有外母不肯，乃留之。因此小名婆留。看看长大成人，身长七尺有馀，美容貌，有智勇，讳镠字巨美，幼年专作私商无赖。因官司缉捕甚紧，乃投径山法济禅师躲难。法济夜闻寺中伽蓝云[8]：“今夜钱武肃王在此，毋令惊动!”法济知他是异人，不敢相留，乃作书荐镠往苏州投太守安绶。绶乃用镠为帐下都部署[9]，每夜在府中马院宿歇。

⑦宁海军：今浙江杭州。

⑧伽（qié）蓝：梵语的音译，这里指佛教中的护法神。

⑨都部署：小武职官，比虞候（hòu）稍高一些的军校。

时遇炎天酷热，太守夜起独步后园，至马院边，只见钱镠睡在那里。太守方坐间，只见那正厅背后，一眼枯井，井中走出两个小鬼来，戏弄钱镠。却见一个金甲神人，把那小鬼一喝都走了，口称道："此乃武肃王在此，不得无礼。"太守听罢，大惊，急回府中，心大异之。以此好生看待钱镠。后因黄巢作乱，钱镠破贼有功，僖宗拜为节度使。后遇董昌作乱，钱镠收讨平定，昭宗封为吴越国王。因杭州建都，治得国中宁静。只是地方狭窄，更兼长江汹涌，心常不悦。

忽一日，有司进到金色鲤鱼一尾，约长三尺有馀，两目炯炯有光，将来作御膳。钱王见此鱼壮健，不忍杀之，令畜之池中。夜梦一老人来见，峨冠博带，口称小圣："小圣夜来孺子不肖，乘酒醉，变作金色鲤鱼，游于江岸，被人获之，进与大王作御膳，谢大王不杀之恩。今者小圣特来哀告大王，愿王怜悯，差人送往江中，必当重报。"钱王应允，龙君乃退。钱王飒然惊觉，得了一梦。次早升殿，唤左右打起那鱼，差人放之江中。当夜，又梦龙君谢曰："感大王再生之恩，将何以报？小圣龙宫海藏，应有奇珍异宝，夜光珠，盈尺璧，任从大王所欲，即当奉献。"钱王乃言："珍宝珠璧，非吾愿也。惟我国僻处海隅，地方无千里，况兼长江广阔，波涛汹涌，日夕相冲，使国人常有风波之患。汝能借地一方，以广吾国，是所愿也。"龙王曰："此事甚易，然借则借，当在何日见还？"钱王曰："五百劫后，仍复还之。"龙王曰："大王来日，可铸铁柱十二只，各长一丈二尺。请大王自登舟，小圣使虾鱼聚于水面之上，大王但见处，可即下铁柱一只，其水渐渐自退，沙涨为平地。王可垒石为塘，其地即广也。"龙君退去，钱王惊觉。

次日，令有司铸造铁柱十二只，亲自登舟，于江中看之。果见有鱼虾成聚一十二处，乃令人以铁柱沉下去，江水自退。王乃登岸，但见无移时[⑩]，沙石涨为平地，自富阳山前直至海门舟山为止。钱王大喜，乃使石匠于山中凿石为板，以黄罗木贯穿其中，排列成塘。因凿石迟慢，乃下令："如有军民人等，以新旧石板将船装来，一船换米一船。"各处即将船载石板来换米。因此砌了江岸，石板有馀。后方始称为钱塘江。

⑩无移时：没多久，不一会儿。

至大宋高宗南渡，建都钱塘，改名临安府，称为行在[⑪]。方始人烟辏集，风俗淳美。似此每遇年年八月十八，乃潮生日，倾城士庶，皆往江塘之上，玩潮快乐。亦有本土善识水性之人，手执十幅旗幡，出没水中，谓之弄潮，果是好看。至有不识水性深浅者，学弄潮，多有被泼了去，坏了性命。临安府尹得知，累次出榜禁谕，不能革其风俗。有东坡学士看潮一绝为证：

吴儿生长押涛渊，冒险轻生不自怜。

东海若知明主意，应教破浪变桑田。

⑪行在：即行在所，皇帝外出离京时住的地方。

话说南宋临安府有一个旧家，姓乐名美善，原是贤福坊安平巷内出身，祖上七辈衣冠[⑫]。近因家道消乏，移在钱塘门外居住，开个杂色货铺子。人都重他的家世，称他为乐大爷。妈妈安氏，单生一子，名和。生得眉目清秀，伶俐乖巧。幼年寄在永清巷母舅安三老家抚养，附在间壁喜将仕馆中上学[⑬]。喜将仕家有个女儿，小名顺娘，小乐和一岁。两个同学读书，学中取笑道："你两个姓名'喜乐和顺'，合是天缘一对。"两个小儿女知觉渐开，听这话也自欢喜，遂私下约为夫妇。这是一时戏谑，谁知做了后来配合的谶语。正是：

姻缘本是前生定，曾向蟠桃会里来。

⑫衣冠：指官宦之家。

⑬将仕：将仕郎的简称。宋制，将仕郎是文职从九品的关节，也是

最低的官阶，无出身人补官的第一个官阶。

乐和到十二岁时，顺娘十一岁。那时乐和回家，顺娘深闺女工，各不相见。乐和虽则童年，心中伶俐，常想顺娘情意，不能割舍。

又过了三年，时值清明将近，安三老接外甥同去上坟，就便游西湖。原来临安有这个风俗，但凡湖船，任从客便，或三朋四友，或带子携妻，不择男女，各自去占个座头，饮酒观山，随意取乐。安三老领着外甥上船，占了个座头，方才坐定，只见船头上又一家女眷入来，看时不是别人，正是间壁喜将仕家母女二人和一个丫头，一个奶娘。三老认得，慌忙作揖。又教外甥来相见了。此时顺娘年十四岁，一发长成得好了。乐和有三年不见，今日水面相逢，如见珍宝。虽然分桌而坐，四目不时观看，相爱之意，彼此尽知。只恨众人属目，不能叙情。船到湖心亭，安三老和一班男客，都到亭子上闲步，乐和推腹痛留在舱中；捱身与喜大娘攀话，稍稍得与顺娘相近。捉空以目送情，彼此意会。少顷众客下船，又分开了。傍晚，各自分散。安三老送外甥回家。乐和一心忆着顺娘，题诗一首：

嫩蕊娇香郁未开，不因蜂蝶自生猜。

他年若作扁舟侣，日日西湖一醉回。

乐和将此诗题于桃花笺上，折为方胜[14]，藏于怀袖。私自进城，到永清巷喜家门首，伺候顺娘，无路可通。如此数次。闻说潮王庙有灵，乃私买香烛果品，在潮王面前祈祷，愿与喜顺娘今生得成鸳侣。拜罢，炉前化纸，偶然方胜从袖中坠地，一阵风卷出纸钱的火来烧了。急去抢时，止剩得了一个“侣”字。乐和拾起看了，想道：“侣乃双口之意，此亦吉兆。”心下甚喜。

⑭方胜：方形的彩结。古代妇女的头饰，用彩绸制作，由两块斜方形的部分迭合而成。这里指折成方胜的形状。

忽见碑亭内坐一老者，衣冠古朴，容貌清奇，手中执一团扇，上写

“姻缘前定”四个字。乐和上前作揖，动问：“老翁尊姓？”答道：“老汉姓石。”又问道：“老翁能算姻缘之事乎？”老者道：“颇能推算。”乐和道：“小子乐和烦老翁一推，赤绳系于何处？”老者笑道：“小舍人年未弱冠，如何便想这事？”乐和道：“昔汉武帝为小儿时，圣母抱于膝上，问‘欲得阿娇为妻否[15]？’帝答言：‘若得阿娇，当以金屋贮之。’年无长幼，其情一也。”老者遂问了年月日时，在五指上一轮道：“小舍人佳眷，是熟人，不是生人。”乐和见说得合机，便道：“不瞒老翁，小子心上正有一熟人，未知缘法何如？”老者引至一口八角井边，教乐和看井内有缘无缘便知。乐和手把井栏张望，但见井内水势甚大，巨涛汹涌，如万顷相似，其明如镜，内立一个美女，可十六七岁，紫罗衫、杏黄裙，绰约可爱。仔细认之，正是顺娘，心下又惊又喜，却被老者望背后一推，刚刚的跌在那女子身上，大叫一声，猛然惊觉，乃一梦，双

手兀自抱定亭柱。正是：

黄粱犹未熟[16]，一梦到华胥[17]。

⑮阿娇：汉武帝刘彻姑母馆陶长公主的女儿，也是他的表妹，后来嫁给了他，封为陈皇后。

⑯黄粱犹未熟：唐沈既济《枕中记》载，卢生在邯郸旅店，遇到吕翁，怨叹自己贫困失意。吕翁给他一个瓷枕，他枕着入睡，梦境中经历了许多事故，一觉醒来，店主人煮的黄粱米饭还不曾熟。

⑰华胥：相传黄帝昼寝，梦游华胥仙国。这里指梦境。

乐和醒将转来，看亭内石碑，其神姓石名瑰，唐时捐财筑塘捍水，死后封为潮王。乐和暗想："原来梦中所见石老翁，即潮王也。此段姻缘，十有九就。"回家对母亲说，要央媒与喜顺娘议亲。那安妈妈是妇道家，不知高低，便向乐公撺掇其事。乐公道："姻亲一节，须要门当户对。我家虽曾有七辈衣冠，见今衰微，经纪营活。喜将仕名门富室，他的女儿，怕没有人求允，肯与我家对亲？若央媒往说，反取其笑。"乐和见父亲不允，又教母亲央求母舅去说合。安三老所言，与乐公一般。乐和大失所望，背地里叹了一夜的气，明早将纸裱一牌位，上写"亲妻喜顺娘生位"七个字，每日三餐，必对而食之；夜间安放枕边，低唤三声，然后就寝。每遇清明三月三，重阳九月九，端午龙舟，八月玩潮，这几个胜会，无不刷鬓修容，华衣美服，在人丛中挨挤。只恐顺娘出行，侥幸一遇。同般生意人家有女儿的，见乐小舍人年长，都来议亲，爹娘几遍要应承，到是乐和立意不肯，立个誓愿，直待喜家顺娘嫁出之后，方才放心，再图婚配。

事有凑巧，这里乐和立誓不娶，那边顺娘却也红鸾不照[18]，天喜未临，高不成，低不就，也不曾许得人家。光阴似箭，倏忽又过了三年。乐和年一十八岁，顺娘一十七岁了。男未有室，女未有家。

男才女貌正相和，未卜姻缘事若何？

且喜室家俱未定，只须灵鹊肯填河。

⑱红鸾不照：指没有婚配的缘分。红鸾，旧时星命家所说的吉星，主婚配等喜事。

话分两头。却说是时，南北通和。其年有金国使臣高景山来中国修聘。那高景山善会文章，朝命宣一个翰林范学士接伴。当八月中秋过了，又到十八潮生日，就城外江边浙江亭子上，搭彩铺毡，大排筵宴，款待使臣观潮。陪宴官非止一员。都统司领着水军[19]，乘战舰，于水面往来，施放五色烟火炮。豪家贵戚，沿江搭缚彩幕，绵亘三十馀里，照江如铺锦相似。市井弄水者，共有数百人，蹈浪争雄，出没游戏。有蹈滚木、水傀儡诸般伎艺。但见：

迎潮鼓浪，拍岸移舟。惊湍忽自海门来，怒吼遥连天际出。何异地生银汉，分明天震春雷。遥观似匹练飞空，远听如千军驰噪。吴儿勇健，平分白浪弄洪波；渔父轻便，出没江心夸好手。果然是万顷碧波随地滚，千寻雪浪接云奔。

北朝使臣高景山见了，毛发皆耸，嗟叹不已，果然奇观。范学士道："相公见此，何不赐一佳作？"即令取过文房四宝来。高景山谦让再三，作《念奴娇》词：

云涛千里，泛今古绝致，东南风物。碧海云横初一线，忽尔雷轰苍壁，万马奔天，群鹅扑地，汹涌飞烟雪。吴人勇悍，便竞踏浪雄杰。

想旗帜纷纭，吴音楚管，与胡笳俱发。人物江山如许丽，岂信妖氛难灭。况是行宫，星缠五福，光焰窥毫发。惊看无语，凭栏姑待明月。

⑲都统司：这里指都统制，禁卫军的主官。

高景山题毕，满座皆赞奇才，只有范学士道："相公词作得甚好，只可惜'万马奔天，群鹅扑地'，将潮比得来轻了，这潮可比玉龙之势。"学士遂作《水调歌头》，道是：

登临眺东渚，始觉太虚宽。海天相接，潮生万里一毫端。滔滔怒生雄势，宛胜玉龙戏水，尽出没波间。雪浪番云脚，波卷水晶寒。

扫方涛，卷圆峤[20]，大洋番。

天垂银汉，壮观江北与江南。借问子胥何在？博望乘槎（chá）仙去[21]，知是几时还？上界银河窄，流泻到人间！”

范学士题罢，高景山见了，大喜道：“奇哉佳作！难比万马争驰，真是玉龙戏水。”

⑳圆峤（jiào）：传说中的海上仙山。

㉑博望乘槎仙去：汉代张骞封博望侯，相传他出使西域时，曾探寻黄河源头，乘槎至天河，遇见织女。

不题各官尽欢饮酒。且说临安大小户人家，闻得是日朝廷款待北使，陈设百戏，倾城士女都来观看。乐和打听得喜家一门也去看潮，侵早便妆扮齐整，来到钱塘江口，踅来踅去，找寻喜顺娘不着。结末来到一个去处，唤做“天开图画”，又叫做“团围头”。因那里团团围转，四面都看见潮头，故名“团围头”。后人讹传，谓之“团鱼头”。这个所在，潮势阔大，多有子弟立脚不牢，被潮头涌下水去，又有豁湿了身上衣服的，都在下浦桥边搅挤教干。有人作下《临江仙》一只，单嘲那看潮的：

自古钱塘难比，看潮人成群作队。不待中秋，相随相趁，尽往江边游戏。沙滩畔，远望潮头，不觉侵天浪起。

头巾如洗，斗把衣裳去挤。下浦桥边，一似奈何池畔[22]，裸体披头似鬼。入城里，烘好衣裳，犹问几时起水？”

乐和到“团围头”寻了一转，不见顺娘，复身又寻转来。那时人山人海，围拥着席棚彩幕。乐和身材即溜，在人丛里捱挤进去，一步一看，行走多时，看见一个妇人，走进一个席棚里面去了。乐和认得这妇人，是喜家的奶娘，紧步随后，果然喜将仕一家男女，都成团聚块的坐下饮酒玩赏。乐和不敢十分逼近，又不舍得十分窎远。紧紧的贴着席棚而立，觑定顺娘，目不转睛，恨不得走近前去，双手搂抱，说句话儿。那小娘子抬头观看，远远的也认得是乐小舍人，见他趋前褪后，神情不定，心上也觉可怜。只是父母相随，寸步不离，无由相会一面。正是：

两人衷腹事，尽在不言中。

㉒奈何池：佛教所说地狱中的恶水。

却说乐和与喜顺娘正在相视凄惶之际，忽听得说潮来了。道犹未绝，耳边如山崩地坼之声，潮头有数丈之高，一涌而至。有诗为证：

银山万叠耸巍巍，
蹴地排空势若飞。
信是子胥灵未泯，
至今犹自奋神威。

那潮头比往年更大，直打到岸上高处，掀翻锦幕，冲倒席棚。众人发声喊，都退后走。顺娘出神在小舍人身上，一时着忙，不知高低，反向前几步，脚儿把滑不住，溜的滚入波浪之中：

可怜绣阁金闺女，翻做随波逐浪人。

乐和乖觉，约莫潮来，便移身立于高阜去处，心中不舍得顺娘，看

定席棚，高叫："避水！"忽见顺娘跌在江里去了，这惊非小。说时迟，那时快，就顺娘跌下去这一刻，乐和的眼光紧随着小娘子下水，脚步自然留不住，扑通的向水一跳，也随波而滚。他那里会水！只是为情所使，不顾性命。这里喜将仕夫妇见女儿坠水，慌急了，乱呼："救人救人！救得吾女，自有重赏。"那顺娘穿着紫罗衫杏黄裙，最好记认。有那一班弄潮的子弟们，踏着潮头，如履平地，贪着利物，应声而往，翻波搅浪，去捞救那紫罗衫杏黄裙的女子。

却说乐和跳下水去，直至水底，全不觉波涛之苦，心下如梦中相似。行到潮王庙中，见灯烛辉煌，香烟缭绕。乐和下拜，求潮王救取顺娘，度脱水厄。潮王开言道："喜顺吾已收留在此，今交付你去。"说罢，小鬼从神帐后，将顺娘送出。乐和拜谢了潮王，领顺娘出了庙门。彼此十分欢喜，一句话也说不出，四只手儿紧紧对面相抱，觉身子或沉或浮，𣵀出水面。那一班弄潮的看见紫罗衫杏黄裙在浪中现出，慌忙去抢。及至托出水面，不是单却是双。四五个人扛头扛脚，抬上岸来，对喜将仕道："且喜连女婿都救起来了。"喜公、喜母、丫环、奶娘都来看时，此时八月天气，衣服都单薄，两个脸对脸，胸对胸，交股叠肩，且是偎抱得紧，分拆不开，叫唤不醒，体尚微暖，不生不死的模样。父母慌又慌，苦又苦，正不知什么意故。喜家眷属哭做一堆。众人争先来看，都道从古来无此奇事。

却说乐美善正在家中，有人报他儿子在"团鱼头"看潮，被潮头打在江里去了，慌得一步一跌，直跑到"团围头"来。又听得人说打捞得一男一女，那女的是喜将仕家小姐。乐公分开人众，挜入看时，认得是儿子乐和，叫了几声"亲儿！"放声大哭道："儿呵！你生前不得吹箫侣，谁知你死后方成连理枝[23]！"喜将仕问其缘故，乐公将三年前儿子执意求亲，及誓不先娶之言，叙了一遍。喜公、喜母到抱怨起来道："你乐门七辈衣冠，也是旧族。况且两个幼年，曾同窗读书，有此说话，何不早说？如今大家叫唤，若唤得醒时，情愿把小女配与令郎。”两家一边唤女，一边唤儿，约莫叫唤了半个时辰，渐渐眼开气续，四只胳膊，兀自不放。乐公道：“我儿快苏醒，将仕公已许下把顺娘配你为妻了。”说犹未毕，只见乐和睁开双眼道：“岳翁休要言而无信!”跳起身来，便向喜公、喜母作揖称谢。喜小姐随后苏醒。两口儿精神如故，清水也不吐一口。喜杀了喜将仕，乐杀了乐大爷。两家都将干衣服换了，顾个小轿抬回家里。

㉓连理枝：据晋干宝《搜神记》卷十一载，战国宋康王舍人韩凭的妻子很美，被康王所夺，夫妇都以死来反抗，死后，坟墓上生出连理的树来。后人常用“连理枝”比喻坚贞不渝的爱情。

次日，到是喜将仕央媒来乐家议亲，愿赘乐和为婿，媒人就是安三老。乐家无不应允。择了吉日，喜家送些金帛之类，笙箫鼓乐，迎娶乐和到家成亲。夫妻恩爱，自不必说。满月后，乐和同顺娘备了三牲祭礼，到潮王庙去赛谢[24]。喜将仕见乐和聪明，延名师在家，教他读书，后来连科及第。至今临安说婚姻配合故事，还传“喜乐和顺”四字。有诗为证：

少负情痴长更狂，却将情字感潮王。
钟情若到真深处，生死风波总不妨。

㉔赛谢：祭祀神灵，以示酬谢。

十二 玉堂春落难逢夫[①]

【精要简介】

本篇通过对妓女玉堂春苏三与王景隆相爱，因故离散，玉堂春被老鸨骗卖，身陷囹圄，几乎惨死，但结局为两人团聚的故事的描写，表达了当时女性渴望获得独立和自由的心声。

【原文鉴赏】

公子初年柳陌游[②]，玉堂一见便绸缪。

黄金数万皆消费，红粉双眸枉泪流。

财货拐，仆驹休，犯法洪同狱内囚。

按临骢马冤愆脱[③]，百岁姻缘到白头。

①原注：与旧刻《王公子奋志记》不同。

②柳陌：指妓院聚集的地方。

③按临：巡视，巡察。

话说正德年间，南京金陵城有一人，姓王名琼，别号思竹，中乙丑科进士，累官至礼部尚书。因刘瑾擅权，劾了一本。圣旨发回原籍。不敢稽留，收拾轿马和家眷起身。王爷暗想有几两俸银，都借在他人名下，一时取讨不及。况长子南京中书，次子时当大比[④]，踌躇半晌，乃呼公子三官前来。那三官双名景隆，字顺卿，年方一十七岁。生得眉目清新，丰姿俊雅。读书一目十行，举笔即便成文，元是个风流才子。王爷爱惜胜如心头之气、掌上之珍。当下王爷唤至分付道："我留你在此读书，叫王定讨帐。银子完日，作速回家，免得父母牵挂。我把这里帐目都留与你。”叫王定过来：“我留你与三叔在此读书讨帐，不许你引诱他胡行乱为。吾若知道，罪责非小。”王定叩头说：“小人不敢。”次日收拾起程。

④大比：指参加乡试。

王定与公子送别，转到北京，另寻寓所安下。公子谨依父命，在寓读书。王定讨帐，不觉三月有馀，三万银帐，都收完了。公子把底帐扣算，分厘不欠，分付王定，选日起身。公子说：“王定，我们事体俱已完了，我与你到大街上各巷口闲耍片时，来日起身。”王定遂即锁了房门，分付主人家用心看着生口。房主说：“放心，小人知道。”二人离了寓所，至大街观看皇都景致。但见：

人烟凑集，车马喧阗[5]。人烟凑集，合四山五岳之音；车马喧阗，尽六部九卿之辈。

做买做卖，总四方土产奇珍；闲荡闲游，靠万岁太平洪福。处处胡同铺锦绣，家家杯斝醉笙歌[6]。

公子喜之不尽。忽然又见五七个宦家子弟，各拿琵琶弦子，欢乐饮酒。公子道：“王定，好热闹去处。”王定说：“三叔，这等热闹，你还没到那热闹去处哩！”二人前至东华门，公子睁眼观看，好锦绣景致。只见门彩金凤，柱盘金龙。王定道：“三叔，好么？”公子说：“真个好所在。”又走前面去，问王定：“这是那里？”王定说：“这是紫金城。”公子往里一视，只见城内瑞气腾腾，红光闪闪，看了一会，果然富贵无过于帝王，叹息不已。

⑤喧阗（tián）：喧哗，热闹。

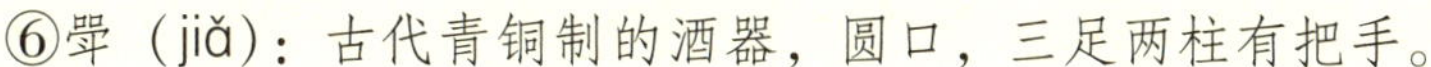

⑥斝（jiǎ）：古代青铜制的酒器，圆口，三足两柱有把手。

离了东华门往前，又走多时，到一个所在，见门前站着几个女子，衣服整齐。公子便问："王定，此是何处？"王定道："此是酒店。"乃与王定进到酒楼上，公子坐下，看那楼上有五七席饮酒的，内中一席有两女子，坐着同饮。公子看那女子，人物清楚，比门前站的，更胜几分。公子正看中间，酒保将酒来，公子便问："此女是那里来的？"酒保说："这是一秤金家丫头翠香翠红。"三官道："生得清气。"酒保说："这等就说标致？他家里还有一个粉头⑦，排行三姐，号玉堂春，有十二分颜色。鸨儿索价太高，还未梳栊⑧。"公子听说留心，叫王定还了酒钱，下楼去，说："王定，我与你春院胡同走走⑨。"王定道："三叔不可去，老爷知道怎了！"公子说："不妨，看一看就回。"乃走至本司院门首。果然是：

花街柳巷，绣阁朱楼。家家品竹弹丝，处处调脂弄粉。黄金买笑，无非公子王孙；

红袖邀欢，都是妖姿丽色。正疑香雾弥天霭，忽听歌声别院娇。总然道学也迷魂，任是真僧须破戒。

⑦粉头：指妓女。

⑧梳栊：指妓女第一次接客。妓女接客前只梳发辫，接客后才开始梳成发髻，故称。

⑨春院胡同：泛指妓院集中的地方，即下文所说的本司院。在明代，娼妓属于乐籍，都属于教坊司管理，本司就是指教坊司。

公子看得眼花撩乱，心内踌躇，不知那是一秤金的门。正思中间，有个卖瓜子的小伙叫做金哥走来，公子便问："那是一秤金的门？"金哥说："大叔莫不是要耍？我引你去。"王定便道："我家相公不嫖，莫错认了。"公子说："但求一见。"

那金哥就报与老鸨知道。老鸨慌忙出来迎接，请进待茶。王定见老鸨留茶，心下慌张，说："三叔可回去罢。"老鸨听说，问道："这位何人？"公子说："是小价[⑩]。"鸨子道："大哥，你也进来吃茶去，怎么这等小器？"公子道："休要听他。"跟着老鸨往里就走。王定道："三叔不要进去，俺老爷知道，可不干我事。"在后边自言自语，公子那里听他，竟到了里面坐下。

⑩小价：对别人称自己仆从的谦词。

老鸨叫丫头看茶。茶罢，老鸨便问："客官贵姓？"公子道："学生姓王，家父是礼部正堂。"老鸨听说，拜道："不知贵公子，失瞻休罪[⑪]。"公子道："不碍，休要计较。久闻令爱玉堂春大名，特来相访。"老鸨道："昨有一位客官，要梳栊小女，送一百两财礼，不曾许他。"公子道："一百两财礼，小哉！学生不敢夸大话，除了当今皇上，往下也数家父。就是家祖，也做过侍郎。"老鸨听说，心中暗喜。便叫翠红请三姐出来见尊客。翠红去不多时，回话道："三姐身子不健，辞了罢。"老鸨起身带笑说："小女从幼养娇了，直待老婢自去唤他。"王定在傍喉急[⑫]，又说："他不出来就罢了，莫又去唤。"老鸨不听其言，走进房中，叫："三姐，我的儿，你时运到了！今有王尚书的公子，特慕你而来。"玉堂春低头不语。慌得那鸨儿便叫："我儿，王公子好个标致人物，年纪不上十六七岁，囊中广有金银。你若打得上这个主儿，不但名声好听，也勾你一世受用。"玉姐听说，即时打扮，来见公子。临行，老鸨又说："我儿，用心奉承，不要怠慢他。"玉姐道："我知道了。"

⑪失瞻：失于瞻仰拜候，客套话。

⑫喉急：着急。

公子看玉堂春果然生得好：

鬓挽乌云，眉弯新月。肌凝瑞雪，脸衬朝霞。袖中玉笋尖尖，裙下金莲窄窄。雅淡梳妆偏有韵，不施脂粉自多姿。便数尽满院名姝，总输他十分春色。

玉姐偷看公子，眉清目秀，面白唇红，身段风流，衣裳清楚，心中也是暗喜。当下玉姐拜了公子。老鸨就说："此非贵客坐处，请到书房小叙。"公子相让，进入书房。果然收拾得精致，明窗净几，古画古炉。公子却无心细看，一心只对着玉姐。

鸨儿帮衬，教女儿捱着公子肩下坐了，分付丫环摆酒。王定听见摆酒，一发着忙，连声催促三叔回去。老鸨丢个眼色与丫头："请这大哥到房里吃酒。"翠香、翠红道："姐夫请进房里，我和你吃盅喜酒。"王定本不肯去，被翠红二人拖拖拽拽扯进去坐了，甜言美语，劝了几杯酒。初时还是勉强，以后吃得热闹，连王定也忘怀了，索性放落了心，且偷快乐。

正饮酒中间，听得传语公子叫王定。王定忙到书房，只见杯盘罗列，本司自有答应乐人[13]，奏动乐器。公子开怀乐饮。王定走近身边，公子附耳低言："你到下处取二百两银子，四匹尺头[14]，再带散碎银二十两，到这里来。"王定道："三叔要这许多银子何用?"公子道："不要你闲管。"王定没奈何，只得来到下处，开了皮箱，取出五十两元宝四个，并尺头碎银，再到本司院，说："三叔，有了。"公子看也不看，都教送与鸨儿，说："银两尺头，权为令爱初会之礼；这二十两碎银，把做赏人杂用。"王定只道公子要讨那三姐回去，用许多银子，听说只当初会之礼，吓得舌头吐出三寸。却说鸨儿一见许多东西，就叫丫头转过一张空桌，王定将银子尺头放在桌上。鸨儿假意谦让了一回，叫玉姐："我儿，拜谢了公子。"又说："今日是王公子，明日就是王姐夫了。"叫丫头收了礼物进去："小女房中还备得有小酌，请公子开怀畅饮。"公子与玉姐肉手相挽，同至香房，只见围屏小桌，果品珍羞，俱已摆设完备。公子上坐，鸨儿自弹弦子，玉堂春清唱侑酒[15]。弄得三官骨松筋痒，神荡魂迷。王定见天色晚了，不见三官动身，连催了几次。丫头受鸨儿之命，不与他传。王定又不得进房，等了一个黄昏，翠红要留他宿歇，王定不肯，自回下处去了。公子直饮到二鼓方散。玉堂春殷勤伏侍公子上床，解衣就寝，真个男贪女爱，倒凤颠鸾，彻夜交情，不在话下。

⑬答应乐人：专门承应侍候统治阶级们饮酒助兴的乐工。

⑭尺头：绸缎衣料等类丝织品的代称。

⑮侑（yòu）酒：劝酒。

天明，鸨儿叫厨下摆酒煮汤，自进香房，追红讨喜，叫一声："王姐夫，可喜！可喜！"丫头小厮都来磕头。公子分付王定，每人赏银一两。翠香、翠红各赏衣服一套，折钗银三两。王定早晨本要来接公子回寓，见他撒漫使钱，有不然之色。公子暗想："在这奴才手里讨针线[16]，好不爽利。索性将皮箱搬到院里，自家便当。"鸨儿见皮箱来了，愈加奉承。真个朝朝寒食，夜夜元宵，不觉住了一个多月。老鸨要生心科派[17]，设一大席酒，搬戏演乐，专请三官玉姐二人赴席。鸨子举杯敬公子说："王姐夫，我女儿与你成了夫妇，地久天长，凡家中事务，望乞扶持。"那三官心里只怕鸨子心里不自在，看那银子犹如粪土，凭老鸨说谎，欠下许多债负，都替他还，又打若干首饰酒器，做若干衣服，又许他改造房子，又造百花楼一座，与玉堂春做卧房。随其科派，件件许了。正是：

酒不醉人人自醉，色不迷人人自迷。

急得家人王定手足无措，三回五次，催他回去。三官初时含糊答应，以后逼急了，反将王定痛骂。王定没奈何，只得到求玉姐劝他。玉姐素知虔婆利害[18]，也来苦劝公子道："'人无千日好，花有几日红？'你一日无钱，他番了脸来，就不认得你。"三官此时手内还有钱钞，那里信他这话。王定暗想："心爱的人还不听他，我劝他则甚？"又想："老爷若知此事，如何了得！不如回家报与老爷知道，凭他怎么裁处，与我无干。"王定乃对三官说："我在北京无用，先回去罢。"三官正厌王定多管，巴不得他开身，说："王定，你去时，我与你十两盘费，你到家中禀老爷，只说帐未完，三叔先使我来问安。"玉姐也送五两，鸨子也送五两。王定拜别三官而去。正是：

各人自扫门前雪，莫管他家瓦上霜。

⑯讨针线：讨生活，意为求别人一点小的施舍。

⑰科派：这里是需索，开支，假借各种名目索要钱财。

⑱虔婆：犹言贼婆娘，这里指鸨母。

且说三官被酒色迷住，不想回家，光阴似箭，不觉一年。亡八淫妇，终日科派。莫说上头、做生、讨粉头、买丫环[19]，连亡八的寿圹都打得到[20]。三官手内财空。亡八一见无钱，凡事疏淡，不照常答应奉承。又住了半月，一家大小作闹起来。老鸨对玉姐说："'有钱便是本司院，无钱便是养济院[21]。'王公子没钱了，还留在此做甚！那曾见本司院举了节妇，你却呆守那穷鬼做甚？"玉姐听说，只当耳边之风。

⑲上头：指妓女梳栊（lóng）接客。做生：做生日。

⑳寿圹（kuàng）：去世前预修的墓穴。

㉑养济院：也称为孤老院，旧时的一种慈善机构，专门收养老弱和鳏寡孤独的人。

一日三官下楼往外去了，丫头来报与鸨子。鸨子叫玉堂春下来："我问你，几时打发王三起身？"玉姐见话不投机，复身向楼上便走。鸨子随即跟上楼来，说："奴才，不理我么？"玉姐说："你们这等没天理，王公子三万两银子，俱送在我家。若不是他时，我家东也欠债，西也欠债，焉有今日这等足用？"鸨子怒发，一头撞去，高叫："三儿打娘哩！"亡八听见，不分是非，便拿了皮鞭，赶上楼来，将玉姐撞跌在楼上，举鞭乱打，打得髻偏发乱，血泪交流。

且说三官在午门外，与朋友相叙，忽然面热肉颤，心下怀疑，即辞归，径走上百花楼。看见玉姐如此模样，心如刀割，慌忙抚摩，问其缘故。玉姐睁开双眼，看见三官，强把精神挣着说："俺的家务事，与你无干！"三官说："冤家，你为我受打，还说无干？明日辞去，免得累你受苦。"玉姐说："哥哥，当初劝你回去，你却不依我。如今孤身在此，盘缠又无，三千馀里，怎生去得？我如何放得心？你若不能还乡，流落在外，又不如忍气且住几日。"三官听说，闷倒在地。玉姐近前抱住公子，说："哥哥，你今后休要下楼去，看那亡八淫妇怎么样行来？"三官说："欲待回家，难见父母兄嫂；待不去，又受不得亡八冷言热语。我又舍不得你。待住，那亡八淫妇只管打你。"玉姐说："哥哥，打不打，你休管他，我与你是从小的儿女夫妻，你岂可一旦别了我！"看看天色又晚，房中往常时丫头秉灯上来，今日火也不与了。玉姐见三官痛伤，用手扯到床上睡了。一递一声长吁短气。三官与玉姐说："不如我去罢！再接有钱的客官，省你受气。"玉姐说："哥哥，那亡八淫妇，任他打我，你好歹休要起身。哥哥在时，奴命在，你真个要去，我只一死。"二人直哭到天明，起来，无人与他碗水。玉姐叫丫头："拿钟茶来与你姐夫吃。"鸨子听见，高声大骂："大胆奴才，少打。叫小

三自家来取。”那丫头小厮都不敢来。玉姐无奈，只得自己下楼，到厨下，盛碗饭，泪滴滴自拿上楼去，说：“哥哥，你吃饭来。”公子才要吃，又听得下边骂；待不吃，玉姐又劝。公子方才吃得一口，那淫妇在楼下说：“小三，大胆奴才，那有‘巧媳妇做出无米粥’？”三官分明听得他话，只索隐忍。正是：

囊中有物精神旺，手内无钱面目惭。

却说亡八恼恨玉姐，待要打他，倘或打伤了，难教他挣钱；待不打他，他又恋着王小三。十分逼的小三极了，他是个酒色迷了的人，一时他寻个自尽，倘或尚书老爷差人来接，那时把泥做也不干。左思右算，无计可施。鸨子说：“我自有妙法叫他离咱们去。明日是你妹子生日，如此如此，唤做‘倒房计’。”亡八说：“到也好。”

鸨子叫丫头楼上问：“姐夫吃了饭还没有？”鸨子上楼来说：“休怪！俺家务事，与姐夫不相干。”又照常摆上了酒。吃酒中间，老鸨忙陪笑道：“三姐，明日是你姑娘生日[22]。你可禀王姐夫，封上人情，送去与他。”玉姐当晚封下礼物。第二日清晨，老鸨说：“王姐夫早起来，趁凉可送人情到姑娘家去。”大小都离司院，将半里，老鸨故意吃一惊，说：“王姐夫，我忘了锁门，你回去把门锁上。”公子不知鸨子用计，回来锁门不题。且说亡八从那小巷转过来，叫：“三姐，头上吊了簪子。”哄的玉姐回头，那亡八把头口打了两鞭，顺小巷流水出城去了。

㉒姑娘：姑姑，姑母。

三官回院，锁了房门，忙往外赶看，不见玉姐，遇着一伙人，公子躬身便问：“列位曾见一起男女，往那里去了？”那伙人不是好人，却是短路的[23]。见三官衣服齐整，心生一计，说：“才往芦苇西边去了。”三官说：“多谢列位。”公子往芦苇里就走。这人哄的三官往芦苇里去了，即忙走在前面等着。三官至近，跳起来喝一声，却去扯住三官，齐下手剥去衣服帽子，拿绳子捆在地上。三官手足难挣，昏昏沉沉，捱到天明，还只想了玉堂春，说："姐姐，你不知在何处去，那知我在此受苦!"

㉓短路：拦路抢劫。

不说公子有难，且说亡八淫妇拐着玉姐，一日走了一百二十里地，野店安下。玉姐明知中了亡八之计，路上牵挂三官，泪不停滴。

再说三官在芦苇里，口口声声叫救命。许多乡老近前看见，把公子解了绳子，就问："你是那里人?"三官害羞，不说是公子，也不说嫖玉堂春。浑身上下又无衣服，眼中吊泪说："列位大叔，小人是河南人，来此小买卖。不幸遇着歹人，将一身衣服尽剥去了，盘费一文也无。"众人见公子年少，舍了几件衣服与他，又与了他一顶帽子。三官谢了众人，拾起破衣穿了，拿破帽子戴了。又不见玉姐，又没了一个钱，还进北京来，顺着房檐，低着头，从早至黑，水也没得口。三官饿的眼黄，到天晚寻宿，又没人家下他。有人说："想

你这个模样子，谁家下你？你如今可到总铺门口去，有觅人打梆子，早晚勤谨，可以度日。”三官径至总铺门首，只见一个地方来雇人打更。三官向前叫：“大叔，我打头更。”地方便问：“你姓甚么?”公子说：“我是王小三。”地方说：“你打二更罢！失了更，短了筹，不与你钱，还要打哩!”三官是个自在惯了的人，贪睡了，晚间把更失了。地方骂：“小三，你这狗骨头，也没造化吃这自在饭，快着走。”三官自思无路，乃到孤老院里去存身。正是：

一般院子里，苦乐不相同。

却说那亡八鸨子说：“咱来了一个月，想那王三必回家去了，咱们回去罢。”收拾行李，回到本司院。只有玉姐每日思想公子，寝食俱废。鸨子上楼来，苦苦劝说：“我的儿，那王三已是往家去了，你还想他怎么？北京城内多少王孙公子，你只是想着王三不接客。你可知道我的性子，自讨分晓，我再不说你了。”说罢自去了。玉姐泪如雨滴，想王顺卿手内无半文钱，不知怎生去了？“你要去时，也通个信息，免使我苏三常常挂牵。不知何日再得与你相见。”

不说玉姐想公子，且说公子在北京院讨饭度日。北京大街上有个高手王银匠，曾在王尚书处打过酒器。公子在虔婆家打首饰物件，都用着他。一日往孤老院过，忽然看见公子，唬了一跳，上前扯住，叫：“三叔！你怎么这等模样?”三官从头说了一遍，王银匠说：“自古狠心亡八！三叔，你今到寒家，清茶淡饭，暂住几日，等你老爷使人来接你。”三官听说大喜，随跟至王匠家中。王匠敬他是尚书公子，尽礼管待，也住了半月有馀。他媳妇见短，不见尚书家来接，只道丈夫说谎，乘着丈夫上街，便发说话：“自家一窝子男女，那有闲饭养他人！好意留吃几日，各人要自达时务，终不然在此养老送终。”三官受气不过，低着头，顺着房檐往外出来，信步而行。走至关王庙，猛省关圣最灵，何不诉他？乃进庙，跪于神前，诉以亡八鸨儿负心之事。拜祷良久，起来闲看两廊画的三国功劳。

却说庙门外街上，有一个小伙儿叫云："本京瓜子，一分一桶。高邮鸭蛋，半分一个。"此人是谁？是卖瓜子的金哥。金哥说道："原来是年景消疏，买卖不济。当时本司院有王三叔在时，一时照顾二百钱瓜子，转的来，我父母吃不了。自从三叔回家去了，如今谁买这物？二三日不曾发市[24]，怎么过？我到庙里歇歇再走。"

㉔发市：开张。

金哥进庙里来，把盘子放在供桌上，跪下磕了头。三官却认得是金哥，无颜见他，双手掩面，坐于门限侧边。金哥磕了头，起来，也来门限上坐下。三官只道金哥出庙去了，放下手来，却被金哥认出，说："三叔！你怎么在这里？"三官含羞带泪，将前事道了一遍。金哥说："三叔休哭，我请你吃些饭。"三官说："我得了饭。"金哥又问；"你这两日，没见你三婶来？"三官说："久不相见了！金哥，我烦你到本司院密密的与三婶说，我如今这等穷，看他怎么说，回来复我。"金哥应允，端起盘，往外就走。三官又说："你到那里看风色。他若想我，你便题我在这里如此；若无真心疼我，你便休话，也来回我。他这人家有钱的另一样待，无钱的另一样待。"金哥说："我知道。"辞了三官，往院里来，在于楼外边立着。

说那玉姐手托香腮，将汗巾拭泪，声声只叫："王顺卿，我的哥哥！你不知在那里去了？"金哥说："呀，真个想三叔哩！"咳嗽一声，玉姐听见问："外边是谁？"金哥上楼来，说："是我。我来买瓜子与你老人家磕哩！"玉姐眼中吊泪，说："金哥，纵有羊羔美酒，吃不下，那有心绪磕瓜仁。"金哥说："三婶，你这两日怎么淡了？"玉姐不理。金哥又问："你想三叔，还想谁？你对我说，我与你接去。"玉姐说："我自三叔去后，朝朝思想，那里又有谁来？我曾记得一辈古人。"金哥说："是谁？"玉姐说："昔有个亚仙女，郑元和为他黄金使尽，去打《莲花落》。后来收心勤读诗书，一举成名。那亚仙风月场中显大名。我常怀亚仙之心，怎得三叔他像郑元和方好。"

金哥听说，口中不语，心内自思："王三到也与郑元和相像了，虽不打《莲花落》，也在孤老院讨饭吃。"金哥乃低低把三婶叫了一声，说："三叔如今在庙中安歇，叫我密密的报与你，济他些盘费，好上南京。"玉姐唬了一惊："金哥休要哄我。"金哥说："三婶，你不信，跟我到庙中看看去。"玉姐说："这里到庙中有多少远？"金哥说："这里到庙中有三里地。"玉姐说："怎么敢去？"又问："三叔还有甚话？"金哥说："只是少银子钱使用，并没甚话。"玉姐说："你去对三叔说：'十五日在庙里等我。'"金哥去庙里回复三官，就送三官到王匠家中，"倘若他家不留你，就到我家里去。"幸得王匠回家，又留住了公子不题。

却说老鸨又问："三姐，你这两日不吃饭，还是想着王三哩！你想他，他不想你，我儿好痴！我与你寻个比王三强的，你也新鲜些。"玉姐说："娘，我心里一件事不得停当。"鸨子说："你有甚么事？"玉姐说："我当初要王三的银子，黑夜与他说话，指着城隍爷爷说誓。如今待我还了愿，就接别人。"老鸨问："几时去还愿？"玉姐道："十五日去罢。"老鸨甚喜。预先备下香烛纸马。

等到十五日，天未明，就叫丫头起来："你与姐姐烧下水洗脸。"玉姐也怀心，起来梳洗，收拾私房银两，并钗钏首饰之类，叫丫头拿着纸马，径往城隍庙里去。进的庙来，天还未明，不见三官在那里。那晓得三官却躲在东廊下相等。先已看见玉姐，咳嗽一声。玉姐就知，叫丫头烧了纸马："你先去，我两边看看十帝阎君。"玉姐叫了丫头转身，径来东廊下寻三官。三官见了玉姐，羞面通红。玉姐叫声："哥哥王顺卿，怎么这等模样？"两下抱头而哭。玉姐将所带有二百两银子东西，付与三官，叫他置办衣帽买骡子，再到院里来："你只说是从南京才到，休负奴言。"二人含泪各别。

玉姐回至家中，鸨子见了，欣喜不胜，说："我儿还了愿了？"玉姐说："我还了旧愿，发下新愿。"鸨子说："我儿，你发下甚么新愿？"

玉姐说："我要再接王三，把咱一家子死的灭门绝户，天火烧了！"鸨子说："我儿这愿忒发得重了些。"从此欢天喜地不题。

且说三官回到王匠家，将二百两东西，递与王匠。王匠大喜，随即到了市上，买了一身衲帛衣服㉕，粉底皂靴，绒袜，瓦楞帽子㉖，青丝绦，真川扇，皮箱骡马，办得齐整。把砖头瓦片，用布包裹，假充银两，放在皮箱里面，收拾打扮停当。雇了两个小厮，跟随就要起身。王匠说："三叔！略停片时，小子置一杯酒饯行。"公子说："不劳如此，多蒙厚爱，异日须来报恩。"三官遂上马而去。

妆丰圈套入胡同，鸨子焉能不强从。

亏杀玉堂垂念永，固知红粉亦英雄。

㉕衲（nà）帛：秀织上花纹的绸缎。衲，同"纳"，绣织，缝缀。

㉖瓦楞帽子：形似瓦楞的帽子。在明代，读书人戴方巾，一般商人和劳动人民戴瓦楞帽子，这里有些不合王景隆的身份，但衣帽是王银匠去买的，正是手工艺人的举措。

却说公子辞了王匠夫妇，径至春院门首。只见几个小乐工，都在门首说话。忽然看见三官气象一新，唬了一跳，飞风报与老鸨㉗。老鸨听说，半晌不言："这等事怎么处？向日三姐说：他是宦家公子，金银无数。我却不信，逐他出门去了。今日到带有金银，好不惶恐人也！"左思右想，老着脸走出来见了三官，说："姐夫从何而至？"一手扯住马头。公子下马唱了半个喏，就要行，说："我伙计都在船中等我。"老鸨陪笑道："姐夫好狠心也。就是寺破僧丑，也看佛面，纵然要去，你也看看玉堂春。"公子道："向日那几两银子值甚的？学生岂肯放在心上！我今皮箱内，见有五万银子，还有几船货物，伙计也有数十人。有王定看守在那里。"鸨子一发不肯放手了。公子恐怕掣脱了，将机就机，进到院门坐下。鸨儿分付厨下忙摆酒席接风。三官茶罢，就要走。故意𢴤出两锭银子来，都是五两头细丝。三官检起，袖而藏之。鸨子又说："我到了姑娘家酒也不曾吃，就问你。说你往东去了，寻不见你，寻了一个多月，俺才回家。"公子乘机便说；"亏你好心，我那时也寻不见你。王定来接我，我就回家去了。我心上也欠挂着玉姐，所以急急而来。老鸨忙叫丫头去报玉堂春。

㉗飞风：飞速，飞快。

丫头一路笑上楼来，玉姐已知公子到了，故意说："奴才笑甚么？"丫头说："王姐夫又来了。"玉姐故意唬了一跳，说："你不要哄我！"不肯下楼。老鸨慌忙自来。玉姐故意回脸往里睡。鸨子说："我的亲儿！王姐夫来了，你知道么？"玉姐也不语，连问了四五声，只不答应。这一时待要骂，又用着他。扯一把椅子拿过来，一直坐下，长吁了一声气。玉姐见他这模样，故意回过头起来，双膝跪在楼上，说："妈妈！今日饶我这顿打。"老鸨忙扯起来说："我儿！你还不知道王姐夫又来了。拿有五万两花银，船上又有货物并伙计数十人，比前加倍。你可去见他，好心奉承。"玉姐道："发下新愿了，我不去接他。"鸨子道："我儿！发愿只当取笑。"一手挽玉姐下楼来，半路就叫："王姐夫，三姐来了。”

三官见了玉姐，冷冷的作了一揖，全不温存。老鸨便叫丫头摆桌，取酒斟上一钟，深深万福，递与王姐夫：“权当老身不是。可念三姐之情，休走别家，教人笑话。”三官微微冷笑，叫声：“妈妈，还是我的不是。”老鸨殷勤劝酒，公子吃了几杯，叫声“多扰”，抽身就走。翠红一把扯住，叫：“玉姐，与俺姐夫陪个笑脸。”老鸨说：“王姐夫，你忒做绝了。丫头把门顶了，休放你姐夫出去。”叫丫头把那行李抬在百花楼去，就在楼下重设酒席，笙琴细乐，又来奉承。吃了半更，老鸨说：“我先去了，让你夫妻二人叙话。”三官玉姐正中其意，携手登楼：

如同久旱逢甘雨，好似他乡遇故知。

二人一晚叙话，正是：“欢娱嫌夜短，寞寂恨更长。”不觉鼓打四更，公子爬将起来，说：“姐姐！我走罢！”玉姐说：“哥哥！我本欲留你多住几日，只是留君千日，终须一别。今番作急回家，再休惹闲花野草。见了二亲，用意攻书。倘或成名，也争得这一口气。”玉姐难舍王公子，公子留恋玉堂春。玉姐说：“哥哥，你到家，只怕娶了家小不念我。”三官说：“我怕你在北京另接一人，我再来也无益了。”玉姐说：“你指着圣贤爷说了誓愿[28]。”两人双膝跪下。公子说：“我若南京再娶家小，五黄六月害病死了我[29]。”玉姐说：“苏三再若接别人，铁锁长枷永不出世。”就将镜子拆开，各执一半，日后为记。玉姐说：“你败了三万两银子，空手而回，我将金银首饰器皿，都与你拿去罢。”三官说：“亡八淫妇知道时，你怎打发他？”玉姐说：“你莫管我，我自有主意。”玉姐收拾完备，轻轻的开了楼门，送公子出去了。

㉘圣贤爷：泛指天上过往的神灵。

㉙五黄六月：也作五慌六月，指炎夏。

天明鸨儿起来，叫丫头烧下洗脸水，承下净口茶，“看你姐夫醒了时，送上楼去，问他要吃甚么，我好做去。若是还睡，休惊醒他。”丫头走上楼去，见摆设的器皿都没了，梳妆匣也出空了，撇在一边。揭开

帐子，床上空了半边。跑下楼，叫："妈妈罢了！"鸨子说："奴才，慌甚么？惊着你姐夫。"丫头说："还有甚么姐夫？不知那里去了。俺姐姐回脸往里睡着。"老鸨听说，大惊，看小厮骡脚都去了。连忙走上楼来，喜得皮箱还在。打开看时，都是砖头瓦片。鸨儿便骂："奴才！王三那里去了？我就打死你！为何金银器皿他都偷去了？"

玉姐说："我发过新愿了，今番不是我接他来的。"鸨子说："你两个昨晚说了一夜说话，一定晓得他去处。"亡八就去取皮鞭，玉姐拿个首帕，将头紥了，口里说："待我寻王三还你。"忙下楼来，往外就走。鸨子乐工，恐怕走了，随后赶来。

玉姐行至大街上，高声叫屈："图财杀命！"只见地方都来了。鸨子说："奴才，他到把我金银首饰尽情拐去，你还放刁！"亡八说："由他，咱到家里算帐。"

玉姐说："不要说嘴，咱往那里去？那是我家？我同你到刑部堂上讲讲，恁家里是公侯宰相，朝郎驸马，你那里的金银器皿！万物要平个理。一个行院人家[30]，至轻至贱，那有甚么大头面，戴往那里去坐席？王尚书公子在我家，费了三万银子，谁不知道他去了就开手。你昨日见他有了银子，又去哄到家里，图谋了他行李，不知将他下落在何处？列位做个证见。"说得鸨子无言可答。亡八说："你叫王三拐去我的东西，你反来图赖我。"玉姐舍命，就骂："亡八淫妇，你图财杀人，还要说嘴？见今皮箱都打开在你家里，银子都拿过了。那王三官不是你谋杀了是那个？"鸨子说："他那里有甚么银子？都是砖头瓦片哄人。"玉姐说："你亲口说带有五万银子，如何今日又说没有？"两下厮闹。

㉚行院：妓院。

众人晓得三官败过三万银子是真的，谋命的事未必，都将好言劝解。玉姐说："列位，你既劝我不要到官，也得我骂他几句，出这口气。"众人说："凭你骂罢。"玉姐骂道：

你这亡八是喂不饱的狗，鸨子是填不满的坑。不肯思量做生理，只是排局骗别人[31]。奉承尽是天罗网，说话皆是陷人坑。只图你家长兴旺，那管他人贫不贫。八百好钱买了我，与你挣了多少银。我父叫做周彦亨，大同城里有名人。买良为贱该甚罪？兴贩人口问充军。哄诱良家子弟犹自可，图财杀命罪非轻！你一家万分无天理，我且说你两三分。

㉛排局：指设圈套。

众人说："玉姐，骂得勾了。"鸨子说："让你骂许多时，如今该回去了。"玉姐说："要我回去，须立个文书执照与我。"众人说；"文书如何写？"玉姐说："要写'不合买良为娼，及图财杀命'等话。"亡八那里肯写。玉姐又叫起屈来。众人说："买良为娼，也是门户常事[32]。那人命事不的实，却难招认。我们只主张写个赎身文书与你罢！"亡八还不肯。众人说："你莫说别项，只王公子三万银子也勾买三百个粉头了。玉姐左右心不向你了，

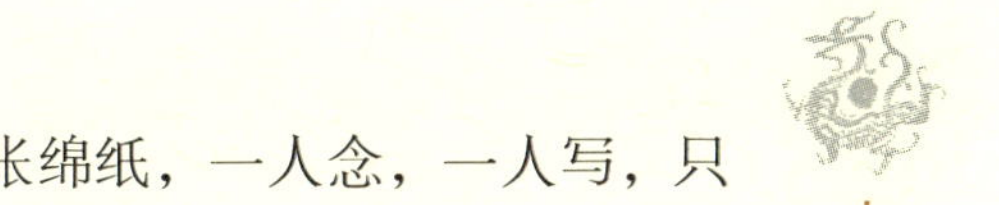

舍了他罢!”众人都到酒店里面，讨了一张绵纸，一人念，一人写，只要亡八鸨子押花[33]。玉姐道：“若写得不公道，我就扯碎了。”众人道：“还你停当。”写道：

立文书本司乐户苏淮同妻一秤金，向将钱八百文，讨大同府人周彦亨女玉堂春在家，本望接客靠老，奈女不愿为娼。

写到“不愿为娼”，玉姐说：“这句就是了。须要写收过王公子财礼银三万两。”亡八道：“三儿！你也拿些公道出来。这一年多费用去了，难道也算?”众人道：“只写二万罢。”又写道：

有南京公子王顺卿，与女相爱，淮得过银二万两，凭众议作赎身财礼。今后听凭玉堂春嫁人，并与本户无干。立此为照。

㉜门户：即门户人家，妓院的别称。

㉝押花：就是打花押，也就是签字。

后写“正德年月日，立文书乐户苏淮同妻一秤金”，见人有十馀人[34]。众人先押了花。苏淮只得也押了，一秤金也画个十字。玉姐收讫。又说：“列位老爹！我还有一件事，要先讲个明。”众人曰：“又是甚事?”玉姐曰；“那百花楼，原是王公子盖的，拨与我住。丫头原是公子买的，要叫两个来伏侍我。以后米面柴薪菜蔬等项，须是一一供给，不许措勒短少，直待我嫁人方止。”众人说：“这事都依着你。”玉姐辞谢先回。亡八又请众人吃过酒饭方散。正是：

周郎妙计高天下，赔了夫人又折兵[35]。

㉞见人：见证人。

㉟周郎妙计高天下，赔了夫人又折兵：出自《三国演义》五十五回，周郎就是周瑜，说得是刘备东吴招亲，娶回孙权之妹的事。

话说公子在路，夜住晓行，不数日，来到金陵自家门首下马。王定看见，唬了一惊。上前把马扯住，进的里面。三官坐下，王定一家拜见了。三官就问：“我老爷安么?”王定说：“安。”“大叔、二叔、姑爷、姑娘何如?”王定说：“俱安。”又问：“你听得老爷说我家来，他要怎么处?”王定不言，长吁一口气，只看看天。三官就知其意：“你不言语，想是老爷要打死我。”王定说：“三叔！老爷誓不留你，今番不要见老爷了。私去看看老奶奶和姐姐、兄嫂，讨些盘费，他方去安身罢！”公子又问：“老爷这二年与何人相厚？央他来与我说个人情。”王定说：“无人敢说。只除是姑娘姑爹，意思间稍题题，也不敢直说。”三官道：“王定，你去请姑爹来，我与他讲这件事。”

王定即时去请刘斋长、何上舍到来。叙礼毕，何、刘二位说：“三舅，你在此，等俺两个与咱爷讲过，使人来叫你。若不依时，捎信与你，作速逃命。”二人说罢，竟往潭府来见了王尚书。坐下，茶罢，王爷问何上舍：“田庄好么?”上舍答道：“好。”王爷又问刘斋长：“学业何如?”答说：“不敢，连日有事，不得读书。”王爷笑道：“‘读书过万卷，下笔如有神。’秀才将何为本?‘家无读书子，官从何处来?’今后须宜勤学，不可将光阴错过。”刘斋长唯唯谢教。

何上舍问：“客位前这墙几时筑的？一向不见。”王爷笑曰：“我年大了，无多田产，日后恐怕大的二的争竞，预先分为两分。”二人笑说：“三分家事，如何只做两分？三官回来，叫他那里住?”王爷闻说，心中大恼：“老夫平生两个小儿，那里又有第三个?”二人齐声叫：“爷，你如何不疼三官王景隆？当初还是爷不是，托他在北京讨帐，无有一个去接寻。休说三官十六七岁，北京是花柳之所；就是久惯江湖，也迷了心。”二人双膝跪下，吊下泪来。王爷听说：“没下稍的狗畜生，不知死在那里了，再休题起了！”

正说间，二位姑娘也到。众人都知三官到家，只哄着王爷一人。王爷说：“今日不请都来，想必有甚事情?”即叫家奴摆酒。何静庵欠身打一躬曰：“你闺女昨晚作一梦，梦三官王景隆身上蓝缕，叫他姐姐救他性命。三更鼓做了这个梦，半夜捶床捣枕哭到天明，埋怨着我不接三官，今日特来问问三舅的信音。”刘心斋亦说：“自三舅在京，我夫妇日夜不安，今我与姨夫凑些盘费，明日起身去接他回来。”王爷含泪

道："贤婿，家中还有两个儿子，无他又待怎生？"何、刘二人往外就走。王爷向前扯住问："贤婿何故起身？"二人说："爷撒手，你家亲生子还是如此，何况我女婿也？"大小儿女放声大哭，两个哥哥一齐下跪，女婿也跪在地上，奶奶在后边吊下泪来。引得王爷心动，亦哭起来。

王定跑出来说："三叔，如今老爷在那里哭你，你好过去见老爷，不要待等恼了。"王定推着公子进前厅跪下说："爹爹！不孝儿王景隆今日回了。"那王爷两手擦了泪眼，说："那无耻畜生，不知死的往那里去了。北京城街上最多游食光棍，偶与畜生面庞厮像，假充畜生来家，哄骗我财物，可叫小厮拿送三法司问罪㊱！"那公子往外就走。二位姐姐赶至二门首拦住说："短命的，你待往那里去？"三官说："二位姐姐，开放条路与我逃命罢！"二位姐姐不肯撒手，推至前来双膝跪下，两个姐姐手指说："短命的！娘为你痛得肝肠碎，一家大小为你哭得眼花，那个不牵挂！"众人哭在伤情处，王爷一声喝住众人不要哭，说："我依着二位姐夫，收了这畜生，可叫我怎么处他？"众人说："消消气再处。"王爷摇头。

㊱三法司：即刑部、都察院、大理寺，都是执掌司法和狱讼的机关，遇有重大案件由三法司会审。

奶奶说："凭我打罢。"王爷说："可打多少？"众人说："任爷爷打多少？"王爷道："须依我说，不可阻我，要打一百。"大姐、二姐跪下说："爹爹严命，不敢阻当，容你儿代替罢！"大哥、二哥每人替上二十，大姐二姐每人亦替二十。王爷说；"打他二十。"大姐、二姐说："叫他姐夫也替他二十，只看他这等黄瘦，一棍打在哪里？等他膘满肉肥，那时打他不迟。"王爷笑道："我儿，你也说得是。想这畜生，天理已绝，良心已丧，打他何益？我问你：'家无生活计，不怕斗量金。'我如今又不做官了，无处挣钱，作何生意以为糊口之计？要做买卖，我又无本钱与你。二位姐夫问他那银子还有多少？"何、刘便问："三舅银子还有多少?”

王定抬过皮箱打开，尽是金银首饰器皿等物。王爷大怒，骂：“狗畜生！你在那里偷的这东西？快写首状[37]，休要玷辱了门庭。”三官高叫：“我爹爹息怒，听不肖儿一言。”遂将初遇玉堂春，后来被鸨儿如何哄骗尽了，如何亏了王银匠收留，又亏了金哥报信，玉堂春私将银两赠我回乡，这些首饰器皿皆玉堂春所赠，备细述了一遍。王爷说，骂道：“无耻狗畜生！自家三万银子都花了，却要娼妇的东西，可不羞杀了人。”三官说：“儿不曾强要他的，是他情愿与我的。”王爷说：“这也罢了，看你姐夫面上，与你一个庄子，你自去耕地布种。”公子不言。王爷怒道：“王景隆，你不言怎么说?”公子说：“这事不是孩儿做的。”王爷说：“这事不是你做的，你还去嫖院罢！”三官说：“儿要读书。”王爷

笑曰："你已放荡了，心猿意马，读甚么书？"公子说："孩儿此回笃志用心读书。"王爷说："既知读书好，缘何这等胡为？"何静庵立起身来说："三舅受了艰难苦楚，这下来改过迁善，料想要用心读书。"王爷说："就依你众人说，送他到书房里去，叫两个小厮去伏侍他。"即时就叫小厮送三官往书院里去。两个姐夫又来说："三舅久别，望老爷留住他，与小婿共饮则可。"王爷说："贤婿，你如此乃非教子之方，休要纵他。"二人道："老爷言之最善。"于是翁婿大家痛饮，尽醉方归。这一出父子相会，分明是：

月被云遮重露彩，花遭霜打又逢春。

㊲首状：出首，向官厅报告。

却说公子进了书院，清清独坐，只见满架诗书，笔山砚海。叹道："书呵！相别日久，且是生涩。欲待不看，焉得一举成名，却不辜负了玉姐言语？欲待读书，心猿放荡，意马难收。"公子寻思一会，拿着书来读了一会，心下只是想着玉堂春。忽然鼻闻甚气，耳闻甚声，乃问书童道："你闻这书里甚么气？听听甚么响？"书童说："三叔，俱没有。"公子道："没有？呀，原来鼻闻乃是脂粉气，耳听即是筝板声。"公子一时思想起来："玉姐当初嘱付我，是甚么话来？叫我用心读书。我如今未曾读书，心意还丢他不下，坐不安，寝不宁，茶不思，饭不想，梳洗无心，神思恍忽。"公子自思："可怎么处他？"走出门来，只见大门上挂着一联对子："'十年受尽窗前苦，一举成名天下闻。'这是我公公作下的对联。他中举会试，官到侍郎。后来咱爹爹在此读书，官到尚书。我今在此读书，亦要攀龙附凤，以继前人之志。"又见二门上有一联对子："不受苦中苦，难为人上人。"公子急回书房，看见《风月机关》、《洞房春意》，公子自思："乃是此二书乱了我的心。"将一火而焚之。破镜分钗，俱将收了。心中回转，发志勤学。

一日书房无火，书童往外取火。王爷正坐，叫书童。书童近前跪下。王爷便问："三叔这一会用功不曾？"书童说："禀老爷得知，我三叔先时通不读书，胡思乱想，体瘦如柴。这半年整日读书，晚上读至三更方才睡，五更就起，直至饭后，方才梳洗，口虽吃饭，眼不离书。”王爷道：“奴才！你好说谎，我亲自去看他。”书童叫：“三叔，老爷来了。”公子从从容容迎接父亲，王爷暗喜。观他行步安详，可以见他学问，王爷正面坐下，公子拜见。王爷曰：“我限的书你看了不曾？我出的题你做了多少？”公子说：“爹爹严命，限儿的书都看了，题目都做完了，但有馀力旁观子史。”王爷说：“拿文字来我看。”公子取出文字。王爷看他所作文课，一篇强如一篇，心中甚喜，叫：“景隆，去应个儒士科举罢。”公子说：“儿读了几日书，敢望中举？”王爷说：“一遭中了虽多，两遭中了甚广。出去观观场，下科好中。”王爷就写书与提学察院，许公子科举。

竟到八月初九日，进过头场，写出文字与父亲看。王爷喜道：“这七篇，中有何难？”到二场三场俱完，王爷又看他后场，喜道：“不在散举，决是魁解。”

话分两头。却说玉姐自上了百花楼，从不下梯。是日闷倦，叫丫头：“拿棋子过来，我与你下盘棋。”丫头说：“我不会下。”玉姐说：“你会打双陆么？”丫头说：“也不会。”玉姐将棋盘双陆一皆撇在楼板上。丫头见玉姐眼中吊泪，即忙掇过饭来，说：“姐姐，自从昨晚没用饭，你吃个点心。”玉姐拿过分为两半，右手拿一块吃，左手拿一块与公子。丫头欲接又不敢接。玉姐猛然睁眼见不是公子，将那一块点心掉在楼板上。丫头又忙掇过一碗汤来，说：“饭干燥，吃些汤罢！”玉姐刚呷得一口，泪如涌泉，放下了，问：“外边是甚么响？”丫头说：“今日中秋佳节，人人玩月，处处笙歌，俺家翠香、翠红姐都有客哩！”玉姐听说，口虽不言，心中自思：“哥哥今已去了一年了。”叫丫头拿过镜子来照了一照，猛然唬了一跳：“如何瘦的我这模样？”把那镜丢在床上，长吁短叹，走至楼门前，叫丫头：“拿椅子过来，我在这里坐一坐。”坐了多时，只见明月高升，谯楼敲转，玉姐叫丫头：“你可收拾

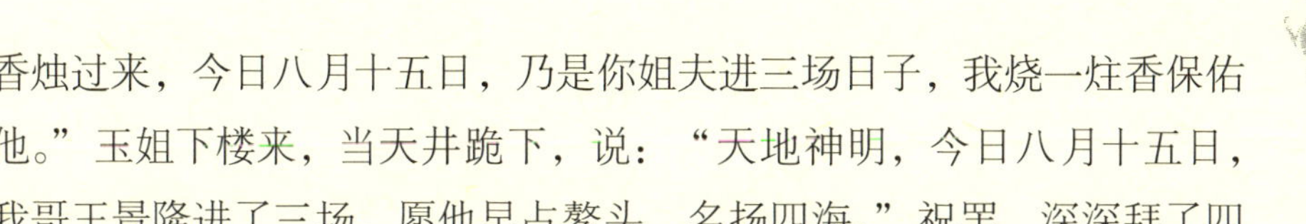

香烛过来，今日八月十五日，乃是你姐夫进三场日子，我烧一炷香保佑他。”玉姐下楼来，当天井跪下，说：“天地神明，今日八月十五日，我哥王景隆进了三场，愿他早占鳌头，名扬四海。”祝罢，深深拜了四拜。有诗为证：

对月烧香祷告天，何时得泄腹中冤。

王郎有日登金榜，不枉今生结好缘。

却说西楼上有个客人，乃山西平阳府洪同县人，拿有整万银子，来北京贩马。这人姓沈名洪，因闻玉堂春大名，特来相访。老鸨见他有钱，把翠香打扮当作玉姐。相交数日，沈洪方知不是，苦求一见。

是夜丫头下楼取火，与玉姐烧香。小翠红忍不住多嘴，就说了；“沈姐夫，你每日间想玉姐，今夜下楼，在天井内烧香，我和你悄悄地张他。”沈洪将三钱银子买嘱了丫头，悄然跟到楼下，月明中，看得仔细。等他拜罢，趋出唱喏。玉姐大惊，问：“是甚么人?”答道：“在下是山西沈洪，有数万本钱，在此贩马。久慕玉姐大名，未得面睹，今日得见，如拨云雾见青天。望玉姐不弃，同到西楼一会。”玉姐怒道：“我与你素不相识，今当夤夜[38]，何故自夸财势，妄生事端?”沈洪又哀告道：“王三官也只是个人，我也是个人。他有钱，我亦有钱，那些儿强似我?”说罢，就上前要搂抱玉姐。被玉姐照脸啐一口，急急上楼关了门，骂丫头：“好大胆，如何放这野狗进来?”沈洪没意思自去了。玉姐思想起来，分明是小翠香、小翠红这两个奴才报他，又骂：“小淫妇，小贱人，你接着得意孤老也好了[39]，怎该来啰唣我?”骂了一顿，放声悲哭：“但得我哥哥在时，那个奴才敢调戏我!”又气又苦，越想越毒。正是：

可人去后无日见，俗子来时不待招。

㊳夤（yín）夜：深夜。

㊴孤老：旧时指嫖客、姘夫等。

却说三官在南京乡试终场，闲坐无事，每日只想玉姐。南京一般也有本司院，公子再不去走。到了二十九关榜之日，公子想到三更以后，方才睡着。外边报喜的说："王景隆中了第四名。"三官梦中闻信，起来梳洗，扬鞭上马，前拥后簇，去赴鹿鸣宴。父母兄嫂、姐夫姐姐，喜做一团，连日做庆贺筵席。公子谢了主考，辞了提学，坟前祭扫了，起了文书："禀父母得知，儿要早些赴京，到僻静去处安下，看书数月，好入会试。"父母明知公子本意牵挂玉堂春，中了举，只得依从。叫大哥二哥来："景隆赴京会试，昨日祭扫，有多少人情?"大哥说："不过三百馀两。"王爷道："那只勾他人情的，分外再与他一二百两拿去。"二哥说："禀上爹爹，用不得许多银子。"王爷说："你那知道，我那同年门生在京颇多，往

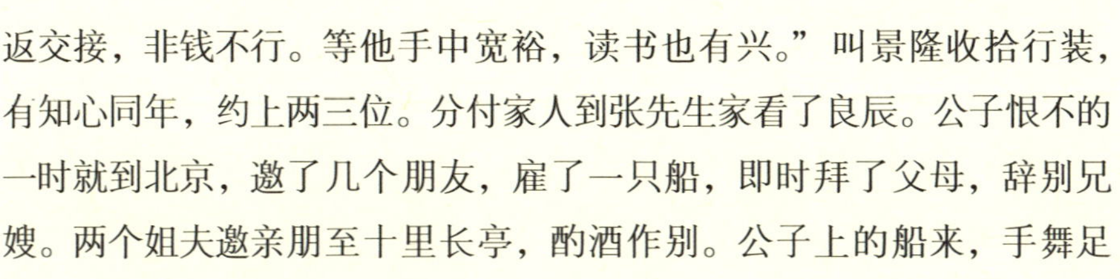

返交接，非钱不行。等他手中宽裕，读书也有兴。”叫景隆收拾行装，有知心同年，约上两三位。分付家人到张先生家看了良辰。公子恨不的一时就到北京，邀了几个朋友，雇了一只船，即时拜了父母，辞别兄嫂。两个姐夫邀亲朋至十里长亭，酌酒作别。公子上的船来，手舞足蹈，莫知所之。众人不解其意，他心里只想着玉姐玉堂春。不则一日到了济宁府，舍舟起岸，不在话下。

再说沈洪自从中秋夜见了玉姐，到如今朝思暮想，废寝忘餐，叫声：“二位贤姐，只为这冤家害的我一丝两气，七颠八倒。望二位可怜我孤身在外，举眼无亲，替我劝化玉姐，叫他相会一面，虽死在九泉之下，也不敢忘了二位活命之恩。”说罢，双膝跪下。翠香、翠红说：“沈姐夫，你且起来，我们也不敢和他说这话。你不见中秋夜骂的我们不耐烦。等俺妈妈来，你央浼他[40]。”沈洪说：“二位贤姐，替我请出妈妈来。”翠香姐说：“你跪着我，再磕一百二十个大响头。”沈洪慌忙跪下磕头。翠香即时就去，将沈洪说的言语述与老鸨。

㊵央浼（měi）：恳求，请求。

老鸨到西楼见了沈洪，问：“沈姐夫唤老身何事？”沈洪说：“别无他事，只为不得玉堂春到手。你若帮衬我成就了此事，休说金银，便是杀身难保。”老鸨听说，口内不言，心中自思：“我如今若许了他，倘三儿不肯，教我如何？若不许他，怎哄出他的银子？”沈洪见老鸨踌躇不语，便看翠红。翠红丢了一个眼色，走下楼来。沈洪即跟他下去。翠红说：“常言‘姐爱俏，鸨爱钞’，你多拿些银子出来打动他，不愁他不用心。他是使大钱的人，若少了，他不放在眼里。”沈洪说：“要多少？”翠香说：“不要少了！就把一千两与他，方才成得此事。”也是沈洪命运该败，浑如鬼迷一般，即依着翠香，就拿一千两银子来，叫：“妈妈，财礼在此。”老鸨说：“这银子老身权收下。你却不要性急，待老身慢慢的偎他。”沈洪拜谢说：“小子悬悬而望。”正是：

请下烟花诸葛亮，欲图风月玉堂春。

且说十三省乡试榜都到午门外张挂，王银匠邀金哥说："王三官不知中了不曾？"两个跑在午门外南直隶榜下，看解元是《书经》，往下第四个乃王景隆。王匠说："金哥，好了，三叔已中在第四名。"金哥道："你看看的确，怕你识不得字。"王匠说："你说话好欺人，我读书读到《孟子》，难道这三个字也认不得？随你叫谁看！"金哥听说大喜。

二人买了一本乡试录，走到本司院里去报玉堂春说："三叔中了。"玉姐叫丫头将试录拿上楼来，展开看了，上刊"第四名王景隆"，注明"应天府儒士，《礼记》"。玉姐步出楼门，叫丫头忙排香案，拜谢天地。起来先把王匠谢了，转身又谢金哥。

唬得亡八鸨子魂不在体。商议到："王三中了举，不久到京，白白地要了玉堂春去，可不人财两失？三儿向他孤老，决没甚好言语，搬斗是非，教他报往日之仇。此事如何了？"鸨子说："不若先下手为强。"亡八说："怎么样下手？"老鸨说："咱已收了沈官人一千两银子，如今再要了他一千，贱些价钱卖与他罢。"亡八道；"三儿不肯如何？"鸨子说："明日杀猪宰羊，买一桌纸钱。假说东岳庙看会，烧了纸，说了誓，合家从良，再不在烟花巷里。小三若闻知从良一节，必然也要往岳庙烧香。叫沈官人先安轿子，径抬往山西去。公子那时就来，不见他的情人，心下就冷了。"亡八说："此计大妙。"即时暗暗地与沈洪商议，又要了他一千银子。

次早，丫头报与玉姐："俺家杀猪宰羊，上岳庙哩。"玉姐问："为何？"丫头道："听得妈妈说：'为王姐夫中了，恐怕他到京来报仇，今日发愿，合家从良。'"玉姐说："是真是假？"丫头说："当真哩！昨日沈姐夫都辞去了。如今再不接客了。"玉姐说："既如此，你对妈妈说，我也要去烧香。"老鸨说："三姐，你要去，快梳洗，我唤轿儿抬你。"玉姐梳妆打扮，同老鸨出的门来。正见四个人，抬着一顶空轿。老鸨便问："此轿是雇的？"这人说："正是。"老鸨说："这里到岳庙要多少雇价？"那人说："抬去抬来，要一钱银子。"老鸨说："只是五分。"那人

说："这个事小，请老人家上轿。"老鸨说："不是我坐，是我女儿要坐。"玉姐上轿，那二人抬着，不往东岳庙去，径往西门去了。

走有数里，到了上高转折去处，玉姐回头，看见沈洪在后骑着个骡子。玉姐大叫一声："吆！想是亡八鸨子盗卖我了？"玉姐大骂："你这些贼狗奴，抬我往那里去？"沈洪说："往那里去？我为你去了二千两银子，买你往山西家去。"玉姐在轿中号啕大哭，骂声不绝。那轿夫抬了飞也似走。行了一日，天色已晚。沈洪寻了一座店房，排合卺美酒[41]，指望洞房欢乐。谁知玉姐题着便骂，触着便打。沈洪见店中人多，恐怕出丑，想道："瓮中之鳖，不怕他走了，权耐几日，到我家中，何愁不从。"于是反将好话奉承，并不去犯他。玉姐终日啼哭，自不必说。

㊶合卺（jǐn）：古代婚礼仪式之一。卺是瓢，将匏（葫芦）剖为两个瓢，新郎新娘各执一个，在新房内共饮合欢酒，称为"合卺"。

却说公子一到北京，将行李上店，自己带两个家人，就往王银匠家，探问玉堂春消息。王匠请公子坐下："有见成酒，且吃三杯接风，慢慢告诉。"王匠就拿酒来斟上。三官不好推辞，连饮了三杯。又问："玉姐敢不知我来？"王匠叫："三叔开怀，再饮三杯。"三官说："勾了，不吃了。"王匠说："三叔久别，多饮几杯，不要太谦。"公子又饮了几杯，问："这几日曾见玉姐不曾？"王匠又叫："三叔且莫问此事，再吃三杯。"公子心疑，站起说："有甚或长或短，说个明白，休闷死我也！"王匠只是劝酒。

却说金哥在门首经过，知道公子在内，进来磕头叫喜。三官问金哥："你三婶近日何如？"金哥年幼多嘴，说："卖了。"三官急问说："卖了谁？"王匠瞅了金哥一眼，金哥缩了口。公子坚执盘问，二人瞒不过，说："三婶卖了。"公子问："几时卖了？"王匠说："有一个月了。"公子听说，一头撞在尘埃，二人忙扶起来。公子问金哥："卖到那里去了？"金哥说："卖与山西客人沈洪去了。"三官说："你那三婶就怎么肯去？”金哥叙出：“鸨儿假意从良，杀猪宰羊上岳庙，哄三婶同去烧香。私与沈洪约定，雇下轿子抬去，不知下落。”

公子说：“亡八盗卖我玉堂春，我与他算帐！”那时叫金哥跟着，带领家人，径到本司院里。进的院门，亡八眼快，跑去躲了。公子问众丫头：“你家玉姐何在？”无人敢应。公子发怒，房中寻见老鸨，一把揪住，叫家人乱打。金哥劝住。公子就走在百花楼上，看见锦帐罗帏，越加怒恼，把箱笼尽行打碎，气得痴呆了，问丫头：“你姐姐嫁那家去？可老实说，饶你打。”丫头说：“去烧香，不知道就偷卖了他。”公子满眼落泪，说：“冤家，不知是正妻，是偏妾？”丫头说：“他家里自有老婆。”公子听说，心中大怒，恨骂：“亡八淫妇，不仁不义！”丫头说：“他今日嫁别人去了，还疼他怎的？”公子满眼流泪。

正说间，忽报朋友来访。金哥劝："三叔休恼，三婶一时不在了，你纵然哭他，他也不知道。今有许多相公在店中相访，闻公子在院中，都要来。"公子听说，恐怕朋友笑话，即便起身回店。公子心中气闷，无心应举，意欲束装回家。朋友闻知，都来劝说："顺卿兄，功名是大事，表子是末节，那里有为表子而不去求功名之理?"公子说："列位不知，我奋志勤学，皆为玉堂春的言语激我。冤家为我受了千辛万苦，我怎肯轻舍?"众人叫："顺卿兄，你倘联捷，幸在彼地，见之何难?你若回家，忧虑成病，父母悬心，朋友笑耻，你有何益?"三官自思言之最当，倘或侥幸，得到山西，平生愿足矣。数言劝醒公子。

会试日期已到，公子进了三场，果中金榜二甲第八名，刑部观政。三个月，选了真定府理刑官[42]。即遣轿马迎请父母兄嫂。父母不来，回书说："教他做官勤慎公廉。念你年长未娶，已聘刘都堂之女，不日送至任所成亲。"公子一心只想玉堂春，全不以聘娶为喜。正是：

已将路柳为连理，翻把家鸡作野鸳。

㊷理刑官：即推官，府的属官，专理刑名各方面的事。

且说沈洪之妻皮氏，也有几分颜色，虽然三十馀岁，比二八少年，也还风骚。平昔间嫌老公粗蠢，不会风流，又出外日多，在家日少。皮氏色性太重，打熬不过。间壁有个监生，姓赵名昂，自幼惯走花柳场中，为人风月，近日丧偶。虽然是纳粟相公[43]，家道已在消乏一边。一日，皮氏在后园看花，偶然撞见赵昂，彼此有心，都看上了。赵昂访知巷口做歇家的王婆[44]，在沈家走动识熟，且是利口，善于做媒说合，乃将白银二十两，贿赂王婆，央他通脚[45]。皮氏平昔间不良的口气，已有在王婆肚里。况且今日你贪我爱，一说一上，幽期密约，一墙之隔，梯上梯下，做就了一点不明不白的事。赵昂一者贪皮氏之色，二者要骗他钱财，枕席之间，竭力奉承。皮氏心爱赵昂，但是开口，无有不从，恨不得连家当都津贴了他。不上一年，倾囊倒箧，骗得一空。初时只推事故，暂时挪借，借去后，分毫不还。皮氏只愁老公回来盘问时，无言回答。一夜与赵昂商议，欲要跟赵昂逃走他方。赵昂道："我又不是赤脚汉，如何走得？便走了，也不免吃官司。只除暗地谋杀了沈洪，做个长久夫妻，岂不尽美。"皮氏点头不语。

㊸纳粟相公：指用钱或入粟买来的监生。

㊹歇家：旧时的一种职业，兼营客店、生意经纪人、职业介绍人、做媒作保、代打官司等业务。

㊺通脚：做内线，走脚路，传递消息。

却说赵昂有心打听沈洪的消息，晓得他讨了院妓玉堂春一路回来，即忙报与皮氏知道，故意将言语触恼皮氏。皮氏怨恨不绝于声，问："如今怎么样对付他说好？"赵昂道："一进门时，你便数他不是，与他寻闹，叫他领着娼根另住，那时凭你安排了。我央王婆赎得些砒霜在此，觑便放在食器内，把与他两个吃。等他双死也罢，单死也罢。"皮氏说："他好吃的是辣面。"赵昂说："辣面内正好下药。"两人圈套已定，只等沈洪入来。

不一日，沈洪到了故乡，叫仆人和玉姐暂停门外。自己先进门，与皮氏相见，满脸陪笑说："大姐休怪，我如今做了一件事。"皮氏说："你莫不是娶了个小老婆？"沈洪说："是了。"皮氏大怒，说："为妻的整年月在家守活孤孀，你却花柳快活，又带这泼淫妇回来，全无夫妻之情。你若要留这淫妇时，你自在西厅一带住下，不许来缠我。我也没福受这淫妇的拜，不要他来。"昂然说罢，啼哭起来，拍台拍凳，口里"千亡八，万淫妇"骂不绝声。沈洪劝解不得，想道："且暂时依他言语，在西厅住几日，落得受用。等他气消了时，却领玉堂春与他磕头。"沈洪只道浑家是吃醋，谁知他有了私情，又且房计空虚了，正怕老公进房，借此机会，打发他另居。正是：

你向东时我向西，各人有意自家知。

不在话下。

却说玉堂春曾与王公子设誓，今番怎肯失节于沈洪，腹中一路打稿[46]："我若到这厌物家中，将情节哭诉他大娘子，求他做主，以全节操。慢慢的寄信与三官，教他将二千两银子来赎我去，却不好。"及到沈洪家里，闻知大娘不许相见，打发老公和他往西厅另住，不遂其计，心中又惊又苦。沈洪安排床帐在厢房，安顿了苏三。自己却去窝伴皮氏[47]，陪吃夜饭。被皮氏三回五次催赶，沈洪说："我去西厅时，只怕大娘着恼。"皮氏说："你在此，我反恼；离了我眼睛，我便不恼。"沈洪唱个淡喏，谢声"得罪"，出了房门，径望西厅而来。原来玉姐乘着沈洪不在，检出他铺盖撇在厅中，自己关上房门自睡了。任沈洪打门，那里肯开。却好皮氏叫小段名到西厅看老公睡也不曾。沈洪平日原与小段名有情，那时扯在铺上，草草合欢[48]，也当春风一度。事毕，小段名自去了。沈洪身子困倦，一觉睡去直至天明。

㊻打稿：思量，策划。

㊼窝伴：亲近，安慰，敷衍。

㊽合欢：指那男女交欢。

却说皮氏这一夜等赵昂不来，小段名回后，老公又睡了。番来复去，一夜不曾合眼。天明早起，赶下一轴面，煮熟分作两碗。皮氏悄悄把砒霜撒在面内，却将辣汁浇上，叫小段名送去西厅："与你爹爹吃。"小段名送至西厅，叫道："爹爹，大娘欠你[49]，送辣面与你吃。"沈洪见是两碗，就叫："我儿，送一碗与你二娘吃。"小段名便去敲门。玉姐在床上问："做甚么?"小段名说："请二娘起来吃面。"玉姐道："我不要吃。"沈洪说："想是你二娘还要睡，莫去闹他。"沈洪把两碗都吃了，须臾而尽。小段名收碗去了。

㊾欠：牵挂，惦记。

沈洪一时肚疼，叫道："不好了，死也死也!"玉姐还只认假意，看看声音渐变，开门出来看时，只见沈洪九窍流血而死。正不知甚么缘故，慌慌的高叫："救人!"只听得脚步响，皮氏早到，不等玉姐开言，就变过脸，故意问道："好好的一个人，怎么就死了？想必你这小淫妇弄死了他，要去嫁人！"玉姐说："那丫头送面来，叫我吃，我不要吃，并不曾开门。谁知他吃了，便肚疼死了。必是面里有些缘故。"皮氏说："放屁！面里若有缘故，必是你这小淫妇做下的。不然，你如何先晓得这面是吃不得的，不肯吃？你说并不曾开门，如何却在门外？这谋死情由，不是你，是谁？"说罢，假哭起"养家的天"来。家中僮仆养娘都乱做一堆。皮氏就将三尺白布摆头，扯了玉姐往知县处叫喊。

正直王知县升堂，唤进问其缘故。皮氏说："小妇人皮氏。丈夫叫沈洪，在北京为商，用千金娶这娼妇，叫做玉堂春为妾。这娼妇嫌丈夫丑陋，因吃辣面，暗将毒药放入，丈夫吃了，登时身死。望爷爷断他偿命。"王知县听罢，问："玉堂春，你怎么说？"玉姐说："爷爷，小妇人原籍北直隶大同府人氏。只因年岁荒旱，父亲把我卖在本司院苏家。

卖了三年后，沈洪看见，娶我回家。皮氏嫉妒，暗将毒药藏在面中，毒死丈夫性命。反倚刁泼，展赖小妇人。”知县听玉姐说了一会，叫：“皮氏，想你见那男人弃旧迎新，你怀恨在心，药死亲夫，此情理或有之。”皮氏说：“爷爷！我与丈夫从幼的夫妻，怎忍做这绝情的事！这苏氏原是不良之妇，别有个心上之人，分明是他药死，要图改嫁。望青天爷爷明镜。”知县乃叫苏氏，“你过来，我想你原系娼门，你爱那风流标致的人，想是你见丈夫丑陋，不趁你意，故此把毒药药死是实。”叫皂隶：“把苏氏与我夹起来。”玉姐说：“爷爷！小妇人虽在烟花巷里，跟了沈洪又不曾难为半分，怎下这般毒手？小妇人果有恶意，何不在半路谋害？既到了他家，他怎容得小妇人做手脚？这皮氏昨夜就赶出丈夫，不许他进房。今早的面，出于皮氏之手，小妇人并无干涉。”王知县见他二人各说有理。叫皂隶暂把他二人寄监：“我差人访实再审。”二人进了南牢不题。

却说皮氏差人密密传与赵昂，叫他快来打点。赵昂拿着沈家银子，与刑房吏一百两，书手八十两，掌案的先生五十两，门子五十两，两班皂隶六十两，禁子每人二十两，上下打点停当。封了一千两银子，放在坛内，当酒送与王知县。知县受了。

次日清晨升堂，叫皂隶把皮氏一起提出来。不多时到了，当堂跪下。知县说：“我夜来一梦，梦见沈洪说：‘我是苏氏药死，与那皮氏无干。’”玉堂春正待分辨，知县大怒，说：“人是苦虫，不打不招。”叫皂隶：“与我拶起着实打[50]！问他招也不招？他若不招，就活活敲死！”玉姐熬刑不过，说：“愿招。”知县说：“放下刑具。”皂隶递笔与玉姐画供。知县说：“皮氏召保在外，玉堂春收监。”皂隶将玉姐手肘脚镣，带进南牢。禁子牢头都得了赵上舍银子，将玉姐百般凌辱。只等上司详允之后，就递罪状，结果他性命。正是：

安排缚虎擒龙计，断送愁鸾泣凤人。

[50]拶（zǎn）：亦称“拶子”或“拶指”，旧时一种夹手指的酷刑。

且喜有个刑房吏姓刘名志仁，为人正直无私。素知皮氏与赵昂有奸，都是王婆说合。数日前撞见王婆在生药铺内赎砒霜，说："要药老鼠。"刘志仁就有些疑心。今日做出人命来，赵监生使着沈家不疼的银子来衙门打点，把苏氏买成死罪，天理何在？踌躇一会，"我下监去看看。"那禁子正在那里逼玉姐要灯油钱。志仁喝退众人，将温言宽慰玉姐，问其冤情。玉姐垂泪拜诉来历。志仁见四傍无人，遂将赵监生与皮氏私情及王婆赎药始末，细说一遍，分付："你且耐心守困，待后有机会，我指点你去叫冤。日逐饭食，我自供你。"玉姐再三拜谢。禁子见刘志仁做主，也不敢则声。此话阁过不题。

却说公子自到真定府为官，兴利除害，吏畏民悦。只是想念玉堂春，无刻不然。一日正在烦恼，家人来报，老奶奶家中送新奶奶来了。公子听说，接进家小。见了新人，口中不言，心内自思："容貌到也齐整，怎及得玉堂春风趣？"当时摆了合欢宴，吃下合卺杯。毕姻之际，猛然想起多娇，"当初指望白头相守，谁知你嫁了沈洪，这官诰却被别人承受了[51]。"虽然陪伴了刘氏夫人，心里还想着玉姐，因此不快。当夜中了伤寒。又想当初与玉姐别时，发下誓愿，各不嫁娶。心下疑惑，合眼就见玉姐在傍。刘夫人遣人到处祈禳，府县官都来问安，请名药切脉调治。一月之外，才得痊可。

⑤官诰（gào）：朝廷授官赐爵或册封命妇的诏令。

公子在任年馀，官声大著，行取到京。吏部考选天下官员，公子在部点名已毕，回到下处，焚香祷告天地，只愿山西为官，好访问玉堂春消息。须臾马上人来报："王爷点了山西巡按。"公子听说，两手加额："趁我平生之愿矣！"次日领了敕印，辞朝，连夜起马，往山西省城上任讫。即时发牌，先出巡平阳府。公子到平阳府，坐了察院，观看文卷。见苏氏玉堂春问了重刑，心内惊慌，其中必有蹊蹊。随叫书吏过来："选一个能干事的，跟着我私行采访。你众人在内，不可走漏消息。"

公子时下换了素巾青衣，随跟书吏，暗暗出了察院。雇了两个骡子，往洪同县路上来。这赶脚的小伙，在路上闲问："二位客官，往洪同县有甚贵干？"公子说："我来洪同县要娶个妾，不知谁会说媒？"小伙说："你又说娶小，俺县里一个财主，因娶了个小，害了性命。"公子问："怎的害了性命？"小伙说："这财主叫沈洪，妇人叫做玉堂春，他是京里娶来的。他那大老婆皮氏与那邻家赵昂私通，怕那汉子回来知道，一服毒药把沈洪药死了。这皮氏与赵昂反把玉堂春送到本县，将银买嘱官府衙门，将玉堂春屈打成招，问了死罪，送在监里。若不是亏了一个外郎，几时便死了。"公子又问："那玉堂春如今在监死了？"小伙说："不曾。"公子说："我要娶个小，你说可投着谁做媒？"小伙说："我送你往王婆家去罢，他极会说媒。"公子说："你怎么知道他会说媒？"小伙说："赵昂与皮氏都是他做牵头。"公子说："如今下他家里罢。"小伙竟引到王婆家里，叫声："干娘！我送个客官在你家来，这客官要娶个小，你可与他说媒。"王婆说："累你，我转了钱来谢你[52]。"小伙自去了。

㊾转：这里作获得、赚到解释。

公子夜间与王婆攀话。见他能言快语，是个积年的马泊六了[53]。到天明，又到赵监生前后门看了一遍，与沈洪家紧壁相通，可知做事方便。回来吃了早饭，还了王婆店钱。说："我不曾带得财礼，到省下回来，再作商议。"公子出的门来，雇了骡子，星夜回到省城，到晚进了察院，不题。

㊿马泊六：替男女私情做牵引撮合的人。

次早，星火发牌，按临洪同县。各官参见过，分付就要审录。王知县回县，叫刑房吏书即将文卷审册，连夜开写停当，明日送审不题。却说刘志仁与玉姐写了一张冤状，暗藏在身。

到次日清晨，王知县坐在监门首，把应解犯人点将出来。玉姐披枷带锁，眼泪纷纷，随解子到了察院门首，伺候开门。巡捕官回风已毕[54]，解审牌出。公子先唤苏氏一起。玉姐口称冤枉，探怀中诉状呈上。公子抬头见玉姐这般模样，心中凄惨，叫听事官接上状来。公子看了一遍，问说："你从小嫁沈洪，可还接了几年客?"玉姐说："爷爷，我从小接着一个公子，他是南京礼部尚书三舍人。"公子怕他说出丑处，喝声："住了，我今只问你谋杀人命事，不消多讲。"玉姐说："爷爷，若杀人的事，只问皮氏便知。"公子叫皮氏问了一遍，玉姐又说了一遍。公子分付刘推官道："闻知你公正廉能，不肯玩法徇私。我来到任，尚未出巡，先到洪同县访得这皮氏药死亲夫，累苏氏受屈。你与我把这事情用心问断。"说罢，公子退堂。

[54]回风：旧时高级官员升厅的一种仪式。坐堂之前，

手下吏役要向他报告：一切准备妥当，并无意外事故，然后吩咐升堂。

刘推官回衙，升堂，就叫："苏氏，你谋杀亲夫，是何意故？"玉姐说："冤屈！分明是皮氏串通王婆，和赵监生合计毒死男子。县官要钱，逼勒成招，今日小妇拚死诉冤，望青天爷爷做主。"刘爷叫皂隶把皮氏采上来，问："你与赵昂奸情可真么？"皮氏抵赖没有。刘爷即时拿赵昂和王婆到来面对。用了一番刑法，都不肯招。刘爷又叫小段名："你送面与家主吃，必然知情！"喝教夹起。小段名说："爷爷，我说罢！那日的面，是俺娘亲手盛起，叫小妇人送与爹爹吃。小妇人送到西厅，爹叫新娘同吃[55]。新娘关着门，不肯起身，回道：'不要吃。'俺爹自家吃了，即时口鼻流血死了。"刘爷又问赵昂奸情，小段名也说了。赵昂说："这是苏氏买来的硬证。"

㊺新娘：对妾的一种专称。

刘爷沉吟了一会，把皮氏这一起分头送监，叫一书吏过来："这起泼皮奴才，苦不肯招。我如今要用一计，用一个大柜，放在丹墀内，凿几个孔儿，你执纸笔暗藏在内，不要走漏消息。我再提来问他，不招，即把他们锁在柜左柜右，看他有甚么说话，你与我用心写来。"刘爷分付已毕，书吏即办一大柜，放在丹墀，藏身于内。

刘爷又叫皂隶，把皮氏一起提来再审。又问："招也不招？"赵昂、皮氏、王婆三人齐声哀告，说："就打死小的那里招？"刘爷大怒，分付："你众人各自去吃饭来，把这起奴才着实拷问。把他放在丹墀里，连小段名四人锁于四处，不许他交头接耳。"皂隶把这四人锁在柜的四角，众人尽散。

却说皮氏抬起头来，四顾无人，便骂："小段名！小奴才！你如何乱讲？今日再乱讲时，到家中活敲杀你。"小段名说："不是夹得疼，我也不说。"王婆便叫："皮大姐，我也受这刑杖不过，等刘爷出来，说了罢。"赵昂说："好娘，我那些亏着你！倘捱出官司去，我百般孝顺你，即把你做亲母。”王婆说：“我再不听你哄我。叫我圆成了，认我做亲娘；许我两石麦，还欠八升；许我一石米，都下了糠秕；段衣两套，止与我一条蓝布裙；许我好房子，不曾得住。你干的事，没天理，教我只管与你熬刑受苦。”皮氏说：“老娘，这遭出去，不敢忘你恩。捱过今日不招，便没事了。”柜里书吏把他说的话尽记了，写在纸上。

刘爷升堂，先叫打开柜子。书吏跑将出来，众人都唬软了。刘爷看了书吏所录口词，再要拷问，三人都不打自招。赵昂从头依直写得明白。各各画供已完，递至公案。刘爷看了一遍，问苏氏：“你可从幼为娼，还是良家出身?”苏氏将苏淮买良为贱，先遇王尚书公子，挥金三万，后被老鸨 秤金赶逐，将奴赚卖与沈洪为妾，一路未曾同睡，备细说了。刘推官情知王公子就是本院，提笔定罪：

皮氏凌迟处死[56]，赵昂斩罪非轻。王婆赎药是通情，杖责段名示警。王县贪酷罢职，追赃不恕衙门。苏淮买良为贱合充军，一秤金三月立枷罪定[57]。

[56]凌迟：封建时代的一种酷刑，将罪犯剐死。

[57]立枷：明清时代的刑具，又称为站笼，前面长，后面短，长的一端触地，笼上有口卡住囚犯颈部，昼夜站立，直至死去。

刘爷做完申文，把皮氏一起俱已收监。次日亲捧招详，送解察院。公子依拟，留刘推官后堂待茶，问：“苏氏如何发放?”刘推官答言：“发还原籍，择夫另嫁。”公子屏去从人，与刘推官吐胆倾心，备述少年设誓之意：“今日烦贤府密地差人送至北京王银匠处暂居，足感足感!”刘推官领命奉行，自不必说。

却说公子行下关文，到北京本司院提到苏淮、一秤金依律问罪。苏淮已先故了。一秤金认得是公子，还叫：“王姐夫。”被公子喝教重打六十，取一百斤大枷枷号[58]。不勾半月，呜呼哀哉！正是：

万两黄金难买命，一朝红粉已成灰。

[58]枷号：旧时强制犯人戴枷于监狱外或官府衙门前示众，以示羞

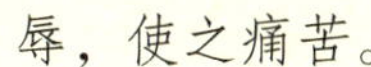

辱，使之痛苦。

再说公子一年任满，复命还京。见朝已过，便到王匠处问信。王匠说有金哥伏侍，在顶银胡同居住。公子即往顶银胡同，见了玉姐，二人放声大哭。公子已知玉姐守节之美，玉姐已知王御史就是公子，彼此称谢。公子说：“我父母娶了刘氏夫人，甚是贤德，他也知道你的事情，决不妒忌。”当夜同饮同宿，浓如胶漆。次日，王匠、金哥都来磕头贺喜。公子谢二人昔日之恩，分付：本司院苏淮家当原是玉堂春置办的，今苏淮夫妇已绝，将遗下家财，拨与王匠、金哥二人管业，以报其德。上了个省亲本，辞朝和玉堂春起马共回南京。

到了自家门首，把门人急报老爷说：“小老爷到了。”老爷听说甚喜。公子进到厅上，排了香案，拜谢天地，拜了父母兄嫂，两位姐夫姐姐都相见了。又引玉堂春见礼已毕。玉姐进房，见了刘氏说：“奶奶坐上，受我一拜。”刘氏说：“姐姐怎说这话？你在先，奴在后。”玉姐说：“奶奶是名门宦家之子，奴是烟花，出身微贱。”公子喜不自胜，当日正了妻妾之分，姊妹相称，一家和气。公子又叫：“王定，你当先在北京三番四复规谏我，乃是正理。我今与老老爷说，将你做老管家。”以百金赏之。

后来王景隆官至都御史，妻妾俱有子，至今子孙繁盛。有诗叹云：

郑氏元和已著名，三官嫖院是新闻。
风流子弟知多少，夫贵妻荣有几人？

十三　唐解元一笑姻缘

【精要简介】

本篇讲述的是吴中才子唐伯虎为一青衣小婢，扮成穷汉前往华府谋职，后遂心如愿，与秋香结成姻缘的故事，是民间传诵成佳话的一桩"风流话柄"。

【原文鉴赏】

三通鼓角四更鸡，日色高升月色低。

时序秋冬又春夏，舟车南北复东西。

镜中次第人颜老，世上参差事不齐。

若向其间寻稳便，一壶浊酒一餐齑。

这八句诗乃吴中一个才子所作。那才子姓唐名寅[①]，字伯虎，聪明盖地，学问包天。书画音乐，无有不通；词赋诗文，一挥便就。为人放浪不羁，有轻世傲物之志。生于苏郡，家住吴趋。做秀才时，曾效连珠体[②]，做《花月吟》十馀首，句句中有花有月。如："长空影动花迎月，深院人归月伴花"；"云破月窥花好处，夜深花睡月明中"等句，为人称颂。本府太守曹凤见之，深爱其才。值宗师科考，曹公以才名特荐。那宗师姓方名志，鄞县人，最不喜古文辞。闻唐寅恃才豪放，不修小节，正要坐名黜治[③]。却得曹公一力保救，虽然免祸，却不放他科举。直至临场，曹公再三苦求，附一名于遗才之末[④]。是科遂中了解元。

①唐寅（1470—1523 年）：字伯虎，一字子畏，号六如居士，桃花庵主，吴县（今江苏苏州）人，明代画家、书法家、诗人。

②连珠：古体诗的一种格式，要求作品从头至尾每一句里面都重复使用某两个字，词句连续，互相发明，如珠贯连，故谓“连珠体”。

③坐名：指名。

④遗才：秀才去应乡试，须经过学道的科考录取，才能去参加乡试，而因故未考者，可以临时添补核准，称为录遗。所谓遗才就是指这种录遗之才。

伯虎会试至京，文名益著，公卿皆折节下交，以识面为荣。有程詹事典试[⑤]，颇开私径卖题，恐人议论，欲访一才名素著者为榜首，压服众心，得唐寅甚喜，许以会元。伯虎性素坦率，酒中便向人夸说：“今年我定做会元了。”众人已闻程詹事有私，又忌伯虎之才，哄传主司不公。言官风闻动本。圣旨不许程詹事阅卷，与唐寅俱下诏狱，问革。

⑤詹事：明代詹事府的职官，掌有关太子的事务。

伯虎还乡，绝意功名，益放浪诗酒，人都称为唐解元。得唐解元诗文字画，片纸尺幅，如获重宝。其中惟画，尤其得意。平日心中喜怒哀乐，都寓之于丹青。每一画出，争以重价购之。有《言志》诗一绝为证：

不炼金丹不坐禅，不为商贾不耕田。

闲来写幅丹青卖，不使人间作业钱。

却说苏州六门：葑、盘、胥、阊、娄、齐。那六门中只有阊门最盛，乃舟车辐辏之所。真个是：

翠袖三千楼上下，黄金百万水东西。

五更市贩何曾绝，四远方言总不齐。

唐解元一日坐在阊门游船之上，就有许多斯文中人，慕名来拜，出扇求其字画。解元画了几笔水墨[6]，写了几首绝句。那闻风而至者，其来愈多。解元不耐烦，命童子且把大杯斟酒来。解元倚窗独酌，忽见有画舫从旁摇过，舫中珠翠夺目。内有一青衣小鬟，眉目秀艳，体态绰约，舒头船外，注视解元，掩口而笑。须臾船过，解元神荡魂摇，问舟子："可认得去的那只船么？"舟人答言："此船乃无锡华学士府眷也，"解元欲尾其后，急呼小艇不至，心中如有所失。

⑥水墨：水墨画的简称。一种绘画法，全部用墨笔点染，不用彩色。

正要教童子去觅船，只见城中一只船儿摇将出来。他也不管那船有载没载，把手相招，乱呼乱喊。那船渐渐至近，舱中一人走出船头，叫声："伯虎，你要到何处去？这般要紧！"解元打一看时，不是别人，却是好友王雅宜[7]。便道："急要答拜一个远来朋友，故此要紧。兄的船往哪里去？"雅宜道："弟同两个舍亲到茅山去进香，数日方回。"解元道："我也要到茅山进香，正没有人同去，如今只得要趁便了。"雅宜道："兄若要去，快些回家收拾，弟泊船在此相候。"解元道："就去罢了，又回家做什么！"雅宜道："香烛之类，也要备的。"解元道：

"到那里去买罢!"遂打发童子回去。也不别这些求诗画的朋友，径跳过船来，与舱中朋友叙了礼，连呼："快些开般。"

⑦王雅宜：王宠（1494—1533 年），字履吉，号雅宜人，明代著名书法家，与祝允明、文徵明齐名。

舟子知是唐解元，不敢怠慢，即忙撑篙摇橹。行不多时，望见这只画舫就在前面。解元分付船上，随着大船而行。众人不知其故，只得依他。次日到了无锡，见画舫摇进城里。解元道："到了这里，若不取惠山泉，也就俗了。"叫船家移舟去惠山取了水，原到此处停泊，明日早行："我们到城里略走一走，就来下船。"舟子答应自去。

解元同雅宜三四人登岸，进了城，到那热闹的所在，撇了众人，独自一个去寻那画舫。却又不认得路径，东行西走，并不见些踪影。走了一回，穿出一条大街上来，忽听得呼喝之声。解元立住脚看时，只见十来个仆人前引一乘暖桥[8]，自东而来，女从如云。自古道："有缘千里能相会。"那女从之中，阊门所见青衣小鬟，正在其内。解元心中欢喜，远远相随，直到一座大门楼下，女使出迎，一拥而入。询之傍人，说是华学士府，适才轿中乃夫人也。解元得了实信，问路出城。

⑧暖桥：四周有帷幔遮蔽的轿子。

恰好船上取了水才到。少顷，王雅宜等也来了，问"解元那里去了？教我们寻得不耐烦。"解元道："不知怎的，一挤就挤散了。又不认得路径，问了半日，方能到此。"并不题起此事。至夜半，忽于梦中狂呼，如魇魅之状。众人皆惊，唤醒问之。解元道："适梦中见一金甲神人，持金杵击我，责我进香不虔。我叩头哀乞，愿斋戒一月，只身至山谢罪。天明，汝等开船自去，吾且暂回。不得相陪矣。"雅宜等信以为真。

至天明，恰好有一只小船来到，说是苏州去的。解元别了众人，跳上小船。行不多时，推说遗忘了东西，还要转去。袖中摸几文钱，赏了舟子，奋然登岸。到一饭店，办下旧衣破帽，将衣巾换讫，如穷汉之状，走至华府典铺内，以典钱为由，与主管相见。卑词下气，问主管道："小子姓康，名宣，吴县人氏，颇善书，处一个小馆为生⑨。近因拙妻亡故，又失了馆，孤身无活，欲投一大家充书办之役，未知府上用得否？倘收用时，不敢忘恩！"因于袖中取出细楷数行，与主管观看。主管看那字，写得甚是端楷可爱，答道："待我晚间进府禀过老爷，明日你来讨回话。"是晚，主管果然将字样禀知学士。学士看了，夸道："写得好，不似俗人之笔，明日可唤来见我。"

⑨处馆：设私塾教书。

次早，解元便到典中，主管引进解元拜见了学士。学士见其仪表不俗，问过了姓名住居，又问："曾读书么？"解元道："曾考过几遍童生，不得进学，经书还都记得。"学士问是何经，解元虽习《尚书》，其实五经俱通的，晓得学士习《周易》，就答应道："《易经》。"学士大喜道："我书房中写帖的不缺，可送公子处作伴读。"问他要多少身价，解元道："身价不敢领，只要求些衣服穿。待后老爷中意时，赏一房好媳妇足矣。"学士更喜，就叫主管于典中寻几件随身衣服与他换了，改名华安。送至书馆，见了公子。

公子教华安抄写文字。文字中有字句不妥的，华安私加改窜。公子见他改得好，大惊道："你原来通文理，几时放下书本的？"华安道："从来不曾旷学，但为贫所迫耳。"公子大喜，将自己日课教他改削。华安笔不停挥，真有点铁成金手段。有时题义疑难，华安就与公子讲解。若公子做不出时，华安就通篇代笔。

先生见公子学问骤进，向主人夸奖。学士讨近作看了，摇头道："此非孺子所及，若非抄写，必是倩人。"呼公子诘问其由，公子不敢隐瞒，说道："曾经华安改窜。"学士大惊。唤华安到来，出题面试。华安不假思索，援笔立就，手捧所作呈上。学士见其手腕如玉，但左手有枝指⑩。阅其文，词意兼美，字复精工，愈加欢喜，道："你时艺如

此，想古作亦可观也！”乃留内书房掌书记。一应往来书札，授之以意，辄令代笔，烦简曲当，学士从未曾增减一字。宠信日深，赏赐比众人加厚。

⑩枝（qí）指：大拇指旁歧生一指，成为六指。

华安时买酒食与书房诸童子共享，无不欢喜。因而潜访前所见青衣小鬟，其名秋香，乃夫人贴身伏侍，顷刻不离者。计无所出，乃因春暮，赋《黄莺调》以自叹：

风雨送春归，杜鹃愁，花乱飞，青苔满院朱门闭。孤灯半垂，孤衾半枌，萧萧孤影汪汪泪。忆归期，相思未了，春梦绕天涯。

学士一日偶到华安房中，见壁间之词，知安所题，甚加称奖。但以为壮年鳏处，不无感伤，初不意其有所属意也。适典中主管病故，学士令华安暂摄其事。

月馀，出纳谨慎，毫忽

无私。学士欲遂用为主管，嫌其孤身无室，难以重托，乃与夫人商议，呼媒婆欲为娶妇。华安将银三两送与媒婆，央他禀知夫人说："华安蒙老爷夫人提拔，复为置室，恩同天地。但恐外面小家之女，不习里面规矩。倘得于侍儿中择一人见配，此华安之愿也！"媒婆依言禀知夫人。夫人对学士说了。学士道："如此诚为两便。但华安初来时，不领身价，原指望一房好媳妇。今日又做了府中得力之人，倘然所配未中其意，难保其无他志也。不若唤他到中堂，将许多丫鬟听其自择。"夫人点头道是。

当晚夫人坐于中堂，灯烛辉煌，将丫鬟二十馀人各盛饰装扮，排列两边，恰似一班仙女，簇拥着王母娘娘在瑶池之上。夫人传命唤华安。华安进了中堂，拜见了夫人。夫人道："老爷说你小心得用，欲赏你一房妻小。这几个粗婢中，任你自择。"叫老姆姆携烛下去照他一照。华安就烛光之下，看了一回，虽然尽有标致的，那青衣小鬟不在其内。华安立于傍边，嘿然无语。夫人叫道："老姆姆，你去问华安：'那一个中你的意？就配与你。'"华安只不开言。

夫人心中不乐，叫："华安，你好大眼孔，难道我这些丫头就没个中你意的？"华安道："复夫人，华安蒙夫人赐配，又许华安自择，这是旷古隆恩，粉身难报。只是夫人随身侍婢还来不齐，既蒙恩典，愿得尽观。"夫人笑道："你敢是疑我有吝啬之意？也罢！房中那四个一发唤出来与他看看，满他的心愿！"原来那四个是有执事的，叫做：春媚、夏清、秋香、冬瑞。春媚，掌首饰脂粉。夏清，掌香炉茶灶。秋香，掌四时衣服。冬瑞，掌酒果食品。

管家老姆姆传夫人之命，将四个唤出来。那四个不及更衣，随身妆束。秋香依旧青衣。老姆姆引出中堂，站立夫人背后。室中蜡炬，光明如昼，华安早已看见了，昔日丰姿，宛然在目。还不曾开口，那老姆姆知趣，先来问道："可看中了谁？"华安心中明晓得是秋香，不敢说破，只将手指道："若得穿青这一位小娘子，足遂生平。"夫人回顾秋香，

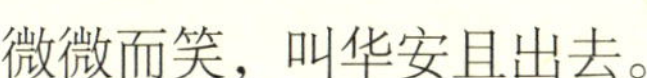
微微而笑，叫华安且出去。

华安回典铺中，一喜一惧，喜者机会甚好，惧者未曾上手，惟恐不成。偶见月明如昼，独步徘徊，吟诗一首：

徙倚无聊夜卧迟，绿杨风静鸟栖枝。

难将心事和人说，说与青天明月知。

次日，夫人向学士说了。另收拾一所洁净房室，其床帐家火，无物不备。又合家童仆奉承他是新主管，担东送西，摆得一室之中，锦片相似。择了吉日，学士和夫人主婚，华安与秋香中堂双拜，鼓乐引至新房，合卺成婚，男欢女悦，自不必说。

夜半，秋香向华安道："与君颇面善，何处曾相会来？"华安道："小娘子自去思想。"又过了几日，秋香忽问华安道："向日阊门游船中看见的可就是你？"华安笑道："是也。"秋香道："若然，君非下贱之辈，何故屈身于此？"华安道："吾为小娘子傍舟一笑，不能忘情，所以从权相就。"秋香道："妾昔见诸少年拥君，出素扇纷求书画，君一概不理，倚窗酌酒，旁若无人。妾知君非凡品，故一笑耳！"

华安道："女子家能于流俗中识名士，诚红拂、绿绮之流也[11]！"秋香道："此后于南门街上，似又会一次。"华安笑道："好利害眼睛！果然果然。"秋香道："你既非下流，实是甚么样人？可将真姓名告我。"华安道："我乃苏州唐解元也。与你三生有缘，得谐所愿。今夜既然说破，不可久留。欲与你图谐老之策，你肯随我去否？"秋香道："解元为贱妾之故，不惜辱千金之躯，妾岂敢不惟命是从！"

⑪红拂：隋末，李靖去谒见越国公杨素，杨家家妓红拂慧眼识英雄，深夜私奔李靖。后红拂助李靖辅佐唐太宗李世民建立唐朝基业。绿绮：相传是司马相如的琴名，这里借指卓文君，好与红拂对衬。

华安次日将典中帐目细细开了一本簿子，又将房中衣服首饰及床帐器皿另开一帐，又将各人所赠之物亦开一帐，纤毫不取，共是三宗帐目，锁在一个护书箧内，其钥匙即挂在锁上。又于壁间题诗一首：

拟向华阳洞里游，行踪端为可人留。

愿随红拂同高蹈，敢向朱家惜下流[12]。

好事已成谁索笑？屈身今去尚含羞。

主人若问真名姓，只在康宣两字头。

是夜雇了一只小船，泊于河下。黄昏人静，将房门封锁，同秋香下船，连夜望苏州去了。

⑫朱家：汉代鲁地的侠士。项羽灭亡后，将官季布为了逃避刘邦的追捕，曾经卖身在他家做奴隶，这里以季布为奴自比。

天晓，家人见华安房门封锁，奔告学士。学士教打开看时，床帐什物一毫不动，护书内帐目开载明白。学士沉思，莫测其故。抬头一看，忽见壁上有诗八句，读了一遍，想："此人原名不是康宣。"又不知甚么意故，来府中住许多时，若是不良之人，财上又分毫不苟。又不知那秋香如何就肯随他逃走，如今两口儿又不知逃在那里？"我弃此一婢，亦有何难。只要明白了这桩事迹。"便叫家童唤捕人来，出信赏钱，各处缉获康宣、秋香，杳无影响。过了年馀，学士也放过一边了。

忽一日学士到苏州拜客，从阊门经过。家童看见书坊中有一秀才坐而观书，其貌酷似华安，左手亦有枝指，报与学士知道。学士不信，分付此童再去看个详细，并访其人名姓。家童复身到书坊中，那秀才又和着一个同辈说话，刚下阶头。家童乖巧，悄悄随之。那两个转湾向潼子门下船去，仆从相随共有四五人。背后察其形相，分明与华安无二，只是不敢唐突。家童回转书坊，问店主适来在此看书的是什么人，店主道："是唐伯虎解元相公，今日是文衡山相公舟中请酒去了[13]。"家童道："方才同去的那一位可就是文相公么？"店主道："那是祝枝山[14]，也都是一般名士。"家童一一记了，回复了华学士。学士大惊，想道："久闻唐伯虎放达不羁，难道华安就是他？明日专往拜谒，便知是否。"

⑬文衡山：文徵明（1470—1559 年），号衡山居士，明代著名画家。

⑭祝枝山：祝允明（1460—1527年），字希哲，号枝山，明代书法家。

次日写了名帖，特到吴趋坊拜唐解元。解元慌忙出迎，分宾而坐。学士再三审视，果肖华安。及捧茶，又见手白如玉，左有枝指，意欲问之，难于开口。茶罢，解元请学士书房中小坐。学士有疑未决，亦不肯轻别，遂同至书房。见其摆设齐整，啧啧叹羡。少停酒至，宾主对酌多时。学士开言道："贵县有个康宣，其人读书不遇，甚通文理。先生识其人否?"解元唯唯。学士又道："此人去岁曾佣书于舍下，改名华安。先在小儿馆中伴读，后在学生书房管书柬[15]，后又在小典中为主管。因他无室，教他于贱婢中自择。他择得秋香成亲，数日后夫妇俱逃，房中日用之物一无所取，竟不知其何故?学生曾差人到贵处察访，并无其人。先生可略知风声么?"解元又唯唯。学士见他不明不白，只是胡答应，忍耐不住，只得又说道："此人形容颇肖先生模样，左手亦有枝指，不知何故?"解元又唯唯。

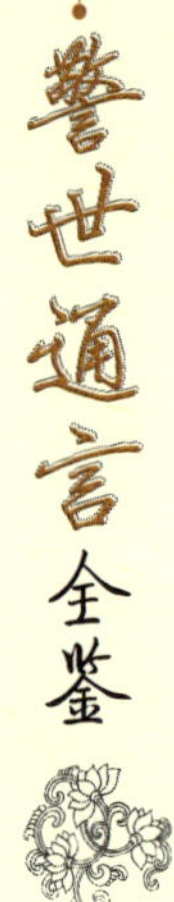

⑮学生：科第或官场中人的自称谦词，表示恭敬客气。

少顷，解元暂起身入内。学士翻看桌上书籍，见书内有纸一幅，题诗八句，读之，即壁上之诗也。解元出来，学士执诗问道："这八句诗乃华安所作，此字亦华安之笔。如何有在尊处？必有缘故，愿先生一言，以决学生之疑。"解元道："容少停奉告。"学士心中愈闷道："先生见教过了，学生还坐，不然即告辞矣。"

解元道："禀复不难，求老先生再用几杯薄酒。"学士又吃了数杯，解元巨觥奉劝。学士已半酣，道："酒已过分，不能领矣。学生惓惓请教，止欲剖胸中之疑，并无他念。"解元道："请用一箸粗饭。"饭后献茶，看看天晚，童子点烛到来。学士愈疑，只得起身告辞。解元道："请老先生暂挪贵步，当决所疑。"命童子秉烛前引，解元陪学士随后共入后堂。

堂中灯烛辉煌。里面传呼："新娘来！"只见两个丫鬟伏侍一位小娘子，轻移莲步而出，珠珞重遮，不露娇面。学士惶悚退避，解元一把扯住衣袖，道："此小妾也。通家长者，合当拜见，不必避嫌。"丫鬟铺毡，小娘子向上便拜。学士还礼不迭。解元将学士抱住，不要他还礼。拜了四拜，学士只还得两个揖，甚不过意。

拜罢，解元携小娘子近学士之旁，带笑问道："老先生请认一认，方才说学生颇似华安，不识此女亦似秋香否？"学士熟视大笑，慌忙作揖，连称得罪。解元道："还该是学生告罪。"二人再至书房。解元命重整杯盘，洗盏更酌。酒中学士复叩其详。解元将阊门舟中相遇始末细说一遍，各各抚掌大笑。学士道："今日即不敢以记室相待，少不得行子婿之礼。"解元道："若要甥舅相行⑯，恐又费丈人妆奁耳。"二人复大笑。是夜，尽欢而别。

⑯ 甥舅：指女婿和岳父。

学士回到舟中，将袖中诗句置于桌上，反覆玩味。"首联道'拟向华阳洞里游'，是说有茅山进香之行了。'行踪端为可人留'，分明为中途遇了秋香，担阁住了。第二联：'愿随红拂同高蹈，改向朱家惜下流。'他屈身投靠，便有相挈而逃之意。第三联：'好事已成谁索笑？屈身今去尚含羞。'这两句，明白。末联：'主人若问真名姓，只在康宣两字头。'康字与唐字头一般，宣字与寅字头无二，是影着唐寅二字，我自不能推详耳。他此举虽似情痴，然封还衣饰，一无所取，乃礼义之人，不枉名士风流也。"

学士回家，将这段新闻向夫人说了。夫人亦骇然。于是厚具装奁，约值千金，差当家老姆姆押送唐解元家。从此两家遂为亲戚，往来不绝。至今吴中把此事传作风流话柄。有唐解元《焚香默坐歌》，自述一生心事，最做得好。歌曰：

焚香嘿坐自省已，口里喃喃想心里。
心中有甚害人谋？口中有甚欺心语？
为人能把口应心，孝弟忠信从此始。
其馀小德或出入，焉能磨涅吾行止⑰。
头插花枝手把杯，听罢歌童看舞女。
食色性也古人言，今人乃以为之耻。
及至心中与口中，多少欺人没天理。
阴为不善阳掩之，则何益矣待劳耳。
请坐且听吾语汝，凡人有生必有死。
死见阎君面不惭，才是堂堂好男子。

⑰磨涅："磨而不磷，涅而不缁"的简用，经得起考验、折磨的意思。

十四　白娘子永镇雷峰塔

【精要简介】

本篇讲述的是蛇精白素贞与许宣之间人蛇之恋的故事，带有浓重的悲情色彩，为后来白蛇故事的演变提供了范本。

【原文鉴赏】

山外青山楼外楼，西湖歌舞几时休？

暖风薰得游人醉，直把杭州作汴州。

话说西湖景致，山水鲜明。晋朝咸和年间，山水大发，汹涌流入西门。忽然水内有牛一头见浑身金色。后水退，其牛随行至北山，不知去向。哄动杭州市上之人，皆以为显化。所以建立一寺，名曰金牛寺。西门，即今之涌金门，立一座庙，号金华将军。当时有一番僧，法名浑寿罗，到此武林郡云游，玩其山景，道："灵鹫山前小峰一座忽然不见，原来飞到此处。"当时人皆不信。僧言："我记得灵鹫山前峰岭，唤做灵鹫岭。这山洞里有个白猿，看我呼出为验。"果然呼出白猿来。山前有一亭，今唤做冷泉亭。又有一座孤山，生在西湖中。先曾有林和靖先生在此山隐居[①]，使人搬挑泥石，砌成一条走路，东接断桥，西接栖霞岭，因此唤作孤山路。又唐时有刺史白乐天，筑一条路，南至翠屏山，北至栖霞岭，唤做白公堤，不时被山水冲倒，不只一番，用官钱修理。后宋时苏东坡来做太守，因见有这两条路，被水冲坏，就买木石，起人夫，筑得坚固。六桥上朱红栏杆，堤上栽种桃柳，到春景融和，端的十分好景，堪描入画。后人因此只唤做苏公堤。又孤山路畔，起造两条石

桥，分开水势，东边唤做断桥，西边唤做西宁桥。真乃：

隐隐山藏三百寺，依稀云锁二高峰。

①林和靖：林逋（967—1028年），字君复，北宋诗人，谥号和靖先生。

说话的，只说西湖美景，仙人古迹。俺今日且说一个俊俏后生，只因游玩西湖，遇着两个妇人，直惹得几处州城，闹动了花街柳巷。有分教才人把笔[②]，编成一本风流话本。单说那子弟，姓甚名谁？遇着甚般样的妇人？惹出甚般样事？有诗为证：

清明时节雨纷纷，路上行人欲断魂。

借问酒家何处有，牧童遥指杏花村。

②才人：宋元时称话本戏剧的编者或说书艺人为才人。

话说宋高宗南渡，绍兴年间，杭州临安府过军桥黑珠巷内，有一个官家，姓李名仁。见做南廊阁子库募事官[③]，又与邵太尉管钱粮。家中妻子有一个兄弟许宣，排行小乙。他爹曾开生药店，自幼父母双亡，却在表叔李将仕家生药铺做主管[4]，年方二十二岁。那生药店开在官巷口。忽一日，许宣在铺内做买卖，只见一个和尚来到门首，打个问讯，道："贫僧是保叔塔寺内僧，前日已送馒头并卷子在宅上。今清明节近，追修祖宗，望小乙官到寺烧香，勿误！"许宣道："小子准来。"和尚相别去了。许宣至晚归姐夫家去。原来许宣无有老小，只在姐姐家住。当晚与姐姐说："今日保叔塔和尚来请烧篭子[5]，明日要荐祖宗，走一遭了来。"

③南廊阁子库：即宋代的左藏南库，专门支应军需所用。募事官：指管库的小吏。

④将仕：原为官名，这里是对富商的尊称。

⑤篭（yǎn）子：用草编织的盛放迷信品如纸马等包袋状的东西。

次日早起买了纸马、蜡烛、经幡、钱垛一应等项，吃了饭，换了新鞋袜衣服，把篭子钱马，使条袱子包了，径到官巷口李将仕家来。李将仕见了，问许宣何处去。许宣道："我今日要去保叔塔烧篭子，追荐祖宗，乞叔叔容暇一日。"李将仕道："你去便回。"

许宣离了铺中，入寿安坊，花市街，过井亭桥，往清河街后钱塘门，行石函桥，过放生碑，径到保叔塔寺。寻见送馒头的和尚，忏悔过疏头，烧了篭子，到佛殿上看众僧念经。吃斋罢，别了和尚，离寺迤逦闲走，过西宁桥、孤山路、四圣观，来看林和靖坟，到六一泉闲走。不期云生西北，雾锁东南，落下微微细雨，渐大起来。正是清明时节，少不得天公应时，催花雨下，那阵雨下得绵绵不绝。许宣见脚下湿，脱下了新鞋袜，走出四圣观来寻船，不见一只。正没摆布处，只见一个老儿摇着一只船过来。许宣暗喜，认时正是张阿公，叫道："张阿公，搭我则个！"老儿听得叫，认时，原来是许小乙，将船摇近岸来，道："小乙官，着了雨，不知要何处上岸？"许宣道："涌金门上岸。"这老儿扶许宣下船，离了岸，摇近丰乐楼来。

摇不上十数丈水面，只见岸上有人叫道："公公，搭船则个！"许

宣看时，是一个妇人，头戴孝头髻，乌云畔插着些素钗梳，穿一领白绢衫儿，下穿一条细麻布裙。这妇人肩下一个丫鬟，身上穿着青衣服，头上一双角髻，戴两条大红头须，插着两件着饰，手中捧着一个包儿要搭船。那老张对小乙官道："'因风吹火，用力不多'，一发搭了他去。"许宣道："你便叫他下来。"老儿见说，将船傍了岸边，那妇人同丫鬟下船，见了许宣，起一点朱唇，露两行碎玉，向前道一个万福。许宣慌忙起身答礼。

那娘子和丫鬟舱中坐定了。娘子把秋波频转，瞧着许宣。许宣平生是个老实之人，见了此等如花似玉的美妇人，傍边又是个俊俏美女样的丫鬟，也不免动念。那妇人道："不敢动问官人高姓尊讳?"许宣答道："在下姓许，名宣，排行第一。"妇人道："宅上何处?"许宣道："寒舍住在过军桥黑珠儿巷，生药铺内做买卖。"那娘子问了一回，许宣寻思道："我也问他一问。"起身道："不敢拜问娘子高姓？潭府何处?"那妇人答道："奴家是白三班白殿直之妹，嫁了张官人，不幸亡过了，见葬在这雷岭。为因清明节近，今日带了丫鬟，往坟上祭扫了方回，不想值雨。若不是搭得官人便船，实是狼狈。"又闲讲了一回，迤逦船摇近岸。只见那妇人道："奴家一时心忙，不曾带得盘缠在身边，万望官人处借些船钱还了，并不有负。"许宣道："娘子自便，不妨，些须船钱不必计较。"还罢船钱，那雨越不住。许宣挽了上岸。那妇人道："奴家只在箭桥双茶坊巷口。若不弃时，可到寒舍拜茶，纳还船钱。"许宣道："小事何消挂怀。天色晚了，改日拜望。"说罢，妇人共丫鬟自去。

许宣入涌金门，从人家屋檐下到三桥街，见一个生药铺，正是李将仕兄弟的店。许宣走到铺前，正见小将仕在门前。小将仕道："小乙哥晚了，那里去?"许宣道："便是去保叔塔烧篭子，着了雨，望借一把伞则个。"将仕见说，叫道："老陈把伞来，与小乙官去。"不多时，老陈将一把雨伞撑开道："小乙官，这伞是清湖八字桥老实舒家做的，八十四骨，紫竹柄的好伞，不曾有一些儿破，将去休坏了！仔细，仔细！”许宣道：“不必分付。”接了伞，谢了将仕，出羊坝头来。

到后市街巷口。只听得有人叫道：“小乙官人。”许宣回头看时，只见沈公井巷口小茶坊屋檐下，立着一个妇人，认得正是搭船的白娘子。许宣道：“娘子如何在此？”白娘子道：“便是雨不得住，鞋儿都踏湿了。教青青回家，取伞和脚下⑥。又见晚下来，望官人搭几步则个！”许宣和白娘子合伞到坝头道：“娘子到那里去？”白娘子道：“过桥投箭桥去。”许宣道：“小娘子，小人自往过军桥去，路又近了。不若娘子把伞将去，明日小人自来取。”白娘子道：“却是不当，感谢官人厚意！”许宣沿人家屋檐下冒雨回来，只见姐大家当直王安，拿着钉靴雨伞来接不着⑦，却好归来。到家内吃了饭。当夜思量那妇人，翻来覆去睡不着。梦中共日间见的一般，情意相浓。不想金鸡叫一声，却是南柯一梦。正是：

心猿意马驰千里，浪蝶狂蜂闹五更。

⑥脚下：指雨鞋，即钉靴。

⑦钉靴：旧时的一种雨靴，用布做帮，用桐油油过，鞋底钉铁钉。

到得天明，起来梳洗罢，吃了饭，到铺中，心忙意乱，做些买卖也没心想。到午时后，思量道：“不说一谎，如何得这伞来还人？”当时许宣见老将仕坐在柜上，向将仕说道：“姐夫叫许宣归早些，要送人情，请暇半日。”将仕道：“去了，明日早些来！”许宣唱个喏，径来箭桥双茶坊巷口，寻问白娘子家里。问了半日，没一个认得。

正踌躇间，只见白娘子家丫鬟青青从东边走来。许宣道：“姐姐，你家何处住？讨伞则个。”青青道：“官人随我来。”许宣跟定青青，走不多路，道：“只这里便是。”许宣看时，见一所楼房，门前两扇大门，中间四扇看街槅子眼⑧，当中挂顶细密朱红帘子，四下排着十二把黑漆交椅，挂四幅名人山水古画。对门乃是秀王府墙⑨。那丫头转入帘子内，道：“官人请入里面坐。”许宣随步入到里面，那青青低低悄悄叫道：“娘子，许小乙官人在此。”白娘子里面应道：“请官人进里面拜

茶。”许宣心下迟疑，青青三回五次催许宣进去。许宣转到里面，只见四扇暗槅子窗，揭起青布幕，一个坐起[10]，桌上放一盆虎须菖蒲，两边也挂四幅美人，中间挂一幅神像，桌上放一个古铜香炉花瓶。那小娘子向前深深的道一个万福，道：“夜来多蒙小乙官人应付周全，识荆之初，甚是感谢不浅!”许宣道：“些微何足挂齿。”白娘子道：“少坐拜茶。”茶罢，又道：“片时薄酒三杯，表意而已。”许宣方欲推辞，青青已自把菜蔬果品流水排将出来。许宣道：“感谢娘子置酒，不当厚扰。”饮至数杯，许宣起身道：“今日天色将晚，路远，小子告回。”娘子道：“官人的伞，舍亲昨夜转借去了，再饮几杯，着人取来。”许宣道：“日晚，小子要回。”娘子道：“再饮一杯。”许宣道：“饮馔好了，多感，多感!”白娘子道：“既是官人要回，这伞相烦明日来取则个。”许宣只得相辞了回家。

⑧看街：宋代南方临街房屋，除了两扇大门之外，门旁还有四扇长窗棂，从窗棂中可以看见街景和门外高台阶，故称这种窗户为“看街”。

⑨秀王：宋孝宗赵昚（shèn）本生父亲的封号“秀安僖王”的简称。

⑩坐起：房屋内部装修成的一种隔间。

至次日，又来店中做些买卖。又推个事故，却来白娘子家取伞。娘子见来，又备三杯相款。许宣道：“娘子还了小子的伞罢，不必多扰。”那娘子道：“既安排了，略饮一杯。”许宣只得坐下。那白娘子筛一杯酒，递与许宣，启樱桃口，露榴子牙，娇滴滴声音，带着满面春风，告道：“小官人在上，真人面前说不得假话。奴家亡了丈夫，想必和官人有宿世姻缘，一见便蒙错爱，正是你有心，我有意。烦小乙官人寻一个媒证，与你共成百年姻眷，不枉天生一对，却不是好？”许宣听那妇人说罢，自己寻思：“真个好一段姻缘。若取得这个浑家，也不枉了。我自十分肯了，只是一件不谐：思量我日间李将仕家做主管，夜间在姐夫家安歇，虽有些少东西，只好办身上衣服，如何得钱来娶老小？”自沉吟不答。只见白娘子道：“官人何故不回言语？”许宣道：“多感过爱，实不相瞒，只为身边窘迫，不敢从命！”娘子道：“这个容易，我囊中自有馀财，不必挂念。”便叫青青道：“你去取一锭白银下来。”只见青青手扶栏杆，脚踏胡梯⑪，取下一个包儿来，递与白娘子。娘子道：“小乙官人，这东西将去使用，少欠时再来取。”亲手递与许宣。许宣接得包儿，打开看时，却是五十两雪花银子。藏于袖中，起身告回。青青把伞来还了许宣，许宣接得相别，一径回家，把银子藏了。当夜无话。

⑪胡梯：扶梯。

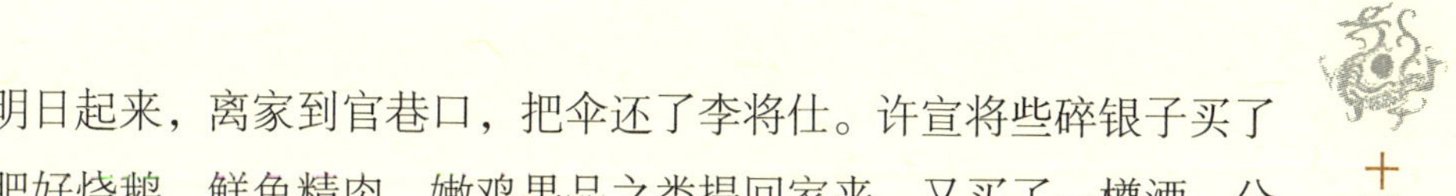

明日起来，离家到官巷口，把伞还了李将仕。许宣将些碎银子买了一只肥好烧鹅、鲜鱼精肉、嫩鸡果品之类提回家来，又买了一樽酒，分付养娘丫鬟安排整下。那日却好姐夫李募事在家。饮馔俱已完备，来请姐夫和姐姐吃酒。李募事却见许宣请他，到吃了一惊，道："今日做甚么子坏钞？日常不曾见酒盏儿面，今朝作怪！"三人依次坐定饮酒。酒至数杯，李募事道："尊舅，没事教你坏钞做甚么？"许宣道："多谢姐夫，切莫笑话，轻微何足挂齿。感谢姐夫姐姐管雇多时。一客不烦二主人，许宣如今年纪长成，恐虑后无人养育，不是了处。今有一头亲事在此说起，望姐夫姐姐与许宣主张，结果了一生终身，也好。"姐夫姐姐听得说罢，肚内暗自寻思道："许宣日常一毛不拔，今日坏得些钱钞，便要我替他讨老小？"夫妻二人，你我相看，只不回话。吃酒了，许宣自做买卖。

过了三两日，许宣寻思道："姐姐如何不说起？"忽一日，见姐姐问道："曾向姐夫商量也不曾？"姐姐道："不曾。"计宣道："如何不曾商量？"姐姐道："这个事不比别样的事，仓卒不得。又见姐夫这几日面色心焦，我怕他烦恼，不敢问他。"许宣道："姐姐你如何不上紧？这个有甚难处？你只怕我教姐夫出钱，故此不理。"许宣便起身到卧房中开箱，取出白娘子的银来，把与姐姐道："不必推故。只要姐夫做主。"姐姐道："吾弟多时在叔叔家中做主管，积趱得这些私房，可知道要娶老婆。你且去，我安在此。"

却说李募事归来，姐姐道："丈夫，可知小舅要娶老婆，原来自趱得些私房，如今教我倒换些零碎使用。我们只得与他完就这亲事则个。"李募事听得，说道："原来如此，得他积得些私房也好。拿来我看！"做妻的连忙将出银子递与丈夫。李募事接在手中，番来覆去，看了上面凿的字号，大叫一声："苦！不好了，全家是死！"那妻吃了一惊，问道："丈夫，有甚么利害之事？"李募事道："数日前邵太尉库内封记锁押俱不动，又无地穴得入，平空不见了五十锭大银。见今着落临安府提捉贼人，十分紧急，没有头路得获，累害了多少人。出榜缉捕，写着字号锭数，'有人捉获贼人银子者，赏银五十两；知而不首，及窝藏贼人者，除正犯外，全家发边远充军'。这银子与榜上字号不差，正是邵太尉库内银子。即今捉捕十分紧急。正是'火到身边，顾不得亲眷，自可去拨'。明日事露，实难分说。不管他偷的借的，宁可苦他，不要累我。只得将银子出首，免了一家之害。"老婆见说了，合口不得，目睁口呆。当时拿了这锭银子，径到临安府出首。

那大尹闻知这话，一夜不睡。次日，火速差缉捕使臣何立。何立带了伙伴，并一班眼明手快的公人，径到官巷口李家生药店，提捉正贼许宣。到得柜边，发声喊，把许宣一条绳子绑缚了，一声锣，一声鼓，解上临安府来。正值韩大尹升厅，押过许宣当厅跪下，喝声："打！"

许宣道："告相公不必用刑，不知许宣有何罪？"大尹焦躁道："真赃正贼，有何理说，还说无罪？邵太尉府中不动封锁，不见了一号大银五十锭。见有李募事出首，一定这四十九锭也在你处。想不动封皮，不见了银子，你也是个妖人！"不要打，喝教："拿些秽血来！"许宣方知是这事，大叫道："不是妖人，待我分说！"大尹道："且住，你且说这银子从何而来？"许宣将借伞讨伞的上项事，一一细说一遍。大尹道："白娘子是甚么样人？见住何处？"许宣道："凭他说是白三班白殿直的亲妹子，如今见住箭桥边，双茶坊巷口，秀王墙对黑楼子高坡儿内住。"那大尹随即便叫缉捕使臣何立，押领许宣，去双茶坊巷口捉拿本妇前来。

何立等领了钧旨，一阵做公的径到双茶坊巷口秀王府墙对黑楼子前看时：门前四扇看阶，中间两扇大门，门外避藉陛[12]，坡前却是垃圾，一条竹子横夹着。何立等见了这个模样，到都呆了。当时就叫捉了邻人，上首是做花的丘大，下首是做皮匠的孙公。那孙公摆忙的吃他一惊[13]，小肠气发，跌倒在地。众邻舍都走来道："这里不曾有甚么白娘子。这屋不五六年前有一个毛巡检，合家时病死了。青天白日，常有鬼

出来买东西，无人敢在里头住。几日前，有个疯子立在门前唱喏。”

⑫避藉陛（bì）：高的台阶。

⑬摆忙：突然。

何立教众人解下横门竹竿，里面冷清清地，起一阵风，卷出一道腥气来。众人都吃了一惊，倒退几步。许宣看了，则声不得，一似呆的。做公的数中，有一个能胆大，排行第二，姓王，专好酒吃，都叫他做好酒王二。王二道：“都跟我来!”发声喊一齐哄将入去，看时板壁、坐起、桌凳都有。来到胡梯边，教王二前行，众人跟着，一齐上楼。楼上灰尘三寸厚，众人到房门前，推开房门一望，在上挂着一张帐子，箱笼都有。只见一个如花似玉穿着白的美貌娘子，坐在床上。众人看了，不敢向前。众人道：“不知娘子是神是鬼？我等奉临安大尹钧旨，唤你去与许宣执证公事[14]。”那娘子端然不动。好酒王二道：“众人都不敢向前，怎的是了？你可将一坛酒来，与我吃了，做我不着，捉他去见大尹。”众人连忙叫两三个下去提一坛酒来与王二吃。王二开了坛口，将一坛酒吃尽了，道：“做我不着！”将那空坛望着帐子内打将去。不打万事皆休，才然打去，只听得一声响，却是青天里打一个霹雳，众人都惊倒了！起来看时，床上不见了那娘子，只见明晃晃一堆银子。众人向前看了，道：“好了。”计数四十九锭。众人道：“我们将银子去见大尹也罢。”扛了银子，都到临安府。

⑭执证：折证，对证。

何立将前事禀覆了大尹。大尹道：“定是妖怪了。也罢，邻人无罪回家。”差人送五十锭银子与邵太尉处，开个缘由，一一禀覆过了。许宣照“不应得为而为之事[15]”，重者决杖，免刺，配牢城营做工[16]，满日疏放。牢城营乃苏州府管下，李募事因出首许宣，心上不安，将邵太尉给赏的五十两银子，尽数付与小舅作为盘费。李将仕与书二封，一封与押司范院长[17]，一封与吉利桥下开客店的王主人。

⑮不应得为而为之事：引用的当时的刑法条文，意思是做了不应做的事情。

⑯牢城营：宋代囚禁流配犯人的场所。

⑰院长：这里是对管理刑狱犯的吏役们的尊称。

许宣痛哭一场，拜别姐夫姐姐，带上行枷，两个防送人押着，离了杭州，到东新桥，下了航船。不一日，来到苏州。先把书去见了范院长并王主人。王主人与他官府上下使了钱，打发两个公人去苏州府，下了公文，交割了犯人，讨了回文，防送人自回。范院长、王主人保领许宣不入牢中，就在王主人门前楼上歇了。许宣心中愁闷，壁上题诗一首：

独上高楼望故乡，愁看斜日照纱窗。

平生自是真诚士，谁料相逢妖媚娘。

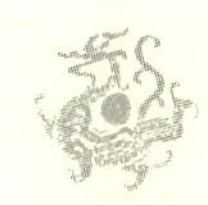

白白不知归甚处[18]？青青岂识在何方？

抛离骨肉来苏地，思想家中寸断肠！

⑱ 白白：即白娘子，因与下句“青青”对仗，故称。

有话即长，无话即短。不觉光阴似箭，日月如梭，又在王主人家住了半年之上。忽遇九月下旬，那王主人正在门首闲立，看街上人来人往，只见远远一乘轿子，傍边一个丫鬟跟着，道：“借问一声：此间不是王主人家么？”王主人连忙起身，道：“此间便是。你寻谁人？”丫鬟道：“我寻临安府来的许小乙官人。”主人道：“你等一等，我便叫了他出来。”这乘轿子便歇在门前。王主人便入去，叫道：“小乙哥，有人寻你。”许宣听得，急走出来，同主人到门前看时，正是青青跟着，轿子里坐着白娘子。许宣见了，连声叫道：“死冤家！自被你盗了官库银子，带累我吃了多少苦，有屈无伸。如今到此地位，又赶来做甚么？可羞死人！”那白娘子道：“小乙官人不要怪我，今番特来与你分辩这件事。我且到主人家里面与你说。”

白娘子叫青青取了包裹下轿。许宣道：“你是鬼怪，不许入来。”挡住了门不放他。那白娘子与主人深深道了个万福，道：“奴家不相瞒，主人在上，我怎的是鬼怪？衣裳有缝，对日有影。不幸先夫去世，教我如此被人欺负。做下的事是先夫日前所为，非干我事。如今怕你怨畅我。特地来分说明白了，我去也甘心。”主人道：“且教娘子入来坐了说。”那娘子道：“我和你到里面对主人家的妈妈说。”门前看的人自都散了。

许宣入到里面，对主人家并妈妈道：“我为他偷了官银子事，如此如此，因此教我吃场官司。如今又赶到此，有何理说？”白娘子道：“先夫留下银子，我好意把你，我也不知怎的来的。”许宣道：“如何做公的捉你之时，门前都是垃圾，就帐子里一响不见了你？”白娘子道：“我听得人说你为这银子捉了去，我怕你说出我来，捉我到官，妆幌子羞人不好看。我无奈何，只得走去华藏寺前姨娘家躲了；使人担垃圾堆在门前，把银子安在床上，央邻舍与我说谎。”许宣道：“你却走了去，教我吃官事！”白娘子道：“我将银子安在床上，只指望要好，那里晓得有许多事情？我见你配在这里，我便带了些盘缠，搭船到这里寻你。如今分说都明白了，我去也。敢是我和你前生没有夫妻之分！”那王主人道：“娘子许多路来到这里，难道就去？且在此间住几日，却理会。”青青道：“既是主人家再三劝解，娘子且住两日。当初也曾许嫁小乙官人。”白娘子随口便道：“羞杀人！终不成奴家没人要？只为分别是非而来。”王主人道：“既然当初许嫁小乙哥，却又回去？且留娘子在此。”打发了轿子，不在话下。

过了数日，白娘子先自奉承好了主人的妈妈。那妈妈劝主人与许宣说合，选定十一月十一日成亲，共百年谐老。光阴一瞬，早到吉日良时。白娘子取出银两，央王主人办备喜筵，二人拜堂结亲。酒席散后，共入纱厨。白娘子放出迷人声态，颠鸾倒凤，百媚千娇，喜得许宣如遇神仙，只恨相见之晚。正好欢娱，不觉金鸡三唱，东方渐白。正是：

欢娱嫌夜短，寂寞恨更长。

自此日为始，夫妻二人如鱼似水，终日在王主人家快乐昏迷缠定。

日往月来，又早半年光景。时临春气融和，花开如锦，车马往来，街坊热闹。许宣问主人家道：“今日如何人人出去闲游，如此喧嚷？”主人道：“今日是二月半，男子妇人都去看卧佛，你也好去承天寺里闲走一遭。”许宣见说，道：“我和妻说一声，也去看一看。”许宣上楼来，和白娘子说：“今日二月半，男子妇人都去看卧佛，我也看一看就来。有人寻说话，回说不在家，不可出来见人。”白娘子道：“有甚好看，只在家中却不好？看他做甚么？”许宣道：“我去闲耍一遭就回，不妨。”

许宣离了店内，有几个相识同走，到寺里看卧佛。绕廊下各处殿上观看了一遭。方出寺来，见一个先生[19]，穿着道袍，头戴逍遥巾，腰系黄丝绦，脚着熟麻鞋，坐在寺前卖药，散施符水。许宣立定了看。那先

生道："贫道是终南山道士，到处云游，散施符水，救人病患灾厄，有事的向前来。"那先生在人丛中看见许宣头上一道黑气，必有妖怪缠他，叫道："你近来有一妖怪缠你，其害非轻！我与你二道灵符，救你性命。一道符三更烧，一道符放在自头发内。"许宣接了符，纳头便拜，肚内道："我也八九分疑惑那妇人是妖怪，真个是实。"谢了先生，径回店中。

⑲先生：宋元时，民间对道士的称呼。

至晚，白娘子与青青睡着了，许宣起来道："料有三更了！"将一道符放在自头发内，正欲将一道符烧化，只见白娘子叹一口气道："小乙哥和我许多时夫妻，尚兀自不把我亲热，却信别人言语，半夜三更，烧符来压镇我！你且把符来烧看！"就夺过符来，一时烧化，全无动静。白娘子道："却如何？说我是妖怪！"许宣道："不干我事，卧佛寺前一云游先生，知你是妖怪。"白娘子道："明日同你去看他一看，如何模样的先生。"

次日，白娘子清早起来，梳妆罢，戴了钗环，穿上素净衣服，分付青青看管楼上。夫妻二人，来到卧佛寺前。只见一簇人，团团围着那先生，在那里散符水。只见白娘子睁一双妖眼，到先生面前喝一声："你好无礼！出家人枉在我丈夫面前说我是一个妖怪，书符来捉我！"那先生回言："我行的是五雷天心正法，凡有妖怪，吃了我的符，他即变出真形来。"那白娘子道："众人在此，你且书符来我吃看。"那先生书一道符，递与白娘子。白娘子接过符来，便吞下去。众人都看，没些动静。众人道："这等一个妇人，如何说是妖怪？"众人把那先生齐骂。

那先生骂得口睁眼呆，半晌无言，惶恐满面。白娘子道："众位官人在此，他捉我不得。我自小学得个戏术，且把先生试来与众人看。"只见白娘子口内喃喃的不知念些甚么，把那先生却似有人擒的一般，缩做一堆，悬空而起。众人看了，齐吃一惊。许宣呆了。娘子道："若不是众位面上，把这先生吊他一年。"白娘子喷口气，只见那先生依然放下，只恨爹娘少生两翼，飞也似走了。众人都散了。夫妻依旧回来。不在话下。日逐盘缠，都是白娘子将出来用度。正是：

夫唱妇随，朝欢暮乐。

不觉光阴似箭，又是四月初八日，释迦佛生辰。只见街市上人抬着柏亭浴佛[20]，家家布施。许宣对王主人道："此间与杭州一般。"只见邻舍边一个小的，叫作铁头，道："小乙官人，今日承天寺里做佛会，你去看一看。"许宣转身到里面，对白娘子说了。白娘子道："甚么好看，休去！"许宣道："去走一遭，散闷则个。"娘子道："你要去，身上衣服旧了，不好看，我打扮你去。"叫青青取新鲜时样衣服来。许宣着得不长不短，一似像体裁的，戴一顶黑漆头巾，脑后一双白玉环，穿一领青罗道袍，脚着一双皂靴，手中拿一把细巧百摺描金美人珊瑚坠上样春罗扇，打扮得上下齐整。那娘子分付一声，如莺声巧啭道："丈夫早早回来，切勿教奴记挂！"许宣叫了铁头相伴，径到承天寺来看佛会。人人喝采，好个官人。

⑳ 浴佛：旧时习俗，阴历四月初八为释迦牟尼生日，寺庙都以名香浸水，灌洗佛像，叫做浴佛。

只听得有人说道："昨夜周将仕典当库内，不见了四五千贯金珠细软物件。见今开单告官，挨查，没捉人处。"许宣听得，不解其意，自同铁头在寺。其日烧香官人子弟男女人等往往来来，十分热闹。许宣道："娘子教我早回，去罢。"转身人丛中，不见了铁头，独自个走出寺门来。只见五六个人似公人打扮，腰里挂着牌儿[21]。数中一个看了许宣，对众人道："此人身上穿的，手中拿的，好似那话儿。"数中一个

认得许宣的道："小乙官，扇子借我一看。"许宣不知是计，将扇递与公人。那公人道："你们看这扇子扇坠，与单上开的一般！"从人喝声："拿了！"就把许宣一索子绑了，好似：

数只皂雕追紫燕，一群饿虎啖羊羔。

许宣道："众人休要错了，我是无罪之人。"众公人道："是不是，且去府前周将仕家分解！他店中失去五千贯金珠细软、白玉绦环、细巧百摺扇、珊瑚坠子，你还说无罪？真赃正贼，有何分说！实是大胆汉子，把我们公人作等闲看成。见今头上、身上、脚上，都是他家物件，公然出外，全无忌惮！"许宣方才呆了，半晌不则声。许宣道："原来如此。不妨，不妨，自有人偷得。"众人道："你自去苏州府厅上分说。"

㉑牌儿：即腰牌，系在腰间作为证明身份的凭证，等于现在的符号徽章，或出入证之类的东西。

次日大尹升厅，押过许宣见了。大尹审问："盗了周将仕库内金珠宝物在于何处？从实供来，免受刑法拷打。"许宣道："禀上相公做主，小人穿的衣服物件皆是妻子白娘子的，不知从何而来，望相公明镜详辨则个！"大尹喝道："你妻子今在何处？"许宣道："见在吉利桥下王主人楼上。"大尹即差缉捕使臣袁子明押了许宣火速捉来。

差人袁子明来到王主人店中，主人吃了一惊，连忙问道："做甚么？"许宣道："白娘子在楼上么？"主人道："你同铁头早去承天寺里，去不多时，白娘子对我说道：'丈夫去寺中闲耍，教我同青青照管楼上。此时不见回来，我与青青去寺前寻他去也，望乞主人替我照管。'出门去了，到晚不见回来。我只道与你去望亲戚，到今日不见回来。"众公人要王主人寻白娘子，前前后后遍寻不见。袁子明将王主人捉了，见大尹回话。大尹道："白娘子在何处？"王主人细细禀覆了，道："白娘子是妖怪。"大尹一一问了，道："且把许宣监了！"王主人使用了些钱，保出在外，伺候归结。

且说周将仕正在对门茶坊内闲坐，只见家人报道："金珠等物都有了，在库阁头空箱子内。"周将仕听，慌忙回家看时，果然有了，只不见了头巾、绦环、扇子并扇坠。周将仕道："明是屈了许宣，平白地害了一个人，不好。"暗地里到与该房说了，把许宣只问个小罪名。

却说邵太尉使李募事到苏州干事，来王主人家歇。主人家把许宣来到这里，又吃官事，一一从头说了一遍。李募事寻思道："看自家面上亲眷，如何看做落[22]？"只得与他央人情，上下使钱。一日，大尹把许宣一一供招明白，都做在白娘子身上，只做"不合不出首妖怪等事"，杖一百，配三百六十里，押发镇江府牢城营做工。李募事道："镇江去便不妨，我有一个结拜的叔叔，姓李名克用，在针子桥下开生药店。我写一封书，你可去投托他。"许宣只得问姐夫借了些盘缠，拜谢了王主人并姐夫，就买酒饭与两个公人吃，收拾行李起程。王主人并姐夫送了一程，各自回去了。

㉒看做落：冷眼旁观的意思。

且说许宣在路，饥餐渴饮，夜住晓行，不则一日，来到镇江。先寻李克用家，来到针子桥生药铺内。只见主管正在门前卖生药，老将仕从里面走出来，两个公人同许宣慌忙唱个喏道："小人是杭州李募事家中人，有书在此。"主管接了，递与老将仕。老将仕拆开看了，道："你便是许宣？"许宣道："小人便是。"李克用教三人吃了饭，分付当直的同到府中，下了公文，使用了钱，保领回家，防送人讨了回文，自归苏州去了。

许宣与当直一同到家中，拜谢了克用，参见了老安人。克用见李募事书，说道："许宣原是生药店中主管。"因此留他在店中做买卖，夜间教他去五条巷卖豆腐的王公楼上歇。克用见许宣药店中十分精细，心中欢喜。原来药铺中有两个主管，一个张主管，一个赵主管。赵主管一生老实本分。张主管一生克剥奸诈，倚着自老了，欺侮后辈。见又添了许宣，心中不悦，恐怕退了他，反生奸计，要嫉妒他。

忽一日，李克用来店中闲看，问："新来的做买卖如何？"张主管听了心中道："中我机谋了！"应道："好便好了，只有一件……"克用道："有甚么一件？"老张道："他大主买卖肯做，小主儿就打发去了，因此人说他不好。我几次劝他，不肯依我。"老员外说："这个容易，我自分付他便了，不怕他不依。"赵主管在傍听得此言，私对张主管说道："我们都要和气。许宣新来，我和你照管他才是。有不是宁可当面讲，如何背后去说他？他得知了，只道我们嫉妒。"老张道："你们后生家，晓得甚么！"天已晚了，各回下处。

赵主管来许宣下处道："张主管在员外面前嫉妒你，你如今要愈加用心，大主小主儿买卖，一般样做。"许宣道："多承指教。我和你去闲酌一杯。"二人同到店中，左右坐下。酒保将要饭果碟摆下，二人吃了几杯。赵主管说："老员外最性直，受不得触。你便依随他生性，耐心做买卖。"许宣道："多谢老兄厚爱，谢之不尽！"

又饮了两杯，天色晚了。赵主管道："晚了路黑难行，改日再会。"许宣还了酒钱，各自散了。

许宣觉道有杯酒醉了，恐怕冲撞了人，从屋檐下回去。正走之间，只见一家楼上推开窗，将熨斗播灰下来，都倾在许宣头上。立住脚，便骂道："谁家泼男女，不生眼睛，好没道理!"只见一个妇人，慌忙走下来，道："官人休要骂，是奴家不是，一时失误了，休怪!"许宣半醉，抬头一看，两眼相观，正是白娘子。许宣怒从心上起，恶向胆边生，无明火焰腾腾高起三千丈，掩纳不住，便骂道："你这贼贱妖精，连累得我好苦！吃了两场官事!"恨小非君子，无毒不丈夫。正是：

踏破铁鞋无觅处，得来全不费工夫。

许宣道："你如今又到这里，却不是妖怪?"赶将入去，把白娘子一把拿住，道："你要官休私休!?"白娘子陪着笑面，道："丈夫，'一夜夫妻百夜恩'，和你说来事长。你听我说，当初这衣服都是我先夫留下的。我与你恩爱深重，教你穿在身上，恩将仇报，反成吴越?"许宣道："那日我回来寻你，如何不见了？主人都说你同青青来寺前看我，因何又在此间?"白娘子道："我到寺前，听得说你被捉了去，教青青打听不着，只道你脱身走了。怕来捉我，教青青连忙讨了一只船，到建康府娘舅家去，昨日才到这里。我也道连累你两场官事，也有何面目见你！你怪我也无用了，情意相投，做了夫妻，如今好端端难道走开了？我与你情似泰山，恩同东海，誓同生死，可看日常夫妻之面，取我到下处，和你百年谐老，却不是好!"许宣被白娘子一骗，回嗔作喜，沉吟了半晌，被色迷了心胆，留连之意，不回下处，就在白娘子楼上歇了。

次日，来上河五条巷王公楼家，对王公说："我的妻子同丫鬟从苏州来到这里。"一一说了，道："我如今搬回来一处过活。"王公道："此乃好事，如何用说。"当日把白娘子同青青搬来王公楼上。次日，点茶请邻舍。第三日，邻舍又与许宣接风，酒筵散了，邻舍各自回去，不在话下。第四日，许宣早起梳洗已罢，对白娘子说："我去拜谢东西

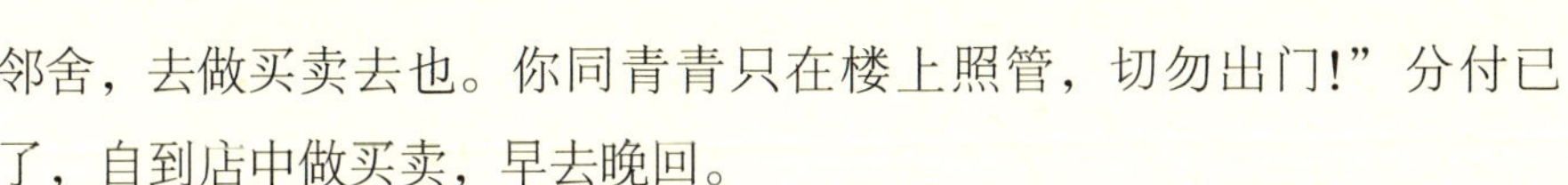

邻舍，去做买卖去也。你同青青只在楼上照管，切勿出门!”分付已了，自到店中做买卖，早去晚回。

不觉光阴迅速，日月如梭，又过一月。

忽一日，许宣与白娘子商量，去见主人李员外妈妈家眷。白娘子道：“你在他家做主管，去参见了他，也好日常走动。”到次日，雇了轿子，径进里面请白娘子上了轿，叫王公挑了盒儿，丫鬟青青跟随，一齐来到李员外家。下了轿子。进到里面，请员外出来。李克用连忙来见，白娘子深深道个万福，拜了两拜，妈妈也拜了两拜，内眷都参见了。原来李克用年纪虽然高大，却专一好色，见了白娘子有倾国之姿，正是：

三魂不附体，七魄在他身。

那员外目不转睛看白娘子。当时安排酒饭管待，妈妈对员外道：“好个伶俐的娘子！十分容貌，温柔和气，本分老成。”员外道：“便是杭州娘子生得俊俏。”酒饮罢了，白娘子相谢自回。李克用心中思想：“如何得这妇人共宿一宵?”眉头一簇，计上心来，道：“六月十三是我寿诞之日，不要慌，教这妇人着我一个道儿。”

不觉乌飞兔走，才过端午，又是六月初间。那员外道：“妈妈，十三日是我寿诞，可做一个筵席，请亲眷朋友闲耍一日，也是一生的快乐。”当日亲眷邻友主管人等，都下了请帖。次日，家家户户都送烛面手帕物件来。十三日都来赴筵，吃了一日。次日是女眷们来贺寿，也有廿来个。且说白娘子也来，十分打扮，上着青织金衫儿，下穿大红纱裙，戴一头百巧珠翠金银首饰。带了青青，都到里面拜了生日，参见了老安人。东阁下排着筵席。原来李克用吃虱子留后腿的人[23]，因见白娘子容貌，设此一计，大排筵席。各各传杯弄盏，酒至半酣，却起身脱衣净手。李员外原来预先分付腹心养娘道：“若是白娘子登东，他要进去，你可另引他到后面僻净房内去。”李员外设计已定，先自躲在后面。正是：

不劳钻穴逾墙事，稳做偷香窃玉人。

只见白娘子真个要去净手，养娘便引他到后面一间僻净房内去，养娘自回。那员外心中淫乱，捉身不住，不敢便走进去，却在门缝里张。不张万事皆休，则一张那员外大吃一惊，回身便走，来到后边，望后倒了。

不知一命如何，先觉四肢不举！

那员外眼中不见如花似玉体态，只见房中蟠着一条吊桶来粗大白蛇，两眼一似灯盏，放出金光来。惊得半死，回身便走，一绊一跤。众养娘扶起看时，面青口白。主管慌忙用安魂定魄丹服了，方才醒来。老安人与众人都来看了，道："你为何大惊小怪做甚么？"李员外不说其事，说道："我今日起得早了，连日又辛苦了些，头风病发，晕倒了。"扶去房里睡了。众亲眷主席，饮了几杯，酒筵散罢，众人作谢回家。

㉓吃虱子留后腿：形容人小气、吝啬。

白娘子回到家中思想，恐怕明日李员外在铺中对许宣说出本相来。便生一条计，一头脱衣服，一头叹气。许宣道："今日出去吃酒，因何回来叹气？"白娘子道："丈夫，说不得！李员外原来假做生日，其心不善。因见我起身登东，他躲在里面，欲要奸骗我，扯裙扯裤，来调戏我。欲待叫起来，众人都在那里，怕妆幌子。被我一推倒地，他怕羞没意思，假说晕倒了。这惶恐那里出气！"许宣道："既不曾奸骗你，他是我主人家，出于无奈，只得忍了这遭，休去便了。"白娘子道："你不与我做主，还要做人？"许宣道："先前多承姐夫写书教我投奔他家，亏他不阻，收留在家做主管，如今教我怎的好？"白娘子道："男子汉，我被他这般欺负，你还去他家做主管？"许宣道："你教我何处去安身？做何生理？"白娘子道："做人家主管也是下贱之事，不如自开一个生药铺。"许宣道："亏你说，只是那讨本钱？"白娘子道："你放心，这个容易。我明日把些银子，你先去赁了间房子，却又说话。"

且说"今是古，古是今"，各处有这等出热的[24]。间壁有一个人，

姓蒋名和，一生出热好事。次日，许宣问白娘子讨了些银了，教蒋和去镇江渡口马头上，赁了一间房子，买下一付生药厨柜，陆续收买生药。十月前后，俱已完备，选日开张药店，不去做主管。那李员外也自知惶恐，不去叫他。

㉔出热：热心肠、热心出力。

许宣自开店来，不匡买卖一日兴一日，普得厚利。正在门前卖生药，只见一个和尚将着一个募缘簿子，道："小僧是金山寺和尚，如今七月初七日是英烈龙王生日，伏望官人到寺烧香，布施些香钱。"许宣道："不必写名，我有一块好降香，舍与你拿去烧罢。"即便开柜取出，递与和尚。和尚接了，道："是日望官人来烧香！"打一个问讯去了。白娘子看见道："你这杀才，把这一块好香与那贼秃去换酒肉吃！"许宣道："我一片诚心舍与他，花费了也是他的罪过。"

不觉又是七月初七日，许宣正开得店，只见街上闹热，人来人往。帮闲的蒋和道："小乙官，前日布施了香，今日何不去寺内闲走一遭?"许宣道："我收拾了，略待略待，和你同去。"蒋和道："小人当得相伴。"许宣连忙收拾了，进去对白娘子道："我去金山寺烧香，你可照管家里则个。"白娘子道："'无事不登三宝殿'，去做甚么?"许宣道："一者不曾认得金山寺，要去看一看；二者前日布施了，要去烧香。"白娘子道："你既要去，我也挡你不得，只要依我三件事。"许宣道："那三件?"白娘子道："一件，不要去方丈内去；二件，不要与和尚说话；三件，去了就回。来得迟，我便来寻你也。"许宣道："这个何妨，都依得。"当时换了新鲜衣服鞋袜，袖了香盒，同蒋和径到江边，搭了船，投金山寺来。先到龙王堂烧了香，绕寺闲走了一遍，同众人信步来到方丈门前。许宣猛省道："妻子分付我休要进方丈内去。"立住了脚，不进去。蒋和道："不妨事。他自在家中，回去只说不曾去便了。"说罢，走入去看了一回，便出来。

且说方丈当中座上，坐着一个有德行的和尚，眉清目秀，圆顶方袍，看了模样，的是真僧。一见许宣走过，便叫侍者："快叫那后生进来。"侍者看了一回，人千人万，乱滚滚的，又不记得他，回说："不知他走那边去了？"和尚见说，持了禅杖，自出方丈来，前后寻不见。复身出寺来看，只见众人都在那里等风浪静了落船。那风浪越大了，道："去不得。"正看之间，只见江心里一只船，飞也似来得快。

许宣对蒋和道："这般大风浪过不得渡，那只船如何到来得快！"正说之间，船已将近。看时，一个穿白的妇人，一个穿青的女子来到岸边。仔细一认，正是白娘子和青青两个。许宣这一惊非小。白娘子来到岸边，叫道："你如何不归？快来上船！"许宣却欲上船，只听得有人在背后喝道："业畜在此做甚么？"许宣回头看时，人说道："法海禅师来了！"禅师道："业畜，敢再来无礼，残害生灵！老僧为你特来。"白娘子见了和尚，摇开船，和青青把船一翻，两个都翻下水底去了。许宣回身看着和尚便拜："告尊师，救弟子一条草命！"禅师道："你如何遇着这妇人？"许宣把前项事情从头说了一遍。禅师听罢，道："这妇人正是妖怪，汝可速回杭州去。如再来缠汝，可到湖南净慈寺里来寻我。有诗四句：

本是妖精变妇人，西湖岸上卖娇声。

汝因不识遭他计，有难湖南见老僧。

许宣拜谢了法海禅师，同蒋和下了渡船，过了江，上岸归家。白娘子同青青都不见了，方才信是妖精。到晚来，教蒋和相伴过夜。心中昏闷，一夜不睡。次日早起，叫蒋和看着家里，却来到针子桥李克用家，把前项事情告诉了一遍。李克用道："我生日之时，他登东，我撞将去，不期见了这妖怪，惊得我死去；我又不敢与你说这话。既然如此，你且搬来我这里住着，别作道理。"许宣作谢了李员外，依旧搬到他

家。不觉住过两月有馀。

忽一日，立在门前，只见地方总甲分付排门人等[25]，俱要香花灯烛，迎接朝廷恩赦。原来是宋高宗策立孝宗，降赦通行天下，只除人命大事，其馀小事，尽行赦放回家。许宣遇赦，欢喜不胜，吟诗一首，诗云：

感谢吾皇降赦文，网开三面许更新。

死时不作他邦鬼，生日还为旧土人。

不幸逢妖愁更甚，何期遇宥罪除根。

归家满把香焚起，拜谢乾坤再造恩。

许宣吟诗已毕，央李员外衙门上下打点使用了钱，见了大尹，给引还乡[26]。拜谢东邻西舍，李员外妈妈合家大小，二位主管，俱拜别了。央帮闲的蒋和买了些土物带回杭州。

㉕总甲：宋制，居户每二三十家为一甲，轮流推出一个甲头负责地方上的事务。排门人等：挨家挨户的人们。

㉖引：路引，通行证。

来到家中，见了姐夫姐姐，拜了四拜。李募事见了许宣，焦躁道："你好生欺负人，我两遭写书教你投托人，你在李员外家娶了老小，不直得寄封书来教我知道，直恁的无仁无义！"许宣说："我不曾娶妻小。"姐夫道："见今两日前，有一个妇人，带着一个丫鬟，道是你的妻子。说你七月初七日去金山寺烧香，不见回来。那里不寻到？直到如今，打听得你回杭州，同丫鬟先到这里，等你两日了。"教人叫出那妇人和丫鬟，见了许宣。许宣看见，果是白娘子、青青。许宣见了，目睁口呆，吃了一惊。不在姐夫姐姐面前说这话本[27]，只得任他埋怨了一场。

㉗话本：指自己所经历的事情的始末缘由。

李募事教许宣共白娘子去一间房内去安身。许宣见晚了，怕这白娘子，心中慌了，不敢向前，朝着娘子跪在地下，道："不知你是何神何鬼，可饶我的性命！"白娘子道："小乙哥，是何道理？我和你许多时夫妻，又不曾亏负你，如何说这等没力气的话。"许宣道："自从和你相识之后，带累我吃了两场官司。我到镇江府，你又来寻我。前日金山寺烧香，归得迟了，你和青青又直赶来。见了禅师，便跳下江里去了。我只道你死了，不想你又先到此。望乞可怜见，饶我则个！"白娘子圆睁怪眼，道："小乙官，我也只是为好，谁想到成怨本！我与你平生夫妇，共枕同衾，许多恩爱，如今却信别人闲言语，教我夫妻不睦。我如今实对你说，若听我言语，喜喜欢欢，万事皆休；若生外心，教你满城皆为血水，人人手攀洪浪，脚踏浑波，皆死于非命。"惊得许宣战战兢兢，半晌无言可答，不敢走近前去。青青劝道："官人，娘子爱你杭州人生得好，又喜你恩情深重。听我说，与娘子和睦了，休要疑虑。"许宣吃两个缠不过，叫道："却是苦耶！"只见姐姐在天井里乘凉，听得叫苦，连忙来到房前，只道他两个儿厮闹，拖了许宣出来。白娘子关上房门自睡。

许宣把前因后事，一一对姐姐了告诉了一遍。却好姐夫乘凉归房，姐姐道："他两口儿厮闹了，如今不知睡了也未，你且去张一张了来。"李募事走到房前看时，里头黑了，半亮不亮。将舌头咶破纸窗，不张万事皆休，一张时，见一条吊桶来大的蟒蛇，睡在床上，伸头在天窗内乘凉，鳞甲内放出白光来，照得房内如同白日。吃了一惊，回身便走。来到房中，不说其事。道："睡了，不见则声。"许宣躲在姐姐房中，不敢出头，姐夫也不问他。过了一夜。

次日，李募事叫许宣出去，到僻静处问道："你妻子从何娶来？实实的对我说，不要瞒我。自昨夜亲眼看见他是一条大白蛇，我怕你姐姐害怕，不说出来。"许宣把从头事，一一对姐夫说了一遍。李募事道："既是这等，白马庙前一个呼蛇戴先生，如法捉得蛇，我同你去接他。"二人取路来到白马庙前，只见戴先生正立在门口。二人道："先生拜

揖。”先生道：“有何见谕？”许宣道：“家中有一条大蟒蛇，相烦一捉则个！”先生道：“宅上何处？”许宣道：“过军将桥黑珠儿巷内李募事家便是。”取出一两银子道：“先生收了银子，待捉得蛇，另又相谢。”先生收了道：“二位先回，小子便来。”李募事与许宣自回。

那先生装了一瓶雄黄药水，一直来到黑珠儿巷内，问李募事家。人指道：“前面那楼子内便是。”先生来到门前，揭起帘子，咳嗽一声，并无一个人出来。敲了半晌门，只见一个小娘子出来问道：“寻谁家？”先生道：“此是李募事家么？”小娘子道：“便是。”先生道：“说宅上有一条大蛇，却才二位官人来请小子捉蛇。”小娘子道：“我家那有大蛇？你差了。”先生道：“官人先与我一两银子，说捉了蛇后有重谢。”白娘子道：“没有，休信他们哄你。”先生道：“如何作耍？”白娘子三回五次发落不去，焦躁起来，道：“你真个会捉蛇？只怕你捉他不得!”戴先生道：“我祖宗七八代呼蛇捉蛇，量道一条蛇有何难捉!”

娘子道：“你说捉得，只怕你见了要走!”先生道：“不走，不走!如走，罚一锭白银。”娘子道：“随我来。”到天井内，那娘子转个弯，走进去了。那先生手中提着瓶儿，立在空地上。不多时，只见刮起一阵冷风，风过处，只见一条吊桶来大的蟒蛇，速射将来，正是：

人无害虎心，虎有伤人意。

且说那戴先生吃了一惊，望后便倒，雄黄罐儿也打破了。那条大蛇张开血红大口，露出雪白齿，来咬先生。先生慌忙爬起来，只恨爹娘少生两脚，一口气跑过桥来，正撞着李募事与许宣。许宣道：“如何?”那先生道：“好教二位得知……”把前项事从头说了一遍。取出那一两银子，付还李募事道：“若不生这双脚，连性命都没了。二位自去照顾别人。”急急的去了。

许宣道：“姐夫，如今怎么处?”李募事道：“眼见实是妖怪了。如今赤山埠前张成家欠我一千贯钱。你去那里静处，讨一间房儿住下。那怪物不见了你，自然去了。”许宣无计可奈，只得应承。同姐夫到家时，静悄悄的没些动静。李募事写了书帖，和票子做一封，教许宣往赤山埠去。只见白娘子叫许宣到房中道：“你好大胆，又叫甚么捉蛇的来!你若和我好意，佛眼相看；若不好时，带累一城百姓受苦，都死于非命!”许宣听得，心寒胆战，不敢则声。将了票子，闷闷不已，来到赤山埠前，寻着了张成。随即袖中取票时，不见了，只叫得苦，慌忙转步，一路寻回来时，那里见!

正闷之间，来到净慈寺前，忽地里想起那金山寺长老法海禅师曾分付来：“倘若那妖怪再来杭州缠你，可来净慈寺内来寻我。”如今不寻，更待何时？急入寺中，问监寺道[28]：“动问和尚，法海禅师曾来刹也未?”那和尚道：“不曾到来。”许宣听得说不在，越闷，折身便回来长桥堍下[29]，自言自语道：“‘时衰鬼弄人’，我要性命何用?”看着一湖清水，却待要跳，正是：

阎王判你三更到，定不容人到四更。

㉘监寺：寺庙中主持事务的僧人，地位仅次于方丈。

㉙堍（tù）：桥两头靠近平地的地方。

许宣正欲跳水，只听得背后有人叫道："男子汉何故轻生？死了一万口，只当五千双，有事何不问我！"许宣回头看时，正是法海禅师，背驮衣钵，手提禅杖，原来真个才到。也是不该命尽，再迟一碗饭时，性命也休了。许宣见了禅师，纳头便拜，道："救弟子一命则个！"禅师道："这业畜在何处？"许宣把上项事一一诉了，道："如今又直到这里，求尊师救度一命。"禅师于袖中取出一个钵盂，递与许宣道："你若到家，不可教妇人得知，悄悄地将此物劈头一罩。切勿手轻，紧紧的按住，不可心慌。你便回去。"

且说许宣拜谢了禅师，回家。只见白娘子正坐在那里，口内喃喃的骂道："不知甚人挑拨我丈夫和我做冤家，打听出来，和他理会！"正是有心等了没心的，许宣张得他眼慢，背后悄悄的，望白娘子头上一罩，用尽平生气力纳住，不见了女子之形，随着钵盂慢慢的按下，不敢手松，紧紧的按住。只听得钵盂内道："和你数载夫妻，好没一些儿人情！略放一放！"

许宣正没了结处，报道："有一个和尚，说道：'要收妖怪。'"许宣听得，连忙教李募事请禅师进来。来到里面，许宣道："救弟子则个！"不知禅师口里念的甚么，念毕，轻轻的揭起钵盂，只见白娘子缩做七八寸长，如傀儡人像，双眸紧闭，做一堆儿，伏在地下。禅师喝道："是何业畜妖怪，怎敢缠人？可说备细！"白娘子答道："禅师，我是一条大蟒蛇。因为风雨大作，来到西湖上安身，同青青一处。不想遇着许宣，春心荡漾，按纳不住，一时冒犯天条，却不曾杀生害命，望禅师慈悲则个！"禅师又问："青青是何怪？"白娘子道："青青是西湖内第三桥下潭内千年成气的青鱼。一时遇着，拖他为伴。他不曾得一日欢

娱，并望禅师怜悯!”禅师道：“念你千年修炼，免你一死，可现本相!”白娘子不肯。禅师勃然大怒，口中念念有词，大喝道：“揭谛何在[30]？快与我擒青鱼怪来，和白蛇现形，听吾发落!”须臾庭前起一阵狂风。风过处，只闻得豁刺一声响，半空中坠下一个青鱼，有一丈多长，向地拨刺的连跳几跳，缩做尺馀长一个小青鱼。看那白娘子时，也复了原形，变了三尺长一条白蛇，兀自昂头看着许宣。禅师将二物置于钵盂之内，扯下褊衫一幅[31]，封了钵盂口。拿到雷峰寺前，将钵盂放在地下，令人搬砖运石，砌成一塔。后来许宣化缘，砌成了七层宝塔，千年万载，白蛇和青鱼不能出世。

㉚揭谛：佛教所说的护法神之一。

㉛褊（biǎn）衫：佛教中的服装，斜披在肩上，袒露出右臂，这里指的是袈裟。

且说禅师押镇了，留偈四句：

西湖水干，江潮不起，

雷峰塔倒，白蛇出世。

法海禅师言偈毕[32]，又题诗八句，以劝后人：

奉劝世人休爱色，爱色之人被色迷。

心正自然邪不扰，身端怎有恶来欺。

但看许宣因爱色，带累官司惹是非。

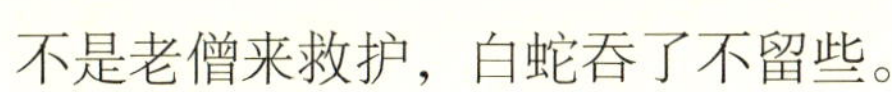
不是老僧来救护，白蛇吞了不留些。

㉜偈（jì）：梵语“颂”，即佛教中的唱词，通常以四句为一偈。

法海禅师吟罢，各人自散。惟有许宣情愿出家，礼拜禅师为师，就雷峰塔披剃为僧。修行数年，一夕坐化去了。众僧买龛烧化，造一座骨塔，千年不朽。临去世时，亦有诗八句，留以警世，诗曰：

祖师度我出红尘，铁树开花始见春。
化化轮回重化化，生生转变再生生。
欲知有色还无色，须识无形却有形。
色即是空空即色，空空色色要分明。

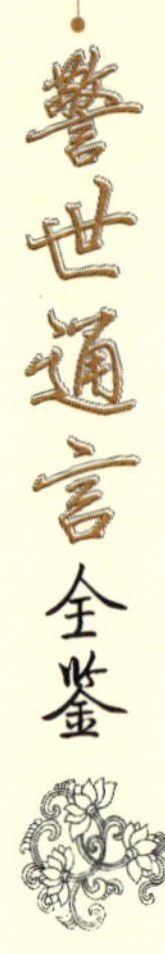

十五　宿香亭张浩遇莺莺

【精要简介】

本篇讲述的是官宦之女李莺莺与富家公子张浩之间动人的爱情故事，表现了女主人公对爱情和婚姻的大胆追求。

【原文鉴赏】

闲向书斋阅古今，生非草木岂无情。

佳人才子多奇遇，难比张生遇李莺。

话说西洛有一才子[①]，姓张名浩，字巨源，自儿曹时清秀异众。既长，才擒蜀锦，貌莹寒冰，容止可观，言词简当。承祖父之遗业，家藏镪数万[②]，以财豪称于乡里。贵族中有慕其门第者，欲结婚姻；虽媒妁日至，浩正色拒之。人谓浩曰："君今冠矣。男子二十而冠，何不求名家令德女子配君？其理安在？"浩曰："大凡百岁姻缘，必要十分美满。某虽非才子，实慕佳人。不遇出世娇姿，宁可终身鳏处。且俟功名到手之日，此愿或可遂耳。"缘此至弱冠之年，犹未纳室。浩性喜厚自奉养，所居连檐重阁，洞户相通，华丽雄壮，与王侯之家相等。浩犹以为隘窄，又于所居之北创置一园，中有：

风亭月榭，杏坞桃溪。云楼上倚晴空，水阁下临清泚[③]。横塘曲岸，露偃月虹桥[④]；

朱槛雕栏，叠生云怪石。烂熳奇花艳蕊，深沉竹洞花房。飞异域佳禽，植上林珍果。绿荷密锁寻芳路，翠柳低笼斗草场。

浩暇日多与亲朋宴息其间。西都风俗，每至春时，园圃无大小，皆

修莳花木，洒扫亭轩，纵游人玩赏，以此递相夸逞，士庶为常。浩闾巷有名儒廖山甫者，学行俱高，可为师范，与浩情爱至密。浩喜园馆新成，花木茂盛。一日，邀山甫闲步其中，行至宿香亭共坐。时当仲春，桃李正芳，牡丹花放，嫩白妖红，环绕亭砌。浩谓山甫曰："淑景明媚，非诗酒莫称韶光。今日幸无俗事，先饮数杯，然后各赋一诗，咏目前景物。虽园圃消疏，不足以当君之盛作，若得一诗，可以永为壮观。"山甫曰："愿听指挥。"浩喜，即呼小童，具饮器、笔砚于前。

①西洛：宋代，以洛阳为陪都，因在开封西，故称洛阳为西洛。

②镪（qiǎng）：钱串，引申为成串的钱。后多指银子或银锭。

③清泚（cǐ）：清澈的流水。

④偃月：半月形。

酒三行，方欲索题，忽遥见亭下花间，有流莺惊飞而起。山甫曰："莺语堪听，何故惊飞?"浩曰："此无他，料必有游人偷折花耳。邀先生一往观之。"遂下宿香亭，径入花阴，蹑足潜身，寻踪而去。过太湖石畔，芍药栏边，见一垂鬟女子，年方十五，携一小青衣，倚栏而立。但见：

新月笼眉，春桃拂脸。意态幽花未艳，肌肤嫩玉生光。莲步一折，着弓弓扣绣鞋儿；

螺髻双垂，插短短紫金钗子。似向东君夸艳态，倚栏笑对牡丹丛。

浩一见之，神魂飘荡，不能自持。又恐女子惊避，引山甫退立花阴下。端详久之，真出世色也。告山甫曰："尘世无此佳人，想必上方花月之妖!"山甫曰："花月之妖，岂敢昼见？天下不乏美妇人，但无缘者自不遇耳。"浩曰："浩阅人多矣，未尝见此殊丽。使浩得配之，足快平生。兄有何计，使我早遂佳期，则成我之恩，与生我等矣!"山甫曰："以君之门第才学，欲结婚姻，易如反掌，何须如此劳神?"浩曰："君言未当。若不遇其人，宁可终身不娶；今既遇之，即顷刻亦难捱也。媒妁通问，必须岁月，将无已在枯鱼之肆乎!"山甫曰："但患不谐，苟得谐，何患晚也？请询其踪迹，然后图之。”

浩此时情不自禁，遂整巾正衣，向前而揖。女子敛袂答礼。浩启女子曰：“贵族谁家？何因至此？”女子笑曰：“妾乃君家东邻也。今日长幼赴亲族家会，惟妾不行。闻君家牡丹盛开，故与青衣潜启隙户至此。”浩闻此语，乃知李氏之女莺莺也，与浩童稚时曾共扶栏之戏。再告女子曰：“敝园荒芜，不足寓目，幸有小馆，欲备肴酒，尽主人接邻里之欢，如何？”女曰：“妾之此来，本欲见君。若欲开樽，决不敢领。愿无及乱，略诉此情。”浩拱手鞠躬而言曰：“愿闻所谕！”女曰：“妾自幼年慕君清德，缘家有严亲，礼法所拘，无因与君聚会。今君犹未娶，妾亦垂髫[⑤]，若不以丑陋见疏，为通媒妁，使妾异日奉箕帚之末[⑥]，立祭祀之列，奉侍翁姑，和睦亲族，成两姓之好，无七出之玷，此妾之素心也。不知君心还肯从否？”

⑤垂髫：指儿童或童年。这里指“长成”。

⑥奉箕帚：操持家务，借指妻子。

浩闻此言，喜出望外，告女曰：“若得与丽人偕老，平生之乐事足矣！但未知缘分何如耳？”女曰：“两心既坚，缘分自定。君果见许，愿求一物为定，使妾藏之异时，表今日相见之情。”浩仓卒中无物表意，遂取系腰紫罗绣带，谓女曰：“取此以待定议。”女亦取拥项香罗，谓浩曰：“请君作诗一篇，亲笔题于罗上，庶几他时可以取信。”浩心转喜，呼童取笔砚，指栏中未开牡丹为题，赋诗一绝于香罗之上，诗曰：

沉香亭畔露凝枝，敛艳含娇未放时。

自是名花待名手，风流学士独题诗。

女见诗大喜，取香罗在手，谓浩曰：“君诗句清妙，中有深意，真才干也。此事切宜缄口，勿使人知。无忘今日之言，必遂他时之乐。父母恐回，妾且归去。”道罢，莲步却转，与青衣缓缓而去。

浩时酒兴方浓，春心淫荡，不能自遏，自言：“‘下坡不赶，次后难逢。’争忍弃人归去？杂花影下，细草如茵，略效鸳鸯，死亦无恨！”遂奋步赶上，双手抱持。女子顾恋恩情，不忍移步绝裾而去，正欲启口致辞，含羞告免。忽自后有人言曰：“相见已非正礼，此事决然不可！若能用我一言，可以永谐百岁。”浩舍女回视，乃山甫也。女子已去。山甫曰；“但凡读书，盖欲知礼别嫌。今君诵孔圣之书，何故习小人之态？若使女子去迟，父母先回，必询究其所往，则女祸延及于君。岂可恋一时之乐，损终身之德？请君三思，恐成后悔！”浩不得已，怏怏复回宿香亭上，与山甫尽醉散去。

自此之后，浩但当歌不语，对酒无欢，月下长吁，花前偷泪。俄而绿暗红稀，春光将暮。浩一日独步闲斋，反覆思念。一段离愁，方恨无人可诉，忽有老尼惠寂自外而来，乃浩家香火院之尼也[⑦]。浩礼毕，问曰：“吾师何来？”寂曰：“专来传达书信。”浩问：“何人致意于我？”

寂移坐促席请浩曰："君东邻李家女子莺莺，再三申意。"浩大惊，告寂曰："宁有是事？吾师勿言！"寂曰："此事何必自隐？听寂拜闻：李氏为寂门徒二十馀年，其家长幼相信。今日因往李氏诵经，知其女莺莺染病，寂遂劝令勤服汤药。莺屏去侍妾，私告寂曰：'此病岂药所能愈耶？'寂再三询其仔细，莺遂说及园中与君相见之事，又出罗巾上诗，向寂言：'此即君所作也。'令我致意于君，幸勿相忘，以图后会。盖莺与寂所言也，君何用隐讳耶？"浩曰："事实有之，非敢自隐。但虑传扬遐迩，取笑里闾。今日吾师既知，使浩如何而可？"寂曰："早来既知此事，遂与莺父母说及莺亲事，答云：'女儿尚幼，未能干家。'观其意在二三年后，方始议亲。更看君缘分如何？"言罢，起身谓浩曰："小庵事冗，不及款话，如日后欲寄音信，但请垂谕！"遂相别去。自此香闺密意，书幌幽怀，皆托寂私传。

⑦香火院：私人建造庙宇，供奉香火，替自己求神佛保佑。

光阴迅速，倏忽之间，已经一载。节过清明，桃李飘零，牡丹半折。浩倚栏凝视，睹物思人，情绪转添。久之，自思去岁此时，相逢花畔，今岁花又重开，玉人难见。沉吟半晌，不若折花数枝，托惠寂寄莺莺同赏。遂召寂至，告曰："今折得花数枝，烦吾师持往李氏，但云吾师所献。若见莺莺，作浩起居：去岁花开时，相见于西栏畔；今花又开，人犹间阻。相忆之心，言不可尽！愿似叶如花，年年长得相见。"寂曰："此事易为，君可少待。"遂持花去。

逾时复来，浩迎问："如何？"寂于袖中取彩笺小柬，告浩曰："莺莺寄君，切勿外启！"寂乃辞去。浩启封视之，曰："妾莺莺拜启：相别经年，无日不怀思忆。前令乳母以亲事白于父母，坚意不可。事须后图，不可仓卒。愿君无忘妾，妾必不负君！姻若不成，誓不他适。其他心事，询寂可知。昨夜宴花前，众皆欢笑，独妾悲伤。偶成小词，略诉心事，君读之，可以见妾之意。读毕毁之，切勿外泄！

词曰：

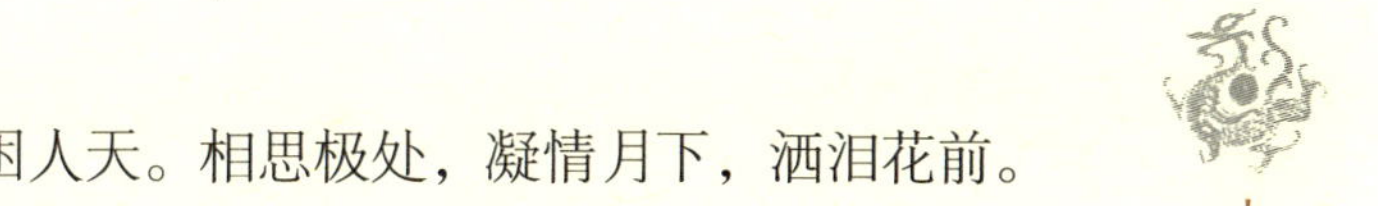

红疏绿密时喧，还是困人天。相思极处，凝情月下，洒泪花前。

誓约已知俱有愿，奈日前两处悬悬。鸾凰未偶，清宵最苦，月甚先圆？

浩览毕，敛眉长叹，曰："好事多磨，信非虚也！"展放案上，反覆把玩，不忍释手。感刻寸心，泪下如雨。又恐家人见疑，询其所因，遂伏案掩面，偷声潜泣。

良久，举首起视，见日影下窗，暝色已至。浩思适来书中言："心事讯寂可知"，今抱愁独坐，不若询访惠寂，究其仔细，庶几少解情怀。遂徐步出门，路过李氏之家，时夜色已阑，门户皆闭。浩至此，想象莺莺，心怀爱慕，步不能移，指李氏之门曰："非插翅步云，安能入此？"方徘徊未进，忽见旁有隙户半开，左右寂无一人。浩大喜曰："天赐此便，成我佳期！远托惠寂，不如潜入其中，探问莺莺消息。"浩为情爱所重，不顾礼法，蹑足而入。既到中堂，匿身回廊之下，左右顾盼，见：

闲庭悄悄，深院沉沉。静中闻风响丁当，暗里见流萤聚散。更筹渐急，窗中风弄残灯；夜色已阑，阶下月移花影。香闺想在屏山后，远似巫阳千万重。

浩至此，茫然不知所往。独立久之，心中顿省。自思设若败露，为之奈何？不惟身受苦楚，抑且玷辱祖宗，此事当款曲图之[8]。不期隙户已闭，返转回廊，方欲寻路复归，忽闻室中有低低而唱者。浩思深院净夜，何人独歌？遂隐住侧身，静听所唱之词，乃《行香子》词：

雨后风微，绿暗红稀燕巢成，蝶绕残枝。杨花点点，永日迟迟。动离怀，牵别恨，鹧鸪啼。

辜负佳期，虚度芳时，为甚褪尽罗衣？宿香亭下，红芍栏西。当时情，今日恨，有谁知！

但觉如雏莺啭翠柳阴中，彩凤鸣碧梧枝上。想是清夜无人，调韵转美。浩审词察意，若非莺莺，谁知宿香亭之约？但得一见其面，死亦无悔。方欲以指击窗，询问仔细，忽有人叱浩曰：“良士非媒不聘，女子无故不婚。今女按板于窗中，小子逾墙到厅下，皆非善行，玷辱人伦。执诣有司，永作淫奔之戒。”浩大惊退步，失脚堕于砌下。久之方醒，开目视之，乃伏案昼寝于书窗之下，时日将晡矣。

⑧款曲：周详。

浩曰：“异哉梦也！何显然如是？莫非有相见之期，故先垂吉兆告我？”方心绪扰扰未定，惠寂复来。浩讯其意。寂曰：“适来只奉小柬而去，有一事偶忘告君。莺莺传语，他家所居房后，乃君家之东墙也，高无数尺。其家初夏二十日，亲族中有婚姻事，是夕举家皆往，莺托病不行。令君至期，于墙下相待，欲逾墙与君相见，君切记之。”惠寂且去，浩欣喜之心，言不能尽。

屈指数日，已至所约之期。浩遂张帷幄，具饮馔，器用玩好之物，皆列于宿香亭中。日既晚，悉逐僮仆出外，惟留一小鬟。反闭园门，倚梯近墙，屏立以待。未久，夕阳消柳外，暝色暗花间，斗柄指南，夜传初鼓。浩曰："惠寂之言岂非谑我乎?"语犹未绝，粉面新妆，半出短墙之上。浩举目仰视，乃莺莺也。急升梯扶臂而下，携手偕行，至宿香亭上。明烛并坐，细视莺莺，欣喜转盛。告莺曰："不谓丽人果肯来此!"莺曰："妾之此身，异时欲作闺门之事，今日宁肯诳语!"浩曰："肯饮少酒，共庆今宵佳会，可乎?"莺曰："难禁酒力，恐来朝获罪于父母。"浩曰："酒既不饮，略歇如何?"莺笑倚浩怀，娇羞不语。浩遂与解带脱衣，入鸳帏共寝。但见：

宝炬摇红，麝裀吐翠。金缕绣屏深掩，绀纱斗帐低垂。并连鸳枕，如双双比目同波；共展香衾，似对对春蚕作茧。向人尤殢春情事[9]，一搦纤腰怯未禁。

须臾，香汗流酥，相偎微喘，虽楚王梦神女，刘阮入桃源，相得之欢，皆不能比。少顷，莺告浩曰："夜色已阑，妾且归去。"浩亦不敢相留，遂各整衣而起。浩告莺曰："后会未期，切宜保爱!"莺曰："去岁偶然相遇，犹作新诗相赠。今夕得侍枕席，何故无一言见惠[10]？岂非猥贱之躯，不足当君佳句?"浩笑谢莺曰："岂有此理！谨赋一绝：

华胥佳梦徒闻说[11]，解佩江皋浪得声[12]。

一夕东轩多少事，韩生虚负窃香名[13]。

莺得诗，谓浩曰："妾之此身，今已为君所有，幸终始成之。"遂携手下亭，转柳穿花，至墙下，浩扶策莺升梯而去。

⑨尤殢（tì）：尤云殢雨的简称，比喻缠绵于男女的欢爱。

⑩见惠：送给我。

⑪华胥：指梦境。

⑫解佩江皋浪得声：神话传说，江妃二女在江边遇见郑交甫，郑向她们乞求玉佩，二女解了玉佩送给他，发生了恋爱。后用"汉皋解佩"作为男女爱慕的典故。

⑬韩生虚负窃香名：西晋时，大臣贾充的女儿贾午和父亲的僚属韩

寿恋爱，偷了皇帝赐给父亲的异香给韩寿使用。

自此之后，虽音耗时通，而会遇无便。经数日，忽惠寂来告曰："莺莺致意，其父守官河朔，来日挈家登程，愿君莫忘旧好。候回日，当议秦晋之礼⑭！"惠寂辞去。浩神悲意惨，度日如年，抱恨怀愁，俄经二载。

⑭秦晋：春秋时，秦晋两国世代通婚，后因此称两姓联姻为"秦晋之好"。

一日，浩季父召浩，语曰："吾闻不孝以无嗣为大，今汝将及当立之年，犹未纳室，虽未至绝嗣，而内政亦不可缺。此中有孙氏者，累世仕宦，家业富盛，其女年已及笄⑮，幼奉家训，习知妇道。我欲与汝主婚，结亲孙氏。今若失之，后无令族。"浩素畏季父赋性刚暴，不敢抗拒，又不敢明言李氏之事，遂通媒妁，与孙氏议姻。择日将成，而莺莺之父任满方归。浩不能忘旧情，乃遣惠寂密告莺曰："浩非负心，实被季父所逼，复与孙氏结亲。负心违愿，痛彻心髓！"莺谓寂曰："我知其叔父所为，我必能自成其事。"寂曰："善为之！"遂去。

⑮及笄（jī）：古代女子满十五岁结发，用笄贯之，因而称女子满十五岁为及笄。指已到了结婚的年龄。

莺启父母曰："儿有过恶，玷辱家门，愿先启一言，然后请死。"父母惊骇，询问："我儿何自苦如此？"莺曰："妾自幼岁慕西邻张浩才名，曾以此身私许偕老。曾令乳母白父母，欲与浩议姻，当日尊严不蒙允许。今闻浩与孙氏结婚，弃妾此身，将归何地？然女行已失，不可复嫁他人，此愿若违，含笑自绝。"父母惊谓莺曰："我止有一女，所恨未能选择佳婿。若早知，可以商议。今浩既已结婚，为之奈何？"莺曰："父母许以儿归浩，则妾自能措置。"父曰："但愿亲成，一切不问。"莺曰："果如是，容妾诉于官府。"遂取纸作状，更服旧妆，径至河南府讼庭之下。

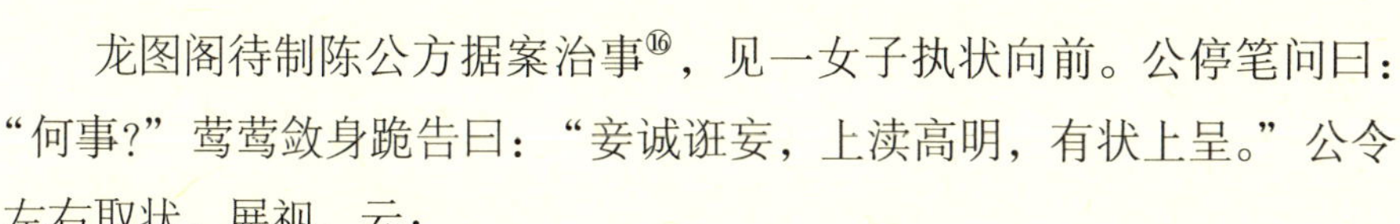

龙图阁待制陈公方据案治事[16]，见一女子执状向前。公停笔问曰：“何事?”莺莺敛身跪告曰：“妾诚诳妄，上渎高明，有状上呈。”公令左右取状，展视，云：

告状妾李氏：切闻语云：‘女非媒不嫁。’此虽至论，亦有未然，何也？昔文君心喜司马，贾午志慕韩寿，此二女皆有私奔之名，而不受无媒之谤。盖所归得人，青史标其令德，注在篇章。使后人断其所为，免委身于庸俗。妾于前岁慕西邻张浩才名，已私许之偕老。言约已定，誓不变更。今张浩忽背前约，使妾呼天叩地，无所告投。切闻律设大法，礼顺人情。若非判府龙图明断，孤寡终身何恃！为此冒耻渎尊，幸望台慈，特赐予决[17]！谨状。

陈公读毕，谓莺莺曰：“汝言私约已定，有何为据?”莺取怀中香罗并花笺上二诗，皆浩笔也。陈公命追浩至公庭，责浩与李氏既已约婚，安可再婚孙氏？浩仓卒但以叔父所逼为辞，实非本心。再讯莺曰：“尔意如何?”莺曰：“张浩才名，实为佳婿。使妾得之，当克勤妇道。实龙图主盟之大德。”陈公曰：“天生才子佳人，不当使之孤另，我今曲与汝等成之。”遂于状尾判云：

花下相逢，已有终身之约；中道而上，竟乖偕老之心。在人情既出至诚，论律文亦有所禁。宜从先约，可断后婚。

判毕，谓浩曰：“吾今判合与李氏为婚。”二人大喜，拜谢相公恩德，遂成夫妇，偕老百年。

后生二子，俱擢高科。话名《宿香亭张浩遇莺莺》：

当年崔氏赖张生，今日张生仗李莺。

同是风流千古话，西厢不及宿香亭。

⑯龙图阁待制：北宋阁名，存放皇帝御书、各种典籍、图画、宝瑞等物。有学士、直学士、待制、直阁等官。

⑰予决：许可的判决。

十六　杜十娘怒沉百宝箱

【精要简介】

本篇通过讲述京城名姬杜十娘对爱情和幸福的追求及理想破灭、悲愤自沉的故事，揭露了封建社会制度对女性的侮辱与残害，批判了封建伦理道德的虚伪和冷酷。

【原文鉴赏】

扫荡残胡立帝畿①，龙翔凤舞势崔嵬。

左环沧海天一带，右拥太行山万围。

戈戟九边雄绝塞，衣冠万国仰垂衣。

太平人乐华胥世，永永金瓯共日辉②。

这首诗，单夸我朝燕京建都之盛。说起燕都的形势，北倚雄关，南压区夏，真乃金城天府，万年不拔之基。当先洪武爷扫荡胡尘③，定鼎金陵，是为南京。到永乐爷从北平起兵靖难④，迁于燕都，是为北京。只因这一迁，把个苦寒地面变作花锦世界。自永乐爷九传至于万历爷⑤，此乃我朝第十一代的天子。这位天子，聪明神武，德福兼全，十岁登基，在位四十八年，削平了三处寇乱。那三处？

日本关白平秀吉⑥，西夏哱承恩⑦，播州杨应龙⑧。

平秀吉侵犯朝鲜，哱承恩、杨应龙是土官谋叛，先后削平。远夷莫不畏服，争来朝贡。真个是：

一人有庆民安乐，四海无虞国太平。

①残胡：指元朝统治者。帝畿（jī）：帝都，这里指北京。

②金瓯：金属制的盆盂，比喻疆土完整，国防巩固。

③洪武爷：即明太祖朱元璋。

④永乐爷：即明成祖朱棣。

⑤万历爷：即明神宗朱翊钧。

⑥关白：日本平安时的官名，相当于宰相的地位，掌握军政实权。

⑦哱（bō）承恩：宁夏副总兵，万历二十年（1592年），其父哱拜杀巡抚党馨等，父子激众叛乱，同年八月被平定。

⑧杨应龙（1551—1600年），四川播州世袭土司，杨氏地方政权的第二十九代统治者，万历二十五年（1597年）反叛，二十八年（1600年）被贵州总兵李化龙平定。

话中单表万历二十年间，日本国关白作乱，侵犯朝鲜。朝鲜国王上表告急，天朝发兵泛海往救。有户部官奏准：目今兵兴之际，粮饷未充，暂开纳粟入监之例。原来纳粟入监的，有几般便宜：好读书，好科举，好中，结末来又有个小小前程结果。以此宦家公子，富室子弟，到不愿做秀才，都去援例做太学生。自开了这例，两京太学生各添至千人之外。内中有一人，姓李名甲，字乾先，浙江绍兴府人氏。父亲李布政所生三儿[⑨]，惟甲居长，自幼读书在庠，未得登科，援例入于北雍[⑩]。因在京坐监，与同乡柳遇春监生同游教坊司院内[⑪]，与一个名姬相遇，那名姬姓杜名媺，排行第十，院中都称为杜十娘，生得：

浑身雅艳，遍体娇香。两弯眉画远山青，一对眼明秋水润。脸如莲萼，分明卓氏文君；唇似樱桃，何减白家樊素。可怜一片无瑕玉，误落风尘花柳中。

那杜十娘自十三岁破瓜[⑫]，今一十九岁，七年之内，不知历过了多少公子王孙。一个个情迷意荡，破家荡产而不惜。院中传出四句口号来，道是：

坐中若有杜十娘，斗筲之量饮千觞。

院中若识杜老媺，千家粉面都如鬼[⑬]。

⑨布政：即布政使。明初，沿元制，于各地置行中书省。明洪武九年（1376年）撤销行中书省为程宣布政使各一人，为一省最高行政长官。全国分为十三个承宣布政使司，全国府、州、县分属之，每司设左、右布政使各一人，与按察使同为一省的行政长官。

⑩北雍：明代两京均设有国子监，南京的成为南雍，北京的成为北雍。雍，即辟雍，古代的太学。

⑪教坊司：明代执掌舞乐承应的机关，这里代指妓院。

⑫破瓜：指女子破身。

⑬粉面：本指美女，这里指妓女。

却说李公子风流年少，未逢美色，自遇了杜十娘，喜出望外，把花柳情怀，一担儿挑在他身上。那公子俊俏庞儿，温存性儿，又是撒漫的手儿，帮衬的勤儿，与十娘一双两好，情投意合。十娘因见鸨儿贪财无义，久有从良之志。又见李公子忠厚志诚，甚有心向他。奈李公子惧怕老爷，不敢应承。虽则如此，两下情好愈密，朝欢暮乐，终日相守，如夫妇一般；海誓山盟，向无他志。真个：

恩深似海恩无底，义重如山义更高。

再说杜妈妈女儿被李公子占住，别的富家巨室闻名上门，求一见而不可得。初时李公子撒漫用钱，大差大使，妈妈胁肩谄笑，奉承不暇。日往月来，不觉一年有馀，李公子囊箧渐渐空虚，手不应心，妈妈也就怠慢了。老布政在家闻知儿子嫖院，几遍写字来唤他回去。他迷恋十娘颜色，终日延捱。后来闻知老爷在家发怒，越不敢回。古人云：“以利相交者，利尽而疏。”那杜十娘与李公子真情相好，见他手头愈短，心头愈热。妈妈也几遍教女儿打发李甲出院，见女儿不统口，又几遍将言语触突李公子，要激怒他起身。公子性本温克，词气愈和。妈妈没奈何，日逐只将十娘叱骂道：“我们行户人家，吃客穿客，前门送旧，后门迎新，门庭闹如火，钱帛堆成垛。自从那李甲在此，混帐一年有馀，莫说新客，连旧主顾都断了。分明接了个钟馗老，连小鬼也没得上门，弄得老娘一家人家，有气无烟[14]，成什么模样！”

⑭有气无烟：形容家中十分贫困，快要断炊。

杜十娘被骂，耐性不住，便回答道：“那李公子不是空手上门的，也曾费过大钱来。”妈妈道：“彼一时，此一时，你只教他今日费些小钱儿，把与老娘办些柴米，养你两口也好。别人家养的女儿便是摇钱树，千生万活，偏我家晦气，养了个退财白虎！开了大门七件事，般般都在老身心上。到替你这小贱人白白养着穷汉，教我衣食从何处来？你对那穷汉说：有本事出几两银子与我，到得你跟了他去，我别讨个丫头过活却不好？”十娘道：“妈妈，这话是真是假？”妈妈晓得李甲囊无一钱，衣衫都典尽了，料他没处设法。便应道：“老娘从不说谎，当真哩。”十娘道：“娘，你要他许多银子？”妈妈道：“若是别人，千把银子也讨了。可怜那穷汉出不起，只要他三百两，我自去讨一个粉头代替。只一件，须是三日内交付与我，左手交银，右手交人。若三日没有银时，老身也不管三七二十一，公子不公子，一顿孤拐，打那光棍出去，那时莫怪老身！”十娘道：“公子虽在客边乏钞，谅三百金还措办得来。只是三日忒近，限他十日便好。”妈妈想道：“这穷汉一双赤手，便限他一百日，他那里来银子。没有银子，便铁皮包脸，料也无颜上门。那时重整家风，媺儿也没得话讲。”答应道：“看你面，便宽到十日。第十日没有银子，不干老娘之事。”十娘道：“若十日内无银，料他也无颜再见了。只怕有了三百两银子，妈妈又翻悔起来。”妈妈道：“老身年五十一岁了，又奉十斋，怎敢说谎？不信时与你拍掌为定。若翻悔时，做猪做狗！”

从来海水斗难量，可笑虔婆意不良。

料定穷儒囊底竭，故将财礼难娇娘。

是夜，十娘与公子在枕边，议及终身之事。公子道：“我非无此心。但教坊落籍，其费甚多，非千金不可。我囊空如洗，如之奈何！”十娘道：“妾已与妈妈议定，只要三百金，便须十日内措办。郎君游资虽罄，然都中岂无亲友可以借贷？倘得如数，妾身遂为君之所有，省受这虔婆之气。”公子道：“亲友中为我留恋行院，都不相顾。明日只做束装起身，各家告辞，就开口假贷路费，凑聚将来，或可满得此数。”起身梳洗，别了十娘出门。十娘道：“用心作速，专听佳音。”公子道：“不须分付。”

公子出了院门，来到三亲四友处，假说起身告别，众人到也欢喜。后来叙到路费欠缺，意欲借贷。常言道：“说着钱，便无缘。”亲友们就不招架。他们也见得是，道李公子是风流浪子，迷恋烟花，年许不归，父亲都为他气坏在家。他今日抖然要回，未知真假，倘或说骗盘缠到手，又支还脂粉钱，父亲知道，将好意翻成恶意，始终只是一怪，不如辞了干净。便回道：“目今正值空乏，不能相济，惭愧！惭愧！”人人如此，个个皆然，并没有个慷慨丈夫，肯统口许他一十二十两。李公子一连奔走了三日，分毫无获，又不敢回决十娘，权且含糊答应。到第四日又没想头，就羞回院中。平日间有了杜家，连下处也没有了，今日就无处投宿，只得往同乡柳监生寓所借歇。

柳遇春见公子愁容可掬，问其来历。公子将杜十娘愿嫁之情，备细说了。遇春摇首道：“未必，未必。那杜媺曲中第一名姬，要从良时，怕没有十斛明珠，千金聘礼。那鸨儿如何只要三百两？想鸨儿怪你无钱使用，白白占住他的女儿，设计打发你出门。那妇人与你相处已久，又碍却面皮，不好明言。明知你手内空虚，故意将三百两卖个人情，限你十日。若十日没有，你也不好上门。便上门时，他会说你笑你，落得一场亵渎，自然安身不牢。此乃烟花逐客之计。足下三思，休被其惑。据弟愚意，不如早早开交为上。”公子听说，半晌无言，心中疑惑不定。遇春又道：“足下莫要错了主意。你若真个还乡，不多几两盘费，还有人搭救；若是要三百两时，莫说十日，就是十个月也难。如今的世情，那肯顾缓急二字的！那烟花也算定你没处告债，故意设法难你。”公子道：“仁兄所见良是。”口里虽如此说，心中割舍不下。依旧又往外边东央西告，只是夜里不进院门了。

公子在柳监生寓中，一连住了三日，共是六日了。杜十娘连日不见公子进院，十分着紧，就教小厮四儿街上去寻。四儿寻到大街，恰好遇见公子。四儿叫道：“李姐夫，娘在家里望你。”公子自觉无颜，回复道：“今日不得功夫，明日来罢。”四儿奉了十娘之命，一把扯住，死也不放，道：“娘叫咱寻你，是必同去走一遭。”李公子心上也牵挂着表子，没奈何，只得随四儿进院。见了十娘，嘿嘿无言。十娘问道：“所谋之事如何？”公子眼中流下泪来。十娘道：“莫非人情淡薄，不能足三百之数么？”公子含泪而言，道出二句：

“不信上山擒虎易，果然开口告人难。

一连奔走六日，并无铢两，一双空手，羞见芳卿，故此这几日不敢进院。今日承命呼唤，忍耻而来。非某不用心，实是世情如此。”十娘道：“此言休使虔婆知道。郎君今夜且住，妾别有商议。”十娘自备酒肴，与公子欢饮。睡至半夜，十娘对公子道：“郎君果不能办一钱耶？妾终身之事，当如何也？”公子只是流涕，不能答一语。

渐渐五更天晓。十娘道：“妾所卧絮褥内藏有碎银一百五十两，此妾私蓄，郎君可持去。三百金，妾任其半，郎君亦谋其半，庶易为力。限只四日，万勿迟误。”十娘起身将褥付公子，公子惊喜过望，唤童儿持褥而去。径到柳遇春寓中，又把夜来之情与遇春说了。将褥拆开看时，絮中都裹着零碎银子，取出兑时果是一百五十两。遇春大惊道：“此妇真有心人也。既系真情，不可相负。吾当代为足下谋之。”公子道：“倘得玉成，决不有负。”当下柳遇春留李公子在寓，自出头各处去借贷。两日之内，凑足一百五十两交付公子道：“吾代为足下告债，非为足下，实怜杜十娘之情也。”

李甲拿了三百两银子，喜从天降，笑逐颜开，欣欣然来见十娘，刚是第九日，还不足十日。十娘问道：“前日分毫难借，今日如何就有一百五十两？”公子将柳监生事情，又述了一遍。十娘以手加额道：“使吾二人得遂其愿者，柳君之力也。”两个欢天喜地，又在院中过了一晚。

次日，十娘早起，对李甲道：“此银一交，便当随郎君去矣。舟车之类，合当预备。妾昨日于姊妹中借得白银二十两，郎君可收下为行资也。”公子正愁路费无出，但不敢开口，得银甚喜。说犹未了，鸨儿恰来敲门叫道：“媺儿，今日是第十日了。”公子闻叫，启户相延道：“承妈妈厚意，正欲相请。”便将银三百两放在桌上。鸨儿不料公子有银，嘿然变色，似有悔意，十娘道：“儿在妈妈家中八年，所致金帛，不下数千金矣。今日从良美事，又妈妈亲口所订，三百金不欠分毫，又不曾

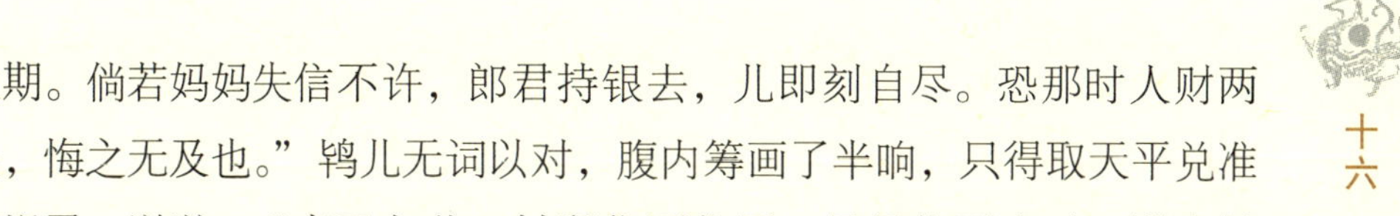

过期。倘若妈妈失信不许，郎君持银去，儿即刻自尽。恐那时人财两失，悔之无及也。”鸨儿无词以对，腹内筹画了半响，只得取天平兑准了银子，说道：“事已如此，料留你不住了。只是你要去时，即今就去。平时穿戴衣饰之类，毫厘休想!”说罢，将公子和十娘推出房门，讨锁来就落了锁。此时九月天气。十娘才下床，尚未梳洗，随身旧衣，就拜了妈妈两拜。李公子也作了一揖。一夫一妇，离了虔婆大门。

鲤鱼脱却金钩去，摆尾摇头再不来。

公子教十娘且住片时：“我去唤个小轿抬你，权往柳荣卿寓所去，再作道理。”十娘道：“字中诸姊妹平昔相厚，理宜话别。况前日又承他借贷路费，不可不一谢也。”乃同公子到各姊妹处谢别，姊妹中惟谢月朗、徐素素与杜家相近，尤与十娘亲厚。十娘先到谢月朗家。月朗见十娘秃髻旧衫，惊问其故。十娘备述来因，又引李甲相见。十娘指月朗道：“前日路资，是此位姐姐所贷，郎君可致谢。”李甲连连作揖。月郎便教十娘梳洗，一面去请徐素素来家相会。十娘梳洗已毕，谢、徐二美人各出所有，翠钿金钏，瑶簪宝珥，锦袖花裙，鸾带绣履，把杜十娘装扮得焕然一新，备酒作庆贺筵席。月朗让卧房与李甲、杜嬿二人过宿。次日，又大排筵席，遍请院中姊妹。凡十娘相厚者，无不毕集。都与他夫妇把盏称喜。吹弹歌舞，各逞其长，务要尽欢，直饮至夜分。十娘向众姊妹一一称谢。众姊妹道：“十姊为风流领袖，今从郎君去，我等相见无日。何日长行，姊妹们尚当奉送。”月朗道：“候有定期，小妹当来相报。但阿姊千里间关⑮，同郎君远去，囊箧萧条，曾无约束，此乃吾等之事。当相与共谋之，勿令姊有穷途之虑也。”众姊妹各唯唯而散。

⑮间关：行程辗转和艰难。

是晚，公子和十娘仍宿谢家。至五鼓，十娘对公子道：“吾等此去，何处安身？郎君亦曾计议有定着否？”公子道：“老父盛怒之下，若知娶妓而归，必然加以不堪，反致相累。展转寻思，尚未有万全之策。”十娘道：“父子天性，岂能终绝？既然仓卒难犯，不若与郎君于苏、杭胜地，权作浮居。郎君先回，求亲友于尊大人面前劝解和顺，然后携妾于归，彼此安妥。”公子道：“此言甚当。”

次日，二人起身辞了谢月郎，暂往柳监生寓中，整顿行装。杜十娘见了柳遇春，倒身下拜，谢其周全之德：“异日我夫妇必当重报。”遇春慌忙答礼道：“十娘钟情所欢，不以贫窭易心，此乃女中豪杰。仆因风吹火，谅区区何足挂齿！”三人又饮了一日酒。

次早，择了出行吉日，雇倩轿马停当。十娘又遣童儿寄信，别谢月朗。临行之际，只见肩舆纷纷而至，乃谢月朗与徐素素拉众姊妹来送行。月朗道：“十姊从郎君千里间关，囊中消索，吾等甚不能忘情。今合具薄赆[16]，十姊可检收，或长途空乏，亦可少助。”说罢，命从人挈一描金文具至前，封锁甚固，正不知什么东西在里面。十娘也不开看，也不推辞，但殷勤作谢而已。须臾，舆马齐集，仆夫催促起身。柳监生三杯别酒，和众美人送出崇文门外，各各垂泪而别。正是：

他日重逢难预必，此时分手最堪怜。

⑯赆（jìn）：临别时赠送给远行人的路费、礼物。

再说李公子同杜十娘行至潞河，舍陆从舟。却好有瓜洲差使船转回之便，讲定船钱，包了舱口。比及下船时，李公子囊中并无分文馀剩。你道杜十娘把二十两银子与公子，如何就没了？公子在院中嫖得衣衫蓝缕，银子到手，未免在解库中取赎几件穿着，又制办了铺盖，剩来只勾轿马之费。公子正当愁闷，十娘道：“郎君勿忧，众姊妹合赠，必有所济。”乃取钥开箱。公子在傍自觉惭愧，也不敢窥觑箱中虚实。只见十娘在箱里取出一个红绢袋来，掷于桌上道：“郎君可开看之。”公子提在手中，觉得沉重，启而观之，皆是白银，计数整五十两。十娘仍将箱子下锁，亦不言箱中更有何物。但对公子道：“承众姊妹高情，不惟途路不乏，即他日浮寓吴、越间，亦可稍佐吾夫妻山水之费矣。”公子且惊且喜道：“若不遇恩卿，我李甲流落他乡，死无葬身之地矣。此情此

德，白头不敢忘也!”自此每谈及往事，公子必感激流涕。十娘亦曲意抚慰，一路无话。

不一日，行至瓜洲，大船停泊岸口，公子别雇了民船，安放行李。约明日侵晨，剪江而渡。其时仲冬中旬，月明如水，公子和十娘坐于舟首。公子道：“自出都门，困守一舱之中，四顾有人，未得畅语。今日独据一舟，更无避忌。且已离塞北，初近江南，宜开怀畅饮，以舒向来抑郁之气。恩卿以为何如?”十娘道：“妾久疏谈笑，亦有此心，郎君言及，足见同志耳。”公子乃携酒具于船首，与十娘铺毡并坐，传杯交盏。饮至半酣，公子执卮对十娘道：“恩卿妙音，六院推首[17]。某相遇之初，每闻绝调，辄不禁神魂之飞动。心事多违，彼此郁郁，鸾鸣凤奏，久矣不闻。今清江明月，深夜无人，肯为我一歌否?”十娘兴亦勃发，遂开喉顿嗓，取扇按拍，呜呜咽咽，歌出元人施君美《拜月亭》杂剧上“状元执盏与婵娟”一曲[18]，名《小桃红》。真个：

声飞霄汉云皆驻，响入深泉鱼出游。

⑰六院：明初南京妓院著名的有来宾、重译、轻烟、淡粉、梅研、柳翠等六院，后来用“六院”作为妓院的代称。

⑱《拜月亭》：南戏戏文之一，又名《幽闺记》。这里误称为杂剧。

写的是书生蒋世隆在战乱中遇到少女王瑞兰，结为夫妻。王父因门第差别将他们拆散。后世隆状元及第，两人得以团圆。其中还穿插蒋世隆之妹蒋瑞莲与陀满兴福的爱情故事。

却说他舟有一少年，姓孙名富，字善赉，徽州新安人氏。家资巨万，积祖扬州种盐。年方二十，也是南雍中朋友。生性风流，惯向青楼买笑，红粉追欢，若嘲风弄月，到是个轻薄的头儿。事有偶然，其夜亦泊舟瓜洲渡口，独酌无聊，忽听得歌声嘹亮，凤吟鸾吹，不足喻其美。起立船头，伫听半晌，方知声出邻舟。正欲相访，音响倏已寂然，乃遣仆者潜窥踪迹，访于舟人。但晓得是李相公雇的船，并不知歌者来历。孙富想道："此歌者必非良家，怎生得他一见？"展转寻思，通宵不寐。捱至五更，忽闻江风大作。及晓，彤云密布，狂雪飞舞。怎见得，有诗为证：

千山云树灭，万径人踪绝。

扁舟蓑笠翁，独钓寒江雪。

因这风雪阻渡，舟不得开。孙富命艄公移船，泊于李家舟之傍。孙富貂帽狐裘，推窗假作看雪。值十娘梳洗方毕，纤纤玉手揭起舟傍短帘，自泼盂中残水。粉容微露，却被孙富窥见了，果是国色天香。魂摇心荡，迎眸注目，等候再见一面，杳不可得。沉思久之，乃倚窗高吟高学士《梅花诗》二句[19]，道：

雪满山中高士卧，月明林下美人来。

李甲听得邻舟吟诗，舒头出舱，看是何人。只因这一看，正中了孙富之计。孙富吟诗，正要引李公子出头，他好乘机攀话。当下慌忙举手，就问："老兄尊姓何讳？"李公子叙了姓名乡贯，少不得也问那孙富。孙富也叙过了。又叙了些太学中的闲话，渐渐亲熟。孙富便道："风雪阻舟，乃天遣与尊兄相会，实小弟之幸也。舟次无聊，欲同尊兄上岸，就酒肆中一酌，少领清诲，万望不拒。"公子道："萍水相逢，何当厚扰？"孙富道："说那里话！'四海之内，皆兄弟也。'"喝教艄公

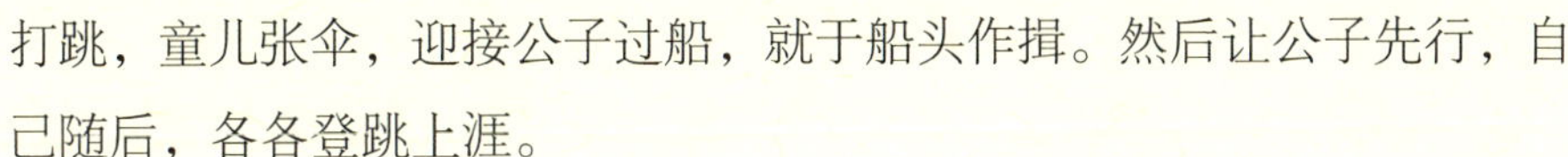

打跳，童儿张伞，迎接公子过船，就于船头作揖。然后让公子先行，自己随后，各各登跳上涯。

⑲高学士：指明代诗人高启。

行不数步，就有个酒楼，二人上楼，拣一副洁净座头，靠窗而坐。酒保列上酒肴。孙富举杯相劝，二人赏雪饮酒。先说些斯文中套话，渐渐引入花柳之事。二人都是过来之人，志同道合，说得入港[20]，一发成相知了。

⑳入港：指言语投机。

孙富屏去左右，低低问道："昨夜尊舟清歌者，何人也？"李甲正要卖弄在行，遂实说道："此乃北京名姬杜十娘也。"孙富道："既系曲中姊妹，何以归兄？"公子遂将初遇杜十娘，如何相好，后来如何要嫁，如何借银讨他，始末根由，备细述了一遍。孙富道："兄携丽人而归，固是快事，但不知尊府中能相容否？"公子道："贱室不足虑，所虑者，老父性严，尚费踌躇耳！"孙富将机就机，便问道："既是尊大人未必相容，兄所携丽人，何处安顿？亦曾通知丽人，共作计较否？"公子攒眉而答道："此事曾与小妾议之。"孙富欣然问道："尊宠必有妙策。"公子道："他意欲侨居苏杭，流连山水。使小弟先回，求亲友宛转于家君之前。俟家君回嗔作喜，然后图归。高明以为何如？"孙富沉吟半晌，故作愀然之色，道："小弟乍会之间，交浅言深，诚恐见怪。"公子道："正赖高明指教，何必谦逊？"孙富道："尊大人位居方面[21]，必严帷薄之嫌[22]，平时既怪兄游非礼之地，今日岂容兄娶不节之人？况且贤亲贵友，谁不迎合尊大人之意者？兄枉去求他，必然相拒。就有个不识时务的进言于尊大人之前，见尊大人意思不允，他就转口了。兄进不能和睦家庭，退无词以回复尊宠。即使留连山水，亦非长久之计。万一资斧困竭，岂不进退两难！"

㉑方面：指一个地方的军政要职或长官。李甲的父亲为一省的最高

行政长官布政使，故称之。

㉒帷薄之嫌：指男女之间非礼的交往。帷薄，帷幕和链子，借指内室。

公子自知手中只有五十金，比时费去大半，说到资斧困竭，进退两难，不觉点头道是。孙富又道："小弟还有句心腹之谈，兄肯俯听否？"公子道："承兄过爱，更求尽言。"孙富道："疏不间亲，还是莫说罢。"公子道："但说何妨！"孙富道："自古道：'妇人水性无常'，况烟花之辈，少真多假。他既系六院名姝，相识定满天下；或者南边原有旧约，借兄之力，挈带而来，以为他适之地。"公子道："这个恐未必然。"孙富道："既不然，江南子弟，最工轻薄。兄留丽人独居，难保无逾墙钻穴之事[23]。若挈之同归，愈增尊大人之怒。为兄之计，未有善策。况父子天伦，必不可绝。若为妾而触父，因妓而弃家，海内必以兄为浮浪不经之人。异日妻不以为夫，弟不以为兄，同袍不以为友，兄何以立于天地之间？兄今日不可不熟思也！"

㉓逾墙钻穴：指男女偷情。逾墙用的是宋玉赋里的典故，钻穴用的是《孟子》里的典故。

公子闻言，茫然自失，移席问计："据高明之见，何以教我？"孙富道："仆有一计，于兄甚便。只恐兄溺枕席之爱，未必能行，使仆空费词说耳！"公子道："兄诚有良策，使弟再睹家园之乐，乃弟之恩人也。又何惮而不言耶？"孙富道："兄飘零岁馀，严亲怀怒，闺阁离心[24]。设身以处兄之地，诚寝食不安之时也。然尊大人所以怒兄者，不过为迷花恋柳，挥金如土，异日必为弃家荡产之人，不堪承继家业耳！兄今日空手而归，正触其怒。兄倘能割衽席之爱，见机而作，仆愿以千金相赠。兄得千金以报尊大人，只说在京授馆，并不曾浪费分毫，尊大人必然相信。从此家庭和睦，当无间言。须臾之间，转祸为福。兄请三思。仆非贪丽人之色，实为兄效忠于万一也！"

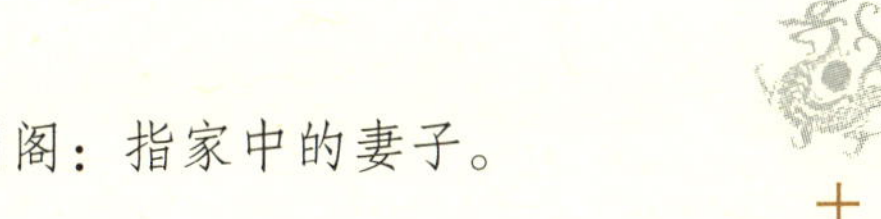

㉔闺阁：指家中的妻子。

李甲原是没主意的人，本心惧怕老子，被孙富一席话，说透胸中之疑，起身作揖道："闻兄大教，顿开茅塞。但小妾千里相从，义难顿绝，容归与商之。得其心肯，当奉复耳。"孙富道："说话之间，宜放婉曲。彼既忠心为兄，必不忍使兄父子分离，定然玉成兄还乡之事矣。"二人饮了一回酒，风停雪止，天色已晚。孙富教家僮算还了酒钱，与公子携手下船。

正是：

逢人且说三分话，未可全抛一片心。

却说杜十娘在舟中，摆设酒果，欲与公子小酌，竟日未回，挑灯以待。公子下船，十娘起迎。见公子颜色匆匆，似有不乐之意，乃满斟热酒劝之。公子摇首不饮，一言不发，竟自床上睡了。十娘心中不悦，乃收拾杯盘，为公子解衣就枕，问道："今日有何见闻，而怀抱郁郁如此?"公子叹息而已，终不启口。问了三四次，公子已睡去了。十娘委决不下，坐于床头而不能寐。到夜半，公子醒来，又叹一口气。十娘道："郎君有何难言之事，频频叹息?"公子拥被而起，欲言不语者几次，扑簌簌掉下泪来。十娘抱持公子于怀间，软言抚慰道："妾与郎君情好，已及二载，千辛万苦，历尽艰难，得有今日。然相从数千里，未曾哀戚。今将渡江，方图百年欢笑，如何反起悲伤？必有其故。夫妇之间，死生相共，有事尽可商量，万勿讳也。"

公子再被逼不过，只得含泪而言道："仆天涯穷困，蒙恩卿不弃，委曲相从，诚乃莫大之德也。但反覆思之，老父位居方面，拘于礼法，况素性方严，恐添嗔怒，必加黜逐。你我流荡，将何底止？夫妇之欢难保，父子之伦又绝。日间蒙新安孙友邀饮，为我筹及此事，寸心如割！”十娘大惊道：“郎君意将如何？”公子道：“仆事内之人，当局而迷。孙友为我画一计颇善，但恐恩卿不从耳！”十娘道：“孙友者何人？计如果善，何不可从？”公子道：

“孙友名富，新安盐商，少年风流之士也。夜间闻子清歌，因而问及。仆告以来历，并谈及难归之故，渠意欲以千金聘汝。我得千金，可藉口以见吾父母；而恩卿亦得所天。但情不能舍，是以悲泣。”说罢，泪如雨下。

十娘放开两手，冷笑一声道：“为郎君画此计者，此人乃大英雄也。郎君千金之资既得恢复，而妾归他姓，又不致为行李之累。发乎情，止乎礼，诚两便之策也。那千金在那里？”

公子收泪道：“未得恩卿之诺，金尚留彼处，未曾过手。”十娘道：“明早快快应承了他，不可挫过机会。但千金重事，须得兑足交付郎君之手，妾始过舟，勿为贾竖子所欺。”

时已四鼓，十娘即起身挑灯梳洗道：“今日之妆，乃迎新送旧，非比寻常。”于是脂粉香泽，用意修饰，花钿绣袄，极其华艳，香风拂拂，光采照人。装束方完，天色已晓，孙富差家童到船头候信。十娘微窥公子，欣欣似有喜色，乃催公子快去回话，及早兑足银子。公子亲到孙富船中，回复依允。孙富道：“兑银易事，须得丽人妆台为信。”公子又回复了十娘，十娘即指描金文具道：“可便抬去。”孙富喜甚，即将白银一千两，送到公子船中。十娘亲自检看，足色足数，分毫无爽。乃手把船舷，以手招孙富。孙富一见，魂不附体。十娘启朱唇，开皓齿道：“方才箱子可暂发来，内有李郎路引一纸，可检还之也。”孙富视十娘已为瓮中之鳖，即命家童送那描金文具，安放船头之上。

十娘取钥开锁，内皆抽替小箱。十娘叫公子抽第一层来看，只见翠

羽明珰，瑶簪宝珥，充牣于中[25]，约值数百金。十娘遽投之江中。李甲与孙富及两船之人，无不惊诧。又命公子再抽一箱，乃玉箫金管；又抽一箱，尽古玉紫金玩器，约值数千金。十娘尽投之于水中。岸上之人，观者如堵，齐声道："可惜！可惜！"正不知什么缘故。最后又抽一箱，箱中复有一匣。开匣视之，夜明之珠，约有盈把。其他祖母绿、猫儿眼[26]，诸般异宝，目所未睹，莫能定其价之多少。众人齐声喝采，喧声如雷。十娘又欲投之于江。李甲不觉大悔，抱持十娘恸哭，那孙富也来劝解。

㉕充牣（rèn）：充满。

㉖祖母绿：一种通体透明的绿宝石。猫儿眼：有光彩的石英制造的宝石。

十娘推开公子在一边，向孙富骂道："我与李郎备尝艰苦，不是容易到此。汝以奸淫之意，巧为谗说，一旦破人姻缘，断人恩爱，乃我之仇人。我死而有知，必当诉之神明，尚妄想枕席之欢乎！"又对李甲道："妾风尘数年，私有所积，本为终身之计。自遇郎君，山盟海誓，白首不渝。前出都之际，假托众姊妹相赠，箱中韫藏百宝，不下万金。将润色郎君之装，归见父母，或怜妾有心，收佐中馈，得终委托，生死无憾。谁知郎君相信不深，惑于浮议[27]，中道见弃，负妾一片真心。今日当众目之前，开箱出视，使郎君知区区千金，未为难事。妾椟中有玉，恨郎眼内无珠。命之不辰，风尘困瘁，甫得脱离，又遭弃捐。今众人各有耳目，共作证明，妾不负郎君，郎君自负妾耳！"于是众人聚观者，无不流涕，都唾骂李公子负心薄幸。公子又羞又苦，且悔且泣，方欲向十娘谢罪，十娘抱持宝匣，向江心一跳。众人急呼捞救，但见云暗江心，波涛滚滚，杳无踪影。可惜一个如花似玉的名姬，一旦葬于江鱼之腹！

三魂渺渺归水府，七魄悠悠入冥途。

㉗浮议：没有根据的议论。

当时旁观之人，皆咬牙切齿，争欲拳殴李甲和那孙富。慌得李、孙二人，手足无措，急叫开船，分途遁去。李甲在舟中，看了千金，转忆十娘，终日愧悔，郁成狂疾，终身不痊。

孙富自那日受惊，得病卧床月馀，终日见杜十娘在傍诟骂，奄奄而逝。人以为江中之报也。

却说柳遇春在京坐监完满，束装回乡，停舟瓜步。偶临江净脸，失坠铜盆于水，觅渔人打捞。及至捞起，乃是个小匣儿。遇春启匣观看，内皆明珠异宝，无价之珍。遇春厚赏渔人，留于床头把玩。是夜梦见江中一女子，凌波而来，视之，乃杜十娘也。近前万福，诉以李郎薄幸之事，又道："向承君家慷慨，以一百五十金相助。本意息肩之后，徐图报答，不意事无终始。然每怀盛情，悒悒未忘。早间曾以小匣托渔人奉致，聊表寸心，从此不复相见矣。"言讫，猛然惊醒，方知十娘已死，叹息累日。

后来评论此事，以为孙富谋夺美色，轻掷千金，固非良士；李甲不识杜十娘一片苦心，碌碌蠢才，无足道者。独谓十娘千古女侠，岂不能觅一佳侣，共跨秦楼之凤，乃错认李公子，明珠美玉，投于盲人，以致恩变为仇，万种恩情，化为流水，深可惜也！有诗叹云：

不会风流莫妄谈，单单情字费人参。

若将情字能参透，唤作风流也不惭。

十七　王娇鸾百年长恨

【精要简介】

本篇讲述的是王娇鸾与周廷章互相爱慕，私自结为夫妻，后周回乡再娶，忘掉前盟，王娇鸾以身殉情，设法惩罚薄幸男子周廷章的故事，表现了女主人公对人格尊严被亵渎的反抗。

【原文鉴赏】

天上乌飞兔走，人间古往今来。昔年歌管变荒台，转眼是非兴败。

须识闹中取静，莫因乖过成呆。不贪花酒不贪财，一世无灾无害。

话说江西饶州府馀干县长乐村，有一小民叫做张乙。因贩些杂货到于县中，夜深投宿城外一邸店。店房已满，不能相容。间壁锁下一空房，却无人住。张乙道："店主人何不开此房与我？"主人道："此房中有鬼，不敢留客。"张乙道："便有鬼，我何惧哉！"主人只得开锁，将灯一盏，扫帚一把，交与张乙。张乙进房，把灯放稳，挑得亮亮的。房中有破床一张，尘埃堆积，用打帚扫净，展上铺盖，讨些酒饭吃了，推转房门，脱衣而睡。梦见一美色妇人，衣服华丽，自来荐枕，梦中纳之。及至醒来，此妇宛在身边。张乙问是何人。此妇道："妾乃邻家之妇，因夫君远出，不能独宿，是以相就。勿多言，久当自知。"张亦不再问。天明，此妇辞去。至夜又来，欢好如初。如此三夜。

店主人见张客无事，偶话及此房内曾有妇人缢死，往往作怪，今番却太平了。张乙听在肚里。至夜，此妇仍来。张乙问道："今日店主人说这房中有缢死女鬼，莫非是你？"此妇并无惭讳之意，答道："妾身是也！然不祸于君，君幸勿惧。”张乙道：“试说其详。”此妇道：“妾乃娼女，姓穆，行廿二，人称我为廿二娘。与馀干客人杨川相厚，杨许娶妾归去，妾将私财百金为助。一去三年不来，妾为鸨儿拘管，无计脱身，挹郁不堪，遂自缢而死。鸨儿以所居售人，今为旅店。此房，昔日妾之房也，一灵不泯，犹依栖于此。杨川与你同乡，可认得么？”张乙道：“认得。”此妇道：“今其人安在？”张乙道：“去岁已移居饶州南门，娶妻开店，生意甚足。”妇人嗟叹良久，更无别语。

又过了二日，张乙要回家，妇人道：“妾愿始终随君，未识许否？”张乙道：“倘能相随，有何不可。”妇人道：“君可制一小木牌，题曰：‘廿二娘神位’，置于箧中。但出牌呼妾，妾便出来。”张乙许之。妇人道：“妾尚有白金五十两埋于此床之下，没人知觉，君可取用。”张掘地果得白金一瓶，心中甚喜。过了一夜。次日，张

乙写了牌位，收藏好了，别店主而归。

到于家中，将此事告与浑家。浑家初时不喜，见了五十两银子，遂不嗔怪。张乙于东壁立了廿二娘神主，其妻戏往呼之，白日里竟走出来，与妻施礼。妻初时也惊讶，后遂惯了，不以为事。夜来张乙夫妇同床，此妇亦来，也不觉床之狭窄。过了十馀日，此妇道："妾尚有夙债在于郡城，君能随我去索取否？"张利其所有，一口应承，即时顾船而行。船中供下牌位。此妇同行同宿，全不避人。

不则一日，到了饶州南门，此妇道："妾往杨川家讨债去。"张乙方欲问之，此妇倏已上岸。张随后跟去，见此妇竟入一店中去了。问其店，正杨川家也。张久候不出，忽见杨举家惊惶，少顷哭声振地。问其故，店中人云："主人杨川向来无病，忽然中恶，九窍流血而死。"张乙心知廿二娘所为，嘿然下船，向牌位苦叫，亦不见出来了。方知有夙债在郡城，乃杨川负义之债也。有诗叹云：

王魁负义曾遭谴[①]，李益亏心亦改常[②]。

请看杨川下梢事，皇天不佑薄情郎。

①王魁负义曾遭谴：指王魁负义的故事。据《醉翁谈录》载：王魁和妓女敫（jiǎo）桂英恋爱，并受桂英资助得以读书赴考，后王魁得中状元，抛弃桂英另娶，桂英愤而自杀，死后鬼魂对王魁进行了报复。

②李益亏心亦改常：唐传奇文故事，李益和妓女霍小玉恋爱，后来在政治上得以别娶，小玉恨其负约，病中发誓，死后必为厉鬼报复。李益娶妻卢氏后，性格反常，休妻，"至于三娶"。

方才说穆廿二娘事，虽则死后报冤，却是鬼自出头，还是渺茫之事。如今再说一件故事，叫做"王娇鸾百年长恨"。这个冤更报得好。此事非唐非宋，出在国朝天顺初年。广西苗蛮作乱，各处调兵征剿，有临安卫指挥王忠所领一枝浙兵，违了限期，被参降调河南南阳卫中所千户。即日引家小到任。王忠年六十馀，止一子王彪，颇称骁勇，督抚留在军前效用。到有两个女儿，长曰娇鸾，次曰娇凤。鸾年十八，凤年十六。凤从幼育于外家，就与表兄对姻，只有娇鸾未曾许配。夫人周氏，原系继妻。周氏有嫡姐，嫁曹家，寡居而贫，夫人接他相伴甥女娇鸾，举家呼为曹姨。娇鸾幼通书史，举笔成文。因爱女，慎于择配，所以及笄未嫁，每每临风感叹，对月凄凉。惟曹姨与鸾相厚，知其心事，他虽父母亦不知也。

一日清明节届，和曹姨及侍儿明霞后园打秋千耍子。正在闹热之际，忽见墙缺处有一美少年，紫衣唐巾，舒头观看，连声喝采。慌得娇鸾满脸通红，推着曹姨的背，急回香房。侍女也进去了。生见园中无人，逾墙而入，秋千架子尚在，馀香仿佛。正在凝思。忽见草中一物，拾起看时，乃三尺线绣香罗帕也，生得此如获珍宝，闻有人声自内而来，复逾墙而出，仍立于墙缺边。看时，乃是侍儿来寻香罗帕的。生见其三回五转，意兴已倦，微笑而言："小娘子，罗帕已入人手，何处寻觅？"侍儿抬头见是秀才，便上前万福道："相公想已检得，乞即见还，感德不尽！"那生道："此罗帕是何人之物？"侍儿道："是小姐的。"那生道：

"既是小姐的东西，还得小姐来讨，方才还他。"侍儿道："相公府居何处？"那生道："小生姓周名廷章，苏州府吴江县人。父亲为本学司教，随任在此，与尊府只一墙之隔。"

原来卫署与学宫基址相连，卫叫做东衙，学叫做西衙。花园之外，就是学中的隙地。侍儿道："贵公子又是近邻，失瞻了。妾当禀知小姐，奉命相求。"廷章道："敢闻小姐及小娘子大名？"侍儿道："小姐名娇鸾，主人之爱女。妾乃贴身侍婢明霞也。"廷章道："小生有小诗一章，相烦致于小姐，即以罗帕奉还。"明霞本不肯替他寄诗，因要罗帕入手，只得应允。廷章道："烦小娘子少待。"廷章去不多时，携诗而至，桃花笺叠成方胜。明霞接诗在手，问："罗帕何在？"廷章笑道："罗帕乃至宝，得之非易，岂可轻还？小娘子且将此诗送与小姐看了，待小姐回音，小生方可奉璧。"明霞没奈何，只得转身。

只因一幅香罗帕，惹起千秋《长恨歌》。

话说鸾小姐自见了那美少年，虽则一时惭愧，却也挑动个“情”字。口中不语，心下踌躇道：“好个俊俏郎君！若嫁得此人，也不枉聪明一世。”忽见明霞气忿忿的入来，娇鸾问：“香罗帕有了么?”明霞口称：“怪事！香罗帕却被西衙周公子收着，就是墙缺内喝采的那紫衣郎君。”娇鸾道：“与他讨了就是。”明霞道：“怎么不讨！也得他肯还！”娇鸾道：“他为何不还?”明霞道：“他说：‘小生姓周，名廷章，苏州府吴江人氏。父为司教，随任到此。’与吾家只一墙之隔。既是小姐的香罗帕，必须小姐自讨。”娇鸾道：“你怎么说?”明霞道：“我说待妾禀知小姐，奉命相求。他道：有小诗一章，烦吾传递，待有回音，才把罗帕还我。”明霞将桃花笺递与小姐。娇鸾见了这方胜，已有三分之喜，拆开看时，乃七言绝句一首：

帕出佳人分外香，天公教付有情郎。

殷勤寄取相思句，拟作红丝入洞房。

娇鸾若是个有主意的，拚得弃了这罗帕，把诗烧却，分付侍儿，下次再不许轻易传递，天大的事都完了。奈娇鸾一来是及瓜不嫁[③]，知情慕色的女子；二来满肚才情不肯埋没，亦取薛涛笺答诗八句[④]：

妾身一点玉无瑕，生自侯门将相家。

静里有亲同对月，闲中无事独看花。

碧梧只许来奇凤，翠竹那容入老鸦。

寄语异乡孤另客，莫将心事乱如麻。

③及瓜：指女子十六岁，这里泛指成年。

④薛涛笺：指唐代女诗人薛涛。其晚年寓居浣花溪，自制深红色小彩笺写诗，时人称为薛涛笺。

明霞捧诗方到后园，廷章早在缺墙相候。明霞道：“小姐已有回诗了，可将罗帕还我。”廷章将诗读了一遍，益慕娇鸾之才，必欲得之，道：“小娘子耐心，小生又有所答。”再回书房，写成一绝：

居傍侯门亦有缘，异乡孤另果堪怜。

若容鸾凤双栖树，一夜箫声入九天。

明霞道：“罗帕又不还，只管寄什么诗？我不寄了！”廷章袖中出金簪一根道：“这微物奉小娘子，权表寸敬，多多致意小姐。”明霞贪了这金簪，又将诗回复娇鸾。娇鸾看罢，闷闷不悦。明霞道：“诗中有甚言语触犯小姐？”娇鸾道：“书生轻薄，都是调戏之言。”明霞道：“小姐大才，何不作一诗骂之，以绝其意。”娇鸾道：“后生家性重，不必骂，且好言劝之可也。”再取薛笺题诗八句：

独立庭际傍翠阴，侍儿传语意何深。

满身窍玉偷香胆，一片撩云拨雨心。

丹桂岂容稚子折，珠帘那许晓风侵。

劝君莫想阳台梦，努力攻书入翰林。

自此一倡一和，渐渐情熟，往来不绝。明霞的足迹不断后园，廷章的眼光不离墙缺。诗篇甚多，不暇细述。时届端阳，王千户治酒于园亭家宴。廷章于墙缺往来，明知小姐在于园中，无由一面，侍儿明霞亦不

能通一语。正在气闷，忽撞见卫卒孙九。那孙九善作木匠，长在卫里服役，亦多在学中做工。廷章遂题诗一绝封固了，将青蚨二百赏孙九买酒吃，托他寄与衙中明霞姐。孙九受人之托，忠人之事，伺候到次早，才觑个方便，寄得此诗于明霞。明霞递于小姐，拆开看之，前有叙云："端阳日园中望娇娘子不见，口占一绝奉寄⑤"：

配成彩线思同结，倾就蒲觞拟共斟。

雾隔湘江欢不见，锦葵空有向阳心。

后写"松陵周廷章拜稿。"娇娘看了，置于书几之上。适当梳头，未及酬和。忽曹姨走进香房，看见了诗稿，大惊道："娇娘既有西厢之约，可无东道之主？此事如何瞒我？"娇鸾含羞答道："虽有吟咏往来，实无他事，非敢瞒姨娘也。"曹姨道："周生江南秀士，门户相当，何不教他遣谋说合，成就百年姻缘，岂不美乎？"娇鸾点头道："是。"梳妆已毕，遂答诗八句：

深锁香闺十八年，不容风月透帘前。

绣衾香暖谁知苦？锦帐春寒只爱眠。

生怕杜鹃声到耳，死愁蝴蝶梦来缠。

多情果有相怜意，好倩冰人片语传⑥。

廷章得诗，遂假托父亲周司教之意，央赵学究往王千户处求这头亲事。王千户亦重周生才貌，但娇鸾是爱女，况且精通文墨，自己年老，一应卫中文书笔札，都靠着女儿相帮，少他不得，不忍弃之于他乡，以此迟疑未许。廷章知姻事未谐，心中如刺，乃作书寄于小姐。前写"松陵友弟廷章拜稿"：

自睹芳容，未宁狂魄。夫妇已是前生定，至死靡他；媒妁传来今日言，为期未决。

遥望香闺深锁，如唐玄宗离月宫而空想嫦娥；要从花圃戏游，似牵牛郎隔天河而苦思织女。倘复迁延于月日，必当夭折于沟渠。生若无缘，死亦不瞑。勉成拙律，深冀哀怜。

诗曰：

未有佳期慰我情，可怜春价值千金。

闷来窗下三杯酒，愁向花前一曲琴。

人在琐窗深处好，闷回罗帐静中吟。

孤恓一样昏黄月，肯许相携诉寸心？

娇鸾看罢，即时复书，前写“虎衙爱女娇鸾拜稿”：

轻荷点水，弱絮飞帘。拜月亭前，懒对东风听杜宇；画眉窗下，强消长昼刺鸳鸯。

人正困于妆台，诗忽坠于香案。启观来意，无限幽怀。自怜薄命佳人，恼杀多情才子。

一番信到，一番使妾倍支吾；几度诗来，几度令人添寂寞。休得跳东墙学攀花之手[7]，可以仰北斗驾折桂之心。眼底无媒，书中有女。自此衷情封去札，莫将消息问来人。谨和佳篇，仰祈深谅！”诗曰：

秋月春花亦有情，也知身价重千金。

虽窥青琐韩郎貌[8]，羞听东墙崔氏琴。

痴念已从空里散，好诗惟向梦中吟。

此生但作干兄妹，直待来生了寸心。

廷章阅书赞叹不已，读诗至末联，“此生但作干兄妹”，忽然想起一计道：“当初张珙、申纯皆因兄妹得就私情[9]，王夫人与我同姓，何不拜之为姑？便可通家往来，于中取事矣！”遂托言西衙窄狭，且是喧闹，欲借卫署后园观书。周司教自与王千户开口。王翁道：“彼此通家，就在家下吃些见成茶饭，不烦馈送。”周翁感激不尽，回向儿子说了。廷章道：“虽承王翁盛意，非亲非故，难以打搅。孩儿欲备一礼，拜认周夫人为姑。姑侄一家，庶乎有名。”周司教是糊涂之人，只要讨些小便宜，道：“任从我儿行事。”廷章又央人通了王翁夫妇，择个吉日，备下彩缎书仪，写个表侄的名刺，上门认亲，极其卑逊，极其亲热。王翁是个武人，只好奉承，遂请入中堂，教奶奶都相见了。连曹姨

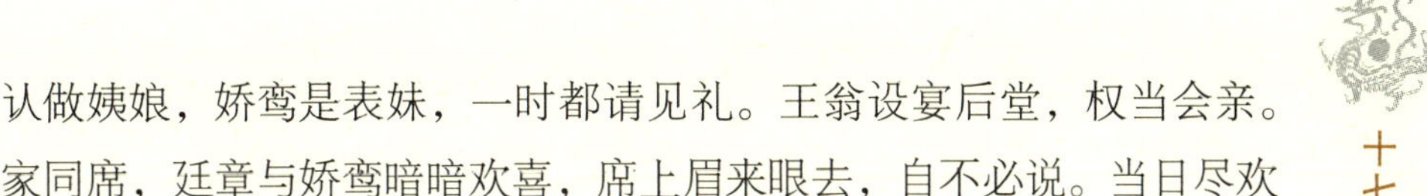

也认做姨娘，娇鸾是表妹，一时都请见礼。王翁设宴后堂，权当会亲。一家同席，廷章与娇鸾暗暗欢喜，席上眉来眼去，自不必说。当日尽欢而散。

姻缘好恶犹难问，踪迹亲疏已自分。

⑤口占：指作诗文不打草稿，随口而出。

⑥冰人：据《晋书·索𬘘》载："孝廉令狐策梦产冰上，与冰下人语，𬘘（dǎn）曰：'冰上为阳，冰下为阴，阴阳事也；士如归妻，迨冰未泮，婚姻事也；君在冰上，与冰下人语，为阳语阴，媒介事也。君当为人作媒，冰泮而婚成。'"后即称媒人为冰人。

⑦攀花：指玩弄女性。

⑧虽窥青琐韩郎貌：西晋贾充的僚属韩寿是个美男子，贾充的女儿贾午对他爱慕不已，每次聚会时，都要从窗格眼里偷看他。

⑨申纯：元明间小说戏曲《娇红传》小说里的男主人公，他和表妹娇娘恋爱，而王父不允，后来两人为情抑郁而死。

次日王翁收拾书室，接内侄周廷章来读书。却也晓得隔绝内外，将内宅后门下锁，不许妇女入于花园。廷章供给，自有外厢照管。虽然搬做一家，音书来往反不便了。娇鸾松筠之志虽存，风月之情已动，况既在席间眉来眼去，怎当得园上凤隔鸾分？愁绪无聊，郁成一病，朝凉暮热，茶饭不沾。王翁迎医问卜，全然不济。廷章几遍到中堂问病，王翁只教致意，不令进房。廷章心生一计，因假说："长在江南，曾通医理。表妹不知所患何症，待侄儿认脉便知。"王翁向夫人说了，又教明霞道达了小姐，方才迎入。廷章坐于床边，假以看脉为由，抚摩了半晌。其时王翁夫妇俱在，不好交言，只说得一声保重，出了房门。对王翁道："表妹之疾，是抑郁所致。常须于宽敞之地，散步陶情，更使女伴劝慰，开其郁抱，自当勿药。"王翁敬信周生，更不疑惑，便道："衙中只有园亭，并无别处宽敞。"廷章故意道："若表妹不时要园亭散步，恐小侄在彼不便，暂请告归。"王翁道："既为兄妹，复何嫌阻？"

即日教开了后门，将锁钥付曹姨收管，就教曹姨陪侍女儿任情闲耍；明霞伏侍，寸步不离，自以为万全之策矣。

却说娇鸾原为思想周郎致病，得他抚摩一番，已自欢喜。又许散步园亭，陪伴伏侍者都是心腹之人，病便好了一半。每到园亭，廷章便得相见，同行同坐。有时亦到廷章书房中吃茶，渐渐不避嫌疑，挨肩擦背。廷章捉个空，向小姐恳求，要到香闺一望。娇鸾目视曹姨，低低向生道："锁钥在彼，兄自求之。"廷章已悟。次日廷章取吴绫二端，金钏一副，央明霞献与曹姨。姨问鸾道："周公子厚礼见惠，不知何事？"娇鸾道："年少狂生，不无过失，渠要姨包容耳。"曹姨道："你二人心事，我已悉知。但有往来，决不泄漏！"因把匙钥付与明霞。鸾心大喜，遂题一绝，寄廷章云：

暗将私语寄英才，倘向人前莫乱开。

今夜香闺春不锁，月移花影玉人来。

廷章得诗，喜不自禁。是夜黄昏已罢，谯鼓方声，廷章悄步及于内宅，后门半启，捱身而进。自那日房中看脉出园上来，依稀记得路径，缓缓而行。但见灯光外射，明霞候于门侧。廷章步进香房，与鸾施礼，便欲搂抱。鸾将生挡开，唤明霞快请曹姨来同坐。廷章大失所望，自陈

苦情，责其变卦，一时急泪欲流。鸾道："妾本贞姬，君非荡子。只因有才有貌，所以相爱相怜。妾既私君，终当守君之节；君若弃妾，岂不负妾之诚？必矢明神，誓同白首，若还苟合，有死不从。"说罢，曹姨适至，向廷章谢日间之惠。

廷章遂央姨为媒，誓谐伉俪，口中咒愿如流而出。曹姨道："二位贤甥，既要我为媒，可写合同婚书四纸。将一纸焚于天地，以告鬼神；一纸留于吾手，以为媒证；你二人各执一纸，为他日合卺之验。女若负男，疾雷震死；男若负女，乱箭亡身。再受阴府之愆，永堕酆都之狱。"生与鸾听曹姨说得痛切，各各欢喜。遂依曹姨所说，写成婚书誓约。先拜天地，后谢曹姨。姨乃出清果醇醪，与二人把盏称贺。三人同坐饮酒，直至三鼓，曹姨别去。生与鸾携手上床，云雨之乐可知也。五鼓，鸾促生起身，嘱付道："妾已委身于君，君休负恩于妾。神明在上，鉴察难逃。今后妾若有暇，自遣明霞奉迎，切莫轻行，以招物议。"廷章字字应承，留恋不舍。鸾急教明霞送出园门。是日鸾寄生二律云：

昨夜同君喜事从，芙蓉帐暖语从容。
贴胸交股情偏好，拨雨撩云兴转浓。
一枕凤鸾声细细，半窗花月影重重。
晓来窥视鸳鸯枕，无数飞红扑绣绒。(其一)
衾翻红浪效绸缪，乍抱郎腰分外羞。
月正圆时花正好，云初散处雨初收。
一团恩爱从天降，万种情怀得自由。
寄语今宵中夕夜，不须欹枕看牵牛。(其二)

廷章亦有酬答之句。自此鸾疾尽愈，门锁竟弛。或三日，或五日，鸾必遣明霞召生。来往既频，恩情愈笃。如此半年有馀。

周司教任满，升四川峨眉县尹。廷章恋鸾之情，不肯同行，只推身子有病，怕蜀道艰难；况学业未成，师友相得，尚欲留此读书。周司教平昔纵子，言无不从。起身之日，廷章送父出城而返。鸾感廷章之留，是日邀之相会，愈加亲爱。如此又半年有馀。其中往来诗篇甚多，不能尽载。

廷章一日阅邸报[10]，见父亲在峨眉不服水土，告病回乡。久别亲闱，欲谋归觐[11]；又牵鸾情爱，不忍分离。事在两难，忧形于色。鸾探知其故，因置酒劝生道："夫妇之爱，瀚海同深；父子之情，高天难比。若恋私情而忘公义，不惟君失子道，累妾亦失妇道矣！"曹姨亦劝道："今日暮夜之期，原非百年之算。公子不如暂回乡故，且觐双亲。倘于定省之间，即议婚姻之事，早完誓愿，免致情牵。"廷章心犹不决。娇鸾教曹姨竟将公子欲归之情，对王翁说了。此日正是端阳，王翁治酒与廷章送行，且致厚赆。廷章义不容已，只得收拾行李。

⑩邸报：古代官府发布的有关朝政信息的抄本。

⑪归觐：回家拜见双亲。

是夜，鸾另置酒香闺，邀廷章重伸前誓，再订婚期。曹姨亦在坐。千言万语，一夜不睡。临别，又问廷章住居之处。廷章道："问做甚么？"鸾道："恐君不即来，妾便于通信耳。"廷章索笔写出四句：

思亲千里返姑苏，家住吴江十七都。

须问南麻双漾口，延陵桥下督粮吴。

廷章又解说："家本吴姓，祖当里长督粮，有名督粮吴家，周是外姓也。此字虽然写下，欲见之切，度日如岁。多则一年，少则半载，定当持家君柬帖，亲到求婚，决不忍闺阁佳人悬悬而望。"言罢，相抱而泣。将次天明，鸾亲送生出园，有联句一律：

绸缪鱼水正投机，无奈思亲使别离。（廷章）

花圃从今谁待月？兰房自此懒围棋。（娇鸾）

惟忧身远心俱远，非虑文齐福不齐。（廷章）

低首不言中自省，强将别泪整蛾眉。（娇鸾）

须臾天晓，鞍马齐备。王翁又于中堂设酒，妻女毕集，为上马之饯。廷章再拜而别。鸾自觉悲伤欲泣，潜归内室，取乌丝笺题诗一律，使明霞送廷章上马，伺便投之。章于马上展看云：

同携素手并香肩，送别那堪双泪悬。
郎马未离青柳下，妾心先在白云边。
妾持节操如姜女⑫，君重纲常类闵骞⑬。
得意匆匆便回首，香闺人瘦不禁眠。

廷章读之泪下，一路上触景兴怀，未尝顷刻忘鸾也。

⑫姜女：指春秋时卫世子共伯的妻子共姜。共伯早死，她不再嫁。

⑬闵骞：即闵子骞，孔子的学生，传说他是一位孝子。

闲话休叙，不一日，到了吴江家中，参见了二亲，一门欢喜。原来父亲已与同里魏同知家议亲，正要接儿子回来行聘完婚。生初时有不愿之意，后访得魏女美色无双，且魏同知十万之富，妆奁甚丰。慕财贪色，遂忘前盟。过了半年，魏氏过门，夫妻恩爱，如鱼似水，竟不知王娇鸾为何人也。

但知今日新妆好，不顾情人望眼穿。

却说娇鸾一时劝廷章归省，是他贤慧达理之处。然已去之后，未免怀思。白日凄凉，黄昏寂寞。灯前有影相亲，帐底无人共语。每遇春花秋月，不觉梦断魂劳。捱过一年，杳无音信。忽一日明霞来报道：“姐姐可要寄书与周姐夫么?”娇鸾道：“那得这方便?”明霞道：“适才孙九说临安卫有人来此下公文。临安是杭州地方，路从吴江经过，是个便道。”娇鸾道：“既有便，可教孙九嘱付那差人不要去了。”即时修书一封，曲叙别离之意，嘱他早至南阳，同归故里，践婚姻之约，成终始之交。书多不载。书后有诗十首。录其一云：

端阳一别杳无音，两地相看对月明。
暂为椿萱辞虎卫⑭，莫因花酒恋吴城。
游仙阁内占离合，拜月亭前问死生。
此去愿君心自省，同来与妾共调羹。

封皮上又题八句：

此书烦递至吴衙，门面春风足可夸。
父列当今宣化职，祖居自古督粮家。
已知东宅邻西宅，犹恐南麻混北麻。
去路逢人须借问，延陵桥在那村些?

又取银钗二股，为寄书之赠。

⑭椿萱：古代称父亲为“椿庭”，母亲为“萱堂”，这里为父母的代称。

书去了七个月，并无回耗。时值新春，又访得前卫有个张客人要往苏州收货。娇鸾又取金花一对，央孙九送与张客，求他寄书。书意同前。亦有诗十首。录其一云：

春到人间万物鲜，香闺无奈别魂牵。
东风浪荡君尤荡，皓月团圆妾未圆。
情洽有心劳白发，天高无计托青鸾。
衷肠万事凭谁诉?寄与才郎仔细看。

封皮上题一绝：

苏州咫尺是吴江，吴姓南麻世督粮。

嘱付行人须着意，好将消息问才郎。

张客人是志诚之士，往苏州收货已毕，赍书亲到吴江。正在长桥上问路，恰好周廷章过去。听得是河南声音，问的又是南麻督粮吴家，情知娇鸾书信，怕他到彼，知其再娶之事，遂上前作揖通名，邀往酒馆三杯，拆开书看了。就于酒家借纸笔，匆匆写下回书，推说父亲病未痊，方侍医药，所以有误佳期；不久即图会面，无劳注想。书后又写："路次借笔不备，希谅！"张客收了回书，不一日，回到南阳，付孙九回复鸾小姐。鸾拆书看了，虽然不曾定个来期，也当画饼充饥，望梅止渴。

过了三四个月，依旧杳然无闻。娇鸾对曹姨道："周郎之言欺我耳！"曹姨道："誓书在此，皇天鉴知！周郎独不怕死乎？"忽一日，闻有临安人到，乃是娇鸾妹子娇凤生了孩儿，遣人来报喜。娇鸾彼此相形，愈加感叹，且喜又是寄书的一个顺便，再修书一封托他。这是第三封书，亦有诗十首。末一章云：

叮咛才子莫蹉跎，百岁夫妻能几何？

王氏女为周氏室，文官子配武官娥。

三封心事烦青鸟，万斛闲愁锁翠蛾。

远路尺书情未尽，相思两处恨偏多！

封皮上亦写四句：

此书烦递至吴江，粮督南麻姓字香。

去路不须驰步问，延陵桥下暂停航。

鸾自此寝废餐忘，香消玉减，暗地泪流，恹恹成病。父母欲为择配，娇鸾不肯，情愿长斋奉佛。曹姨劝道："周郎未必来矣，毋拘小信，自误青春。"娇鸾道："人而无信，是禽兽也。宁周郎负我，我岂敢负神明哉？"光阴荏苒，不觉已及三年。娇鸾对曹姨说道："闻说周郎已婚他族，此信未知真假。然三年不来，其心肠亦改变矣，但不得一实信，吾心终不死！"曹姨道："何不央孙九亲往吴江一遭，多与他些盘费。若周郎无他更变，使他等候同来，岂不美乎？"娇鸾道："正合吾意。亦求姨娘一字，促他早早登程可也。”当下娇鸾写就古风一首。其略云：

忆昔清明佳节时，与君邂逅成相知。

嘲风弄月通来往，拨动风情无限思。

侯门曳断千金索，携手挨肩游画阁。

好把青丝结死生，盟山誓海情不薄。

白云渺渺草青青，才子思亲欲别情。

顿觉桃脸无春色，愁听传书雁几声。

君行虽不排鸾驭，胜似征蛮父兄去。

悲悲切切断肠声，执手牵衣理前誓。

与君成就鸾凤友，切莫苏城恋花柳。

自君之去妾攒眉，脂粉慵调发如帚。

姻缘两地相思重，雪月风花谁与共？

可怜夫妇正当年，空使梅花蝴蝶梦。

临风对月无欢好，凄凉枕上魂颠倒。

一宵忽梦汝娶亲，来朝不觉愁颜老。

盟言愿作神雷电，九天玄女相传遍。

只归故里未归泉，何故音容难得见？

才郎意假妾意真，再驰驿使陈丹心。

可怜三七羞花貌，寂寞香闺思不禁。

曹姨书中亦备说女甥相思之苦，相望之切。二书共作一封。封皮亦题四句：

荡荡名门宰相衙，更兼粮督镇南麻。

逢人不用停舟问，桥跨延陵第一家。

孙九领书，夜宿晓行，直至吴江延陵桥下。犹恐传递不的，直候周廷章面送。廷章一见孙九，满脸通红，不问寒温，取书纳于袖中，竟进去了。少顷教家童出来回复道：“相公娶魏同知家小姐，今已二年。南

阳路远，不能复来矣。回书难写，仗你代言。这幅香罗帕乃初会鸾姐之物，并合同婚书一纸，央你送还，以绝其念。本欲留你一饭，诚恐老爹盘问嗔怪。白银五钱权充路费，下次更不劳往返。”孙九闻言大怒，掷银于地不受，走出大门，骂道：“似你短行薄情之人，禽兽不如！可怜负了鸾小姐一片真心，皇天断然不佑你！”说罢，大哭而去。路人争问其故，孙老儿数一数二的逢人告诉。自此周廷章无行之名，播于吴江，为衣冠所不齿。正是：

平生不作亏心事，世上应无切齿人。

再说孙九回至南阳，见了明霞，便悲泣不已。明霞道：“莫非你路上吃了苦？莫非周家郎君死了？”孙九只是摇头，停了半晌，方说备细，如此如此：“他不发回书，只将罗帕、婚书送还，以绝小姐之念。我也不去见小姐了。”说罢，拭泪叹息而去。明霞不敢隐瞒，备述孙九之语。娇鸾见了这罗帕，已知孙九不是个谎话，不觉怨气填胸，怒色盈面。就请曹姨至香房中，告诉了一遍。曹姨将言劝解，娇鸾如何肯听？整整的哭了三日三夜，将三尺香罗帕，反覆观看，欲寻自尽，又想道：“我娇鸾名门爱女，美貌多才。若嘿嘿而死，却便宜了薄情之人。”乃制绝命诗三十二首及《长恨歌》，一篇云：

倚门默默思重重，自叹双双一笑中。
情惹游丝牵嫩绿，恨随流水缩残红。
当时只道春回准，今日方知色是空。
回首凭栏情切处，闲愁万里怨东风。

馀诗不载。其《长恨歌》略云：

《长恨歌》，为谁作？题起头来心便恶。
朝思暮想无了期，再把鸾笺诉情薄。
妾家原在临安路，麟阁功勋受恩露。
后因亲老失军机，降调南阳卫千户。
深闺养育娇鸾身，不曾举步离中庭。
岂知二八灾星到，忽随女伴妆台行。
秋千戏蹴方才罢，忽惊墙角生人话。
含羞归去香房中，仓忙寻觅香罗帕。
罗帕谁知入君手，空令梅香往来走[15]。
得蒙君赠香罗诗，恼妾相思淹病久。
感君拜母结妹兄，来词去简饶恩情。
只恐恩情成苟合，两曾结发同山盟。
山盟海誓还不信，又托曹姨作媒证。
婚书写定烧苍穹，始结于飞在天命。
情交二载甜如蜜，才子思新忽成疾。
妾心不忍君心愁，反劝才郎归故籍。
叮咛此去姑苏城，花街莫听阳春声[16]。
一睹慈颜便回首，香闺可念人孤另。
嘱付殷勤别才子，弃旧怜新任从尔。
那知一去意忘还，终日思君不如死。
有人来说君重婚，几番欲信仍难凭。

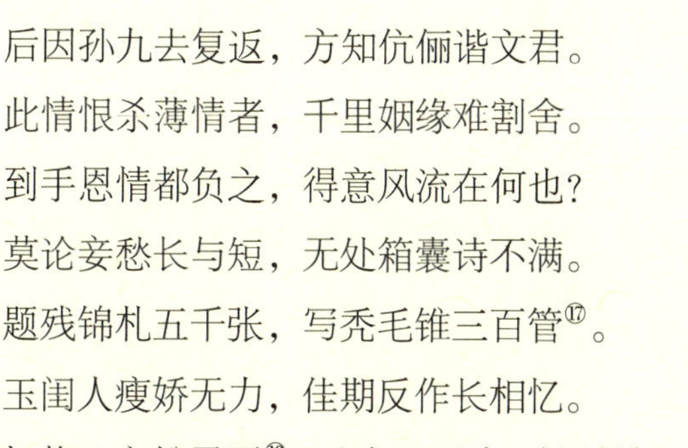

后因孙九去复返，方知伉俪谐文君。
此情恨杀薄情者，千里姻缘难割舍。
到手恩情都负之，得意风流在何也？
莫论妾愁长与短，无处箱囊诗不满。
题残锦札五千张，写秃毛锥三百管[17]。
玉闺人瘦娇无力，佳期反作长相忆。
枉将八字推子平[18]，空把三生卜《周易》。
从头一一思量起，往日交情不亏汝。
既然恩爱如浮云，何不当初莫相与？
莺莺燕燕皆成对，何独天生我无配。
娇凤妹子少二年，适添孩儿已三岁。
自惭轻弃千金躯，伊欢我独心孤悲。
先年誓愿今何在？举头三尺有神祇。
君往江南妾江北，千里关山远相隔。
若能两翅忽然生，飞向吴江近君侧。
初交你我天地知，今来无数人扬非。
虎门深锁千金色，天教一笑遭君机。
恨君短行归阴府，譬似皇天不生我。
从今书递故人收，不望回音到中所。
可怜铁甲将军家，玉闺养女娇如花。
只因颇识琴书味，风流不久归黄沙。
白罗丈二悬高梁，飘然眼底魂茫茫。
报道一声娇鸾缢，满城笑杀临安王。
妾身自愧非良女，擅把闺情贱轻许。
相思债满还九泉，九泉之下不饶汝。
当初宠妾非如今，我今怨汝如海深。
自知妾意皆仁意，谁想君心似兽心！

再将一幅罗鲛绡[19]，殷勤远寄郎家遥。
自叹兴亡皆此物，杀人可恕情难饶。
反覆叮咛只如此，往日闲愁今日止。
君今肯念旧风流，饱看娇鸾书一纸。

书已写就，欲再遣孙九。孙九咬牙怒目，决不肯去。正无其便，偶值父亲痰火病发，唤娇鸾替他检阅文书。娇鸾看文书里面有一宗乃勾本卫逃军者，其军乃吴江县人。鸾心生一计，乃取从前倡和之词，并今日《绝命诗》及《长恨歌》汇成一帙，合同婚书二纸，置于帙内，总作一封，入于官文书内，封筒上填写“南阳卫掌印千户王投下直隶苏州府吴江县当堂开拆”，打发公差去了。王翁全然不知。

⑮梅香：丫鬟的通称。

⑯阳春：古曲名，这里泛指俚曲情歌。

⑰毛锥：毛笔的别称。

⑱子平：指宋代徐子平，相传他精于星命之学，后世术士宗之，用“子平”指星相算命。

⑲鲛（jiāo）绡（xiāo）：指丝绸手帕。

是晚，娇鸾沐浴更衣，哄明

霞出去烹茶，关了房门，用杌子填足，先将白练挂于梁上，取原日香罗帕，向咽喉扣住，接连白练，打个死结，蹬开杌子，两脚悬空，煞时间三魂漂渺，七魄幽沉。刚年二十一岁。

始终一幅香罗帕，成也萧何败也何！

明霞取茶来时，见房门闭紧，敲打不开，慌忙报与曹姨。曹姨同周老夫人打开房门看了，这惊非小。王翁也来了，合家大哭，竟不知什么意故。少不得买棺殓葬。此事阁过休题。

再说吴江阙大尹接得南阳卫文书，拆开看时，深以为奇，此事旷古未闻。适然本府赵推官随察院樊公祉按临本县，阙大尹与赵推官是金榜同年，因将此事与赵推官言及。赵推官取而观之，遂以奇闻报知樊公。樊公将诗歌及婚书反覆详味，深惜娇鸾之才，而恨周廷章之薄幸。乃命赵推官密访其人。次日，擒拿解院，樊公亲自诘问。廷章初时抵赖，后见婚书有据，不敢开口。樊公喝教重责五十收监。行文到南阳卫查娇鸾曾否自缢。不一日文书转来，说娇鸾已死。樊公乃于监中吊取周廷章到察院堂上，樊公骂道："调戏职官家子女，一罪也；停妻再娶，二罪也；因奸致死，三罪也。婚书上说：'男若负女，万箭亡身。'我今没有箭射你，用乱棒打杀你，以为薄幸男子之戒。"喝教合堂皂快齐举竹批乱打。下手时宫商齐响，着体处血肉交飞。顷刻之间，化为肉酱。满城人无不称快。周司教闻知，登时气死。魏女后来改嫁。向贪新娶之财色，而没恩背盟，果何益哉！有诗叹云：

一夜恩情百夜多，负心端的欲如何？

若云薄幸无冤报，请读当年《长恨歌》。

参考文献

[1]（明）冯梦龙．三言．警世通言［M］．北京：中华书局，2014.

[2]（明）冯梦龙．警世通言［M］．北京：人民文学出版社，2014.

[3]（明）冯梦龙．警世通言［M］．北京：中华书局，2009.

[4]（明）冯梦龙．中国古典文学名著丛书：警世通言［M］．哈尔滨：黑龙江美术出版社，2012.

[5]（明）冯梦龙．警世通言：精装典藏本［M］．北京：中国画报出版社，2014.

[6]（明）冯梦龙．警世通言［M］．昆明：云南人民出版社，2015.